suhrkamp taschenbuch 822

»Unter den Titeln, die Proust den einzelnen Bänden gegeben hat, ist *Sodom und Gomorra* der einzige, der eine offenbar moralische Qualität hat. Auf dem Gartenfest beim Prinzen von Guermantes ist das Vornehmste versammelt, was Frankreich aufzuweisen hat. Das also ist Sodom? Oder ist es jener ›kleine Kreis‹ des zweiten Teils, die berühmte geistreiche Mittwochsgesellschaft der Madame Verdurin? Das soll Gomorra sein? Es ist niemals Gesellschaftskritik, was Proust betreibt. Sodom und Gomorra ist nicht an der schillernden Oberfläche der Szenen und Gespräche. Wir müssen die Personen ins Auge fassen, die eine bevorzugte Rolle spielen, Albertine, Monsieur de Charlus. Jene Veranlagung, die Proust als ›Inversion‹ bezeichnet, das ist das Thema des Bandes.«

Siegfried Melchinger

Marcel Proust, geboren am 10. 7. 1871 in Auteuil, starb am 18. 11. 1922 in Paris. Sein im Suhrkamp Verlag in deutscher Übersetzung erschienenes Werk ist auf Seite 349 dieses Bandes verzeichnet.

Marcel Proust
Sodom und Gomorra

Band I

Auf der Suche nach der
verlorenen Zeit

Vierter Teil

Suhrkamp

Titel der französischen Originalausgabe:
À la recherche du temps perdu: Sodome et Gomorrhe.
Paris, Gallimard
Deutsch von Eva Rechel-Mertens
Umschlagabbildung:
Edouard Manet, Konzert in den Tuilerien
(Ausschnitt), 1862,
National Gallery London

suhrkamp taschenbuch 822
Erste Auflage 1982
Deutschsprachige Übersetzung: *Sodom und Gomorra*

Der Text folgt Band 7 und 8 der Werkausgabe in 13 Bänden,
Suhrkamp Verlag Frankfurt am Main 1964
Suhrkamp Taschenbuch Verlag

Druck: Nomos Verlagsgesellschaft, Baden-Baden
Printed in Germany
Umschlag nach Entwürfen von
Willy Fleckhaus und Rolf Staudt

6 7 8 9 10 11 – 04 03 02 01 00 99

Sodom und Gomorra

Band I

Erster Teil

Die ersten drei Teile (›In Swanns Welt‹, ›Im Schatten junger Mädchenblüte‹, ›Die Welt der Guermantes‹) von ›Auf der Suche nach der verlorenen Zeit‹ erschienen französisch zu Lebzeiten Prousts und die Manuskripte sind von ihm für den Druck fertiggemacht worden. Für die deutsche Übersetzung wurden so weit diese Ausgaben zugrunde gelegt. Von ›Sodom und Gomorra‹ an wurde für die Übersetzung der revidierte französische Text der ›Bibliothèque de la Pléiade‹, Gallimard, Paris 1954, zugrunde gelegt.

Erstes Auftreten der Weibmänner, der Nachkommen jener Einwohner Sodoms, die das Feuer vom Himmel verschont hat.

Gomorra wird das Weib,
der Mann wird Sodom haben.
Alfred de Vigny

Wie erwähnt, hatte ich, bevor ich an jenem Tage (dem der Soiree bei der Prinzessin von Guermantes) dem Herzog und der Herzogin den Besuch abstattete, von welchem ich berichtet habe, die Rückkehr der beiden beobachten wollen und, während ich auf der Lauer lag, eine Entdeckung gemacht; diese Entdeckung, die ganz speziell Monsieur de Charlus betraf, war dennoch so wichtig an und für sich, daß ich den Bericht darüber bis jetzt, wo ich ihm den wünschenswerten Platz und Umfang geben kann, aufgeschoben habe. Ich hatte, wie gesagt, den prachtvollen Ausguck verlassen, der oben im Hause so bequem vorgesehen und von dem aus die abwechslungsreiche, mit der rosig schimmernden Wagenremise des Marquis de Frécourt wie mit einem Campanile im heitern italienischen Stil geschmückte Hügellandschaft, über die man zum Palais des Grafen von Bréquigny aufstieg, zu überblikken war. Als ich meinte, der Herzog und die Herzogin würden nun bald kommen, hatte ich praktischer gefunden, meinen Aussichtsposten auf die Treppe zu verlegen. Mit einem gewissen Bedauern dachte ich dabei an meinen vorherigen Hochsitz zurück. Zu dieser Stunde aber, kurz nach dem Mittagessen, lag weniger Grund dazu vor, denn ich hätte nicht wie am Morgen die winzigen Staffagefiguren, zu denen aus der Entfernung die Diener des Palais Bréquigny zusammenschrumpften, beobachten können, wie sie langsam, mit Staubwedeln in der Hand, die steilen Höhen hinter den breiten Lagen durchscheinenden Glimmers erklommen, die sich, so wohlgefällig dem Blick, zwischen roten Bastionen abhoben. Da ich den Blick des Geologen hier nicht länger betätigen konnte, wendete ich wenigstens die Sehweise des Botanikers an und betrachtete durch die Läden des Treppenfensters das Bäumchen der Herzogin sowie die kostbare Pflanze, die mit der gleichen Beharrlichkeit nach der Hofseite hin ausgestellt wurde, mit der man heiratsfähige junge Leute ausführt, und fragte mich, ob durch einen Zufall der Vorsehung das mit so geringer Wahrscheinlichkeit zu erwartende Insekt den dargebotenen, doch verschmähten Blütenstempel dennoch aufsuchen werde. Da die Neugier mich allmählich kühner machte, begab ich mich bis zum Parterrefenster hinunter, das gleichfalls offenstand und dessen Läden nur halb geschlossen waren. Ich hörte deutlich die Aufbruchsvorbereitungen Jupiens, der mich hinter meinem Store nicht bemerken konnte, wo ich mich unbeweglich verhielt bis zu dem Augenblick, in dem ich mich jäh zur Seite warf, um von Monsieur de Charlus nicht gesehen zu werden, der auf dem Wege zu Madame de Villeparisis langsam den Hof überquerte, dicklich, bei hellem Tageslicht sichtlich gealtert und mit ergrauendem Haar. Es hatte einer Unpäßlichkeit von Madame de Villeparisis bedurft (als Folge einer Krankheit des Marquis de Fierbois, mit dem er persönlich tödlich verfeindet war) damit Monsieur de Charlus, vielleicht zum ersten Mal in seinem Leben, zu dieser Stunde einen Besuch machte. Auf Grund einer Eigenart der Guermantes, die anstatt sich dem Leben der Gesellschaft anzupassen, es nach ihren persönlichen Gewohnheiten abänderten (welche sie nicht für mondän und folglich für würdig hielten, daß man zu ihren Gunsten etwas so Wertloses wie eben ›das Gesellschaftliche‹ vernachlässigte – so hatte Madame de Marsantes keinen Empfangstag, sondern nahm jeden Vormittag zwischen zehn und zwölf den Besuch ihrer Freundinnen entgegen –) machte der Baron, der diese Zeit der Lektüre, dem Stöbern nach reizvollen kleinen Antiquitäten und ähnlichem vorbehielt, niemals einen Besuch zu einer anderen Zeit als zwischen vier und sechs Uhr nachmittags. Um sechs begab er sich in den Jockey-Club oder auf eine

Spazierfahrt in den Bois. Um nicht von Jupien gesehen zu werden, zog ich mich gleich danach noch einmal rasch zurück; es war für ihn bald Zeit, ins Büro zu gehen, von wo er erst zum Abendessen heimkam – und selbst das nicht immer, seit etwa einer Woche, da seine Nichte mit ihren Gehilfinnen aufs Land gefahren war, um dort bei einer Kundin ein Kleid fertigzustellen. Dann aber, als ich mir klar wurde, daß niemand mich sehen könne, beschloß ich, unentwegt auf meinem Posten zu bleiben aus Besorgnis, ich möchte sonst, wenn das Wunder wirklich eintreten sollte, die (über so viele Hindernisse, Entfernungen, alle entgegenstehenden Bedrohungen und Gefahren hinweg) fast unmöglich zu erhoffende Ankunft des Insekts versäumen, das von so weither als Abgesandter zu der jungfräulichen Blüte kam, die nun so lange schon harrte. Ich wußte, daß ihre Erwartung nicht passiver als die der männlichen Pflanze war, deren Staubfäden sich von selbst umkehrten, damit das Insekt auch ja den Pollen abstreifen könne; ebenso würde die weibliche Blüte hier vor mir beim Eintreffen des Insekts kokett ihre Griffel biegen, damit es besser in sie einzudringen vermöchte, und, einer temperamentvollen jungen Heuchlerin gleich, ihm unmerklich auf halbem Wege entgegenkommen. Die Gesetze der Pflanzenwelt werden ihrerseits von immer wieder höheren Gesetzen reguliert. Wenn der Besuch eines Insekts, das heißt die Zufuhr des Pollens einer anderen Pflanze gemeinhin notwendig ist, um eine Blüte zu befruchten, so deswegen, weil die Befruchtung der Blüte durch sich selbst wie wiederholte Heiraten innerhalb der gleichen Familie zu Degeneration und Unfruchtbarkeit führen würde, während die durch Insekten herbeigeführte Kreuzung den folgenden Generationen derselben Gattung eine ihren Vorfahren noch nicht zuteilgewordene Lebenskraft verleiht. Doch kann dieser Kraftüberschwang allzu stark werden und die Art sich damit ins Maßlose entwickeln; aber wie ein Antitoxin die Krankheit abwehrt, die Schilddrüse den Fettansatz regelt, die Niederlage den Hochmut beugt, die Müdigkeit dem Genuß ein Ziel setzt und der Schlaf wiederum ein Ausruhen von der Ermüdung bringt, tritt dann im richtigen Moment ein Akt der Selbstbefruchtung ein und führt wie durch das Anziehen einer Schraube in einer Art von Bremshebelwirkung die Pflanze auf die Norm zurück, die sie bereits überschritten hatte. Meine Überlegungen waren in eine Richtung geraten, auf deren Schilderung ich später zurückkommen werde, und ich hatte aus der anscheinenden List der Pflanzen bereits eine Konsequenz für einen ganz unbewußten Teil des literarischen Schaffens gezogen, als ich Monsieur de Charlus sah, der von seinem Besuch bei der Marquise zurückkehrte. Seit seinem Eintreten in das Haus waren erst ein paar Minuten vergangen. Vielleicht hatte er von seiner alten Verwandten selbst oder auch nur durch einen Diener gehört, daß es ihr bedeutend besser gehe oder daß sie bereits völlig wiederhergestellt sei, da es sich nur um ein leichtes Übelbefinden bei ihr gehandelt hatte. In diesem Augenblick, in dem Monsieur de Charlus sich von niemandem beobachtet glaubte und die Lider wegen der Sonne gesenkt hielt, ließ in seinem Gesicht jede Spannung nach, fiel die künstliche Munterkeit ab, die bei ihm sonst durch ein animiertes Gespräch oder die Kraft des Willens unterhalten wurde. Sein Antlitz wirkte marmorblaß, die Nase sprang stark hervor, seine feingezeichneten Züge erhielten nicht mehr von einer ungewöhnlichen Absicht des Ausdrucks her eine Sonderbedeutung, die Einfluß auf die Schönheit der Modellierung bekam; nur noch ein Guermantes, schien er bereits als Palamède XV. in der Kapelle von Combray in Stein gehauen zu ruhen. Aber dennoch nahmen die gemeinsamen Familienzüge in dem Gesicht des Barons eine unbedingt vergeistigtere, vor allem aber gesänftigtere Art von Feinheit an. Ich bedauerte um seinetwillen, daß er gewöhnlich durch so viele gewaltsame Ausbrüche und peinliche Seltsamkeiten, durch Schwätzereien, Härte, Mißtrauen und Arroganz die Liebenswürdigkeit im Umgang, die Güte in Frage stellte (ja oft unter künstlich angenommener Brutalität verbarg), die im Augenblick, als er von Madame de Villeparisis zurückkehrte, sich so harmlos und ungehemmt über seine Miene ergoß. In die Sonne blinzelnd schien er beinahe zu lächeln; ich entdeckte in seinem dergestalt in der Ruhe und gleichsam in natura vor mir liegenden Gesicht etwas so Liebevolles, so Wehrloses, daß ich mich nicht enthalten konnte zu denken, wie entrüstet Monsieur de Charlus gewesen wäre, hätte er gewußt, daß ihn jemand in dieser Sekunde sah; denn woran ich beim Anblick dieses Mannes, der so auf Männlichkeit hielt, ja ganz verliebt in sie war, der alle anderen viel zu weibisch fand, plötzlich denken mußte, war – weil er vorübergehend die Züge, den Ausdruck, das Lächeln einer solchen an sich trug – eine Frau.

Ich wollte gerade noch einmal meine Stellung verändern, damit er mich ja nicht bemerkte. Doch ergab sich dafür weder die Zeit, noch eine Notwendigkeit. Denn was mußte ich sehen! Auf diesem Hof, auf dem die beiden sich gewiß zuvor nie begegnet waren (da Monsieur de Charlus sonst nur nachmittags in das Haus kam, das heißt in den Stunden, in denen Jupien sich im Büro befand) traten sie jetzt einander gegenüber: der Baron, der mit einem Male die halbgeschlossenen Lider weit öffnete und mit außergewöhnlicher Aufmerksamkeit den ehemaligen Westenmacher auf der Schwelle seines Ladens betrachtete, und dieser, der wie angenagelt, ja pflanzengleich angewurzelt stehenblieb, als er Monsieur de Charlus vor sich sah und den staunend bewundernden Blick über die zur Fülle neigende Gestalt des Barons gleiten ließ. Doch was noch wunderbarer war: nachdem Monsieur de Charlus seine Haltung gewandelt hatte, richtete sich auch die Jupiens im gleichen Augenblick, als folge sie den Gesetzen einer geheimen Kunst, harmonisch danach aus. Der Baron, der jetzt den Eindruck verbergen zu wollen schien, den Jupien soeben auf ihn gemacht hatte, sich aber offenbar ungeachtet seiner zur Schau getragenen Gleichgültigkeit nur widerwillig entfernte, ging, kam zurück, schaute ziellos in einer Weise vor sich hin, von der er annahm, sie werde die Schönheit seines Blicks am besten zur Geltung bringen, und nahm ein eitles, lässiges, lächerliches Gehaben an. Jupien aber, der auf der Stelle die ergebene und gutmütige Miene ablegte, die ich von jeher an ihm kannte, hatte – in vollkommener Übereinstimmung mit dem Baron – den Kopf erhoben und seine Gestalt möglichst vorteilhaft zurechtgerückt, wobei er mit grotesker Überheblichkeit die Faust auf die Hüfte stemmte und sein Hinterteil herausdrückte, kurz, Posen annahm, in denen jene Koketterie lag, welche die Orchidee für die von der Vorsehung gesandte, überraschend eintreffende Hummel hätte aufwenden können. Ich hatte nicht gewußt, daß Jupien so unsympathisch sein konnte. Aber ich hatte auch nicht gewußt, daß er in dieser Art von Doppelpantomime, die (obwohl er zum ersten Male Monsieur de Charlus gegenüberstand) schon seit langem einstudiert schien, seine Rolle so gut zu improvisieren verstand; ohne Vorbereitung erreicht man solche Vollkommenheit nur, wenn man im Ausland auf einen Landsmann stößt, mit dem die Verständigung dann ganz von selbst eintritt, da die vermittelnde Sprache die gleiche und, obwohl man sich nie zuvor sah, die Szene schon festgelegt ist.

Diese Szene übrigens war nicht eigentlich komisch, sie barg in sich eine Seltsamkeit oder – wenn man will – eine Natürlichkeit, die allmählich an Schönheit gewann. Monsieur de Charlus mochte wohl eine ganz unbeteiligte Miene anlegen, zerstreut die Lider senken – sekundenlang hob er sie dennoch wieder und warf auf Jupien einen gespannten Blick. Jedesmal jedoch (zweifellos, weil er der Meinung war, eine solche Szene könne an diesem Ort nicht beliebig lange ausgesponnen werden, oder aus Gründen, die man später verstehen wird, oder schließlich auch aus dem Gefühl für die Kurzlebigkeit aller Dinge, die den Wunsch erzeugt, jeder Streich möge auf der Stelle sitzen, und die das Schauspiel der Liebe so rührend macht), wenn Monsieur de Charlus Jupien anblickte, richtete er es so ein, daß sein Blick ausdrücklich etwas besagte, was ihn den Blicken ganz ungleich machte, die man gemeinhin für eine Person verwendet, die man wenig oder gar nicht kennt; er starrte Jupien auf die besondere Weise eines Menschen an, der einem gleich darauf sagen wird: ›Verzeihen Sie meine Aufdringlichkeit, aber auf Ihrem Rücken hängt ein langer weißer Faden‹, oder: ›Ich glaube, ich täusche mich nicht, Sie sind doch auch aus Zürich, ich meine, ich bin Ihnen dort beim Antiquitätenhändler begegnet.‹ So schien immer wieder das gleiche dringliche Heischen in den Blicken zu liegen, die Monsieur de Charlus Jupien zuwarf, wie in den fragenden Motiven bei Beethoven, die im gleichen Abstand unendlich oft wiederholt werden und nach einem übertriebenen Aufwand an Vorbereitung ein neues Thema, einen Wechsel der Tonart herbeiführen, also als ›Durchführung‹ dienen. Die Schönheit aber der Blicke, die Monsieur de Charlus und Jupien einander zusandten, schien im Gegenteil gerade daher zu rühren, daß – einstweilen wenigstens – diese Blicke offenbar nicht dem Zweck unterstanden, etwas ›durchzuführen‹. Diese Schönheit stellte ich bei dem Baron und Jupien zum ersten Male fest. In aller beider Augen spiegelte sich der Himmel, freilich nicht Zürichs, sondern irgendeiner orientalischen Stadt, deren Namen ich noch nicht erriet. Was auch Monsieur de Charlus und den Westenmacher noch zurückhalten mochte, auf alle Fälle schien der Bund geschlossen und dies nutzlose Blickgeplänkel nur ein rituelles Vorspiel zu sein wie die Feste, die einer bereits beschlossenen Heirat vorauszugehen pflegen. Von einem der Natur noch näher gelegenen Blickpunkt aus – die Vielheit dieser Vergleiche ist in sich selbst um so natürlicher, als ein und derselbe Mensch, wenn man ihn ein paar Minuten lang beobachtet, in aufeinanderfolgenden Phasen ein Vogelmensch, ein Fischmensch, ein Insektenmensch zu sein scheint – hätte man meinen können, es handle sich um zwei Vögel, ein Männchen und ein Weibchen, von denen das Männchen das Geplänkel eröffnete, das Weibchen aber – Jupien – mit keinem Zeichen dessen

Aufführung beantwortete, sondern seinen neuen Freund nur ohne Verwunderung oder angespannte Aufmerksamkeit im Auge behielt, was es, seitdem das Männchen den ersten Schritt getan, wahrscheinlich für um so betörender und einzig zweckmäßig hielt und sich einfach nur die Federn glättete. Endlich schien Jupiens Indifferenz Charlus nicht mehr zu genügen; von der Gewißheit, eine Eroberung gemacht zu haben, bis zu dem Entschluß, sich verfolgen und begehren zu lassen, ist es nur ein Schritt, und so machte Jupien sich, entschlossen zur Arbeit zu gehen, nach dem Torweg zu auf den Weg. Gleichwohl trat er erst, nachdem er zwei- oder dreimal den Kopf gewendet hatte, auf die Straße hinaus, wo der Baron, welcher zitterte, er könne die Spur verlieren (während er betont unbekümmert vor sich hinpfiff und dem Hausmeister, der, halb betrunken, Gäste in seinem Hinterzimmer traktierte und ihn gar nicht hörte, ›Auf Wiedersehen‹ zurief), eilig hinter ihm herlief, um ihm ja auf den Fersen zu bleiben. Im gleichen Augenblick, da Monsieur de Charlus wie eine dicke Hummel pfeifend durch die Tür verschwand, kam eine andere, diesmal eine richtige, in den Hof geschwirrt. Wer weiß, ob es nicht die seit so langem schon von der Orchidee erwartete war, die ihr den seltenen Pollen brachte, ohne den sie den Stand der Jungfräulichkeit niemals verlassen würde? Doch wurde ich davon abgelenkt, dem munteren Summen des Insekts mit dem Blick zu folgen, denn ein paar Minuten darauf wurde meine Aufmerksamkeit stärker durch Jupien in Anspruch genommen, der (vielleicht um ein Paket zu holen, mit dem er später fortging und das er in seiner Aufregung über das Erscheinen von Monsieur de Charlus vergessen hatte, vielleicht auch aus einem natürlicheren Grunde) von dem Baron gefolgt wieder im Hof erschien. Der Baron, nunmehr entschlossen, rasch voranzukommen, bat den Westenmacher um Feuer, bemerkte dann aber sofort: »Ich bitte Sie um Feuer, sehe aber, daß ich meine Zigarren vergessen habe.« Die Regeln der Gastfreundschaft erwiesen sich als stärker denn die der Koketterie: »Kommen Sie doch herein, da können Sie alles bekommen, was Sie wünschen«, sagte der Westenmacher, auf dessen Antlitz der eher verächtliche Ausdruck offenkundiger Freude wich. Die Ladentür schloß sich hinter den beiden, ich konnte nichts mehr hören. Die Hummel hatte ich aus den Augen verloren, ich wußte nicht, ob sie das Insekt darstellte, das für die Orchidee so unentbehrlich war, zweifelte aber nicht mehr daran, daß eine in der Gefangenschaft lebende Pflanze und ein sehr seltenes Insekt die ans Wunderbare grenzende Möglichkeit finden könnten, sich zu vereinigen, wo doch Monsieur de Charlus (es soll dies ein schlichter Vergleich hinsichtlich providentieller Zufälle jeglicher Spielart sein, ohne die leiseste Anmaßung, auf naturwissenschaftlichem Gebiet gewisse Gesetze der Botanik zu dem in Beziehung zu setzen, was man meist recht unzulänglich als Homosexualität bezeichnet), der seit Jahren in dieses Haus immer nur zu den Stunden kam, zu denen Jupien nicht anwesend war, nun durch den Zufall einer Unpäßlichkeit von Madame de Villeparisis dem Westenmacher und damit dem beglückenden Erlebnis begegnet war, das Männern vom Schlage des Barons durch eines der Wesen geschenkt wird – die sogar, wie man sehen wird, unendlich viel jünger und schöner sein können – durch den Menschen, der vom Schicksal im voraus ausersehen ist, damit auch diese ihren Anteil an den Wonnen der Erde erhalten: den Mann, der einzig die alten Herren liebt.

Was ich hier übrigens eben berichtet habe, sollte ich erst einige Minuten darauf begreifen, so sehr steht der Wirklichkeit die Fähigkeit zu Gebote, sich unsichtbar zu machen, bis irgendein Umstand sie enthüllt. Auf alle Fälle ärgerte ich mich im Augenblick, daß ich die Unterhaltung des ehemaligen Westenmachers und des Barons nicht weiter mit anhören konnte. Ich nahm daher den zur Vermietung stehenden Ladenraum aufs Korn, der von Jupiens Werkstatt nur durch eine äußerst dünne Zwischenwand getrennt war. Ich mußte, um dorthin zu schlüpfen, nur wieder in unsere Wohnung hinaufsteigen, mich in die Küche begeben, die Hintertreppe bis zum Keller hinuntergehen, diesen in der ganzen Hofbreite durchmessen, um, sobald ich mich an der Stelle des Souterrains befand, wo der Kunstschreiner noch vor ein paar Monaten seine Holzvorräte gelagert hatte und wo Jupien jetzt seine Kohlen unterbringen wollte, über ein paar Stufen ins Innere des Ladens zu gelangen. Auf diese Weise würde ich den ganzen Weg unter Deckung zurücklegen, ohne gesehen zu werden. Auf alle Fälle wäre es so weitaus am klügsten gewesen. Dennoch wählte ich diesen Weg nicht, sondern schlich mich im Freien, dicht an der Wand, rings um den Hof herum und versuchte dabei, ungesehen zu bleiben. Wenn es mir wirklich gelang, so verdanke ich das, glaube ich, mehr dem Zufall als meiner Achtsamkeit. Für die Tatsache aber, daß ich einen so unklugen Entschluß faßte, obwohl der Weg durch den Keller so viel sicherer war, gibt es meines Erachtens drei Erklärungen, wofern es überhaupt eine gab. Zunächst meine Ungeduld. Dann vielleicht eine dunkle Rückerinnerung an die Szene in Montjouvain, als ich mich gegenüber dem Fenster von Mademoiselle Vinteuil verbarg. Tatsächlich trugen Dinge dieser Art, denen ich beiwohnte, in ihrer Inszenierung jeweils den Stempel größter Unvorsichtigkeit und Unwahrscheinlichkeit, als sollten solche Enthüllungen immer nur Lohn einer gefahrvollen, gleichzeitig aber teilweise geheimen Unternehmung sein. Schließlich wage ich wegen seines kindischen Charakters kaum den dritten Grund einzugestehen, der wohl, wie ich glaube, unbewußt der bestimmende war. Seitdem ich in der Absicht, die militärischen Grundsätze Saint-Loups zu studieren – und durch die Tatsachen widerlegt zu sehen – den Burenkrieg genau verfolgt hatte, war ich auch dazu gekommen, alte Berichte über Forschungsexpeditionen und Reisen zu lesen. Diese Erzählungen hatten mich begeistert, und ich wendete sie nun auf das tägliche Leben an, um mir Mut zu machen. Wenn Anfälle mich ge-

zwungen hatten, mehrere Tage und Nächte nacheinander nicht nur schlaflos zu verbringen, sondern auch ohne daß ich mich ausstrecken, Nahrung zu mir nehmen oder etwas trinken konnte, dachte ich, wenn Erschöpfung und Leiden mir derart zusetzten, daß ich kein Ende abzusehen meinte, an irgendeinen Reisenden, der ans Gestade geworfen wird, wo er, von unzuträglichen Kräutern vergiftet, in seinen vom Meerwasser getränkten Kleidern unter Fieberschauern erbebt, sich aber dennoch nach zwei Tagen besser fühlt und seinen Weg ins Ungewisse fortsetzt auf der Suche nach Bewohnern, die vielleicht Menschenfresser sind. Sein Beispiel stärkte mich, gab mir die Hoffnung zurück, und ich schämte mich meiner Regung vorübergehender Mutlosigkeit. Wenn ich an die Buren dachte, die im Angesicht der englischen Armeen sich nicht vor dem Augenblick fürchteten, wo sie sich exponieren mußten, wenn sie auf der Suche nach einem neuen Unterschlupf im Busch an ihnen vorbeigaloppierten, sagte ich mir: ›Es wäre ja noch schöner, wenn ich zaghafter wäre, wo doch der Kriegsschauplatz nur einfach unser eigener Hof ist, und wo ich, der ich mich zur Zeit der Dreyfus-Affäre mehrere Male furchtlos duelliert habe, einzig von den Blicken der Nachbarn durchbohrt werden kann, die sicher anderes zu tun haben als in den Hof hinabzuschauen.‹
Doch als ich mich in dem Ladenraum befand und das geringste Knacken des Fußbodens zu vermeiden bemüht war – denn ich merkte, daß selbst das kleinste Geräusch nebenan von Jupiens Laden her auf meiner Seite zu hören war – dachte ich, wie unvorsichtig Jupien und Monsieur de Charlus sich doch benähmen und wie nur der Zufall ihnen zu Hilfe gekommen sei.
Ich wagte mich nicht zu rühren. Der Reitknecht des Herzogs von Guermantes hatte wahrscheinlich die Abwesenheit seiner Herrschaft benutzt, um in den Ladenraum, in welchem ich mich aufhielt, eine Leiter zu schaffen, die sich sonst in der Remise befand. Hätte ich sie erstiegen, wäre mir sicher möglich

gewesen, die Luken aufzustoßen und so gut zu hören, als ob ich mich in Jupiens Werkstatt befände. Aber ich fürchtete, mich durch ein Geräusch zu verraten. Im übrigen hatte es keinen Zweck. Ich brauchte nicht einmal zu bedauern, daß ich nicht schon ein paar Minuten früher in den Laden gekommen war. Denn nach dem zu schließen, was ich zu Anfang von Jupiens Seite her vernahm und was einzig in unartikulierten Lauten bestand, vermute ich, daß die beiden nur wenig Worte wechselten. Allerdings waren diese Töne so stark, daß ich, wären sie nicht immer wieder eine Oktave höher von einer parallel verlaufenden Klage aufgegriffen worden, hätte meinen können, neben mir erwürge eine Person eine andere, hinterher aber nähmen der Mörder und sein wiedererstandenes Opfer ein Bad, um alle Spuren des Verbrechens gründlich abzuwaschen. Ich zog daraus später den Schluß, daß etwas so geräuschvoll ist wie der Schmerz, nämlich die Lust, besonders wenn zwar nicht die Befürchtung, Kinder zu bekommen, die sich in diesem Fall trotz des wenig überzeugenden Beispiels der Legenda Aurea wohl nicht einstellen konnten, wohl aber unmittelbares Bedachtsein auf Säuberung die Folge sein muß. Endlich nach einer halben Stunde etwa (ich hatte mich inzwischen mit lautlosem Schritt dennoch auf die Leiter gewagt, um durch die Luke zu schauen, die ich jedoch nicht öffnete) kam eine Unterhaltung in Fluß. Jupien lehnte energisch das Geldgeschenk ab, das der Baron ihm anbot.

Nach einer halben Stunde trat Monsieur de Charlus wieder heraus. »Warum haben Sie Ihr Kinn so glatt ausrasiert, hielt Jupien dem Baron in zärtlich schmollendem Tone vor. Das ist doch etwas Schönes, so ein stark nachwachsender Bart!« – »Pfui! Ich finde das greulich«, antwortete der Baron.

Indessen verweilte er sich noch auf der Türschwelle und wollte von Jupien weitere Auskünfte über diese Stadtgegend in Paris. »Wissen Sie nichts über den Maronenverkäufer an der Ecke, ich meine nicht den links, das ist ein grauenhafter

Kerl, sondern den gegenüber, so ein großer, schwarzer, kräftiger Bursche? Und der Apotheker gegenüber, er hat einen netten Radler, der die Arzneien austrägt.« Offenbar fühlte sich Jupien durch diese Fragen gekränkt, denn während er die strenge Haltung einer anspruchsvollen betrogenen Schönen annahm, sagte er: »Ich glaube, Sie haben ein Herz wie ein Bienenhaus.« Dieser in schmerzlichem, eisigem und affektiertem Ton geäußerte Vorwurf rührte offenbar Monsieur de Charlus, denn um den schlechten Eindruck wieder zu verwischen, den seine Neugier hervorgerufen hatte, richtete er, zu leise allerdings, als daß ich verstehen konnte, an Jupien eine Bitte, die es zweifellos notwendig machte, daß sie ihren Aufenthalt im Laden noch etwas länger ausdehnten; dem Westenmacher genügte sie offenbar, um seinen Kummer zu bannen, denn er ließ auf dem fetten, geröteten Antlitz des Barons unter dem grauen Haar den wonnetrunkenen Blick eines Menschen ruhen, dessen Eigenliebe man mit Erfolg geschmeichelt hat, und entschlossen, Monsieur de Charlus nunmehr zu gewähren, was dieser von ihm erbeten hatte, sagte er nach Bemerkungen, die jeder Distinktion entbehrten, wie etwa: »Sie sind aber hinten gut versorgt!« mit lächelnder, bewegter, überlegener und dankerfüllter Miene: »Also, schon gut, großes Kind!«

– Wenn ich auf die Frage nach dem Straßenbahnschaffner zurückkomme, hielt Monsieur de Charlus beharrlich an seinem Thema fest, so deswegen, weil das abgesehen von allem übrigen ein gewisses Interesse für meine Rückfahrt haben könnte. Es geht mir tatsächlich manchmal wie dem Kalifen, der Bagdad in der Kleidung eines schlichten Kaufmanns durchwanderte, nämlich daß ich mich herablasse, einer merkwürdigen kleinen Person zu folgen, deren Silhouette mir gefällt. –

Ich machte hier die gleiche Beobachtung wie früher schon bei Bergotte. Wenn dieser sich jemals vor einem Tribunal zu verantworten hätte, würde er nicht die Wendungen gebrauchen, die am besten geeignet wären, die Richter zu überzeugen, sondern echt bergottische, die ihm ganz natürlich aus seinem speziellen literarischen Temperament zuströmten und die er nun einmal gern benutzte. In gleicher Weise verwendete Monsieur de Charlus in seinem Gespräch mit dem Westenmacher die Redeweise, deren er sich unter Weltleuten seiner Kreise bedient hätte, ja übertrieb sogar noch seine Manieriertheiten, sei es, daß die Schüchternheit, die er zu überwinden hatte, seinen Hochmut eher anfachte, sei es, daß sie ihn um die volle Beherrschung seiner selbst brachte (denn man ist befangener Menschen gegenüber, die nicht dem eigenen Milieu angehören) und ihn zwang, seine von Grund auf hochmütige und, wie Madame de Guermantes gesagt hatte, etwas schrullige Natur vollkommen zu offenbaren. »Um ihre Spur nicht zu verlieren, fuhr er fort, springe ich wie ein kleiner Lehrer oder ein hübscher junger Arzt in die gleiche Straßenbahn wie die bewußte kleine Person, von der wir nur im Femininum sprechen wollen, um uns der Regel zu adaptieren (so wie man von einer Fürstlichkeit in weiblicher Form spricht, wenn man fragt: ›Befindet die Hoheit sich wohl?‹). Wenn sie umsteigt, ergattere ich vielleicht gleichzeitig mit einer Ladung Pestmikroben diese unmögliche Sache, die man als ›Anschluß‹ bezeichnet, eine Nummer der Straßenbahn und, obwohl für meine Person bestimmt, nicht einmal Nummer eins! So steige ich selbst drei- bis viermal um. Manchmal lande ich dann elf Uhr abends an der Gare d'Orléans und muß von da aus wieder zurück! Und wenn es sich dabei wirklich nur um den Bahnhof handelte! Aber einmal bin ich zum Beispiel, weil es mir nicht vorher gelang, eine Unterhaltung in Gang zu bringen, bis Orléans selbst gefahren, in einem jener abscheulichen Waggons, in denen man zwischen dreieckigen Netzen in ›Knüpftechnik‹ die Photographie eines der hervorragendsten Meisterwerke der Architektur der betreffenden Linie vor Augen hat. Es war nur ein Platz frei, und ich hatte vor mir als historisches Monument eine Ansicht der Kathedrale von Orléans, die die häßlichste von ganz Frankreich ist und deren erzwungener Anblick auf mich so ermüdend wirkte, als müsse ich ihre Türme in den Glaskugeln jener durchsichtigen Federhalter betrachten, von denen man Augenweh bekommt. Ich stieg in Les Aubrais zugleich mit der jungen Person aus, die aber leider von ihrer Familie (auf alles war ich bei ihr gefaßt, nur darauf nicht, daß sie eine Familie hatte) am Bahnsteig erwartet wurde! Bis zur Abfahrt des Zuges, der mich wieder nach Paris brachte, blieb mir als Trost nur das Haus der Diane de Poitiers. Sie mag zwar meine königlichen Vorfahren begeistert haben, ich selbst jedenfalls hätte eine lebendigere Schönheit vorgezogen. Deswegen nun, als Linderungsmittel für die Langeweile solcher einsamen Heimfahrten würde ich recht gern die Bekanntschaft eines Schlafwagenangestellten oder Omnibusschaffners machen. Seien Sie übrigens nicht zu entsetzt, schloß der Baron, bei alledem kommt es immer ganz auf das Genre an. Was die jungen Leute von Welt zum Beispiel betrifft, wie man sie nennt, so verlangt es mich bei ihnen nicht nach physischem Besitz, aber ich bin erst zufrieden, wenn ich sie ›berührt‹ habe, ich meine nicht im physischen Sinne, sondern so, daß ich eine empfindliche Seite in ihnen getroffen habe. Wenn ein junger Mann erst einmal, anstatt meine Briefe unbeantwortet zu lassen, mir unaufhörlich schreibt, mir psychisch völlig hörig geworden ist, habe ich meine Ruhe oder vielmehr hätte sie, wenn ich nicht sehr bald von einem anderen in Anspruch genommen würde. Sonderbar, nicht wahr? A propos, diese jungen Leute aus der Gesellschaft: unter denen, die hier in dies Haus kommen, sind Ihnen wohl keine solchen bekannt?« – »Nein, mein Süßer. Ach, ja doch, ein Dunkler, sehr Großer mit Monokel, der immer lacht und sich nach mir umdreht.« – »Ich weiß nicht, wen Sie meinen.« Jupien vollendete das Porträt, Monsieur de Charlus aber konnte nicht entdecken, um wen es sich handelte, weil er nicht wußte, daß der ehemalige Westenmacher zu den Leuten gehörte – sie sind viel zahlreicher als man meint –, die sich an die Haarfarbe von Leuten, die sie nur wenig kennen, nicht erinnern können. Ich aber, der ich diese Schwäche Jupiens kannte und daraufhin ›dunkel‹ durch ›blond‹ ersetzte, war der Meinung, das Porträt sei genau das des Herzogs von Châtellerault. »Um noch einmal auf die jungen Leute zurückzukommen, die nicht dem Volke angehören, fuhr der Baron fort, so hat mir im Augenblick ein seltsamer kleiner Bursche den Kopf verdreht, ein gescheiter kleiner Bürgerlicher, der mir mit fabelhafter Unhöflichkeit gegenübertritt. Er hat gar kein Gefühl dafür, was für eine eminente Persönlichkeit ich bin, und was für ein mikroskopisches Urtierchen er selbst im Vergleich dazu ist. Aber schließlich, was macht es, dieser kleine Esel soll meinem erhabenen Bischofsgewand gegenüber nur so viel I–a schreien, wie er will.« – »Bischof! rief Jupien aus, der von den letzten Bemerkungen des Barons kein Wort verstanden hatte, den jedoch das Wort Bischof völlig zu überwältigen schien. Das verträgt sich aber schlecht mit der Religion«, sagte er. »Ich habe drei Päpste in meiner Familie, antwortete Monsieur de Charlus, und das Recht auf rotes Wappentuch von einem Titel her, der dem eines Kardinals entspricht, denn die Nichte des Kardinals, der mein Großonkel war, hat meinem Großvater einen Herzogstitel eingebracht, der der Ersatz dafür war. Aber ich sehe, daß bei Ihnen der Bilderschmuck der Rede auf taube Ohren trifft und daß ich Sie für französische Geschichte nicht erwärmen kann. Im übrigen, setzte er – weniger vielleicht als Schlußfolgerung denn als Warnung – hinzu, die Anziehung, die auf mich junge Leute ausüben, welche mich meiden – aus Furcht natürlich, denn der Respekt schließt ihnen die Lippen, die so gern ihrer Liebe Ausdruck geben möchten – setzt bei ihnen einen sehr hohen gesellschaftlichen Rang voraus. Zudem kann ihre vorgebliche Gleichgültigkeit trotzdem eine Wirkung ganz entgegengesetzter Art hervorbringen. Allzu töricht verlängert, erregt sie Widerwillen bei mir. Um ein Beispiel aus einer Klasse zu wählen, die Ihnen vielleicht näherliegt: als mein Stadthaus renoviert wurde, habe ich um keine Eifersucht unter den Herzoginnen zu schaffen, die sich die Ehre streitig machten, sagen zu können, ich hätte bei ihnen gewohnt, ein paar Tage ›im Hotel logiert‹, wie man sagt. Einer der Etagenboys war mir bekannt, ich machte ihn auf einen merkwürdigen kleinen Pagen aufmerksam, der Wagentüren schloß und für meine Angebote unzugänglich blieb. Am Ende meiner Geduld angekommen, ließ ich ihm, um die Reinheit meiner Absichten darzutun, eine lächerlich hohe Summe anbieten, wenn er mich nur für eine Unterhaltung von fünf Minuten auf meinem Zimmer besuchte. Ich wartete vergebens auf ihn. Darauf faßte ich eine solche Abneigung gegen ihn, daß ich die Hintertreppe benutzte, nur um das Lärvchen dieses widerwärtigen kleinen Schelms nicht mehr vor Augen zu haben. Später habe ich in Erfahrung gebracht, daß er keinen meiner Briefe erhalten hat, alle waren abgefangen worden, der erste von dem Etagenboy, der neidisch auf ihn, der zweite von dem Tagesportier, welcher tugendhaft war, und der dritte von dem Nachtportier, der, in den jungen Hoteldiener verliebt, sich mit ihm zu der Stunde auf sein Lager verfügte, da Diana das ihre verließ. Aber meine Abneigung blieb gleichwohl bestehen, und wenn man mir den Pagen heute wie ein Wildbret auf silberner Platte servierte, würde ich ihn mit einem Würgen der Übelkeit unbedingt von mir weisen. Sehen Sie, da haben wir das Pech! Durch unser seriöses Gespräch haben wir uns um das gebracht, was ich für uns erhoffte. Doch Sie können mir große Dienste erweisen, zum Beispiel ein bißchen vermitteln; aber nein, der bloße Gedanke daran muntert mich derart auf, daß ich spüre, es ist noch immer für gar nichts zu spät.«

Seit dem Beginn dieser Szene hatte sich für meine Augen, von denen es wie Schuppen fiel, eine unerhörte Wandlung in Monsieur de Charlus vollzogen, und zwar ebenso umfassend und plötzlich, als habe ihn ein Zauberstab berührt. Bis dahin hatte ich nicht begriffen, und aus diesem Grunde sah ich auch nichts. Das Laster (wenn man es der Bequemlichkeit halber so nennen will) eines jeden einzelnen begleitet diesen nach Art der Genien, die für die Menschen unsichtbar waren, solange diese von ihrer Anwesenheit keine Kenntnis hatten. Güte, Betrug, Name, gesellschaftliche Beziehungen lassen sich nicht erkennen, man trägt sie verborgen mit sich umher. Odysseus sogar vermochte zunächst Athene nicht zu erkennen. Doch sind die Götter unmittelbar den Göttern offenbart, der Gleichgesinnte ebenso rasch einem Gleichgesinnten, und so auch Monsieur de Charlus von vornherein kenntlich für Jupien. Bislang hatte ich mich Monsieur de Charlus gegenüber in der Lage des Zerstreuten befunden, der beharrlich einer schwangeren Frau, deren schwerer gewordenen Leib er nicht konstatiert und die ihm lächelnd immer wieder sagt: ›Oh, ich bin im Augenblick etwas angegriffen‹, die indiskrete Frage stellt: ›Aber was haben Sie denn?‹ Wenn dann jemand ihm sagt: ›Sie ist in andern Umständen‹, bemerkt er ihren starken Leib und sieht nun nichts anderes mehr. Der Verstand öffnet ihm den Blick; ein behobener Irrtum beschenkt uns mit einem neuen Sinn.

Diejenigen Personen, die nicht gern als Beispiel für diese Regel die ›Charlusse‹ ihrer Bekanntschaft heranziehen wollen, gegen die sie lange Zeit keinerlei Verdacht hegten bis zu dem Tage, an dem auf der glatten Oberfläche eines Individuums, das ihnen sonst in allem glich, in einer bis dahin unsichtbaren Tinte eingetragen jene Lettern erschienen, aus denen sich das den Griechen teure Wort zusammensetzt, brauchen – um sich zu überzeugen, daß die sie umgebende Welt sich ihnen anfangs kahl, der tausend Zierden ermangelnd zeigt, in deren Schmuck sie hingegen den Eingeweihteren erscheint – sich nur daran zu erinnern, wie oft im Leben sie schon im Begriff gewesen sind, einen Taktfehler zu begehen. Nichts auf dem unbeschriebenen Allerweltsgesicht dieses oder jenes Mannes konnte sie auf den Gedanken bringen, daß dies ausgerechnet der Bruder oder der Verlobte oder der Liebhaber einer Frau sei, von der sie gerade per ›diese Kuh!‹ zu sprechen im Zuge waren. Dann aber hält glücklicherweise ein Wort, das ihnen ein Nachbar zuraunt, auf ihren Lippen den fatalen Ausdruck zurück. Im Nu leuchten wie ein Menetekel die Worte auf: ›Er ist der Verlobte‹ oder ›er ist der Bruder‹, oder ›er ist der Liebhaber‹, nämlich der Frau, die man also vor ihm nicht als ›diese Kuh‹ bezeichnen darf. Diese Vorstellung aber genügt von da an, um eine vollständige Neuorientierung, eine Revision oder eine Verstärkung aller der nunmehr abgerundeten Vorstellungen zu bewirken, die man von der übrigen Familie besaß. In Monsieur de Charlus mochte sich noch so sehr, eng mit ihm verkoppelt, ein anderes Wesen, das ihn von den übrigen Männern unterschied, wie das Pferd im Zentauren verbergen, ich hatte es niemals bemerkt. Jetzt, da das Abstrakte wirkliche Gestalt angenommen hatte, besaß das endlich erkannte Wesen auf der Stelle seine Macht nicht mehr, unsichtbar zu bleiben, und die Umwandlung von Monsieur de Charlus in eine neue Person war so vollständig, daß nicht nur die Kontraste in seinem Mienenspiel, seiner Stimme, sondern rückblickend auch der jähe Wechsel in seinen Beziehungen zu mir, alles was mir bislang im Geiste unvereinbar erschienen war, nunmehr verständlich wurde, augenfällig wie ein Satz, der keinen Sinn hat, solange er in seinen einzelnen Lettern willkürlich zerlegt erscheint, jedoch wenn diese in richtiger Ordnung wieder aneinandergefügt worden sind, einen Gedanken ausdrückt, den man nicht wieder vergessen kann.

Zudem begriff ich jetzt, wieso ich vorhin, als ich Monsieur de Charlus von Madame de Villeparisis hatte herauskommen sehen, finden konnte, er gleiche einer Frau: ganz einfach, weil er eine war! Er gehörte zu jener Menschengruppe, deren Angehörige weniger Widersprüche in sich bergen, als man meint, deren Ideal männlich, gerade weil ihr Temperament weiblich ist, die aber sonst im Leben – freilich nur scheinbar – wie andere Männer sind; da, wo jeder in seinen Augen, durch die er alle Dinge der Welt betrachtet, eine bestimmte Silhouette auf seiner Iris eingezeichnet trägt, schwebt diesen nicht eine Nymphe, sondern ein Ephebe vor. Es ist ein Geschlecht, auf dem ein Fluch liegt, ein Geschlecht, das in Lüge und Meineid leben muß, da es weiß, daß für sträflich und schmachvoll, für ganz uneingestehbar gilt, was sein höchstes Verlangen ist und als solches für jedes andere Geschöpf die größte Beseligung des Daseins bedeuten würde; das seinen Gott verleugnen muß, weil seine Angehörigen, selbst wenn sie Christen sind, sobald sie als Angeklagte vor den Schranken des Tribunals erscheinen, auch im Angesicht des Kruzifixes und unter Anrufung des heiligen Namens sich dessen als einer Verleumdung erwehren müssen, was ganz und gar ihr Leben erfüllt; Söhne ohne Mutter, denn auch die müssen sie ihr Leben lang belügen, selbst in der Stunde noch, da sie ihr endlich die Augen zudrücken; Freunde ohne Freundschaft trotz der Gefühle, die ihr oft anerkannter Zauber anderen einzuflößen vermag und die ihr oft sogar gutes Herz selbst verspüren könnte; aber kann man als Freundschaft Beziehungen bezeichnen, die auf einer Lüge aufgebaut sind und aus denen nach dem ersten Ausbruch von Vertrauen oder Aufrichtigkeit, zu dem sie sich etwa versucht fühlten, man sie mit Abscheu wieder entlassen wird, wofern sie nicht mit einem unparteiischen, ja sogar ihnen sympathisch gegenüberstehenden Geist zu tun haben, der aber dann, durch eine konventionelle Psychologie geblendet, gerade aus dem eingestandenen Laster bei ihnen jene Art der Zuneigung ableiten muß, die ihm die allerfremdeste ist, ebenso wie gewisse Richter einen Mord leichter bei Invertierten voraussetzen und verzeihen und den Tatbestand des Verrats bei Juden aus Gründen annehmen, die sie aus der Erbsünde und schicksalhaften rassischen Bedingtheiten ableiten? Endlich auch – wenigstens nach der ersten, noch vagen Theorie, die ich mir damals hierüber bildete und die ich, wie man sehen wird, in der Folge korrigieren mußte, an der sie aber gerade das besonders gekränkt haben würde, wenn nicht dieser Widerspruch ihren Blicken durch die Illusion entzogen worden wäre, durch die sie sehen und leben – Liebhaber, denen fast völlig die Möglichkeit der Liebe verschlossen ist, auf welche zu hoffen ihnen die Kraft verleiht, so viele Wagnisse und Einsamkeiten zu ertragen, da sie gerade in einen Mann verliebt sind, der nichts von einer Frau haben, nicht invertiert sein dürfte und sie infolgedessen ja gar nicht lieben kann, so daß ihr Verlangen auf immer ungestillt bliebe, wenn nicht Geld ihnen richtige Männer verschaffte und ihre Phantasie ihnen schließlich dennoch ermöglichte, die Invertierten, mit denen sie sich eingelassen haben, für echte Männer zu halten. Sie haben keine Ehre außer einer, die im höchsten Maße fragwürdig ist, keine Freiheit außer der vorläufigen bis zur Aufdeckung ihres Verbrechens, keine Stellung, die nicht ganz unzuverlässig wäre, so wie es jenem Dichter erging, der eben noch in allen Salons gefeiert und in allen Theatern Londons mit Beifall bedacht, am Tage darauf aus jedem noch so bescheidenen Logis verjagt, schließlich nicht mehr wußte, wo er sein Haupt betten sollte, den Mühlstein drehte wie Samson und sich sagen mußte, wie dieser in der Dichtung von Vigny es tut:

Les deux sexes mourront chacun de son côté.

Sie sind ausgeschlossen sogar, außer in den Tagen gnadenlosen Mißgeschicks, wo sich die meisten doch wieder um das Opfer scharen wie die Juden um Dreyfus, aus der Sympathie – manchmal sogar aus der Gesellschaft – von ihresgleichen, denen sie Schauder einflößen, wenn diese, was sie selber sind, in einem Spiegel erkennen, der ihnen nicht schmeichelt, sondern ihnen alle Mängel entdeckt, die sie an ihrer Person nicht haben bemerken wollen, und sie begreifen lehrt, daß das, was sie ihre Liebe nannten (und der sie, mit diesen Worten spielend, auf Grund einer bloßen Assoziation alles hinzugesetzt hatten, womit Poesie, Malerei, Musik, ritterlicher Geist oder Askese die Liebe jemals verschönt haben) nicht einem selbstgewählten Schönheitsideal, sondern unheilbarer Krankheit entspringt. Wie die Juden wiederum (abgesehen von einigen, die nur mit den Angehörigen ihrer eigenen Rasse umgehen wollen, immer rituelle Ausdrücke auf der Zunge haben oder Witze, die sich auf heilige Dinge beziehen) meiden sie einander und suchen statt dessen jene, die ihnen am meisten entgegengesetzt sind, doch nichts von ihnen wissen wollen, deren rauhe Ablehnung sie aber zu verzeihen bereit sind und an deren Entgegenkommen sie sich förmlich berauschen; in eine Gemeinsamkeit gleichwohl mit ihresgleichen gezwungen durch das gewisse Scherbengericht, das über sie verhängt wird, und die Schmach, in die sie hinabgesunken sind, weil ihnen doch schließlich eine Verfolgung, die der des Judentums ähnlich ist, die physischen und psychischen Merkmale einer Rasse aufgedrückt haben; manchmal schön, manchmal Abscheu erregend (trotz des Spottes, mit dem derjenige, der sich mehr der entgegengesetzten Rasse vermischt, ihr besser angepaßt hat und nach außen hin der vergleichsweise weniger Invertierte scheint, den andern überhäuft, der es eindeutiger geblieben ist) finden sie im Umgang mit ihresgleichen eine Entspannung und selbst eine Stütze für ihre Existenz, wobei sie sogar, während sie ablehnen, eine besondere Menschengruppe zu sein (deren Name als die größte Beleidigung gilt) denjenigen, denen es gelingt, ihre Zugehörigkeit zu verbergen, gern die Maske abreißen, weniger um jenen zu schaden, obwohl ihnen auch das nicht unbedingt übel gefällt, als um sich selbst zu entschuldigen, und geneigt, wie ein Arzt die Blinddarmentzündung, so ihrerseits die Inversion in die Geschichte zurückverfolgen und mit Genugtuung daran zu erinnern, daß Sokrates einer der Ihren war (wie die Israeliten von Jesus sagen, er sei Jude gewesen) ohne daran zu denken, daß es keine abnorm Veranlagten gab zu einer Zeit, als Homosexualität etwas ganz Reguläres war, wie auch keine Christenfeinde vor Christus, und daß erst der darauf ruhende Makel das Verbrechen zu einem solchen stempelt, weil er einzig die übriggelassen hat, die jeder Predigt, jedem Beispiel, jeder Züchtigung unzugänglich waren auf Grund einer ganz speziellen, angeborenen Disposition, welche, obwohl zuweilen von hohen moralischen Qualitäten begleitet, anderen Menschen mehr zuwider ist als gewisse Laster, bei denen das nicht der Fall sein kann, wie Diebstahl, Grausamkeit, Unredlichkeit, die aber doch besser verstanden und infolgedessen auch von der Mehrzahl der Menschen leichter entschuldigt werden; sie schaffen ein Freimaurertum, das sowohl ausgebreiteter als wirksamer ist und weniger beargwöhnt wird als dasjenige der Logen, denn es beruht auf einer Gleichheit der Neigungen, der Bedürfnisse, der Gewohnheiten, des Wagnisses, der Lehre, des Wissens, des Umgangs, des Vokabulars, innerhalb dessen die Mitglieder, die sich gar nicht zu kennen wünschen, sich dennoch sofort an natürlichen oder konventionellen, unwillkürlichen oder gewollten Zeichen ermitteln, die dem Bettler an dem großen Herrn, dem er den Wagenschlag schließt, dem Vater an dem Verlobten seiner Tochter, demjenigen, der Heilung oder seelische Entlastung in der Beichte oder Verteidigung vor Gericht erstrebt, in dem Arzt, dem Priester, dem Anwalt, den er aufgesucht hat, untrüglich als solche erscheinen; alle sind genötigt, ihr Geheimnis zu wahren, während sie ihrerseits Teilhaber an dem Geheimnis der anderen sind, von dem die übrige Menschheit nichts ahnt, das ihnen aber die unwahrscheinlichsten Abenteuerromane wahr erscheinen läßt, denn in einem solchen Leben, das selbst etwas unzeitgemäß Romanhaftes hat, ist der Botschafter der Freund des Sträflings, der Fürst geht, wenn er das Palais der Herzogin verläßt, mit einer Leichtigkeit, die ihm seine aristokratische Erziehung verleiht und über die ein zitternder Kleinbürger nicht verfügen würde, zu einer Unterhandlung mit dem Apachen; sie stellen einen ausgestoßenen Teil der menschlichen Gemeinschaft dar, doch einen bedeutenden Teil, nur vermutet, wo er nicht sichtbar wird, frech und ungestraft da, wo kein Mensch ihn errät; seine Anhänger finden sich überall, im Volke, in der Armee, im Tempel, im Zuchthaus, auf dem Thron; schließlich lebt auch ein großer Teil wenigstens in innigem und gefährlichem Umgang mit den Männern der anderen Rasse, die er reizt und mit denen er sein Spiel treibt, indem er von seinem Laster spricht, als ob es nicht das seine sei, ein Spiel, das leicht gemacht wird durch die Verblendung oder die Falschheit der anderen; ein Spiel, das jahrelang andauern kann bis zu dem Tage des Skandals, an dem diese Bändiger selbst verschlungen werden; bis dahin gezwungen, ihr Leben zu verbergen, ihre Blicke dort wegzuwenden, wo sie gern haften würden, sie auf dem zu fixieren, wovon sie wegschauen möchten, wandeln sie notgedrungen das Geschlecht vieler Adjektive in ihrem Vokabular ab – ein durch die Gesellschaft verhängter Zwang, der leicht wiegt neben dem inneren Zwang, den ihr Laster oder das, was man in unangemessener Weise so nennt, ihnen weniger mit Rücksicht auf andere als auf sie selbst auferlegt, wirksam in einem Maße, daß es ihnen selber gar nicht mehr als Laster erscheint. Manche aber, die praktischer denken und es eiliger haben, die sich die Zeit nicht nehmen, die Dinge erst vorsichtig auszuhandeln und auf Vereinfachung des Lebens und den Zeitgewinn zu verzichten, der sich aus dem Zusammenwirken mit anderen häufig ergibt, haben sich zwei Gesellschaften zugelegt, deren eine ausschließlich aus Wesen ihresgleichen besteht.

Das fällt besonders in die Augen bei denen, die arm und ohne Verbindung aus der Provinz kommen, ohne irgend etwas anderes als den Ehrgeiz, eines Tages ein berühmter Arzt oder Anwalt zu sein, deren Geist noch aller Meinungen bar und deren Körper noch unbekannt mit aller Verfeinerung der Gewohnheiten ist, die aber beides aufs schnellste reicher ausstatten möchten, so wie sie für ihr kleines Zimmer im Quartier latin die Möbel kaufen nach dem Muster dessen, was sie anderen abgeschaut haben und ihnen nachmachen möchten, jenen nämlich, die bereits in der nützlichen oder ehrenwerten Profession fest im Sattel sitzen, in die sie einzutreten und in der sie berühmt zu werden wünschen; bei diesen ist ihre spezielle Neigung, die sie unbewußt ererbt haben, wie die Veranlagung zum Zeichnen, zur Musik oder zur Blindheit, vielleicht die einzige lebendige oder zwingende Originalität – eine Originalität, die an gewissen Abenden ihnen auferlegt, diese oder jene für ihre Laufbahn eventuell nützliche Veranstaltung mit Leuten zu versäumen, deren Art zu sprechen, zu denken, sich zu kleiden und das Haar zu tragen sie im übrigen angenommen haben. In ihrem Stadtviertel, in dem sie sonst nur mit ihren Studiengenossen, ihren Lehrern oder irgendeinem arrivierten oder sie protegierenden Landsmann verkehren, haben sie schnell andere junge Leute entdeckt, welche die gleiche Neigung in ihre Nähe rückt, so wie in einer Kleinstadt der Mittelschullehrer und der Notar sich finden, weil alle beide Kammermusik oder die Elfenbeinskulpturen des Mittelalters lieben. Mit Bezug auf den Gegenstand ihrer Zerstreuung von dem gleichen Nützlichkeitsinstinkt und demselben professionellen Geist geleitet, der sie in ihrer Karriere bestimmt, finden sie sie wieder bei Zusammenkünften, zu denen ein Außenstehender ebensowenig zugelassen ist wie zu solchen, bei denen sich die Liebhaber von alten Tabatieren, japanischen Holzschnitten, seltenen Blumen vereinigen und wo infolge der Freude an Belehrung, der Nützlichkeit des Tausches und der Furcht vor Wettbewerb gleichzeitig, wie an einer Briefmarkenbörse, das enge Einverständnis der Spezialisten, aber auch die wilde Rivalität aller Sammler herrscht. Niemand übrigens in dem Café, in dem sie ihren Stammtisch haben, weiß, um was für eine Vereinigung es sich dabei handelt, ob man es mit der Zusammenkunft einer Anglergesellschaft, einer solchen von Redaktionssekretären oder der aus dem Departement Indre Gebürtigen zu tun hat, so korrekt ist ihre Haltung, so reserviert und kühl ihre Miene, und so wenig wagen sie – außer ganz schüchtern vielleicht – die jungen Leute der vornehmen Kreise anzusehen, die jungen Löwen der Gesellschaft, die sich ein paar Meter entfernt höchst geräuschvoll über ihre Geliebten äußern und von denen – wie diejenigen, welche sie bewundern, ohne daß sie wagen, den Blick zu ihnen zu erheben, erst zwanzig Jahre später erfahren, wenn die einen schon dicht vor ihrem Eintritt in eine Akademie stehen und die andern alte Clubleute sind – der Verführerischste, jetzt ein dicker und ergrauender Charlus, in Wirklichkeit ihnen gleichgeartet war, aber anderswo, in einer anderen Welt, unter anderen äußeren Zeichen und ihnen unbekannten Symbolen, deren Verschiedenheit von den ihren sie irregeleitet hat. Doch sind die Gruppen untereinander mehr oder weniger avanciert; und wie sich die ›Union des Gauches‹ von der ›Fédération socialiste‹ und diese oder jene Gesellschaft zur Pflege der Musik Mendelssohns von der Schola Cantorum unterscheidet, gibt es an gewissen Abenden an einem anderen Tisch Extremisten, die ein Armband unter ihrer Manschette vorsehen lassen, manchmal auch ein Kollier aus dem Schlitz ihres Kragens, durch ihre zudringlich fixierenden Blicke, ihr Glucksen, ihr Lachen, die Zärtlichkeiten, die sie untereinander austauschen, eine Schar von Schülern schleunigst in die Flucht schlagen und mit einer Höflichkeit, hinter der Empörung lauert, von einem Kellner bedient werden, der wie an den Abenden, wo er den Dreyfus-Anhängern aufzuwarten hat, am liebsten die Polizei holen würde, wenn es nicht dennoch vorteilhaft wäre, die Trinkgelder einzustecken.

Solchen organisierten Gemeinschaften stellt man im Geist die Neigung der Einzelgänger gegenüber, einerseits ohne allzu künstliches Bemühen, denn man tut nur, was diese Einzelgänger selbst tun, welche glauben, daß nichts sich so sehr von dem organisierten Laster unterscheidet wie das, was sie selbst für unverstandene Liebe halten, und doch mit einer gewissen gewaltsamen Vereinfachung, denn diese verschiedenen Klassen entsprechen ebenso wie verschiedenen physiologischen

Typen auch noch den verschiedenen Phasen einer pathologischen oder auch nur sozialen Entwicklung. Und sehr selten tatsächlich kommt es vor, daß nicht schließlich doch diese Einzelgänger eines Tages in derartigen Organisationen aufgehen, zuweilen aus bloßer Müdigkeit oder Bequemlichkeit (so wie auch die, die am meisten dagegen waren, schließlich doch Telephon bei sich legen lassen, das Ehepaar Jena empfangen oder bei Potin kaufen). Sie werden übrigens im allgemeinen nicht sehr freundlich aufgenommen, denn in ihrem verhältnismäßig sittenreinen Leben hat der Mangel an Erfahrung und die Sättigung durch bloße Träumerei, auf die sie angewiesen waren, stärker die besonderen Merkmale der Effeminiertheit ausgebildet, welche diejenigen, die sich im Laster zusammengefunden haben, zu verwischen bemüht sind. Man muß zugeben, daß bei manchen dieser Neuhinzugekommenen die Frau nicht nur im Innern neben dem Manne lebt, sondern in unschöner Weise äußerlich sichtbar wird, wenn sie, unaufhörlich von hysterischen Konvulsionen geschüttelt, mit schrillem Lachen Knie und Hände zusammenkrampfen und der Mehrheit der Menschen nicht ähnlicher sind als jene Affen mit ihren Greiffüßen und dem melancholischen und von Ringen umzogenen Blick, die einen Smoking anlegen und eine schwarze Krawatte tragen; diese Neueingetretenen werden daraufhin von vielleicht weniger Unverdorbenen so beurteilt, als sei der Umgang mit ihnen kompromittierend, und ihre Zulassung scheint erschwert; man nimmt sie indessen dennoch auf, und sie profitieren dann ebenfalls von jenen Erleichterungen, durch welche Handel und große Unternehmungen das Leben des einzelnen verwandelt haben, indem sie ihm Waren zugänglich machten, die bis dahin zu kostspielig zu erwerben oder sogar schwierig aufzutreiben waren, und haben nunmehr in Fülle das, was sie allein auch in den größten Menschenmengen nie hätten entdecken können.

Aber selbst bei solchen unzähligen Möglichkeiten des Auslebens ihrer Neigungen ist der soziale Zwang doch zu schwer für manche, besonders unter denjenigen, die sich geistig nicht genügend in Zucht halten und ihre Art von Liebe für noch seltener ansehen als sie ist. Wir wollen im Augenblick diejenigen beiseite lassen, bei denen der exzeptionelle Charakter ihrer Neigungen bewirkt, daß sie sich den Frauen überlegen glauben und sie verachten, aus der Homosexualität aber das Privileg der großen Genies und glorreichen Epochen machen, und die, wenn sie sich bemühen, für ihre Neigungen auch andere zu gewinnen, es weniger unter denen versuchen, die dafür sichtlich prädestiniert sind, so wie es der Morphinist mit dem Morphium macht, als vielmehr unter denen, die ihnen würdig erscheinen – aus Eifer des Apostolats, so wie andere den Zionismus, die Verweigerung des Militärdienstes, den Saint-Simonismus, das Vegetariertum oder die Anarchie predigen. Einige weisen, wenn man sie morgens im Bett überrascht, einen wundervollen Frauenkopf auf, so allgemein ist der Gesichtsausdruck, und so sehr symbolisiert er das ganze Geschlecht; das Haar sogar bezeugt es; sein Fall hat etwas Weibliches; frei fließend legt es sich derart natürlich in Locken an die Wange, daß man staunend bewundert, wie die junge Frau, das junge Mädchen, Galatea, noch kaum erwacht, im Unbewußten dieses männlichen Körpers, in den sie eingeschlossen ist, auf eine so erfindungsreiche Art, aus sich selbst, ohne es irgend jemandem abgesehen zu haben, sich der geringsten Möglichkeit bedient, um aus ihrem Gefängnis zu schlüpfen und zu finden, was sie zum Leben notwendig braucht. Zweifellos sagt sich der junge Mann mit diesem bezaubernden Kopf nicht selbst: ›Ich bin eine Frau.‹ Aber wenn er – aus vielen Gründen, die es dafür geben kann – mit einer Frau lebt, kann er ihr gegenüber zwar leugnen, daß er selbst eine ist, ihr schwören, daß er niemals Beziehungen mit Männern gehabt hat, aber sie soll ihn sich nur ansehen, so wie wir ihn eben gezeigt haben, im Bett liegend, im Pyjama, mit nackten Armen und nacktem Hals unter dem schwarzen Haar. Der Pyjama ist die Nachtjacke einer Frau geworden, der Kopf der einer hübschen Spanierin. Die Geliebte entsetzt sich vor den Bekenntnissen, die da vor ihren Blicken ans Licht dringen und die wahrer als Worte, ja als Taten sind, und welche die Taten, wenn sie es nicht schon getan haben, schließlich nur bestätigen können, denn jedes Wesen folgt seinem Drang zur Lust, und wenn dieses Wesen nicht allzu lasterhaft ist, so sucht es diese Lust bei dem entgegengesetzten Geschlecht. Für den Invertierten aber beginnt das Laster nicht, wenn er weibliche Bekanntschaften macht (denn allzu viele Gründe können zwingend dazu führen) sondern wenn er seine Lust bei Frauen sucht. Der junge Mann, den wir soeben darzustellen versucht haben, war so offensichtlich eine Frau, daß die Frauen, die ihn mit Verlangen anschauten (wofern sie nicht selbst einem ganz besonderen Geschmack huldigten) der gleichen Enttäuschung entgegensahen wie diejenigen, die in den Komödien Shakespeares von einem verkleideten jungen Mädchen getäuscht werden, das sich als Jüngling ausgibt. Die Täuschung ist die gleiche, der Invertierte weiß es sogar, er verrät die Desillusion, welche nach der Demaskierung die Frau erleben wird, und fühlt, zu welchem Quell phantastischer Poesie dieser Irrtum über sein Geschlecht werden kann. Im übrigen wird er vergeblich seiner Geliebten, die Ansprüche an ihn stellt (wenn sie nicht ihrerseits eine Bürgerin Gomorras ist) das Eingeständnis vorenthalten: ›Ich bin eine Frau.‹ Mit welcher List, welcher Beweglichkeit, welcher eigensinnigen Zähigkeit gleich der einer Kletterpflanze wird doch in ihm die unbewußt vorhandene aber für das Auge des Betrachters erkennbare Frau nach dem einen körperlichen Element der Männlichkeit suchen! Man braucht nur das lockige Haar auf dem weichen Kopfkissen anzuschauen, um zu verstehen, daß dieser junge Mann am Abend, wenn er seinen Eltern, ihnen und sich selbst zum Trotz, entschlüpft, es gewiß nicht tun wird, um zu Frauen zu gehen. Seine Geliebte kann ihn züchtigen, einschließen, am nächsten Tag wird der Weibmann das Mittel gefunden haben, sich einem Mann anzuschließen, so wie die Winde ihre Ranken dorthin sendet, wo eine Harke oder ein Rechen winkt. Warum sollten wir, wenn wir in dem Gesicht dieses Mannes zarte Züge bewundern, die uns rühren, eine natürliche Liebenswürdigkeit, wie Männer sie nicht besitzen, tief betrübt sein zu erfahren, daß dieser junge Mensch Verlangen nach kräftigen Boxern trägt? Das sind die verschiedenen Aspekte einer gleichen Wirklichkeit, und der uns am meisten widerstrebt, ist sogar der rührendste, rührender als alle liebenswürdigen Züge, denn er stellt eine bewundernswerte unbewußte Bemühung der Natur dar um Selbstbehauptung des Geschlechts; trotz des trügerischen Äußern zeigt sich der uneingestandene Versuch, sich zu dem hinzuflüchten, was ein Grundirrtum der Gesellschaft diesem Wesen so ferngerückt hat: was die einen anbetrifft, diejenigen offenbar, die als Kinder die Schüchternsten gewesen sind, kümmern sie sich kaum um die materielle Form des Vergnügens, dessen sie teilhaftig werden, wenn sie es nur mit einem männlichen Gesicht in Zusammenhang bringen können. Andere hingegen, die offenbar leidenschaftlichere Sinne haben, verlangen für ihre Lust gebieterischer bestimmte Lokalisierungen. Diese letzteren würden durch ein Geständnis die Durchschnittsmenschheit schokkieren. Sie leben vielleicht weniger ausschließlich unter der Herrschaft des Saturn-Satelliten, denn für sie kommen Frauen immerhin eher in Betracht als für die ersteren, für welche sie nicht existieren würden, wenn es nicht die Sphäre der Unterhaltung, der Koketterie, die Liebe vom Verstand her gäbe. Die zweiten aber suchen die Frauen, die selbst Frauen lieben, denn diese können ihnen einen jungen Mann verschaffen und dadurch das Vergnügen an ihrem Umgang steigern; mehr noch, sie können bei diesen Frauen selbst die Lust finden, die sie sonst nur mit einem Mann erleben. Daher kommt es, daß die Eifersucht bei denjenigen, die die ersteren lieben, nur durch die Lust entfacht wird, die jene bei einem Mann finden könnten und die für die Liebenden als der einzige Verrat erscheint, da solche Geliebten an der Frauenliebe nicht teilhaben, sie nur aus Gewohnheit und um sich die Möglichkeit einer Heirat offenzuhalten, in der Praxis pflegen, sich dabei aber so wenig das Vergnügen vorzustellen vermögen, das man daran haben kann, daß die Liebenden nicht darunter leiden können, wenn der Geliebte es genießt, während die zweiten oft Eifersucht durch ihre Liebschaften mit Frauen einflößen. Denn in den Beziehungen, die sie mit diesen haben, spielen sie für die Frau, welche Frauen liebt, die Rolle einer anderen Frau, und die Frau bietet ihnen ungefähr das, was solche Männer bei dem Manne finden, so daß der eifersüchtige Freund darunter leidet, den Geliebten an die geschmiedet zu wissen, die für ihn fast ein Mann ist, während er gleichzeitig das Gefühl hat, daß er ihm entgleitet, weil er für jene Frau etwas ist, was er selber nicht kennt, eine Art von Frau. Wir wollen auch gar nicht von den jungen Toren reden, die aus einer Art von Kinderei, um ihre Freunde zu necken oder ihre Eltern zu entrüsten, einen merkwürdigen Eifer entfalten, Kleidungsstücke zu wählen, die an Frauenkleider erinnern, ihre Lippen rot färben und ihre Augen schwärzen; lassen wir sie beiseite, denn das sind die, welche, nachdem sie nur allzu grausam die Folgen ihrer zur Schau getragenen Neigung haben spüren müssen, ein ganzes Leben auf das vergebliche Bemühen verwenden, durch eine puritanisch strenge Haltung das Unrecht wiedergutzumachen, das sie sich selbst zugefügt haben, als sie vom gleichen Teufel geritten wurden, der junge Frauen des Faubourg Saint-Germain dazu verführt, auf eine skandalöse Art und Weise zu leben, mit allem Brauch zu brechen, ihrer Familie Spott und Schande zu bereiten bis zu dem Tage, an dem sie anfangen, beharrlich und erfolglos den Abhang wieder zu erklimmen, den hinabzugleiten sie so amüsant fanden oder vielmehr einfach nicht unterlassen konnten. Stellen wir endlich für eine spätere Betrachtung diejenigen zurück, die einen Pakt mit Gomorra schließen. Wir werden von ihnen erst sprechen, wenn Monsieur de Charlus ihre Bekanntschaft machen wird. Wir wollen alle, die der einen oder anderen

Spielart, die zu gegebener Zeit schon noch auftreten werden, unberücksichtigt lassen, und hier, um diese erste Darlegung vollends abzurunden, nur noch mit einem Wort auf eine Gattung zurückkommen, von der wir eben zu sprechen angefangen hatten, nämlich die Einzelgänger. Da sie ihr Laster für etwas Exzeptionelleres halten als es eigentlich ist, haben sie angefangen, ganz für sich zu leben von dem Tage an, da sie es entdeckten, nachdem sie es schon lange in sich getragen hatten, ohne es zu kennen, länger jedenfalls als andere. Denn niemand weiß zunächst, daß er invertiert oder Dichter, ein Snob oder auch ein Bösewicht ist. Wie mancher Schüler, der Liebesgedichte auswendig lernte oder obszöne Bilder betrachtete und sich dabei dicht an einen Kameraden drängte, bildete sich ein, mit ihm nur eins zu sein im gemeinsamen Drang nach der Frau. Wie sollte er meinen, daß er nicht allen andern gleich ist, wenn er doch die Substanz dessen, was er empfindet, bei der Lektüre von Madame de La Fayette, Racine, Baudelaire, Walter Scott wiedererkennt zu einer Zeit, da er sich noch zu wenig zu beobachten versteht, um zu merken, daß er eigenes hinzugefügt hat und daß zwar das Gefühl das gleiche, doch das Objekt verschieden, nämlich, was er ersehnt, Rob Roy und nicht Diana Vernon ist? Bei vielen bewirkt eine defensive Vorsicht des Instinkts, die der Hellsichtigkeit des Verstandes vorausgeht, daß der Spiegel und die Wände ihres Zimmers unter Farbendrucken verschwinden, die Bilder von Schauspielerinnen sind; sie machen Verse wie:

Nur Chloe lieb' ich auf der Welt,
Die Göttliche, die mir gefällt,
Die mir die Brust in Liebe schwellt.

Muß man deshalb schon am Anfang solcher Lebensläufe eine Neigung erkennen, die man später bei ihnen nicht wiederfinden wird, wie es mit den blonden Locken der Kinder geht, die nachträglich dunkel werden? Wer weiß, ob die Frauenphotographien nicht ein Ausdruck beginnender Heuchelei sind, ein Beginn des Grauens auch vor anderen ihrer eigenen Art! Aber die Einzelgänger sind gerade diejenigen, denen Heuchelei gewöhnlich schmerzlich ist. Vielleicht ist das Beispiel der Juden, die einer Art von Diaspora angehören, nicht einmal deutlich genug, um zu erklären, wie wenig Macht die Erziehung über die invertierten Einzelgänger besitzt und mit welcher Kunst sie es fertigbringen, immer wieder – wenn auch nicht gerade auf etwas so schlechthin Schauriges wie einen Selbstmord, den die vom Wahn Befallenen trotz aller Vorsichtsmaßregeln, die man ergreift, immer wieder versuchen, so daß sie, aus dem Fluß gerettet, in den sie sich gestürzt haben, sich gleich darauf vergiften, sich einen Revolver verschaffen oder etwas Ähnliches tun – doch auf ein Leben zurückzukommen, dessen wesentliche Vergnügungen für Männer andern Schlages nicht nur unverständlich, unvorstellbar, hassenswert sein mußten, sondern dessen unaufhörliche Bedrohtheit und dauernde Schmach ihnen Schauder einflößen würde. Vielleicht muß man, um sie zu schildern, nicht gerade an undomestizierbare Tiere denken, wie die angeblich gezähmten jungen Löwen, die dennoch Löwen bleiben, aber doch wenigstens an die Schwarzen, welche dem komfortablen Dasein der Weißen, das sie zur Verzweiflung treibt, die Gefahren des Lebens in der Wildnis und seine unbegreiflichen Freuden vorziehen. Wenn der Tag gekommen ist, an dem sie entdecken, daß sie außerstande sind, gleichzeitig die anderen und sich selbst zu belügen, brechen sie auf und ziehen sich ganz aufs Land zurück, fliehen ihresgleichen (die sie für wenig zahlreich halten) aus Grauen vor der Abwegigkeit ihrer Instinkte oder Furcht vor Versuchung, die übrige Menschheit aber aus Scham. Nie zu wirklicher Reife gelangt, periodischer Schwermut verfallen, machen sie an einem mondlosen Sonntagabend einen Spaziergang bis zu einem Kreuzweg, wohin einer ihrer Kindheitsfreunde, der ein benachbartes Schloß bewohnt, ohne daß sich die beiden durch ein Wort verständigt haben, ebenfalls gekommen ist und den andern erwartet. Und nun fangen sie auf dem Gras, im Dunkel, mit den Spielen von einst wieder an, ohne ein Wort zu sagen. Wenn sie sich im Laufe der Woche wieder begegnen, plaudern sie über beliebige Dinge, ohne daß eine Anspielung auf das Geschehene fällt, ganz so, als hätten sie nichts dergleichen getan und auch gar nicht im Sinne, von neuem anzufangen, außer daß sich vielleicht in ihre Beziehungen eine gewisse Kühle, ein ironischer Ton, etwas wie Reizbarkeit und Groll, manchmal auch Haß einschleicht. Dann bricht der Nachbar zu einem langen Ritt auf, überwindet steile Gipfel auf Mauleseln und kampiert im Schnee, sein Freund aber, der sein eigenes Laster mit einer Schwäche des Temperaments, seinem allzu seßhaften, wagnislosen Leben in Zusammenhang brachte, begreift, daß die gleiche Neigung in seinem Freund, der sich von alledem frei gemacht hat, so viele tausend Meter über dem Meeresspiegel keine Stätte mehr finden wird. Tatsächlich geht der andere eine Ehe ein. Der Verlassene jedoch wird nicht geheilt (ungeachtet der Fälle, in denen, wie man sehen wird, die Inversion sich als heilbar erweist). Er besteht darauf, persönlich am Morgen in der Küche den Rahm aus den Händen des Milchjungen in Empfang zu nehmen, und wenn ihm am Abend die Wünsche allzu heftig zusetzen, verirrt er sich so weit, daß er einen Trunkenbold wieder auf den rechten Weg führt oder den Kittel eines Blinden zurechtzupft. Zweifellos wandelt sich das Leben gewisser Invertierter dem äußeren Anschein nach, ihr Laster (wie man es nennt) zeigt sich in ihren Gewohnheiten nicht mehr; aber nichts geht verloren; ein verstecktes Schmuckstück taucht wieder auf; wenn die Urinmenge bei einem Kranken geringer wird, so schwitzt er eben mehr, aber auf die eine oder andere Weise findet die Ausscheidung immer statt. Eines Tages verliert dieser Homosexuelle einen jungen Vetter, und an seinem untröstlichen Schmerz begreift man, daß all sein Verlangen sich in diese vielleicht keusche Neigung, bei der ihm mehr daran gelegen war, die Achtung zu erhalten als zum Besitz zu gelangen, verlagert hatte, so wie man in einem Budget, ohne daß sich die Endsumme ändert, gewisse Ausgaben auf ein anderes Konto übertragen kann. Wie bei manchen Kranken ein Anfall von Nesselsucht eine Zeitlang alle sonst häufig bei ihm auftretenden Unpäßlichkeiten in den Hintergrund drängt, scheint die reine Liebe zu einem jungen Verwandten bei dem Invertierten vorübergehend durch eine Art von Verlagerung den Platz von Gewohnheiten eingenommen zu haben, die eines Tages wieder an die Stelle des aussetzenden oder geheilten Übels treten.

Indessen ist der inzwischen verheiratete Nachbar des Einsiedlers wieder heimgekehrt; angesichts der Schönheit der jungen Ehefrau und der zärtlichen Liebe, die ihr Gatte ihr entgegenbringt, schämt sich der Freund, als er das Paar gezwungenermaßen zum Diner einlädt, der Vergangenheit. Schon guter Hoffnung, muß die junge Frau frühzeitig heimkehren und läßt ihren Gatten noch zurück; als die Stunde des Aufbruchs gekommen ist, bittet dieser den Freund, den zunächst noch kein Schatten von Argwohn streift, ihn doch noch ein Stück zu begleiten; doch an dem Kreuzweg angekommen, fühlt dieser sich von dem Alpinisten, der bald Vater werden soll, plötzlich und ohne daß ein Wort dabei fällt, in das Gras geworfen. Die Begegnungen fangen von neuem an bis zu dem Tage, an dem sich nicht weit von dort ein Vetter der jungen Frau niederläßt, der von nun an den jungen Ehemann ständig auf seinem Spaziergang begleitet. Dieser aber, als der Verlassene ihn darauf besuchen oder sich ihm sonst irgendwie von neuem nähern will, stößt ihn wutentflammt und voller Empörung zurück, weil jener nicht genug Takt besitzt, um den Abscheu zu ahnen, den er von nun an einflößen muß. Einmal jedoch taucht ein Unbekannter auf, von dem ungetreuen Nachbarn geschickt; der Verlassene kann ihn im Augenblick, von Geschäften überhäuft, gerade nicht empfangen und begreift erst später, zu welchem Zweck der Fremde erschienen war.

Der Einsiedler schmachtet nunmehr allein dahin. Er hat kein anderes Vergnügen, als sich in das benachbarte Seebad zu begeben und dort einen bestimmten Eisenbahnbeamten um eine Auskunft zu bitten. Doch dieser wird befördert, an die äußerste Ecke des Landes versetzt; der Einsiedler hat nun nicht mehr die Möglichkeit, ihn nach der Abfahrtszeit der Züge, den Fahrpreisen erster Klasse zu fragen, und bevor er in seine Mauern heimkehrt, um dort wie Griseldis zu träumen, verharrt er noch am Strande, eine sonderbare Andromeda, die kein Perseus befreit, eine unfruchtbare Medusa, die auf dem Sande umkommen muß, oder er steht träge vor der Abfahrt des Zuges auf dem Bahnsteig herum und wirft auf die Menge der Reisenden einen für die Augen der Angehörigen einer anderen Menschenart scheinbar gleichgültigen, zerstreuten, ja verächtlichen Blick, der aber wie das schimmernde Licht, mit dem gewisse Insekten sich schmücken, um andere artgleiche anzuziehen, oder wie der Nektar, den manche Blumen verströmen, um das sie befruchtende Insekt herbeizulocken, den fast unauffindbaren Liebhaber eines zu speziellen, zu schwer unterzubringenden Vergnügens, das hier angeboten wird, dennoch nicht täuschen würde – den Fachkollegen, mit dem unser Spezialist in seiner ungewöhnlichen Sprache sich verständigen kann; höchstens würde irgendein zerlumptes Individuum, das die Bahnsteige unsicher macht, so tun, als interessiere es sich dafür, aber einzig um materiellen Nutzens willen, so wie diejenigen, welche im Collège de France in dem Saal, in dem der Sanskritprofessor ohne Auditorium seine Vorlesung abhält, diese anhören, aber nur, um sich aufzuwärmen. Medusa! Orchidee! Als ich nur meinem Instinkt folgte, flößten in Balbec die Quallen mir Widerwillen ein; aber wenn es mir gelang, sie wie Michelet vom naturwissenschaftlichen und ästhetischen Standpunkt anzuschauen, sah ich in ihnen entzückende, blaßblaue, durchsichtig schimmernde Geschmeide. Sind sie nicht mit dem durchscheinenden Samt ihrer Blütenblätter die zartvioletten Orchideen des Meeres?

Wie so viele Geschöpfe der Tier- und Pflanzenwelt, wie die Pflanze, der wir die Vanille verdanken, die, weil bei ihr das männliche Organ durch eine Scheidewand von dem weiblichen getrennt ist, unfruchtbar bleibt, sofern nicht Kolibris oder eine bestimmte kleine Bienenart den Pollen von den einen zu den andern tragen oder der Mensch nicht eine künstliche Befruchtung herbeiführt, war Monsieur de Charlus (das Wort Befruchtung darf hier nur im übertragenen Sinne verstanden werden, da im physischen die Vereinigung eines männlichen Wesens mit einem andern unfruchtbar bleibt; aber es ist doch nicht gleichgültig, ob ein Individuum die einzige Lust findet, die es zu genießen imstande ist, und daß ›hienieden jedes Wesen‹ irgendeinem andern ›seine Musik, sein Feuer oder seinen Duft‹ geben kann) einer jener Menschen, die man als Ausnahmewesen bezeichnen muß, weil, wie zahlreich sie auch sind, die Befriedigung, die andere so leicht für ihre sexuellen Bedürfnisse finden, für sie von der gleichzeitigen Erfüllung zu vieler und zu schwer anzutreffender Bedingungen abhängt. Bei Menschen wie Monsieur de Charlus aber, die (wenn wir absehen von Kompromissen, von denen nach und nach die Rede sein wird und die man bereits ahnen kann, da sie sich aus dem Bedürfnis nach Lust ergeben) nur ein halbes Genügen erlangen, kommt für die gegenseitige Liebe zu den großen, manchmal unüberwindlichen Schwierigkeiten, auf die sie schon bei allen übrigen Wesen stößt, noch die spezielle hinzu, daß das, was immer und für alle Menschen äußerst selten ist, bei ihnen fast unmöglich wird, wodurch, wenn sich für sie eine wahrhaft glückhafte Begegnung – oder das, was ihnen die Natur als eine solche erscheinen läßt – ergibt, ihr Glück noch weit mehr als das eines normalen Liebenden etwas Außerordentliches, Exquisites und zutiefst schicksalhaft scheint. Der Haß der Montague und Capulet war nichts gegen die Behinderungen jeder Art, die überwunden werden mußten, gegen die speziellen Ausleseverfahren, die die Natur unter den an sich bereits wenig gewöhnlichen Zufällen, welche die Liebe herbeiführen, hatte vornehmen müssen, bevor ein ehemaliger Westenmacher, der gerade brav in sein Büro gehen wollte, geblendet vor einem zur Korpulenz neigenden Fünfzigjährigen kokett umherschwänzelte; dieser Romeo und diese Julia können mit gutem Grunde glauben, daß ihre Liebe nicht nur die Laune eines Augenblicks, sondern etwas wahrhaft Prädestiniertes ist, vorbereitet durch die Übereinstimmung ihrer Temperamente, und sogar nicht einmal nur ihrer eigenen Temperamente, sondern schon durch die ihrer Vorfahren, durch eine von weither überkommene Erbschaft, so daß das Wesen, das sich mit ihnen vereint, ihnen schon vor der Geburt angehört und sie angezogen hat durch eine Macht, vergleichbar der, welche die Welten regiert, die der Schauplatz unserer früheren Existenzen gewesen sind. Monsieur de Charlus hatte mich davon abgelenkt zu beobachten, ob die Hummel der Orchidee den Pollen brachte, auf den sie so lange schon wartete und den zu erhalten sie keine Aussicht hatte außer durch einen so unwahrscheinlichen Zufall, daß man ihn als eine Art Wunder bezeichnen konnte. Aber ein Wunder war auch der Vorgang, dessen Zeuge ich war, ein Wunder fast der gleichen Art und nicht weniger fabelhaft. Sobald ich diese Begegnung aus einem solchen Gesichtspunkt betrachtete, schien mir alles in Schönheit getaucht. Die merkwürdigsten Listen, welche die Natur erfunden hat, um die Insekten zu zwingen, die Befruchtung von Blüten zu sichern, welche ohne sie nicht befruchtet werden können, weil die männliche Blüte zu weit von der weiblichen entfernt ist, oder mit denen sie, wofern der Wind den Transport des Pollens garantieren muß, dessen Loslösung von der männlichen Pflanze erleichtert und seine Aufnahme durch die weibliche im Vorüberfliegen sehr viel einfacher dadurch macht, daß sie die Nektarausscheidung abstellt, die, da es keine Insekten anzuziehen gilt, keinen Zweck mehr erfüllt, und den Glanz der Blütenblätter dämpft, welche jene anlocken soll, andererseits aber, damit die Pflanze dem Pollen vorbehalten bleibt, den sie braucht und der nur in ihr

Frucht bringen kann, dafür sorgt, daß sie eine Flüssigkeit ausscheidet, welche sie gegen alle übrigen Arten von Pollen immun macht, schienen mir nicht staunenswerter als die Existenz der Unterart von Invertierten, welche bestimmt sind, dem alternden Invertierten die Freuden der Liebe zu sichern: Männer, die nicht von allen Männern angezogen werden, sondern – durch ein Phänomen der gegenseitigen Entsprechungen und der Übereinstimmung, das jenen vergleichbar ist, welche die Befruchtung solcher trimorphen, verschiedengriffligen Blüten regelt, wie das Lythrum salicaria eine ist – von Männern, die viel älter sind als sie. Von dieser Unterart hatte mir Jupien gerade ein Beispiel vor Augen geführt, das gleichwohl weniger packend war als andere, die jeder Erforscher der menschlichen Flora, jeder Botaniker der psychischen Welt trotz ihrer Seltenheit beobachten kann, ein Beispiel, bei dem ein solcher Forscher einen schmächtigen jungen Mann vor die Augen bekommt, der auf die Avancen eines kräftig gebauten und zur Fülle neigenden Fünfzigers wartet, während er gegenüber den Anträgen anderer, junger Leute so unempfänglich bleibt wie die doppelgeschlechtigen Blüten mit kurzem Griffel der Primula veris, solange sie bloß von anderen Exemplaren der Primula veris mit ebenfalls kurzem Griffel bestäubt werden, während sie mit Freuden den Pollen der Primula veris mit langem Griffel in sich aufnehmen. Was übrigens Monsieur de Charlus betraf, so wurde ich mir in der Folge darüber klar, daß es für ihn verschiedene Arten von Vereinigung gab, von denen manche durch ihre Vielfalt und ihren kaum wahrnehmbaren Augenblickscharakter, besonders aber durch das Fehlen eines Kontaktes zwischen den beiden Mitwirkenden noch mehr an jene Blumen erinnerte, die in einem Garten durch den Pollen einer benachbarten Blume befruchtet werden, mit der sie niemals in Berührung kommen. Bei manchen Individuen genügte es ihm tatsächlich, sie kommen zu lassen und sie ein paar Stunden lang unter dem Zwang seiner Rede zu halten, damit sein bei irgendeiner

Begegnung entzündetes Verlangen Befriedigung fand. Einfach durch Worte vollzog sich dann die Vereinigung nicht weniger einfach, als sie sich bei Infusionstierchen abspielen mag. Manchmal, so wie es zweifellos mit mir der Fall gewesen war an jenem Abend, da er mich nach dem Diner bei der Herzogin von Guermantes zu sich entboten hatte, fand die Befriedigung in Gestalt einer heftigen Strafpredigt statt, welche der Baron dem Besucher ins Gesicht schleuderte, so wie manche Blüten dank einer Schnellkraft in ihrem Innern aus einer gewissen Entfernung das Insekt bestäuben, das dadurch unbewußt ihr verblüffter Partner wird. Wenn Monsieur de Charlus aus einem von seiner Leidenschaft Beherrschten zum Beherrscher geworden war, schickte er, von seiner Unruhe befreit und im Innern beschwichtigt, den Besucher wieder fort, der auf der Stelle wieder aufgehört hatte, ein Objekt seiner Wünsche zu sein. Endlich untersteht die Inversion selbst, da sie sich daraus ableitet, daß der Invertierte der Frau zu verwandt ist, um zweckmäßige Beziehungen zu ihr zu haben, damit einem höheren Gesetz, welches bewirkt, daß so viele doppelgeschlechtige Blüten unfruchtbar bleiben, das heißt dem Gesetz der Sterilität im Falle der Selbstbefruchtung. Freilich begnügen die Invertierten sich bei ihrer Suche nach einem männlichen Partner oft mit einem Invertierten, der ebenso feminin wie sie ist. Es genügt dann schon, daß er nicht dem weiblichen Geschlecht angehört, das sie selbst embryonal in sich tragen, ohne es nutzbar machen zu können, so wie es vielen hermaphroditischen Blüten und sogar gewissen doppelgeschlechtigen Tieren, wie der Schnecke, ergeht, die nicht durch sich selbst, sondern nur durch andere Hermaphroditen befruchtet werden können. Dadurch knüpfen die Invertierten, die sich so gern auf den alten Orient oder das goldene Zeitalter Griechenlands beziehen, an noch viel fernere Zeiten, an die Epochen des Experimentierens an, in denen es weder getrenntblumige Pflanzen noch eingeschlechtige Tiere gab, das heißt an jenen Ur-Hermaphroditismus, von dem gewisse rudimentäre männliche Organe in der Anatomie der Frau und weibliche Organe in der Anatomie des Mannes noch Zeugnis abzulegen scheinen. Ich fand die mir zunächst unbegreifliche Mimik von Jupien und Monsieur de Charlus ebenso merkwürdig wie jene suchenden, für die Insekten bestimmten Gebärden, mit denen nach Darwin die als Kompositen bezeichneten Blüten die kleinen Halbröhren ihres Köpfchens aufrichten, um besser von fern gesehen zu werden, so wie eine gewisse verschiedengrifflige Blüte ihre Staubgefäße umwendet und neigt, um den Insekten den Weg zu ebnen oder ihnen eine Bestäubung zuteil werden läßt, oder ganz einfach sogar vergleichbar den Düften des Nektars oder der leuchtenden Färbung der Blütenblätter, welche in diesem Augenblick Insekten in den Hof zogen. Von diesem Tage an sollte Monsieur de Charlus die Stunde seiner Besuche bei Madame de Villeparisis ändern; nicht daß er nicht Jupien anderswo und sogar bequemer hätte sehen können, aber ebensogut wie für mich blieb die Nachmittagssonne und das blühende Bäumchen zweifellos künftighin mit seiner Erinnerung verknüpft. Im übrigen begnügte er sich nicht damit, die Nichte Jupiens Madame de Villeparisis, der Herzogin von Guermantes, einer ganzen glänzenden Kundschaft zu empfehlen, die sich im übrigen um so eifriger um die junge Näherin bemühte, als die wenigen Damen, welche Widerstand leisteten oder auch nur gezögert hatten, von seiten des Barons der Gegenstand furchtbarer Repressalien wurden, sei es, daß er ein Exempel statuieren wollte, sei es, daß sie wirklich seinen Zorn erregt hatten, weil sie sich gegen die Maßnahmen seiner Herrschaft erhoben. Er richtete es auch so ein, daß Jupiens Stellung immer lukrativer wurde, bis er ihn endgültig als Sekretär zu sich nahm, und zwar unter Bedingungen, die wir später kennenlernen werden. »Ach! das ist ein Mensch, der Glück hat, dieser Jupien«, bemerkte Françoise, die eine Tendenz hatte, Gütebeweise zu verkleinern oder zu übertreiben, je nachdem sie ihr selbst oder andern zuteil geworden waren. In diesem Falle übrigens brauchte sie nicht zu übertreiben und empfand auch keinerlei Neid, denn sie war Jupien aufrichtig zugetan. »Ja, das ist wirklich ein guter Mensch, dieser Baron, setzte sie hinzu, so angenehm, so fromm, so korrekt! Wenn ich eine heiratsfähige Tochter hätte und zu den reichen Leuten gehörte, würde ich sie dem Baron unbesehen geben.« – »Aber Françoise, wendete meine Mutter sanft ein, diese Tochter hätte ja nun schon recht viele Ehemänner. Erinnern Sie sich nur, daß Sie sie auch schon Jupien versprochen haben.« – »Jaja! antwortete Françoise, das ist auch so einer, der eine Frau sehr glücklich machen würde. Es gibt zwar Reiche und elende Arme, aber mit dem Naturell hat das gar nichts zu tun. Der Baron und Jupien sind Männer von ganz dem gleichen Schlag.«

Im übrigen übertrieb ich mir damals angesichts dieser ersten Enthüllung stark den selektiven Charakter einer so auserwählten Vereinigung. Gewiß ist jeder Mann, der Monsieur de Charlus gleicht, ein außergewöhnliches Geschöpf, da er, wenn er keine Zugeständnisse an die Möglichkeiten des Lebens macht, wesensmäßig nach der Liebe eines Mannes von der anderen Rasse trachtet, das heißt eines Mannes, der Frauen liebt (und infolgedessen ihn nicht lieben kann). Es gibt, entgegen dem, was ich in diesem Hofe glaubte, als ich Jupien um Monsieur de Charlus herumstreichen sah, so wie die Orchidee der Hummel entgegenkommt, von diesen Ausnahmewesen, die man bedauert, eine große Menge, wie man im Laufe dieses Werkes sehen wird, aus einem Grunde, der erst am Schluß offenbar werden wird, und sie beklagen sich selbst viel eher, daß sie zu zahlreich als daß sie zu wenig zahlreich sind. Denn die beiden Engel, die an den Toren von Sodom postiert wurden mit der Aufgabe festzustellen, ob die Einwohner, wie in der Genesis berichtet wird, wirklich alle die Dinge getan hätten, die gen Himmel schrien, waren – man kann sich nur darüber freuen – vom Herrn sehr schlecht ausgewählt worden, der diese Aufgabe nur einem Sodomiter hätte anvertrauen dürfen. Einen solchen hätten Entschuldigungen wie: ›Bin Vater von sechs Kindern, habe zwei Mätressen‹ und so weiter nicht dazu bewogen, milde das Flammenschwert zu senken und die Strafbestimmungen zu erleichtern. Er würde geantwortet haben: ›Ja, und deine Frau leidet Qualen der Eifersucht. Und selbst wenn du dir jene anderen nicht in Gomorra ausgewählt hast, verbringst du doch deine Nächte mit einem Hirten aus dem Tale Hebron.‹ Und er hätte dafür gesorgt, daß der Betreffende auf der Stelle in die Stadt hätte zurückkehren müssen, welche Feuer und Schwefel vom Himmel alsbald zerstören sollte. Statt dessen ließ man alle Sodomiter, die sich zu ihrem Laster nicht bekannten, entfliehen, selbst wenn sie bei dem Anblick eines jungen Mannes den Kopf wendeten, wie Loths Weib es tat, ohne daß auch sie deswegen in Salzsäulen verwandelt wurden. Auf diese Weise hatten sie eine zahlreiche Nachkommenschaft, bei der dies eine gewohnheitsmäßige Geste geblieben ist, ganz so wie lockere Frauen scheinbar eine Auslage von Schuhen hinter einer Schaufensterscheibe betrachten, dabei aber den Kopf nach einem Studenten umwenden. Diese Nachkommen der Sodomiter, die so zahlreich sind, daß man auf sie eine andere Stelle aus der Genesis anwenden kann: ›Kann ein Mensch den Staub auf Erden zählen, der wird auch deinen Samen zählen‹, haben sich auf der ganzen Erde festgesetzt. Sie haben Zugang zu allen Berufen gefunden und dringen so erfolgreich in die exklusivsten Clubs ein, daß, wenn ein Bürger Sodoms keine Aufnahme darin findet, die schwarzen Kugeln zumeist von seinesgleichen stammen, die ihrerseits aber mit Vorliebe die Sodomie anprangern, und das als Erben jener Lüge, welche ihren Ahnen gestattet hat, die dem Untergang geweihte Stadt rechtzeitig zu verlassen. Möglich ist, daß sie eines Tages dorthin zurückkehren werden. Sicher bilden sie in allen Ländern eine dem Morgenland entstammende, kultivierte, musikalische, zu Medisance neigende Kolonie, die bezaubernde Vorzüge und unerträgliche Fehler besitzt. Man wird sie sehr viel näher im Laufe der folgenden Seiten kennenlernen; hier sollte nur im voraus dem verhängnisvollen Irrtum begegnet werden, den es bedeuten würde, wenn man in der gleichen Weise, wie man eine zionistische Bewegung unterstützt hat, eine sodomitische Bewegung ins Leben rufen und Sodom wieder aufbauen wollte. Kaum angekommen nämlich würden die Sodomiter die Stadt verlassen, damit es nicht so aussähe, als gehörten sie dorthin, ein Weib nehmen und Mätressen in anderen Städten aushalten, in denen sie dann im übrigen alle angemessenen Zerstreuungen finden könnten. Sie würden nach Sodom nur an Tagen gehen, wo eine äußerste Notwendigkeit sie dazu zwingt, wenn ihre eigene Stadt leer wäre, in jenen Hungerzeiten, die selbst die Wölfe aus den Wäldern locken. Das bedeutet, daß sich alles fast genauso zutragen würde wie in London, in Berlin, in Rom, in Petrograd oder in Paris.

Auf alle Fälle dachte ich an jenem Tage vor meinem Besuch bei der Herzogin noch nicht so weit und war nur sehr bekümmert, daß ich wegen der Aufmerksamkeit, welche ich auf das Zustandekommen der Verbindung zwischen Jupien und Charlus verwendet, vielleicht die Befruchtung der Blüte durch die Hummel versäumt hatte.

Sodom und Gomorra

Zweiter Teil

Erstes Kapitel

Monsieur de Charlus in Gesellschaft. Ein Mediziner. Charakteristischer Aspekt von Madame de Vaugoubert. Madame d'Arpajon, der Springbrunnen von Hubert Robert und die Heiterkeit des Großfürsten Wladimir. Madame d'Amoncourt, Madame de Citri, Madame de Saint-Euverte und andere. Merkwürdiges Gespräch zwischen Swann und dem Prinzen von Guermantes. Albertine am Telephon. Besuche vor meinem zweiten und letzten Aufenthalt in Balbec. Ankunft in Balbec. Eifersucht wegen Albertine. Anfälligkeiten des Herzens.

Da ich keine Eile hatte, bei den Guermantes zu erscheinen, zu deren Abendgesellschaft ich mich nicht mit Sicherheit eingeladen wußte, trieb ich mich müßig draußen umher; doch auch das Licht des sommerlichen Tages schien genausowenig auf ein Fortschreiten bedacht wie ich. Obwohl es schon nach neun Uhr war, verwandelte sein Schein auf der Place de la Concorde den Obelisken von Luxor in ein Ding, das wie rosa Nugatmasse anzusehen war. Er veränderte dann dessen Tönung noch weiter und schuf ihn in etwas Metallisches um, wodurch der Obelisk nicht nur kostbarer, sondern auch schlanker und nahezu elastisch geworden schien. Man hatte die Vorstellung, dies Juwel lasse sich leicht verbiegen und sei wohl auch schon etwas verfälscht. Der Mond stand jetzt am Himmel wie ein Orangenviertel, das behutsam abgeschält, aber dabei doch etwas verletzt worden war. Ein paar Minuten später jedoch sollte er aus haltbarstem Gold gefertigt sein. Ein armer kleiner Stern stand dicht an ihn geschmiegt als einziger Gefährte des einsamen Mondes da, der, seinem Freund zum Schutze, während er selber kühner vorwärtsschritt, als unüberwindliche Waffe und orientalisches Symbol seine wundervolle breite Goldsichel schwang.

Vor dem Palais der Prinzessin von Guermantes traf ich den Herzog von Châtellerault; ich erinnerte mich nicht mehr daran, daß ich eine halbe Stunde zuvor noch von der Furcht gepeinigt war – im übrigen sollte sie mich bald von neuem befallen –, ich käme uneingeladen her. Man beunruhigt sich, und oft erinnert man sich dann lange nach der Stunde der Gefahr, die man dank der Zerstreuung vergessen hat, erst wieder an seine Sorgen. Ich sagte dem jungen Herzog guten Tag und betrat das Palais. Aber hier muß ich zunächst einen kleinen Nebenumstand berichten, der erlauben wird, eine Tatsache zu verstehen, auf die ich bald kommen werde.

Jemand nämlich dachte an diesem Abend wie am vorhergehenden viel an den Herzog von Châtellerault, ohne dabei zu ahnen, wer er war, und zwar der die Namen der Gäste ausrufende Diener (den man zu jener Zeit den ›Beller‹ nannte) der Prinzessin von Guermantes. Monsieur de Châtellerault, weit entfernt einer der Intimen – obgleich er einer ihrer Vettern war – der Prinzessin zu sein, wurde in ihrem Salon zum ersten Mal empfangen. Seine Eltern, die seit zehn Jahren mit ihr entzweit gewesen waren, hatten sich vor vierzehn Tagen mit ihr ausgesöhnt und, selbst gezwungen von Paris abwesend zu sein, ihren Sohn beauftragt, sie bei dem Fest zu vertreten. Einige Tage zuvor aber war der besagte Diener der Prinzessin von Guermantes in den Champs-Elysées einem jungen Mann begegnet, den er reizend gefunden hatte, dessen Identität festzustellen ihm jedoch nicht gelungen war. Nicht daß der junge Mann sich nicht ebenso entgegenkommend wie großzügig erwiesen hätte. Alle Gunst, von welcher der Bediente geglaubt hatte, er müsse sie einem so jungen Herrn seinerseits erweisen, hatte er gerade umgekehrt empfangen. Aber Monsieur de Châtellerault war ebenso verschwiegen, wie er unvorsichtig war, und um so entschlossener, sein Inkognito zu wahren, als er keineswegs wußte, mit wem er es zu tun gehabt hatte. Er hätte viel größere – wiewohl unbegründete – Angst gehabt, hätte er es genau gewußt. So hatte er sich darauf beschränkt, sich für einen Engländer auszugeben, und auf alles leidenschaftliche Befragen des prinzlichen Dieners, der das Verlangen empfand, jemanden wiederzusehen, dem er für so viel Vergnügen und Großzügigkeit zu Dank verpflichtet war, nur die ganze Avenue Gabriel entlang geantwortet: ›I don't speak French.‹

Obwohl trotz allem – wegen der Herkunft seines Vetters von mütterlicher Seite – der Herzog von Guermantes so tat, als stelle er ein Spürchen Courvoisier-Gesinnung im Salon der Prinzessin von Guermantes-Bayern fest, so beurteilte man doch den Geist der Initiative und die geistige Überlegenheit dieser Dame nach einer Neuerung, die man sonst nirgendwo in diesen Kreisen antraf. Nach dem Abendessen wurden bei der Prinzessin, welches auch immer der Umfang des Routs, der darauf folgen sollte, war, die Stühle in der Weise aufgestellt, daß man kleine Gruppen bildete, die sich, soweit es notwendig schien, sogar den Rücken zukehrten. Die Prinzessin bewies dann ihren Sinn für Geselligkeit, indem sie sich, als geschehe es ganz nach Lust und Laune, bei einer von ihnen niederließ. Sie scheute sich im übrigen nicht, jemand aus einer anderen Gruppe auszuwählen und heranzuziehen. Als sie zum Beispiel Monsieur Detaille (der natürlich beistimmte) darauf aufmerksam machte, was Madame de Villemur, die ihren Platz in einer anderen Gruppe hatte und nur von hinten zu sehen war, für eine hübsche Nackenlinie habe, zögerte die Prinzessin nicht, laut zu sagen: »Madame de Villemur, Monsieur Detaille bewundert als großer Maler, der er ist, gerade Ihre Nackenlinie.« Madame de Villemur sah darin eine unmittelbare Aufforderung zur Unterhaltung; mit der Geschicklichkeit, die man durch die Gewohnheit des Reitens bekommt, wendete sie sich langsam in ihrem Sessel mit einer Dreivierteldrehung um, so daß sie, ohne ihre Nachbarn zu stören, der Prinzessin beinahe gegenübersaß. »Sie kennen Monsieur Detaille noch nicht?« fragte die Gastgeberin, der die gleichzeitig geschickte und von leichter Verschämtheit bestimmte Wendung der Eingeladenen noch nicht ausreichend schien. »Ich kenne ihn nicht, aber ich kenne seine Werke«, antwortete Madame de Villemur mit respektvoller und gewinnender Miene sowie einer Geistesgegenwart, um die sie viele beneideten, während sie den berühmten Maler, der durch diesen Anruf ihr ja noch nicht in aller Form vorgestellt worden war, gleichzeitig kaum merklich grüßte. »Kommen Sie, Monsieur Detaille, sagte die Prinzessin, ich werde Sie Madame de Villemur vorstellen.« Diese wendete sogleich so viel Gewandtheit daran, dem Schöpfer des ›Traums‹ einen Platz zu verschaffen, wie kurz zuvor, sich zu ihm umzuwenden. Die Prinzessin rückte selbst einen Stuhl für sich heran; sie hatte im Grunde Madame de Villemur nur angerufen, um selbst einen Vorwand zu haben, die erste Gruppe zu verlassen, bei der sie die üblichen zehn Minuten zugebracht hatte, um sich gleich darauf ebensolange einer zweiten zu widmen. Innerhalb von dreiviertel Stunden hatten alle Gruppen ihren Besuch erhalten, der jedesmal einzig durch Zufall und momentane Laune bestimmt zu sein schien, vor allem aber den Zweck hatte, ins rechte Licht zu setzen, mit welcher Natürlichkeit eine große Dame einen Empfang zu gestalten weiß. Jetzt aber begannen die Gäste für die Soiree anzukommen, woraufhin die Hausherrin sich – stolz aufgerichtet in nahezu königlicher Majestät, die Augen leuchtend von eigenem Feuer – zwischen zwei reizlosen Hoheiten und der Frau des spanischen Gesandten nicht weit von der Eingangstür niedergelassen hatte.

Ich fand mich wartend in der Reihe hinter einigen Gästen, die früher gekommen waren als ich. Mir gegenüber stand die Prinzessin, deren Schönheit unter so vielen anderen zweifellos nicht der einzige Anlaß war, daß ich mich an dieses Fest noch deutlich erinnere. Freilich war das Antlitz der Herrin des Hauses so vollkommen geprägt wie eine schöne Medaille, daß es für mich einen besonderen Erinnerungsgehalt bewahrt. Die Prinzessin hatte die Gewohnheit, ihren

Gästen, wenn sie sie ein paar Tage vor einer ihrer Abendgesellschaften traf, zu sagen: ›Sie kommen doch, nicht wahr?‹, als habe sie großes Verlangen, sich mit ihnen zu unterhalten. Da sie ihnen dagegen gar nichts zu sagen hatte, begnügte sie sich damit, sobald sie vor ihrem Antlitz erschienen waren, ohne sich zu erheben einen Augenblick ihre leere Konversation mit den beiden Hoheiten und der Botschafterin zu unterbrechen und dem Betreffenden mit den Worten zu danken: »Nett, daß Sie gekommen sind«, nicht weil sie wirklich fand, der Gast gebe einen Beweis der Freundlichkeit, indem er erschienen war, sondern um die ihre um so mehr ins rechte Licht zu setzen; dann erteilte sie ihm auf der Stelle eine kalte Dusche, denn sie setzte hinzu: »Sie finden Monsieur de Guermantes am Eingang der Gärten«, so daß man diese besichtigen ging, sie selbst aber in Ruhe ließ. Zu manchen sagte sie sogar nichts, sondern begnügte sich damit, ihnen ihre wundervollen Onyxaugen zuzuwenden, als sei man nur zu einer Ausstellung kostbarer Steine gekommen.

Der erste, der vor mir eintrat, war der Herzog von Châtellerault. Da er für so viele lächelnde Blicke und so viele Händedrucke zu danken hatte, die ihm aus dem Salon schon entgegengebracht wurden, bemerkte er den Diener nicht. Aber vom ersten Augenblick an hatte dieser ihn schon erkannt. Die Identität, die zu ermitteln er sich so sehr gewünscht hatte, würde ihm in wenigen Sekunden nunmehr offenbar sein. Als er seinen ›Engländer‹ vom vorgestrigen Abend fragte, welchen Namen er anmelden dürfe, war der ›Beller‹ nicht nur tiefbewegt, sondern er hielt sich fast für unzart und indiskret. Es kam ihm so vor, als solle er allen Anwesenden (die gleichwohl von nichts eine Ahnung hatten) ein Geheimnis enthüllen, welches in dieser Weise aufzudecken und öffentlich bekanntzugeben ihm durchaus verdammenswert schien. Als er die Antwort des Gastes hörte: »Der Herzog von Châtellerault«, fühlte er sich derart von Stolz überflutet, daß er einen Augenblick verstummte. Der Herzog blickte ihn an, erkannte ihn, fühlte sich verloren, während der Diener, der sich wieder gefaßt hatte und seinen Hofkalender genügend kannte, um von sich aus eine allzu bescheidene Benennung entsprechend zu ergänzen, mit professionellem Nachdruck, in dem die Weichheit intimer Zärtlichkeit mitschwang, förmlich die Worte herausschrie, mit denen er ankündigte: »Seine Hoheit, Monseigneur der Herzog von Châtellerault.« Aber nun war ich zum Anmelden an der Reihe. In Betrachtung der Herzogin versunken, die mich noch nicht gesehen hatte, hatte ich nicht an die, obwohl in einer ganz anderen Weise als für den Herzog von Châtellerault, auch für mich furchtbaren Befugnisse dieses wie ein Henker schwarz gekleideten Funktionärs gedacht, der inmitten einer Lakaienschar in fröhlich gefärbten Livreen stand, lauter kräftig gebauten Burschen, die bereit schienen, jeden Eindringling zu ergreifen und vor die Tür zu befördern. Der ›Beller‹ befragte mich nach meinem Namen. Ich nannte ihn ebenso mechanisch, wie sich der zum Tode Verurteilte auf den Bock schnallen läßt. Er hob sofort majestätisch den Kopf, und bevor ich ihn hatte bitten können, mich nur halblaut anzumelden, um meine Eigenliebe, falls ich nicht eingeladen wäre, sowie die der Prinzessin von Guermantes, falls ich es dennoch wäre, zu schonen, brüllte er die beunruhigenden Silben mit einer Macht heraus, von der die Wölbung des Palais hätte erbeben können.

Der berühmte Huxley (derjenige, dessen Neffe gegenwärtig einen hervorragenden Platz in der englischen Literatur einnimmt) berichtet, daß eine seiner Patientinnen nicht mehr in Gesellschaft zu gehen wagte, weil sie oft in dem Fauteuil, den man ihr mit höflicher Geste anbot, einen alten Herrn sitzen sah. Sie war ganz sicher, daß entweder die einladende Geste oder die Gegenwart des alten Herrn eine Halluzination sein müsse, denn man hätte ihr ja nicht zugemutet, in einem Sessel Platz zu nehmen, der bereits vergeben war. Als aber Huxley, um sie zu heilen, sie geradezu zwang, Soireen zu besuchen, machte sie jedesmal einen Augenblick furchtbaren Zögerns durch, wenn sie sich fragte, ob das liebenswürdige Zeichen, das man ihr gab, wohl Wirklichkeit sei, oder ob sie einer tatsächlich nicht vorhandenen Vision folgend sich in aller Öffentlichkeit auf die Knie eines leibhaftigen alten Herrn setzen werde. Die kurze Ungewißheit war eine Qual für sie, weniger vielleicht jedoch als die meinige für mich. Von dem Augenblick an, da ich meinen Namen mit einem lauten Dröhnen verkünden hörte, das mir das erste Donnergrollen einer möglicherweise folgenden Katastrophe schien, mußte ich, um auf alle Fälle meinen guten Glauben zu bekunden, mit entschlossener Miene, als sei ich von keinerlei Zweifel heimgesucht, auf die Prinzessin zugehen.

Sie bemerkte mich, als ich ein paar Schritte von ihr entfernt war, und anstatt sitzen zu bleiben, wie sie es bei den anderen Eingeladenen getan hatte, erhob sie sich, was mich nicht mehr zweifeln ließ, daß ich das Opfer einer üblen Machenschaft geworden sei, und kam geradewegs auf mich zu. Eine Sekunde später konnte ich den gleichen erleichterten Seufzer ausstoßen wie Huxleys Patientin, als sie, nachdem sie sich entschlossen hatte, auf dem Fauteuil Platz zu nehmen, diesen unbesetzt fand und einsehen mußte, daß offenbar der alte Herr eine Halluzination gewesen sei. Die Prinzessin hatte mir lächelnd ihre Hand gereicht. Einen Augenblick blieb sie stehen mit der ganz besonderen Art von Anmut wie in dem Vers von Malherbe, der so schließt:

Und sie zu ehren, stehn die Engel auf.

Sie entschuldigte sich, daß die Herzogin noch nicht gekommen sei, als müsse ich mich ohne sie langweilen. Um mir diese Begrüßung zuteil werden zu lassen, führte sie rings um mich her, während sie mich an der Hand hielt, einen anmutigen Tanzschritt auf, in dessen Kreise ich mich hineingezogen fühlte. Ich erwartete fast, sie werde mir wie eine Anführerin beim Kotillon einen Spazierstock mit Elfenbeingriff oder eine

Armbanduhr überreichen. Sie gab mir tatsächlich von alledem nichts, und als habe sie, anstatt einen Boston zu tanzen, vielmehr ein weihevolles Quartett von Beethoven angehört, dessen erhabene Klänge sie zu stören gefürchtet hätte, ließ sie jede Unterhaltung fallen oder fing vielmehr gar keine erst an, noch strahlend darüber, daß sie mich habe eintreten sehen, und teilte mir nur mit, wo der Prinz sich befand. Ich entfernte mich von ihr und wagte nicht, mich ihr wieder zu nähern, denn ich spürte, daß sie mir absolut nichts zu sagen hatte und daß in ihrem ungemessen guten Willen diese bewundernswert schöne, diese hochgeborene Frau, die so edel war wie viele große Damen, die hocherhobenen Hauptes aufs Schafott geschritten sind, mir gegenüber nur, da sie nicht wagte, mir Melissenwasser anzubieten, auch weiterhin hätte wiederholen müssen, was sie mir schon zweimal gesagt hatte: »Sie finden den Prinzen im Garten.« Mich zu dem Prinzen zu begeben aber bedeutete für mich ein Wiederaufleben meiner Zweifel in einer anderen Form.

Auf alle Fälle mußte ich jemanden finden, der die Vorstellung übernahm. Alle anderen Unterhaltungen beherrschend, hörte man die keinen Augenblick versiegende schrille Stimme von Monsieur de Charlus, der mit Seiner Exzellenz, dem Herzog von Sidonia sprach, dessen Bekanntschaft er soeben gemacht hatte. Von Beruf zu Beruf errät man einander, von Laster zu Laster ebenfalls. Monsieur de Charlus und Monsieur de Sidonia hatten auf der Stelle jeder das des andern erspürt: für alle beide bestand es darin, in Gesellschaft dem Monolog in einer Weise zu huldigen, daß kein Unterbrechen möglich war. Da sie sofort zu der Meinung gekommen waren, daß ›für dies Übel keine Heilung sei‹, wie es in einem berühmten Sonett heißt, hatten sie den Entschluß gefaßt, nicht zu schweigen, sondern jeder für sich zu sprechen, ohne sich darum zu kümmern, was der andere etwa zu sagen gedächte. Dadurch war das wirre Geräusch zustande gekommen, das in den Komödien Molières von mehreren Personen hervorgebracht wird, die zu gleicher Zeit verschiedene Dinge äußern. Bei seiner auffallenden Stimme durfte übrigens der Baron vollkommen sicher sein, die Oberhand zu behalten, das heißt, die schwache Stimme des Herzogs von Sidonia erfolgreich zu übertönen, ohne daß dieser übrigens sich entmutigt gefühlt hätte, denn als Monsieur de Charlus einen Augenblick Atem schöpfte, wurde die Zwischenzeit von dem Murmeln des spanischen Granden ausgefüllt, der unbeirrt in seiner Rede fortgefahren war. Ich hätte gern Monsieur de Charlus gebeten, mich dem Prinzen von Guermantes vorzustellen, aber ich fürchtete (mit nur zu gutem Grunde) er möchte auf mich böse sein. Ich hatte mich ihm gegenüber zu undankbar benommen, als ich zum zweiten Mal sein Angebot unbeachtet ließ, denn ich hatte ihm seit jenem Abend, an dem er mich so liebevoll nach Hause zurückgeleitet hatte, kein Lebenszeichen gegeben, und dennoch hätte ich noch keineswegs als vorweggenommene Entschuldigung die Szene anführen können, die ich heute nachmittag erst zwischen Jupien und ihm sich hatte abspielen sehen. Nichts dergleichen vermutete ich. Allerdings hatte ich kurze Zeit zuvor meinen Eltern, als diese mir meine Trägheit vorhielten sowie die Tatsache, daß ich mir noch nicht die Mühe genommen habe, ein Wort an Monsieur de Charlus zu schreiben, in aller Heftigkeit vorgeworfen, sie wollten mich zur Annahme ehrenrühriger Anträge veranlassen. Aber einzig der Zorn, das Verlangen, den Satz zu finden, der ihnen am unangenehmsten sein konnte, hatten mir diese lügnerische Antwort diktiert. In Wirklichkeit hatte ich hinter den Angeboten des Barons nichts vermutet, was der Sphäre der Sinne oder auch nur des Gefühls nahegekommen wäre. Ich hatte die Äußerung zu meinen Eltern aus reiner Narretei getan. Aber manchmal wohnt die Zukunft schon in uns, ohne daß wir es wissen, und unsere Worte, die zu lügen meinen, bezeichnen eine nicht ferne Wirklichkeit.

Monsieur de Charlus hätte mir zweifellos meine mangelnde Dankbarkeit verziehen. Was ihn aber zur Wut reizte war, daß meine Anwesenheit an diesem Abend bei der Prinzessin von Guermantes wie seit einiger Zeit auch bei seiner Kusine seiner feierlichen Erklärung Hohn zu sprechen schien: ›In diese Salons kommt man nur durch mich.‹ War es ein schwerwiegender Fehler oder vielleicht sogar ein unsühnbares Verbrechen, jedenfalls hatte ich nicht den Instanzenweg befolgt. Monsieur de Charlus wußte zwar recht wohl, daß die Donnerkeile, die er gegen diejenigen schleuderte, welche sich seinen Weisungen nicht fügten oder auf die er einen vorgefaßten Haß hatte, bei vielen Leuten anfingen, mit welch tobender Wut er sie auch lud, für Theaterdonner zu gelten, der nicht mehr die Macht besaß, irgendeinen Menschen von irgendwo mit Erfolg zu vertreiben. Vielleicht aber glaubte er, seine verminderte, wenn auch noch immer große Macht sei in den Augen solcher Neulinge, wie ich einer war, dennoch intakt geblieben. Daher hielt ich ihn auch nicht für sehr gut gewählt, um ihn um einen Dienst bei einem Fest zu bitten, bei dem schon meine bloße Gegenwart ein ironisches Dementi seiner Ansprüche darzustellen schien.

In diesem Augenblick wurde ich von einem ziemlich gewöhnlichen Mann angehalten, dem Professor E... Er war überrascht, mich bei den Guermantes zu treffen. Ich war es nicht weniger, ihn dort zu finden, denn niemals hatte man bei der Prinzessin eine Persönlichkeit dieser Art gesehen, noch sah man sie in der Folge dort. Er hatte kurz zuvor den bereits mit den Sterbesakramenten versehenen Prinzen von einer infektiösen Pneumonie gerettet, und die ganz besondere Dankbarkeit, welche die Prinzessin von Guermantes deswegen ihm gegenüber hegte, war der Grund, daß man mit allen Gewohnheiten gebrochen und ihn eingeladen hatte. Da er absolut niemand in diesen Salons kannte und nicht unbegrenzt lange wie ein Gesandter des Todes allein darin umherirren konnte, hatte er bei meinem Anblick zum ersten Mal in seinem Leben verspürt, daß er mir unendlich viele Dinge zu sagen habe, was ihm gestattete, sich eine Contenance zu geben, und einen der Gründe bildete, weshalb er auf mich zugetreten war. Es bestand noch ein anderer. Er legte großen Wert darauf, niemals einen diagnostischen Irrtum zu begehen. Nun aber war seine Korrespondenz so umfangreich, daß er sich nicht immer sehr gut erinnerte, wenn er einen Patienten nur einmal gesehen hatte, ob die Krankheit den von ihm im voraus festgesetzten Lauf genommen habe. Man hat vielleicht noch nicht vergessen, daß ich meine Großmutter im Augenblick des Schlaganfalls an jenem Spätnachmittag zu ihm geführt hatte, als er sich die vielen Ordensbändchen an seinen Frack heften ließ. Da inzwischen einige Zeit vergangen war, erinnerte er sich nicht mehr an die Todesanzeige, die wir ihm seinerzeit geschickt hatten. »Ihre Frau Großmutter ist wohl gestorben, nicht wahr? sagte er zu mir mit einer Stimme, in der eine fast vollständige Gewißheit eine leichte Befürchtung niederhielt. Ah! Also doch! Im übrigen war schon in den ersten Minuten, in denen ich sie sah, meine Prognose ganz außerordentlich düster, ich erinnere mich sehr gut.«

Auf diese Weise erfuhr Professor E . . . zum ersten oder zweiten Mal den Tod meiner Großmutter und, wie ich zu seinem Lobe sagen muß, das im übrigen für die gesamte Ärzteschaft gilt, ohne Befriedigung zu äußern, ja vielleicht sogar, ohne sie zu verspüren. Die Irrtümer der Ärzte sind ohne Zahl. Sie sündigen gewöhnlich durch Optimismus mit Bezug auf das Regime des Kranken, durch Pessimismus aber, was den Ausgang des Leidens betrifft. ›Wein? Mit Maßen genossen, kann er Ihnen nicht schaden. Alles in allem ist er ein Anregungsmittel wie viele andere auch . . . Die Frauen? Schließlich handelt es sich da ja um eine Funktion. Die Liebe ist Ihnen erlaubt, soweit es nicht zum Übermaß kommt, Sie verstehen mich schon. Exzesse sind auf allen Gebieten vom Übel!‹ Wie groß ist da augenblicks die Versuchung für den Kranken, auf die zwei Mittel der Wiedererstehung zu verzichten, das Wasser und die Enthaltsamkeit. Hat aber jemand etwas am Herzen, hat er Eiweiß oder dergleichen, ist seine Lebenszeit stark begrenzt. Gern werden ernste, aber nur funktionelle Störungen einer eingebildeten Krebsgeschwulst zugeschrieben. Es hat keinen Zweck, weitere ärztliche Visiten zu machen, es handelt sich um ein unausweichliches Übel, das auch durch sie nicht mehr behoben werden kann. Wenn dann der sich selbst überlassene Patient es mit einer rigorosen Diät versucht, schließlich wieder gesundet oder wenigstens weiterlebt, so wird der Arzt, wenn er in der Avenue de l'Opéra von jemand gegrüßt wird, den er seit langem auf dem Père-Lachaise vermutete, in dessen Hutschwenken eine Gebärde heimtückischer Bosheit erblicken. Ein Schwurgerichtspräsident würde kaum in größeren Zorn geraten, wenn er einen Schelm, über den er zwei Jahre zuvor das Todesurteil verhängt hat, ohne alle Scheu vor seinen Augen einen Spaziergang machen sähe. Die Ärzte (es handelt sich wohlverstanden nicht um alle, sondern wir haben auch bewundernswürdige Ausnahmen im Sinn) sind im allgemeinen eher unzufrieden und gereizt über eine Nichtbestätigung ihrer Verdikte als erfreut darüber, daß diese in Erfüllung gegangen sind. Das erklärt, weshalb Professor E . . ., wie groß auch seine geistige Genugtuung bei der Feststellung gewesen sein mag, daß er sich nicht getäuscht hatte, über das Unglück, das uns betroffen hatte, mit mir nur trauervoll sprechen konnte. Er legte keinen Wert darauf, die Unterhaltung abzukürzen, die ihm nach außen hin eine Haltung und einen Grund zum Bleiben gab. Er sprach zu mir von der großen Wärme, die in diesen Tagen herrschte, aber obwohl er gebildet war und sich in gutem Stil hätte ausdrücken können, gebrauchte er die Formel: »Leiden Sie nicht unter dieser Hyperthermie?« Die Medizin hat nämlich in ihren Erkenntnissen einige kleine Fortschritte seit Molière gemacht, aber nicht die geringsten in ihrem Vokabular. Mein Gesprächspartner setzte hinzu: »Wichtig ist, daß man die Transpiration vermeidet, die besonders in überhitzten Salons bei solchem Wetter entsteht. Sie können dem, wenn Sie nach Hause kommen und zu trinken Lust haben, durch Wärme

zufuhr begegnen« (womit offenbar warme Getränke gemeint waren).
Wegen der Art und Weise, auf die meine Großmutter gestorben war, interessierte mich das Thema, und so hatte ich jüngst in dem Buch eines großen Gelehrten gelesen, Transpiration sei schlecht für die Nieren, weil dabei durch die Haut entweicht, was an anderer Stelle ausgeschieden werden sollte. Ich beklagte sehr die damalige Hundstagshitze, die meine Großmutter zugrunde gerichtet hatte, und war nicht weit davon entfernt, diesem Umstand die Schuld zuzuschreiben. Ich sagte davon nichts zu Doktor E . . ., doch von selbst fuhr er fort: »Der Vorteil solcher sehr heißen Tage, an denen man leichter transpiriert, besteht darin, daß dadurch die Nieren entsprechend entlastet werden.« Medizin ist keine exakte Wissenschaft.
Nachdem Professor E . . . sich einmal an mich geheftet hatte, wünschte er mich nicht mehr zu verlassen. Ich aber hatte den soeben die Prinzessin von Guermantes mit großen Reverenzen nach rechts und links hin begrüßenden Marquis de Vaugoubert bemerkt. Monsieur de Norpois hatte mich jüngst mit ihm bekannt gemacht, und ich hoffte, in ihm jemand zu finden, der imstande sein werde, mich dem Hausherrn vorzustellen. Es würde zu weit führen, hier zu erklären, auf Grund welcher Begebenheiten im Verlauf seiner Jugendzeit Monsieur de Vaugoubert einer der wenigen Menschen auf der Welt war (vielleicht der einzige) der, wie man es in Sodom nennt, über Monsieur de Charlus ›Bescheid wußte‹. Wenn aber unser Gesandter am Hofe des Königs Theodosius auch einige der Fehler hatte wie der Baron, so doch nur in stark abgeschwächtem Maß. Nur in unendlich gemilderter, sentimentaler und törichter Form litt er an jenem raschen Wechsel von Sympathie und Haß, den das Verlangen zu bezaubern und gleich darauf die ebenfalls imaginäre Furcht, wo nicht verachtet, so doch erkannt zu werden, den Baron durchlaufen ließ. Zur Farce geworden durch eine Enthaltsamkeit, einen ›Platonismus‹

(dem er in übergroßem Ehrgeiz seit der Zeit der Reifeprüfung jedes physische Vergnügen geopfert hatte) durch seine geistige Unbedeutendheit vor allem, waren diese raschen Übergänge bei Monsieur de Vaugoubert freilich doch vorhanden. Aber während bei Monsieur de Charlus maßloses Lob mit sprühender Beredsamkeit vorgebracht und mit feinstem beißendstem Spott gewürzt wurde, der einen Menschen für immer zeichnete, wurde bei Monsieur de Vaugoubert im Gegenteil die Sympathie mit der Banalität eines Menschen bescheidensten geistigen Ranges, eines Gesellschaftsmenschen und Beamten ausgedrückt, Ablehnung hingegen, die so massiv ausfiel wie bei dem Baron, in Gestalt einer Bosheit, die keine Ruhe gab, aber geistlos ausgesponnen wurde und um so heftiger mißfiel, als sie gewöhnlich im Widerspruch zu den Reden stand, die der Gesandte ein halbes Jahr zuvor geführt hatte und möglicherweise in kurzer Zeit wiederum führen würde: eine Stetigkeit im Wechsel, die den verschiedenen Lebensphasen Monsieur de Vaugouberts eine fast astronomische Poesie verlieh, obwohl abgesehen davon niemand weniger als er an ein Gestirn gemahnte. Der Gruß, mit dem er den meinen erwiderte, hatte nichts von dem, den Monsieur de Charlus an mich gewendet hätte. Diesem Gruß gab Monsieur de Vaugoubert außer den tausend Alfanzereien, die er für eine Eigentümlichkeit der großen Welt und der Diplomatie hielt, etwas Fesches, Schneidiges, das er mit einem Lächeln begleitete, um einerseits entzückt vom Leben schlechthin – während er innerlich an den Mißhelligkeiten einer Karriere würgte, in der es keine Beförderung, wohl aber die ständige Drohung der Versetzung in den Ruhestand gab – andererseits jung, männlich und bezaubernd zu erscheinen, während er doch im Spiegel, in den er schon gar nicht mehr zu schauen wagte, die Runzeln in seinem Gesicht, das er so gern verführerisch bewahrt hätte, rundum sich fest einzeichnen sah. Nicht, daß er sich tatsächlich Eroberungen gewünscht hätte, an die er vielmehr gar nicht denken konnte, ohne Angst vor dem Ge-

rede, unangenehmem Aufsehen und gar vor Erpressung zu haben! Da er von einer fast kindisch planlosen Ausschweifung zu absoluter Enthaltsamkeit seit jenem Tage übergegangen war, wo er an eine Laufbahn am Quai d'Orsay gedacht hatte und Karriere machen wollte, wirkte er wie ein Tier im Käfig, das nach allen Richtungen Blicke wirft, in denen sich Furcht und Begierde mit Stumpfsinn mischt. Der seinige war dabei so groß, daß er sich nicht einmal klarmachte, daß die Halbwüchsigen seiner Jugendzeit keine jungen Schlingel mehr waren, und, wenn ein Zeitungsverkäufer ihm ins Gesicht rief: ›La Presse‹, noch mehr als vor Verlangen sich in Ängsten wand, da er sich erkannt und aufgestöbert glaubte.
Doch mangels der Befriedigung, die er dem dafür ganz undankbaren Quai d'Orsay zum Opfer gebracht hatte, neigte Monsieur de Vaugoubert – und deswegen hätte er gern noch gefallen – zu jähem Überschwang des Herzens. Gott weiß, mit wie vielen Briefen er das Ministerium langweilte, welche persönlichen Listen er entfaltete, wieviel Vorschuß er auf den Kredit von Madame de Vaugoubert nahm (die man wegen ihrer Korpulenz, ihrer hohen Geburt, ihrer männlichen Erscheinung und vor allem wegen der Mittelmäßigkeit ihres Gatten mit eminenten Fähigkeiten begabt glaubte und von der man annahm, daß im Grunde sie die Funktionen des Ministers ausfülle) um ohne jeden zutage liegenden Grund einen jungen, völlig verdienstlosen Mann in das Personal der Gesandtschaft eingliedern zu lassen. Allerdings, wenn einige Monate oder Jahre darauf vielleicht der unbedeutende Attaché ohne den Schatten einer schlechten Absicht seinem Chef gegenüber Zeichen von Kühle an den Tag gelegt zu haben schien, so daß dieser sich verachtet oder verraten glaubte, wendete er den gleichen hysterischen Eifer auf, um ihn zu bestrafen, wie er ihn vordem bewies, als er ihn mit seiner Gunst noch förmlich überhäufte. Er setzte dann Himmel und Erde in Bewegung, damit jener abberufen würde, und der Direktor der Affaires politiques bekam fast täglich einen

Brief: ›Worauf warten Sie noch, um mich von diesem Schlawiner zu befreien? Halten Sie ihn ein bißchen kurz in seinem eigenen Interesse. Was er braucht, ist, daß er sich einmal selber durchbeißen muß.‹ Der Posten eines Attachés bei König Theodosius war aus diesem Grunde wenig angenehm. Doch war in allem übrigen dank seiner vollkommenen weltmännischen Klugheit Monsieur de Vaugoubert einer der besten Vertreter der französischen Regierung im Ausland. Als ein angeblich überlegener, jakobinisch gesinnter Mann, der in allen Dingen beschlagen war, ihn später ersetzte, dauerte es nicht lange, bis zwischen Frankreich und dem Land, in dem der König regierte, Krieg ausbrach.

Monsieur de Vaugoubert legte wie Monsieur de Charlus keinen Wert darauf, als erster guten Tag zu sagen. Beide zogen vor wiederzugrüßen, da sie immer das Gerede fürchteten, welches derjenige, dem sie sonst die Hand hingestreckt hätten, seit ihrer letzten Begegnung mit ihm möglicherweise über sie gehört haben könnte. Für meine Person brauchte sich Monsieur de Vaugoubert diese Frage nicht vorzulegen. Ich hatte ihn in der Tat als erster gegrüßt, und wäre es auch nur wegen des Altersunterschiedes. Er dankte mir mit erstaunter und entzückter Miene, während seine beiden Augen auch weiterhin erregt umherirrten, als erblicke er allseits so etwas wie eine verbotene Frucht. Ich glaubte, es sei angebracht, ihn zunächst darum zu bitten, mich Madame de Vaugoubert vorzustellen, bevor ich ihm nahelegte, mich dem Prinzen zu präsentieren, worum ich ihn gleich hinterher anzugehen gedachte. Der Gedanke, mich mit seiner Frau bekannt zu machen, schien ihn mit Freude sowohl um seinet- wie um ihretwillen zu erfüllen, und mit beschwingtem Schritt führte er mich der Marquise zu. Als wir vor ihr standen, wies er zwar mit Augen und Händen und allen nur möglichen Zeichen der Hochachtung auf mich hin, stand aber stumm da und zog sich nach ein paar Sekunden mit unruhig zuckendem Antlitz zurück, um uns, seine Gattin und mich, uns selbst zu überlassen. Die Dame hatte mir zwar gleich die Hand hingestreckt, doch ohne zu wissen, an wen sie dieses Zeichen der Liebenswürdigkeit wendete, denn ich begriff, daß Monsieur de Vaugoubert meinen Namen vergessen, ja mich vielleicht nicht einmal wiedererkannt, und da er es aus Höflichkeit nicht hatte zugeben wollen, die Vorstellung auf eine einfache Pantomime beschränkt hatte. Ich war damit denn auch keinen Schritt weitergekommen; wie sollte ich mich dem Hausherrn von einer Dame vorstellen lassen, die meinen Namen nicht wußte? Zudem sah ich mich gezwungen, ein paar Minuten mit Madame de Vaugoubert zu verplaudern. Das aber verdroß mich unter zwei Gesichtspunkten. Ich legte keinen Wert darauf, ewig bei diesem Fest zu verweilen, denn ich hatte mit Albertine, der ich eine Loge für ›Phädra‹ geschenkt hatte, ausgemacht, daß sie kurz vor Mitternacht zu mir kommen solle. Gewiß war ich keineswegs in sie verliebt; wenn ich sie heute abend kommen ließ, so gehorchte ich einzig einem Verlangen meiner Sinne, obwohl wir uns in jener glühenden Periode des Jahres befanden, in der die freiwerdende Sensualität sich eher in den Organen des Geschmacks konzentriert, vor allem aber die Kühle sucht. Mehr als nach dem Kuß eines jungen Mädchens dürstet man dann nach einer Orangeade, einem Bad, oder aber wünscht den schön glatt geschälten, saftträufelnden Mond zu betrachten, der den Himmel mit Feuchtigkeit tränkt. Gleichwohl rechnete ich darauf, mich an Albertines Seite – die mich ja übrigens an die Kühle der Flut erinnerte – von dem sehnsüchtigen Verlangen zu befreien, das sicherlich in mir viele bezaubernde Gesichter zurücklassen würden (denn die Soiree der Prinzessin war ebensogut ein Fest für junge Mädchen wie für reife Frauen). Andererseits hatte das Antlitz der imposanten Madame de Vaugoubert in seiner bourbonischen Fülle und seiner Verdrossenheit nichts gerade Anziehendes.

Im Ministerium sagte man, ohne daß man damit irgend etwas speziell Boshaftes äußern wollte, daß in dieser Ehe der

Mann die Weiberröcke, die Frau hingegen die Hosen anhabe Doch lag darin mehr Wahrheit, als man meinen mochte. Madame de Vaugoubert war ein Mann. Ob sie immer so gewesen, wie ich sie vor mir sah, oder erst so geworden war, spielt dabei keine Rolle, denn in beiden Fällen hat man es mit einem der rührendsten Mirakel der Natur zu tun, das besonders im zweiten Fall das Menschenreich dem Pflanzenreich naherückt. Unter der ersten Voraussetzung – nämlich wenn die spätere Madame de Vaugoubert von jeher in so kompakter Weise männlich gewesen war – verleiht die Natur auf Grund einer teuflischen und barmherzigen List dem jungen Mädchen das trügerische Aussehen eines Mannes. Der Jüngling aber, der die Frauen nicht liebt und sich davon heilen will, entdeckt mit Freuden den Ausweg, zu einer Verlobten zu kommen, die für ihn so etwas wie ein ›starker Mann‹ aus den Markthallen ist. Im entgegengesetzten Falle, wenn die Frau zunächst keine männlichen Züge hat, nimmt sie sie nach und nach sogar unbewußt an, um ihrem Mann in jener Art von Mimikry zu gefallen, durch die gewisse Blumen sich das Aussehen der Insekten geben, die sie anlocken wollen. Der Kummer, nicht geliebt, kein Mann zu sein, läßt sie männlich werden. Wer hat nicht schon, ganz abgesehen von dem vorliegenden Fall, bemerkt, wie sehr die normalsten Paare sich schließlich einander angleichen, ja zuweilen sogar ihre Eigenschaften vertauschen? Ein ehemaliger deutscher Kanzler, Fürst Bülow, hatte eine Italienerin geheiratet. Auf die Dauer konnte man in ihrem Palais auf dem Pincio feststellen, wieviel italienische Geschmeidigkeit der germanische Gatte und wieviel deutsche Härte die italienische Fürstin angenommen hatte. Als jemanden, der bis zum äußersten Extrem den Gesetzen entspricht, die wir hier skizzieren, kennt jedermann einen hervorragenden französischen Diplomaten, an dessen Abstammung nur noch sein Name erinnert, einer der berühmtesten des Nahen Ostens. Als er seine Individualität entwickelte und älter wurde, kam er auf den Orientalen heraus, den man niemals in ihm vermutet hätte, und wenn man ihn jetzt sieht, bedauert man, daß er nicht den Fes trägt, der seinen Typ erst richtig herausstellen würde.

Um aber auf Lebensformen zurückzukommen, denen der Gesandte, dessen nach Art seiner Vorfahren recht füllige Silhouette wir eben zu zeichnen versuchten, völlig fremd gegenüberstand, so verkörperte Madame de Vaugoubert den erworbenen oder von jeher in ihr vorgebildeten Typ, dessen unsterbliches Urbild Elisabeth Charlotte von der Pfalz ist, die ständig Reitkleidung trug und, da sie von ihrem Mann mehr als nur die Männlichkeit, nämlich die Fehler der Männer, die keine Frauen mögen, übernommen hatte, in ihren recht geschwätzigen Briefen die Beziehungen, welche die großen Herren am Hofe Ludwigs XIV. untereinander hatten, enthüllt. Eine der Ursachen, die das männliche Aussehen solcher Frauen wie Madame de Vaugoubert noch verstärken, ist die Vernachlässigung, die sie von seiten ihrer Ehegatten erfahren, sowie die Scham, die sie darüber empfinden und die allmählich in ihnen alles verkümmern läßt, was eigentlich weiblich ist. Sie nehmen schließlich die guten und schlechten Eigenschaften an, die ihr Mann nicht besitzt. In dem Maße, wie dieser oberflächlich, verweichlicht, indiskret ist, werden sie zum reizlosen Abbild von Tugenden, die eigentlich ihr Gatte hätte üben sollen.

Spuren von Schmach, Langeweile, Empörung hatten das regelmäßige Gesicht von Madame de Vaugoubert geprägt. Leider spürte ich, daß sie mich mit Interesse und Neugier als einen der jungen Männer betrachtete, die Monsieur de Vaugoubert gefielen und deren einer sie so gern gewesen wäre, seitdem ihr alternder Gatte eine Vorliebe für die Jugend hatte. Sie betrachtete mich mit der Aufmerksamkeit jener Personen aus der Provinz, die nach einem Katalog eines Modegeschäfts das Schneiderkleid kopieren, das der hübschen dort abgebildeten Person so ausgezeichnet steht (tatsächlich ist es auf allen Seiten eine und dieselbe Person, die nur trügerischerweise dank der Verschiedenheit der Posen und der Vielfalt der Toiletten immer wieder anders wirkt). Die rein vegetative Anziehungskraft, dank der Madame de Vaugoubert sich auf mich zubewegte, war so stark, daß sie mich sogar beim Arm faßte, damit ich sie irgendwohin führte, wo sie ein Glas Orangeade trinken könnte. Ich jedoch machte mich mit der Begründung los, daß ich bald gehen müsse, mich aber noch nicht einmal dem Herrn des Hauses habe vorstellen lassen. Die Entfernung, die mich vom Eingang der Gärten trennte, wo er im Gespräch mit mehreren Personen stand, war nicht eben groß, aber sie flößte mir mehr Furcht ein, als wenn ich mich, um sie zu überschreiten, ständigem Feuer hätte aussetzen sollen. Viele Frauen, durch die ich mich, wie mir schien, sehr wohl hätte vorstellen lassen können, befanden sich im Garten, wo sie zwar übertriebene Bewunderung heuchelten, aber nicht allzusehr wußten, was sie anfangen sollten. Feste dieser Art sind im allgemeinen nur eine Vorform ihrer selbst. Sie bekommen Wirklichkeit erst am folgenden Tage, wenn sie die Aufmerksamkeit derjenigen beschäftigen, die nicht selbst eingeladen waren. Ein wirklicher Schriftsteller, der nicht die törichte Eigenliebe so vieler Literaten besitzt, hat, wenn er den Artikel eines Kritikers liest, der ihm immer die größte Bewunderung gezollt hat, nun aber die Namen von mittelmäßigen Autoren zitiert und den seinen verschweigt, nicht die Muße, sich bei etwas aufzuhalten, was für ihn ein Gegenstand der Verwunderung sein könnte, denn durch seine Bücher werden seine Kräfte vollkommen in Anspruch genommen. Eine Dame der Gesellschaft aber hat nichts zu tun, und wenn sie im Figaro liest: ›Gestern haben der Prinz und die Prinzessin von Guermantes eine große Soiree gegeben und so weiter‹, ruft sie aus: ›Wie! Vor drei Tagen erst habe ich eine Stunde mit Marie-Gilbert gesprochen, und sie hat mir nichts davon gesagt!‹ Dann zerbricht sie sich den Kopf, um herauszubekommen, was sie den Guermantes wohl angetan haben könne. Man muß sagen, daß, was die Feste der Prinzessin anbelangt, das Staunen zuweilen ebenso groß bei den Eingeladenen war wie bei denen, die sie diesmal nicht gebeten hatte. Denn diese Einladungen erfolgten jäh in einem Moment, da man sie am wenigsten erwartete, und richteten sich an Leute, welche die Prinzessin jahrelang vollkommen vergessen hatte. Alle Gesellschaftsmenschen aber sind so unbedeutend, daß jeder einzelne von ihnen, um die anderen zu beurteilen, nur den Maßstab ihrer Liebenswürdigkeit anlegt, das heißt sie liebt, wenn er eingeladen ist, sie hingegen verachtet, hat man seiner nicht gedacht. Wenn die Prinzessin tatsächlich diese letzteren, obwohl sie vielleicht zu ihren Freunden gehörten, nicht einlud, so lag das oft an ihrer Furcht, ›Palamède‹ zu verstimmen, der die Betreffenden in Acht und Bann getan hatte. Ich konnte daher sicher sein, daß sie über mich mit Monsieur de Charlus nicht gesprochen hatte, denn sonst würde ich nicht unter den Gästen gewesen sein. Er selbst stand jetzt am Eingang des Gartens neben dem deutschen Botschafter an die Rampe der großen Treppe gelehnt, die ins Haus hineinführte, so daß die Eingeladenen, obwohl zwei oder drei Bewunderinnen sich um den Baron gruppierten und ihn fast verdeckten, gezwungen waren, ihm im Vorbeigehen guten Abend zu sagen. Er antwortete darauf, indem er alle mit ihrem Namen anredete. So hörte man unaufhörlich hintereinander: »Guten Abend, Monsieur du Hazay. Guten Abend, Madame de La Tour du Pin-Verclause, guten Abend, Madame de La Tour du Pin-Gouvernet, guten Abend, Philibert, guten Abend, meine liebe Frau Gesandtin« und so fort. Das ergab ein unaufhörliches schrilles Aufklingen seiner Stimme, unterbrochen von wohlmeinenden Ratschlägen oder Fragen (deren Beantwortung ihn nicht interessierte), die Monsieur de Charlus in etwas gedämpfterem, zum Zeugnis seiner Indifferenz leicht affektiertem, jedoch leutseligem Ton an die Betreffenden richtete: »Passen Sie auf, daß die Kleine sich nicht erkältet, die Gärten sind immer etwas feucht. Guten Abend, Madame de Brantes, guten Abend, Madame de Mecklembourg. Ja, ist denn die junge Dame auch erschienen? Und ein so bezauberndes rosa Kleid hat sie an? Guten Abend, Saint-Géran.« Gewiß lag Hochmut in dieser Haltung. Monsieur de Charlus wußte, daß er ein Guermantes war und damit einen hervorragenden Platz bei dieser Veranstaltung einnahm. Aber es äußerte sich doch nicht nur Hochmut darin, sondern die bloße Bezeichnung ›Fest‹ weckte bei diesem Mann mit seinen ästhetischen Gaben den Sinn für das Luxuriöse und Merkwürdige, das dieses Wort haben kann, wenn solch ein Fest nicht von modernen Weltleuten veranstaltet ist, sondern auf einem Gemälde von Carpaccio oder Veronese stattfindet. Es ist sogar wahrscheinlich, daß der deutsche Fürst, der Monsieur de Charlus ja war, eher an das Fest dachte, das sich im ›Tannhäuser‹ abspielt, in dem er dann selbst wie der Markgraf am Eingang der Burg für jeden der Eingeladenen ein herablassendes Wort hatte, während ihr Weiterschreiten in das Schloß oder den Park von dem langen hundertmal wieder aufgenommenen Thema des berühmten ›Einzugs der Gäste auf der Wartburg‹ begleitet wird.

Ich mußte mich gleichwohl entscheiden. Ich erkannte zwar unter den Bäumen Frauen, mit denen ich mehr oder weniger gut bekannt war, aber sie schienen mir verwandelt, weil sie bei der Prinzessin und nicht bei ihrer Kusine waren und weil ich sie nicht vor einem Teller aus Meißner Porzellan, sondern unter den Zweigen eines Kastanienbaumes sitzen sah. Die Eleganz des Milieus spielte dabei keine Rolle. Wäre sie ungleich geringer gewesen als bei ›Oriane‹, so hätte die gleiche Verwirrung dennoch für mich bestanden. Wenn in unserm Salon das elektrische Licht ausgeht und man es durch Petroleumlampen ersetzen muß, scheint uns alles verändert. Ich wurde aus meiner Ungewißheit durch Madame de Souvré gezogen. »Guten Abend, sagte sie, indem sie auf mich zutrat. Haben Sie letzthin einmal wieder die Herzogin von Guermantes gesehen?« Sie war Meisterin darin, dieser Art von Sätzen einen Tonfall zu geben, der bewies, daß sie sie nicht aus reiner Phantasielosigkeit vorbrachte wie Leute, die nicht wissen, wovon sie mit einem reden sollen und einen zum hundertsten Mal auf eine oft sehr vage gemeinsame Bekanntschaft ansprechen. Im Gegenteil blitzte in ihren Augen wie durch elektrische Übertragung ein Funke auf, der besagte: ›Glauben Sie nur nicht, daß ich Sie nicht wiedererkenne. Sie sind der junge Mann, den ich bei der Herzogin von Guermantes getroffen habe. Ich erinnere mich sehr wohl.‹ Leider war die Protektion, die sich mit diesem anscheinend so gedankenlos hingesagten und dabei von so zartsinniger Absicht getragenen Satz über mich erstreckte, außerordentlich fragil und schwand auf der Stelle dahin, sobald ich sie mir zunutze machen wollte. Madame de Souvré besaß die Kunst, wenn es sich darum handelte, eine Bewerbung bei einem Mächtigen zu unterstützen, es so einzurichten, daß sie in den Augen des Bittstellers diesen zu empfehlen schien, zugleich aber in den Augen der hochgestellten Persönlichkeit dem gleichen Bittsteller offenbar keine Unterstützung gewährte, so daß diese nach zwei Richtungen wirkende Geste ihr einen Kredit der Dankbarkeit bei dem Petenten eröffnete, ohne daß der andere ihren Schritt irgendwie auf ihre Debetseite schrieb. Als ich, durch die Liebenswürdigkeit dieser Dame ermutigt, ihr meine Bitte vortrug, sie möge mich doch dem Prinzen von Guermantes vorstellen, benutzte sie einen Moment, in dem die Blicke des Hausherrn nicht auf uns gerichtet waren, mich mütterlich um die Schultern zu fassen und dem abgewendeten Gesicht des Prinzen, der sie nicht sehen konnte, zulächelnd, mich mit einer angeblichen protegierenden, aber willentlich unwirksamen Geste zu ihm hinzuschieben, so daß ich eigentlich hilflos wie zuvor noch immer am Ausgangspunkt stand. So groß ist die Feigheit der Weltleute.

Diejenige einer Dame, die mich mit meinem Namen begrüßte, war jedoch noch größer. Ich versuchte, den ihren wiederzufinden, während ich mich mit ihr unterhielt. Ich erinnerte mich sehr wohl, daß ich mit ihr diniert hatte, und fand in meinem Gedächtnis auch die Worte, die sie gesagt hatte. Aber meine Aufmerksamkeit, die sich ganz auf jene Region meines Innern konzentrierte, in der sich diese Erinnerungen an sie befanden, vermochte gleichwohl ihren Namen nicht wiederzuermitteln. Dennoch war er da. Mein Denken hatte sich auf eine Art von Spiel mit ihm eingelassen, bei dem es sich darum handelte, allmählich die Konturen, dann seine Anfangsbuchstaben zu erfassen und ihn schließlich ganz und gar in mir aufzuhellen. Es war vergebliche Mühe. Ich verspürte ungefähr seinen Umfang, sein Gewicht, aber was seine Form anlangte, so mußte ich mir, wenn ich sie mit dem düsteren Gefangenen, der sich im Dunkel meines Innern barg, verglich, immer wieder sagen: ›Der richtige ist das noch nicht.‹ Gewiß hätte mein Geist die schwierigsten Namen schaffen können. Leider aber handelte es sich nicht darum zu schaffen, sondern zu reproduzieren. Jede Tätigkeit des Geistes ist leicht, wenn sie nicht der Wirklichkeit untergeordnet werden muß. Zu dieser Unterordnung aber war ich hier gezwungen. Endlich trat mit einem Male der Name in seiner Ganzheit vor mich hin: ›Madame d'Arpajon‹. Ich habe unrecht zu sagen, daß er vor mich hintrat, denn er erschien, glaube ich, nicht aus eigenem Antrieb in meinem Bewußtsein. Ebensowenig denke ich, daß die nicht sehr gewichtigen, wenn auch zahlreichen Erinnerungen, die sich auf diese Dame bezogen und die ich unaufhörlich um Hilfe anging (durch Ermunterungen wie die folgende: ›Also sehen wir doch einmal zu, das ist doch diese Dame, die mit Madame de Souvré befreundet ist und die für Victor Hugo eine so naive, mit so viel Schrecken und Grauen vermischte Bewunderung hegt‹), Erinnerungen, die zwischen mir und ihrem Namen umherflatterten, mir in irgendeiner Weise geholfen haben, den letzteren endlich in mir zum Aufsteigen zu bewegen. In dem großen Versteckspiel, das sich im Gedächtnis zuträgt, wenn man einen Namen wiederfinden will, gibt es nicht etwa eine Reihe von graduellen Annäherungen. Man sieht zunächst nichts, dann aber taucht auf einmal der exakte Name auf, sehr verschieden von dem, was man zu erraten glaubte. Nicht er ist zu uns gekommen. Nein, ich glaube vielmehr, je länger wir leben, desto mehr entfernen wir uns von der Zone, in der ein Name klar und deutlich vor uns steht; plötzlich aber hatte ich mit Hilfe einer Anspannung meines Willens und meiner Aufmerksamkeit, die die Schärfe meines inneren Blicks vermehrte, das Halbdunkel endlich durchbrochen und alles in hellem Licht erschaut. Jedenfalls wenn es Übergänge zwischen Vergessen und Erinnern gibt, sind diese Übergänge völlig unbewußt. Denn die Etappennamen, durch die wir hindurch müssen, bevor wir den wahren Namen finden, sind falsch und bringen uns dem richtigen in keiner Weise näher. Strenggenommen sind es gar keine Namen, sondern oft nur einfache Konsonanten, die noch dazu in dem schließlich wiedergefundenen Namen gar nicht enthalten sind. Im übrigen ist diese Arbeit des Geistes, der vom Nichts zur Wirklichkeit vorschreitet, so geheimnisvoll, daß dennoch möglicherweise diese falschen Konsonanten im voraus und ungeschickt ausgestreckte Ruten sind, die uns helfen sollen, den genauen Namen schließlich aufzufischen. ›Alles dies, wird der Leser sagen, sagt uns nichts über die mangelnde Gefälligkeit jener gewissen Dame; aber da Sie sich nun doch schon so lange verweilt haben, werden Sie gestatten, geschätzter Autor, daß wir Ihnen noch eine weitere Minute rauben und Ihnen sagen, wie beklagenswert es ist, daß Sie, so jung wie Sie damals noch waren (oder Ihr Held, wenn Sie es schon nicht selber sind) bereits ein so schlechtes Gedächtnis hatten, daß Sie sich an den Namen einer Dame nicht zu erinnern vermochten, die Sie sehr gut kannten.‹ Das ist in der Tat sehr bedauernswert, verehrter Leser. Und trauriger noch als Sie glauben, wenn man darin eine Ankündigung jener Zeit erkennt, in der Namen und Wörter aus der lichten Zone des Denkens verschwinden und in der wir für immer darauf werden verzichten müssen, uns selbst diejenigen mit Namen zu nennen, die wir am besten gekannt haben. Es ist tatsächlich bedauernswert, daß man von Jugend auf diese Mühe aufwenden muß, um

Namen wiederzufinden, die man gut kennt. Wenn aber diese Schwäche sich nur bei Namen einstellte, die man kaum gewußt und infolgedessen ganz natürlicherweise vergessen hat, die zu behalten man auch gar nicht der Mühe für Wert erachtete, so würde diese Schwäche nicht ohne Vorteil sein. ›Was für ein Vorteil, wenn ich bitten darf?‹ Je nun, mein lieber Herr, es ist doch so, daß nur das Leiden an einer Sache uns möglich macht, deren Mechanismen, welche man sonst gar nicht kennen würde, zu bemerken, zu begreifen und zu analysieren. Wird ein Mensch, der jeden Abend schwer in sein Bett sinkt und bis zu dem Augenblick des Erwachens und Aufstehens gleichsam nicht mehr lebt, jemals daran denken, wenn schon keine großen Entdeckungen so doch wenigstens kleine Beobachtungen über den Schlaf anzustellen? Er weiß ja kaum, ob er schläft. Ein geringes Maß an Schlaflosigkeit ist nicht ohne Nutzen dafür, den Schlaf richtig schätzen zu lernen und außerdem sein Dunkel ein wenig aufzuhellen. Ein lückenloses Gedächtnis ist kein sehr mächtiger Anreger, um die Phänomene des Gedächtnisses zu studieren. ›Also kurz und gut, hat Madame d'Arpajon Sie nun eigentlich dem Prinzen vorgestellt?‹ Nein, aber so schweigen Sie doch, und lassen Sie mich nunmehr weiterberichten.

Madame d'Arpajon war noch feiger als Madame de Souvré. Doch war ihre Feigheit leichter zu entschuldigen. Sie wußte, daß sie immer ein wenig Geltung in der Gesellschaft gehabt hatte. Diese Geltung war vielleicht durch ihre Liaison mit dem Herzog von Guermantes noch mehr geschwächt worden; daß dieser sie verlassen hatte, gab ihr den Gnadenstoß. Die schlechte Laune, die meine Bitte, mich dem Prinzen vorzustellen, in ihr hervorrief, veranlaßte sie zu einem Schweigen, von dem sie naiverweise glaubte, es werde so wirken, als habe sie meine Worte gar nicht gehört. Sie bemerkte nicht einmal, wie sie aus Zorn die Brauen runzelte. Vielleicht bemerkte sie es auch, machte sich aber nichts aus diesem Widerspruch, sondern bediente sich seiner, um mir eine Lektion der Verschwiegenheit zu erteilen, die sie mir so ohne zuviel Grobheit zukommen lassen konnte, ich meine eine stumme Lektion, die dennoch um nichts weniger beredt für mich war.

Madame d'Arpajon war im übrigen sehr verstimmt, da viele Blicke zu einem Renaissancebalkon emporglitten, an dessen Ecke anstelle der Monumentalstatuen, die man so oft in jener Epoche als Schmuck verwendete, in leichter Neigung, nicht weniger statuenhaft als eine solche, die majestätische Herzogin von Surgis-le-Duc erschien, das heißt diejenige, die auf Madame d'Arpajon im Herzen von Basin de Guermantes gefolgt war. Unter dem leichten weißen Tüll, der sie vor der nächtlichen Kühle schützte, erkannte man den geschmeidigen, den beschwingten Leib einer Siegesgöttin.

Meine letzte Hoffnung war Monsieur de Charlus, der in ein Zimmer des Erdgeschosses wieder eingetreten war, das Zugang zum Garten hatte. Ich fand volle Muße (da er so tat, als sei er in eine nur zum Schein eröffnete Whistpartie vertieft, die ihm erlaubte, die Leute angeblich nicht zu sehen) die gewollt künstlerische Einfachheit seines Fracks zu studieren, der durch Winzigkeiten, die nur ein Schneider bemerkt hätte, einer Harmonie in Schwarz und Weiß von Whistler glich; schwarz, weiß und rot vielmehr, denn Monsieur de Charlus hatte an einem breiten Band über dem Frackhemd das in weißer, schwarzer und roter Emaille ausgeführte Kreuz des Malteserordens angelegt. In diesem Augenblick wurde die Partie des Barons von Madame de Gallardon unterbrochen, die einen ihrer Neffen, den Vicomte de Courvoisier, einen jungen Menschen mit hübschem Gesicht und insolenter Miene, ihm entgegenführte: »Lieber Vetter, sagte Madame de Gallardon, erlauben Sie mir bitte, Ihnen meinen Neffen Adalbert vorzustellen. Adalbert, du weißt, das ist der berühmte Onkel Palamède, von dem du soviel gehört hast.« – »Guten Abend, Madame de Gallardon, antwortete Monsieur de Charlus, und ohne den jungen Mann auch nur eines Blickes zu würdigen, setzte er mit grimmiger Miene und einem so ausgesprochen unhöflichen Tonfall, daß alles bestürzt war, hinzu: »Guten Abend, Monsieur.« Vielleicht wußte Monsieur de Charlus, daß Madame de Gallardon Zweifel über seine Sitten hegte und dieses eine Mal der Verlockung nicht hatte widerstehen können, eine Anspielung darauf zu wagen, und legte nun besonderen Wert darauf, allem die Spitze abzubrechen, was sie etwa bei einer liebenswürdigen Aufnahme ihres Neffen hätte erfinden können, gleichzeitig auch eine eindrucksvolle Kundgebung der Gleichgültigkeit jungen Männern gegenüber zu inszenieren; vielleicht hatte er gefunden, der besagte Adalbert habe die Worte seiner Tante nicht mit hinlänglich respektvoller Miene quittiert; vielleicht auch wollte er in dem Wunsch, später die Beziehung zu einem so angenehmen jungen Vetter etwas weiter voranzutreiben, sich den Vorteil einer Eingangsattacke sichern, so wie die Souveräne, bevor sie eine diplomatische Aktion beginnen, diese durch eine militärische zu untermauern belieben.

Es war nicht so schwierig, wie ich glaubte, bei Monsieur de Charlus zu erreichen, daß er meiner Bitte, mich dem Prinzen vorzustellen, trotz allem willfahren hätte. Einerseits hatte im Laufe der letzten zwanzig Jahre dieser Don Quijotte gegen so viele Windmühlen gekämpft (oft waren es Verwandte, von denen er behauptete, sie hätten sich ihm gegenüber schlecht aufgeführt), er hatte mit solcher Häufigkeit jemanden als eine Person hingestellt, die man unmöglich empfangen könne, und striktest untersagt, ihn zu diesen oder jenen Guermantes beiderlei Geschlechts einzuladen, daß diese Angst bekommen hatten, sie könnten sich mit allen Leuten, die sie gerne sahen, entzweien oder sich bis zu ihrem Tode um den Umgang mit gewissen Neuankömmlingen bringen, auf deren Bekanntschaft sie brannten, nur um sich mit den oft ganz unerklärlichen Zornesausbrüchen eines Schwagers oder Vetters solidarisch zu erklären, der gern gesehen hätte, daß man für ihn Weib, Kind und Bruder verließe. Klüger als die übrigen Guermantes, bemerkte Monsieur de Charlus, daß man seine Interdikte immer nur ein um das andere Mal berücksichtigte, und da er die Zukunft vorwegnehmend fürchtete, man könnte eines Tages lieber auf ihn selbst verzichten, hatte er angefangen, sich mit dem Übel abzufinden, und, wie man sagt, seine Preise etwas heruntergesetzt. Wenn er im übrigen die Fähigkeit besaß, einem Verhaßten auf Monate, auf Jahre hinaus das Leben zu vergällen – er hätte nicht geduldet, daß ein solcher Mensch eine Einladung erhielt, und hätte sich eher wie ein Lastträger mit einer Königin geprügelt, da der Rang dessen, der ihm entgegentrat, für ihn dann überhaupt keine Rolle mehr spielte – so waren doch andererseits seine Zornesausbrüche zu häufig, als daß sie nicht zum Teil unwirksam geblieben wären. ›Dieser Esel, dies boshafte kleine Subjekt! Man wird ihn an seinen Platz verweisen, ihn in die Gosse kehren, wo er leider für die hygienischen Verhältnisse der Stadt nicht ganz ungefährlich sein wird‹, brüllte er dann, selbst wenn er allein in seinem Hause war, bei der Lektüre eines Briefes, den er für unehrerbietig hielt, oder wenn er an Äußerungen dachte, die man ihm zugetragen hatte. Doch ein neuer Zorn gegen einen weiteren Dummkopf zerstreute den früheren, und wofern sich jener erste halbwegs botmäßig zeigte, war die von ihm heraufbeschworene Krise vergessen, da sie nicht lange genug angedauert hatte, um den Grund für einen Haß zu legen, den man als Fundament hätte benutzen können. Daher hätte ich vielleicht trotz seiner Mißstimmung gegen mich bei ihm Erfolg gehabt, als ich ihn bat, mich dem Prinzen vorzustellen, wäre ich nicht auf den unglücklichen Einfall gekommen, aus Gewissenhaftigkeit und damit er nicht glaube, ich habe die Aufdringlichkeit besessen, aufs Geratewohl einzudringen, und etwa auf ihn gezählt, um dennoch bleiben zu können, die Worte hinzuzusetzen: »Sie wissen, daß ich sie sehr gut kenne, die Prinzessin war immer reizend zu mir.« – »Was denn, wenn Sie sie kennen, wozu brauchen Sie dann mich, um sich vorstellen zu lassen?« antwortete er mir in schneidendem Ton, und während er mir den Rücken zukehrte, nahm er seine vorgebliche Whistpartie mit dem Nuntius, dem deutschen Botschafter und einer Persönlichkeit, die ich nicht kannte, wieder auf.

Da drang aus der Tiefe der Gärten her, in denen einst der Herzog von Aiguillon seltene Tiere gezogen hatte, durch die weit offenen Türen das Geräusch eines Schnaufens, mit dem offenbar jemand dies Schauspiel der Eleganz in sich einsog, um nichts davon zu verlieren. Das Geräusch kam näher. Ich wendete mich aufs Geratewohl nach der betreffenden Richtung um, so daß das an meinem Ohr von Monsieur de Bréauté gelispelte ›Guten Abend‹ mir nicht wie das mißtönende Scharren eines Messers auf einem Schleifstein, noch weniger aber wie das Grunzen des Wildschweins, das die Äcker verheert, sondern wie die Stimme eines möglichen Retters erklang. Weniger mächtig als Madame de Souvré, aber weniger tief von Ungefälligkeit durchdrungen, ging Monsieur de Bréauté zwangloser mit dem Prinzen um als Madame d'Arpajon und machte sich vielleicht noch dazu Illusionen über meine Situation in der Welt der Guermantes, vielleicht aber auch kannte er sie besser als ich; gleichwohl hatte ich in den ersten Sekunden etwas Mühe, seine Aufmerksamkeit auf mich zu lenken, denn mit zitternden Nasenflügeln und geweiteten Nüstern wendete er sich nach allen Seiten, wobei er das Auge merkwürdig hinter dem Monokel aufriß, als befinde er sich in Gegenwart von fünfhundert Meisterwerken. Aber als er meine Bitte gehört hatte, nahm er sie mit Befriedigung auf und führte mich zu dem Prinzen, dem er mich mit einer feinschmeckerischen, zeremoniösen und gewöhnlichen Miene vorstellte, als reiche er ihm mit einer gleichzeitigen empfehlenden Bemerkung einen Teller mit kleinem Gebäck. So liebenswürdig die Begrüßung des Herzogs von Guermantes war, wenn er dazu aufgelegt war – geradezu kameradschaftlich, warmherzig und vertraulich – so steif, so förmlich und hochmütig kam mir die des Prinzen vor. Er lächelte mir kaum zu und redete mich streng mit Monsieur an. Ich hatte oft die Glossen des Herzogs über den Hochmut seines Vetters mitangehört. Aber bei den ersten Worten, die dieser zu mir sagte und die durch ihre Kälte und ihren Ernst den vollkommensten Gegensatz zu der vertraulichen Redeweise Basins bildeten, wurde mir auf der Stelle klar, daß man in dem Herzog, der schon beim ersten Besuch beinahe auf du und du mit einem war, den aus tiefster Seele auf die anderen herabschauenden und in dem Prinzen von den beiden Vettern den, der sich wahrhaftig einfach gab, zu sehen hatte. Ich stellte in seiner Zurückhaltung ein größeres Gefühl nicht gerade der Gleichheit, denn eine solche wäre für ihn unfaßbar gewesen, wohl aber der Achtung fest, die man einem Tieferstehenden gewähren kann, wie es in allen stark hierarchisch bestimmten Milieus der Fall ist: im Palais de Justice zum Beispiel oder in einer Fakultät, wo ein Staatsanwalt oder ein Dekan, die sich ihrer hohen Funktionen bewußt sind, vielleicht mehr wirkliche Schlichtheit und, wenn man sie besser kennt, mehr Güte, mehr Herzlichkeit hinter der traditionellen Unzugänglichkeit verbergen als ein moderner Gesinnter hinter einer vorgeblichen, wortreichen Kameradschaftlichkeit. »Haben Sie ebenfalls vor, die Laufbahn Ihres Herrn Vaters einzuschlagen?« fragte er mich mit distanzierter Miene, aber doch einem Anflug von Interesse. Ich beantwortete seine Frage kurz, denn ich begriff, daß er sie nur aus Liebenswürdigkeit gestellt hatte, und entfernte mich dann, damit er die Neuangekommenen begrüßen könnte.

Ich bemerkte Swann und wollte ihn ansprechen, sah aber in dem Augenblick, wie der Prinz von Guermantes, anstatt am gleichen Platz dem Gatten Odettes guten Abend zu sagen, diesen sofort wie mit einer Saugpumpe in den Garten hineinzog, so daß sogar einige meinten, es geschehe, um ›ihm die Tür zu weisen‹.

Obwohl derart unaufmerksam in der Gesellschaft, daß ich erst am übernächsten Tag aus den Zeitungen erfuhr, ein tschechisches Orchester habe den ganzen Abend gespielt und in jeder Minute sei von neuem ein bengalisches Feuer aufgeflammt, fand ich doch eine gewisse Fähigkeit zur Aufmerksamkeit bei dem Gedanken wieder, ich werde jetzt den berühmten Springbrunnen von Hubert Robert erblicken.

In einer Lichtung zwischen schönen Bäumen, von denen mehrere ebenso alt waren wie er selbst, abseits angelegt, sah man ihn von fern schlank, unbeweglich, erstarrt, so daß die Brise nur den leichten Überfall seines blassen bebenden Wedels leicht in Bewegung setzte. Das achtzehnte Jahrhundert hatte die Eleganz seiner Linienführung abgeklärt, aber offenbar, als es den Stil des Strahles ein für allemal bestimmte, sein Leben gleichsam zum Stillstand gebracht; aus dieser Entfernung gesehen, rief er mehr einen Eindruck von Kunst als die Empfindung von Wasser hervor. Die feuchte Wolke sogar, die sich unaufhörlich über seiner Spitze erhob, bewahrte den Charakter der Epoche, wie die am Himmel sich bildenden Wolken rings um die Schloßbauten von Versailles. Aber in größerer Nähe wurde man sich klar, daß, obwohl sie wie die Steine eines antiken Palastes der vorher festgelegten Zeichnung folgten, es doch immer wieder neue Wasser waren, die, wenn sie bei ihrem Aufsprühen den alten Anordnungen des Architekten folgen wollten, sie einzig dadurch genau erfüllen konnten, daß sie scheinbar dagegen verstießen, da nur tausend Einzelbewegungen auf die Entfernung den Eindruck eines einzigen Schwungs zu geben vermochten. Dieser war in Wirklichkeit ebensooft unterbrochen wie das Niederfallen der Strahlen, während er mir von weitem unbeugsam, lückenlos, dicht erschienen war. Trat man näher heran, so sah man, daß die scheinbar rein lineare Kontinuität des aufsteigenden Strahls überall da, wo er sich etwa hätte brechen können, durch das Hinzutreten, das seitliche Einmünden eines parallelen Strahls gesichert war, der noch höher stieg als der erste, aber seinerseits wieder in einer weiteren Höhe, die nun auch für ihn ermüdend war, von einem dritten abgelöst wurde. Von nahem gesehen fielen kraftlose Tropfen unaufhörlich von der Wassersäule nieder, begegneten auf ihren Wegen aufsteigenden Tropfengeschwistern und zerstäubten manchmal schon, von der heranbrandenden, durch das unermüdliche Aufsprühen bewegten Luft erfaßt, bevor sie schaukelnd im Becken landeten. Mit ihrem zögernden Fall, ihrem Weg in umgekehrter Richtung stumpften sie in weichem Dunst den kerzengerade gereckten Aufstieg der Säule ab, die auf ihrer Höhe eine längliche Wolke trug, welche zwar aus tausend Tröpfchen gebildet, anscheinend aber in dunklem Goldton unbeweglich aufgemalt war und ungebrochen, reglos, schlank und schnell zu den Wolken des Himmels entschwebte. Leider genügte ein Windstoß, um diese Säule schräg über den Boden hinfegen zu lassen; manchmal brach ein einzelner Strahl ungehorsam in einer anderen Richtung aus und hätte dann die in ihrer Bewunderung unvorsichtige Menge, wenn sie sich nicht in respektvoller Entfernung hielt, bis aufs Mark durchweicht. Einer dieser kleinen Zufälle, die sich fast nur in dem Augenblick zutrugen, als ein Windstoß sich erhob, war ziemlich unangenehm. Man hatte Madame d'Arpajon eingeredet, der Herzog von Guermantes – in Wirklichkeit war er noch gar nicht da – befinde sich mit Madame de Surgis in den rosa Marmorgalerien, zu denen man durch eine doppelte Kolonnade weiter im Innern gelangte, die sich über dem Rand des Beckens erhob. Als nun aber Madame d'Arpajon gerade eine der Kolonnaden betreten wollte, bog ein lauer Windstoß die Wassersäule um und überflutete die schöne Frau so sehr, daß sie, da das Wasser durch den Ausschnitt ins Innere ihres Kleides drang, so um und um durchnäßt war, als sei sie in ein Bad getaucht. Darauf erhob sich nicht fern von ihr ein rhythmisches Grollen, so stark, daß eine ganze Armee es hätte hören können, doch im Wechsel an- und abschwellend, so als wende es sich nicht an alle zusammen, sondern nacheinander an jede einzelne Kompanie. Es war Großfürst Wladimir, der aus vollem Herzen lachte, als er Madame d'Arpajon derart begossen sah – eine der lustigsten Sachen, erklärte er späterhin gern, denen er jemals in seinem Leben als Zuschauer beigewohnt hatte. Als einige mitleidige Personen den Moskowiter darauf aufmerksam machten, daß diese Dame vielleicht ein Wort der Teilnahme von ihm verdiene und schätzen würde, wie sie da ungeachtet ihrer geschlagenen vierzig Jahre sich mit ihrem Schal abtrocknete, ohne die Hilfe der anderen in Anspruch zu nehmen, und ohne das Wasser zu scheuen, das boshafterweise den Rand des Beckens überflutete, sich aus ihrer Lage zu befreien versuchte, meinte der Großfürst, der ein gutes Herz besaß, dergleichen tun zu sollen, und nachdem das letzte Schlachtengrollen seines Lachens kaum beschwichtigt war, hörte man ein neues noch heftigeres Dröhnen als das vorhergehende. »Bravo, alte Dame!« rief er und klatschte dabei in die Hände, als ob er im Theater sei. Madame d'Arpajon war wenig empfänglich dafür, daß man ihre Geschicklichkeit auf Kosten ihrer Jugend rühmte, und da jemand, gegen das Geräusch des Wasser ankämpfend, das immer noch von der dröhnenden Stimme der Kaiserlichen Hoheit übertönt wurde, ihr zurief: »Ich glaube, der Großfürst hat etwas zu Ihnen gesagt«, gab sie zur Antwort: »Nein, ich glaube, er meinte Madame de Souvré.«

Ich durchschritt die Gärten und stieg wieder die Treppe hinauf, auf der die Abwesenheit des Prinzen, der sich mit Swann zurückgezogen hatte, die Schar der Eingeladenen vermehrte, die sich um Monsieur de Charlus gruppierten, so wie, wenn Ludwig XIV. nicht in Versailles war, Monsieur, der Bruder des Königs, um so mehr Leute bei sich sah. Ich wurde unterwegs von dem Baron angehalten, während hinter mir zwei Damen und ein junger Mann näher kamen, um ihn zu begrüßen.

»Es ist nett, Sie hier zu sehen«, sagte er, während er mir die Hand hinstreckte. »Guten Abend, Madame de La Trémoïlle, guten Abend, meine liebe Herminie.« Zweifellos aber hegte er in Erinnerung an das, was er mir über seine Rolle als Chef des Hauses Guermantes gesagt hatte, den Wunsch, über eine

Sache, die er nicht hatte verhindern können, anstatt Mißfallen lieber Befriedigung kundzutun; diese aber bekam bei ihm durch die Arroganz des großen Herrn und seine Neigung zu hysterischen Heiterkeitsausbrüchen auf der Stelle die Form exzessiver Ironie. »Es ist nett, sagte er noch einmal, aber vor allem sehr komisch.« Darauf setzten bei ihm laute Lachanfälle ein, die gleichzeitig seine Freude und die Ohnmacht der menschlichen Rede, ihr Ausdruck zu verleihen, anzudeuten schienen, während eine Reihe von Personen, die sehr wohl wußten, wie impertinent er sein konnte und wie geneigt er war, jemanden auf die insolenteste Art ›abfahren‹ zu lassen, voller Neugier herbeieilten, ja mit fast ungehörigem Eifer sich hastig um uns drängten. »Nun, grämen Sie sich nicht, sagte er zu mir, indem er mich sanft an der Schulter anrührte, Sie wissen ja, ich mag Sie im Grunde sehr gern ... Guten Abend, Antiochus, guten Abend, Louis-René. Sie haben den Springbrunnen angeschaut? fragte er mich mehr im Tone einer Behauptung als einer Erkundung. Hübsch, nicht wahr? Ein richtiges Wunderwerk. Natürlich könnte es besser sein, wenn man gewisse Dinge fortließe, dann aber gäbe es auch in Frankreich keinen zweiten seiner Art. Aber schon so, wie er ist, gehört er freilich zum Allerbesten. Bréauté wird Ihnen sagen, daß es falsch war, Lampions aufzuhängen, um darüber hinwegzutäuschen, daß diese absurde Idee von ihm selber stammt. Aber alles in allem ist es ihm nicht gelungen, ihn gar zu sehr zu verhäßlichen. Es ist viel schwieriger, ein Meisterwerk zu verschandeln, als es hervorzubringen. Wir haben ja auch schon immer so ungefähr geahnt, daß Bréauté über geringere Potenz verfügt als Hubert Robert.«

Ich begab mich wieder in die Reihe der Besucher, die in das Haus zurückkehrten. »Sind Sie letzthin meiner entzückenden Kusine Oriane begegnet? fragte mich die Prinzessin, die seit kurzem ihren Sitz am Eingang aufgegeben hatte und mit der zusammen ich in die Salons zurückkehrte. Sie kommt bestimmt heute abend, ich habe sie am Nachmittag gesehen, setzte die Hausherrin hinzu. Sie hat es mir versprochen. Ich glaube im übrigen, daß Sie mit uns beiden und der Königin von Italien am Donnerstag in der Botschaft dinieren. Es werden dort alle nur möglichen Hoheiten sein, man wird sich bestimmt recht sehr eingeschüchtert fühlen.« Die Hoheiten vermochten keineswegs die Prinzessin von Guermantes einzuschüchtern, deren Salon von solchen wimmelte und die ›meine kleinen Coburgs‹ sagte, wie sie ebensogut von ihren ›kleinen Hunden‹ gesprochen hätte. Die Prinzessin von Guermantes sagte denn auch: ›Man wird sehr eingeschüchtert sein‹ aus purer Einfallslosigkeit, die in der großen Gesellschaft eine noch größere Rolle spielt als die Eitelkeit. Von ihrer eigenen Genealogie wußte sie weniger als ein junger Mann, der sein Staatsexamen in Geschichte bestanden hat. Was ihre Bekannten betraf, so legte sie Wert darauf zu zeigen, daß sie die Übernamen kenne, die ihnen verliehen waren. Als sie mich gefragt hatte, ob ich in der folgenden Woche bei Madame de La Pommelière, die man oft ›La Pomme‹ nannte, eingeladen sei, und von mir eine verneinende Antwort erhalten hatte, schwieg sie einen Augenblick. Dann aber setzte sie aus keinem andern Grund als dem eines gewollten Zurschautragens ihrer unwillkürlich erworbenen Kenntnisse, ihrer Banalität und ihrer Anpassung an den allgemein herrschenden Geist hinzu: »Eine sehr angenehme Frau, La Pomme!«

Gerade als die Prinzessin sich mit mir unterhielt, traten der Herzog und die Herzogin von Guermantes ein. Ich konnte ihnen jedoch nicht gleich entgegengehen, denn ich wurde auf meinem Wege von der Frau des türkischen Gesandten festgehalten, welche auf die Hausherrin wies, die ich soeben verlassen hatte, mich am Arm packte und rief: »Ach, was für eine entzückende Frau, die Prinzessin! Wirklich, ein Wesen höherer Art! Ich glaube, wenn ich ein Mann wäre, setzte sie mit einem Anflug von orientalisch geprägter, gewöhnlicher Sinnlichkeit hinzu, würde ich mein Leben diesem himmlischen Geschöpf weihen.« Ich antwortete, sie scheine mir in der Tat ganz entzückend, aber ich selbst sei näher mit ihrer Kusine, der Herzogin bekannt. »Aber das ist ja gar kein Vergleich, sagte die Frau des Gesandten. Oriane ist eine reizende Dame der großen Welt, die ihren Geist von ›Mémé‹ und ›Babal‹ bezieht, während Marie-Gilbert wirklich eine Persönlichkeit ist.«

Ich habe es nicht sehr gern, wenn man mir in einer Form, die ich widerspruchslos hinnehmen muß, sagt, was ich von den Menschen meiner Bekanntschaft halten soll. Tatsächlich bestand kein Grund, weshalb die Frau des türkischen Gesandten über den Wert der Herzogin von Guermantes ein sichereres Urteil haben sollte als ich. Andererseits erklärte sich mein gereiztes Gefühl gegen die Gesandtenfrau auch daraus, daß die Fehler bloßer Bekannter oder auch Freunde für uns ein wahres Gift darstellen, gegen das wir glücklicherweise in uns Gegengifte entwickeln.

Aber ohne den geringsten Apparat von wissenschaftlichen Vergleichen aufzufahren und von Anaphylaxien zu sprechen, können wir auf alle Fälle sagen, daß auf dem Grunde unserer freundschaftlichen oder auch nur rein gesellschaftlichen Beziehungen eine vorübergehend geheilte, aber anfallsweise wiederkehrende Feindseligkeit besteht. Gewöhnlich leidet man wenig unter diesen Giften, solange die Menschen natürlich sind. Dadurch aber, daß die Frau des türkischen Gesandten ›Babal‹ und ›Mémé‹ sagte, um Leute zu bezeichnen, die sie gar nicht kannte, hob sie die Wirkungen der Immunität auf, durch die sie mir gemeinhin allenfalls erträglich wurde. Sie reizte mich, was um so ungerechter war, als sie nicht in dieser Weise sprach, um stärker den Anschein zu erwecken, sie sei sehr intim mit ›Mémé‹, sondern auf Grund einer zu schnell erworbenen Kenntnis, welche bewirkte, daß sie diese adligen Herren so benannte, wie sie es der Landessitte gemäß glaubte. Sie hatte in wenigen Monaten die Schule durchlaufen, anstatt einem ordnungsgemäßen Gang der Erziehung zu folgen. Wenn ich aber darüber nachdachte, so stellte ich für meine Abneigung, mich in der Nähe der Frau des Gesandten zu befinden, einen anderen Grund fest. Es war nicht so sehr lange her, daß bei ›Oriane‹ diese gleiche Persönlichkeit aus diplomatischen Kreisen mir mit wohlbegründeter und ernsthafter Miene gesagt hatte, daß die Prinzessin von Guermantes ihr ganz einfach unsympathisch sei. Ich erachtete für gut, mich nicht weiter bei dieser Meinungsänderung aufzuhalten. Die Einladung zu der Festlichkeit dieses Abends hatte sie bewirkt. Die Frau des Gesandten war vollkommen aufrichtig, wenn sie mir sagte, die Prinzessin von Guermantes sei ein fabelhaftes Geschöpf. Sie hatte es immer gedacht. Aber da sie bisher niemals bei der Prinzessin eingeladen war, hatte sie gemeint, diesem Nichtgebetensein den Schein einer selbstgewählten grundsätzlichen Enthaltung geben zu sollen. Jetzt, da sie eingeladen war und es wahrscheinlich auch künftighin sein würde, konnte sie ihre Sympathie frei verströmen lassen. Es ist nicht nötig, um Dreiviertel der Meinungen zu erklären, die man über andere Menschen hegt, auf Haßliebe oder Ausschluß von politischer Macht zurückzugreifen. Das Urteil ist schwankend in sich: es wird durch eine verweigerte oder empfangene Einladung jeweils von neuem bestimmt. Im übrigen war die Frau des türkischen Gesandten, wie die Herzogin von Guermantes sagte, die mit mir einen kleinen Inspektionsgang durch die Salons machte, ›gar nicht so übel‹. Sie war vor allem sehr nützlich. Die wahren Sterne der großen Welt sind es müde, sich in diesem Rahmen zu zeigen. Wer neugierig darauf ist, sie zu sehen, muß oft eine andere Hemisphäre aufsuchen, in der sie sich fast allein befinden. Frauen aber wie die ottomanische Gesandtenfrau, die erst neu in der Gesellschaft aufgetaucht sind, glänzen unermüdlich und sozusagen überall zu gleicher Zeit. Sie sind nützlich bei der Art von Empfängen, die man als Soiree oder Rout bezeichnet und zu denen sie sich lieber noch sterbend hinschleppen würden, als dabei zu fehlen. Sie sind die Statistinnen, auf die man immer zählen kann, von heißem Eifer erfüllt, nie ein Fest zu versäumen. So sehen

denn auch in ihnen törichte junge Leute, die noch nichts von falschen Sternen wissen, die Königinnen des Schicks, da sie noch viel lernen müssen, um zu begreifen, aus welchen Gründen Madame Standish, die sie nicht kennen und die fern von der Welt ihre Kissen malt, mindestens eine ebenso große Dame ist wie die Herzogin von Doudeauville.
Im gewöhnlichen Leben wirkten die Augen der Herzogin von Guermantes zerstreut und etwas melancholisch. Sie ließ darin nur eine geistvolle Flamme aufzucken, sobald sie irgendeinen Freund begrüßte, ganz als wäre dieser selbst eine Wendung voller Esprit, ein ganz reizender Einfall, ein erlesener Genuß, den der Kenner kostet, während ein Ausdruck von klugem Verstehen und Freude auf seinem Gesicht erscheint. Bei großen Empfängen aber hatte sie zu häufig jemanden zu begrüßen, als daß sie es nicht ermüdend gefunden hätte, jedesmal inzwischen wieder das Licht erlöschen zu lassen. Ein Feinschmecker der Literatur, der ins Theater geht, um eine Neuschöpfung eines Meisters der dramatischen Kunst anzusehen, bezeugt ebenfalls seine Gewißheit, keinen schlechten Abend zu verbringen, dadurch, daß er, während er noch seine Sachen der Garderobiere übergibt, schon die Lippen zu einem klugen, verstehenden Lächeln kräuselt und seine Blicke in einer durch Bosheit gewürzten Art der Anerkennung belebt. In derselben Weise hielt die Herzogin die strahlende Illumination von ihrer Ankunft an dem ganzen Abend hindurch aufrecht. Und während sie ihren Abendmantel von köstlichem Tiepolorot abgab, unter dem ein schweres echtes Rubinhalsband an ihrem Nacken erstrahlte, und auf ihr Kleid jenen letzten raschen, aber doch alle Einzelheiten erfassenden Schneiderinnenblick geworfen hatte, der gleichzeitig auch der der Weltdame ist, versicherte sich Oriane des Glanzes ihrer Augen nicht weniger als des Blitzens ihrer übrigen Juwelen. Ein paar ›Wohlmeinende‹, wie Monsieur de Jouville, mochten sich wohl auf den Herzog stürzen, um ihn am Eintreten zu hindern. »Aber wissen Sie denn nicht, daß der arme Mani in den

letzten Zügen liegt? Er ist schon versehen worden.« – »Ich weiß, ich weiß, antwortete Monsieur de Guermantes, indem er den Lästigen beiseite schob, um gleichwohl einzutreten. Das Abendmahl hat die beste Wirkung getan«, setzte er hinzu und lächelte vor Vergnügen im Gedanken an den auf diese Abendgesellschaft des Prinzen folgenden Maskenball, an welchem teilzunehmen er fest entschlossen war. »Wir wollten nicht bekanntwerden lassen, daß wir wieder zu Hause sind«, sagte die Herzogin zu mir. Sie ahnte nicht, daß die Prinzessin im voraus diese Äußerung entkräftet hatte, als sie mir erzählte, daß sie ihre Kusine einen Augenblick gesehen und diese ihr versprochen habe, sie komme ganz bestimmt. Nach einem langen Blick, den er minutenlang schwer auf seiner Gattin lasten ließ, sagte der Herzog: »Ich habe Oriane von Ihren Zweifeln erzählt.« Jetzt, als sie sah, daß diese nicht begründet waren und sie keinen Schritt werde tun müssen, um sie zu zerstreuen, erklärte sie sie als absurd und neckte mich noch längere Zeit damit. »Was für eine Idee, zu meinen, Sie seien nicht eingeladen! Man ist immer eingeladen! Und außerdem bin ich ja auch noch da. Glauben Sie, ich hätte nicht erreichen können, daß meine Kusine Sie einlädt?« Ich muß sagen, daß sie in der Folge oft schwierigere Dinge für mich getan hat; gleichwohl hütete ich mich, ihre Worte in dem Sinne aufzufassen, daß ich zu reserviert gewesen sei. Ich begann, die genaue Nuance der gesprochenen oder stummen Sprache aristokratischer Liebenswürdigkeit zu erkennen, einer Liebenswürdigkeit, die sich darin gefiel, Balsam auf das Inferioritätsbewußtsein derer zu gießen, an die sie sich wendete, aber doch nicht so weit ging, es vollkommen zu zerstreuen, denn in diesem Falle hätte sie keine Daseinsberechtigung mehr gehabt. ›Aber Sie sind doch dasselbe wie wir, wenn nichts Besseres‹, schienen durch alle ihre Handlungen die Guermantes ausdrücken zu wollen; sie sagten es in der nettesten Art, die man sich vorstellen kann, damit man sie liebte, bewunderte, doch nicht, damit man ihnen glaubte; daß man den rein fiktiven Charakter dieser Liebenswürdigkeit durchschaute, galt in ihren Augen als ein Zeichen der Wohlerzogenheit; diese Liebenswürdigkeit für echt zu halten, galt als schlechte Erziehung. Ich erhielt im übrigen kurze Zeit danach eine Lektion, die mich vollends auf das genaueste über die Ausmaße und Grenzen gewisser Formen einer solchen Liebenswürdigkeit belehrte. Es war aus Anlaß einer Matinee, welche die Herzogin von Montmorency für die Königin von England gab; es fand dabei eine kleine Prozession nach dem Büfett hin statt; voran schritt die Souveränin am Arm des Herzogs von Guermantes. In diesem Augenblick trat ich ein. Mit seiner freien Hand signalisierte mir der Herzog auf mindestens vierzig Meter Entfernung mit tausend Zeichen freundschaftlicher Gesinnung, ich möge nur ohne Furcht näher kommen, niemand werde mich anstelle der Chester-Sandwiches verschlingen. Ich aber, der ich begann, mich in der Sprache der Höfe zu vervollkommnen, machte, anstatt mich auch nur um einen einzigen Schritt weiter heranzuwagen, in meinen vierzig Meter Entfernung eine tiefe Verbeugung, jedoch ohne zu lächeln, wie ich es jemandem gegenüber getan hätte, den ich kaum kannte, dann setzte ich meinen Weg in entgegengesetzter Richtung fort. Wenn ich ein Meisterwerk verfaßt hätte, so hätten die Guermantes mir weniger Ehre dafür erwiesen als für diese Verbeugung. Nicht nur blieb sie in den Augen des Herzogs nicht unbemerkt, obwohl dieser an dem betreffenden Tage mehr als fünfhundert Personen für ihren Gruß zu danken hatte, sondern auch nicht in denen der Herzogin, die, als sie meine Mutter traf, ihr davon erzählte und sich wohl hütete zu behaupten, ich habe unrecht gehabt, nicht ruhig näher zu kommen. Sie sagte, ihr Mann habe meinen Gruß sehr bewundert, es sei nicht möglich, mehr in eine solche Geste hineinzulegen. Man fand kein Ende, an diesem Gruß alles mögliche Gute zu entdecken, ohne gleichwohl irgendwann die Eigenschaft zu erwähnen, die als die hervorragendste galt, nämlich die Bescheidenheit, die ihr zugrunde lag, und ebenso fand man kein Ende, mir Komplimente darüber zu machen, die, wie ich wohl begriff, weniger eine Belohnung für das Vergangene als einen Wink für die Zukunft darstellten nach Art derjenigen, die der Leiter einer Erziehungsanstalt seinen Schülern in delikater Weise erteilt: ›Vergeßt nicht, meine lieben Kinder, daß diese Preise weniger für euch als für eure Eltern bestimmt sind, damit sie euch das nächste Jahr wieder zu uns schicken.‹ So pflegte Madame de Marsantes, wenn jemand aus anderen Kreisen in ihr Milieu eindrang, vor diesem die diskreten Menschen, ›die da sind, wenn man sie braucht, und in der übrigen Zeit sich in keiner Weise bemerkbar machen‹, zu rühmen, wie man in indirekter Form einen Dienstboten, der einen schlechten Geruch an sich hat, darauf aufmerksam macht, daß der Gebrauch von Bädern ausgezeichnet für die Gesundheit sei.

Während ich, noch bevor sie das Vestibül verlassen hatte, mich mit Madame de Guermantes unterhielt, hörte ich eine Stimme von einer Art, die ich in Zukunft so, daß jeder Irrtum ausgeschlossen war, herauserkennen sollte. Es war in diesem besonderen Falle diejenige von Monsieur de Vaugoubert, der mit Monsieur de Charlus sprach. Ein Kliniker hat nicht nötig, den Kranken, den er beobachten will, sein Hemd hochnehmen zu lassen oder seine Atmung abzuhorchen, die bloße Stimme genügt ihm schon. Wie oft wurde ich später in einem Salon von dem Tonfall oder dem Lachen eines bestimmten Mannes frappiert, der gleichwohl genau die Sprache seiner Berufsklasse oder die Manieren seines Milieus an sich hatte und je nachdem strenge Distinktion oder vertrauliche Derbheit heuchelte, dessen falscher Stimmklang aber genügte, um mein Ohr, das so gut funktionierte wie die Stimmgabel eines Klavierstimmers, zu belehren: ›Das ist ein Charlus!‹ In diesem Augenblick kam das gesamte Personal einer Botschaft vorbei und grüßte den Baron. Obwohl meine Entdeckung der fraglichen Krankheit erst vom gleichen Tage stammte (an dem ich Monsieur de Charlus und Jupien beobachtet hatte) hätte ich doch für meine Diagnose nicht nötig gehabt, Fragen zu stellen oder jemand zu auskultieren, doch schien Monsieur de Vaugoubert, während er mit Monsieur de Charlus sprach, selbst noch unsicher zu sein. Gleichwohl hätte er nach den Zweifeln seiner Jugend wissen müssen, woran er war. Der Invertierte hält sich für einzig in seiner Art auf der Welt, später erst stellt er sich – und das ist wiederum eine Übertreibung – vor, die einzige Ausnahme sei der normale Mensch. Doch ehrgeizig und ängstlich wie er war, hatte Monsieur de Vaugoubert sich seit langem nicht mehr dem hingegeben, was für seinesgleichen Sinnenlust war. Die diplomatische Karriere hatte auf ihn wie der Eintritt in einen Orden gewirkt. Im Verein mit dem emsigen Besuch der Vorlesungen der Ecole des Sciences politiques hatte sie ihn seit zwanzig Jahren der Keuschheit des Christen geweiht. Wie aber nun jeder Sinn etwas von seiner Kraft und Lebendigkeit verliert, ja wie er verkümmert, wenn man ihn nicht mehr gebraucht, hatte Monsieur de Vaugoubert, ebenso wie der zivilisierte Mensch nicht mehr zu den Kraftübungen oder der Feinheit des Gehörs imstande wäre wie der Höhlenmensch, den speziellen Scharfblick eingebüßt, der so selten bei Monsieur de Charlus versagte: an offiziellen Tafeln in Paris oder im Ausland gelang es dem Gesandten nicht einmal mehr, diejenigen herauszuerkennen, die in der Verkleidung der Uniform im Grunde seinesgleichen waren. Welche Namen auch Monsieur de Charlus aussprach, der seinerseits empört war, wenn man ihn als Beispiel seiner Neigungen zitierte, aber sich immer höchlichst amüsierte, die der anderen bekanntzugeben, alle versetzten Monsieur de Vaugoubert in wonnevolles Staunen. Nicht daß er nach so vielen Jahren daran gedacht hätte, sich diese bezaubernden Möglichkeiten noch wieder zunutze zu machen. Aber die rasch gegebenen Enthüllungen – darin denen gleichend, welche in den Tragödien von Racine Athalie und Abner davon in Kenntnis setzen, daß Joas aus dem Geschlechte Davids stammt und daß die ›purpurthronende‹

Esther jüdische Eltern habe – verwandelten den Aspekt der Gesandtschaft von X..., oder dieser oder jener Abteilung des Auswärtigen Amtes und machten rückblickend diese Paläste ebenso geheimnisvoll wie den Tempel von Jerusalem oder den Thronsaal von Susa. Im Hinblick auf jene Gesandtschaft, deren junges Personal in seiner Gesamtheit Monsieur de Charlus die Hand drücken kam, riß Monsieur de Vaugoubert erstaunt die Augen auf wie Elisa, wenn sie in ›Esther‹ ausruft:

O *Himmel, welche Schar, unschuldig, hold und schön,*
Läßt sich vor meinen Augen auf allen Seiten sehn!
Wie lieblich rötet Scham die jugendlichen Wangen!

Begierig darauf, noch genauer informiert zu sein, warf er lächelnd Monsieur de Charlus einen naiv fragenden, begehrlichen Blick zu: »Aber was wollen Sie, natürlich«, antwortete Monsieur de Charlus mit der kundigen Miene eines Gelehrten, der zu einem Unwissenden spricht. Auf der Stelle ließ Monsieur de Vaugoubert (was Monsieur de Charlus sehr verdroß) keinen Blick von den jungen Sekretären, die der Botschafter von X... in Frankreich, ein altes erfahrenes Schlachtroß, nicht aufs Geratewohl einzeln ausgewählt hatte. Monsieur de Vaugoubert schwieg, ich sah nur seine Blicke. Doch da ich von Kindheit an gewöhnt war, selbst dem, was stumm ist, die Sprache der Klassiker zu leihen, ließ ich die Augen von Monsieur de Vaugoubert jene Verse rezitieren, in denen Esther Elisa erklärt, daß Mardochai aus Eifer für seine Religion Wert darauf gelegt habe, in die Umgebung der Königin nur solche Mädchen zu bringen, die voll und ganz in ihre Umgebung paßten:

So hat sein Eifer denn für unsere Nation
Mit Zions Töchtern rings umgeben meinen Thron,
Mit Blumen jung und zart, dem heimatlichen Strande

Gleich mir vom Schicksalswind entführt in fremde Lande.
Hier am verborgnen Ort, unheil'gen Augen fern,
Erzieht und bildet er (der ausgezeichnete Botschafter)
die Schar zum Dienst des Herrn.

Endlich sprach Monsieur de Vaugoubert anders als durch Blicke. »Wer weiß, bemerkte er melancholisch, ob nicht in dem Land, in dem ich akkreditiert bin, das gleiche existiert?« – »Wahrscheinlich, antwortete Monsieur de Charlus, man braucht ja nur an König Theodosius zu denken, obwohl ich nichts Positives über ihn weiß!« – »Wie? Ausgeschlossen!« – »Dann darf man sich aber auch nicht erlauben, so sehr danach auszusehen. Er aber ziert sich, er hat dies gewisse süßliche Genre ›Aber meine Teure!‹, das ich am meisten verabscheue. Ich würde nicht wagen, mich mit ihm auf der Straße zu zeigen. Im übrigen müssen Sie ja eigentlich wissen, wie es um ihn steht, er ist doch bekannt wie ein bunter Hund.« – »Sie täuschen sich vollkommen über ihn. Er ist außerdem reizend. An dem Tage, an dem das Abkommen mit Frankreich unterzeichnet worden ist, hat der König mich geküßt. Niemals war ich so tiefbewegt.« – »Das war der Augenblick, wo Sie ihm hätten sagen sollen, was Sie sich von ihm wünschen.« – »Oh, mein Gott, wie grauenhaft, wenn er das auch nur ahnte! Doch in dieser Hinsicht fürchte ich freilich nichts.« Diese Worte hörte ich, denn ich stand nur wenig entfernt; sie bewirkten, daß ich mir im selben Augenblick im Geiste die Verse aufsagte:

Der König selber weiß bis heut nicht, wer ich bin,
Und dies Geheimnis schließt für immer meine Lippe.

Dieser halb stumme, halb gesprochene Dialog hatte nur Sekunden gedauert, und ich hatte mit der Herzogin von Guermantes erst wenige Schritte in die Salons unternommen, als eine kleine dunkle, außerordentlich hübsche Dame sie anhielt:

– Ich möchte Sie gern sehen. D'Annunzio hat Sie in einer Loge bemerkt und an die Prinzessin von T... einen Brief geschrieben, in dem er behauptet, er habe niemals etwas so Schönes erblickt. Für ein Gespräch von zehn Minuten mit Ihnen würde er sein Leben hingeben. Auf alle Fälle ist, selbst wenn Sie nicht können oder nicht wollen, der Brief in meinem Besitz. Sie sollten mir einen Zeitpunkt angeben, an dem es Ihnen paßt. Es sind da gewisse geheime Dinge, die ich hier nicht sagen kann. Ich sehe, Sie erkennen mich nicht wieder, setzte sie zu mir gewendet hinzu; ich habe Ihre Bekanntschaft bei der Prinzessin von Parma gemacht (bei der ich niemals gewesen war). Der Kaiser von Rußland möchte, daß Ihr Vater nach Petersburg entsendet wird. Wenn Sie Dienstag frei sind, ist gerade Iswolsky da, der mit Ihnen darüber sprechen könnte. Ich habe ein Geschenk für Sie, meine Liebe, setzte sie, wieder zu der Herzogin gewendet, hinzu. Ich würde es niemandem außer Ihnen machen: die Manuskripte dreier Stücke von Ibsen, die er mir durch seinen alten Krankenwärter hat überbringen lassen. Ich werde eines behalten und Ihnen die zwei anderen schicken.

Der Herzog von Guermantes war nicht entzückt über dies Angebot. Ungewiß, ob Ibsen oder d'Annunzio tot oder lebendig waren, sah er schon, wie Schriftsteller und Dramaturgen seiner Frau Besuche machten und sie in ihren Werken nannten. Die Angehörigen der großen Welt stellen sich Bücher gern wie eine Art Würfel vor, deren eine Fläche man abgenommen hat, so daß nun der Autor nichts Eiligeres zu tun hat als die Personen, die er trifft, in sie ›hineinzutun‹. Das ist offenbar illoyal, aber sie sind ja auch nur Leute von geringer Bedeutung. Gewiß wäre es nicht übel, sie ›en passant‹ kennenzulernen; denn dank ihnen kann man, wenn man ein Buch oder einen Artikel liest, den anderen ›in die Karten‹ schauen oder ›ihr wahres Gesicht‹ hinter der Maske erspähen. Dennoch ist es klug, sich lieber an tote Autoren zu halten. Vollkommen ›korrekt‹ fand Monsieur de Guermantes nur den Herrn, der die Nekrologe im ›Gaulois‹ verfaßte. Dieser wenigstens begnügte sich damit, den Namen des Herzogs von Guermantes bei einer Beerdigung, aus deren Anlaß der Herzog sich in die Liste eingetragen hatte, an der Spitze aller übrigen Personen als den in erster Linie in die Augen fallenden zu nennen. Wenn er selbst vorzog, seinen Namen dort nicht erscheinen zu sehen, schickte er anstelle dieser Eintragung einen Kondolenzbrief an die Familie des Verstorbenen und versicherte sie seines tiefen Mitgefühls; ließ dann diese Familie in die Zeitungen setzen ›unter den eingegangenen Kondolenzbriefen sei derjenige des Herzogs von Guermantes erwähnt‹, so war das nicht die Schuld des Nekrologschreibers, sondern des Sohnes, Bruders oder Vaters des Verstorbenen, die der Herzog dann für Parvenus erklärte, mit denen keine Beziehung mehr zu unterhalten er von Stund an entschlossen war. (Er selbst sagte dann, denn er verstand sich nicht gut auf den Sinn von Redensarten, daß er mit ihnen ›ein Hühnchen zu rupfen‹ habe.) Auf alle Fälle jedenfalls bewirkten die Namen Ibsen und d'Annunzio und ihr eventuelles Noch-am-Leben-Sein, daß der Herzog die Brauen runzelte, denn er war nicht weit genug von uns entfernt, als daß er nicht die verschiedenen Liebenswürdigkeiten von Madame Timoléon d'Amoncourt mitangehört hätte. Es war dies eine reizende Frau, deren Geist und Schönheit so bezaubernd waren, daß eines von beiden genügt hätte, um schon für sich zu gefallen. Aber da sie außerhalb des Milieus geboren war, in dem sie jetzt lebte, und zunächst nur einen literarischen Salon erstrebt hatte (sie war nacheinander die ausschließliche Freundin – keineswegs die Geliebte, denn sie war sehr sittenstreng – jedes großen Schriftstellers gewesen, der ihr dann alle seine Manuskripte schenkte oder Bücher für sie schrieb) und der Zufall sie dann in den Faubourg Saint-Germain geführt hatte, kamen ihre literarischen Privilegien ihr dort gut zu Paß. Sie hatte jetzt eine Stellung errungen, in der sie kein anderes Zeichen der Gunst zu geben brauchte als dasjenige, das allein schon ihre Anwesenheit bedeutete. Aber da sie von früher her an das Vermitteln und Kombinieren zwischen Menschen, an das Erweisen von Gefälligkeiten gewöhnt war, hielt sie auch noch jetzt daran fest, obwohl es nicht mehr nötig war. Sie hatte immer ein Staatsgeheimnis zu enthüllen, die Bekanntschaft mit einem Potentaten für jemand zu arrangieren oder ein Aquarell von Meisterhand zu vergeben. Freilich lag in all diesen überflüssigen Lockungen ein wenig Unaufrichtigkeit, aber sie machten aus ihrem Leben eine Komödie voll funkelnder Kompliziertheit, und es stimmt, daß sie Präfekten und Generäle ernennen ließ.

Während sie neben mir herging, verströmte die Herzogin von Guermantes das azurblaue Licht ihrer Augen, aber ins Ungewisse hinein, um die Leute zu vermeiden, mit denen sie nichts zu tun haben wollte und die sie wie eine drohende Klippe schon von weitem erriet. Wir bewegten uns in einem doppelten Spalier von Gästen, die in dem Bewußtsein, daß sie ›Oriane‹ niemals kennenlernen würden, sie wenigstens wie eine Kuriosität ihrer Gattin zeigen wollten: ›Ursula, schnell, schnell, da ist Madame de Guermantes, die gerade mit einem jungen Menschen spricht‹, und man bemerkte, daß nur wenig fehlte, und sie wären auf Stühle gestiegen, um besser zu sehen, wie bei der Parade am 14. Juli oder beim Rennen des Grand Prix. Es war nicht so, daß die Herzogin von Guermantes einen aristokratischeren Salon gehabt hätte als ihre Kusine. Bei der ersteren verkehrten Leute, die die letztere niemals hätte einladen mögen, vor allem wegen ihres Gatten nicht. Niemals hätte sie Madame Alphonse de Rothschild empfangen, die, eine intime Freundin von Madame de La Trémoïlle und Madame de Sagan wie Oriane selbst, bei dieser letzteren ebenfalls viel verkehrte. Ebenso war es mit dem Baron Hirsch, den der Prinz von Wales zu ihr gebracht hatte, jedoch nicht zu der Prinzessin, der er mißfallen hätte, und auch mit einigen bonapartistischen oder gar republikanischen Berühmtheiten, welche die Herzogin interessierten, die aber der Prinz als überzeugter Royalist aus Grundsatz bei sich nicht hätte sehen mögen. Sein Antisemitismus, der ebenfalls eine Prinzipienangelegenheit war, beugte sich vor keiner Eleganz und wäre sie auch noch so akkreditiert gewesen, und wenn er Swann bei sich empfing, dessen Freund er von jeher war – übrigens war er der einzige Guermantes, der Swann zu ihm sagte und nicht Charles – so deswegen, weil er wußte, daß die Großmutter Swanns, eine Protestantin, die einen Juden geheiratet hatte, die Geliebte des Herzogs von Berry gewesen war, woraufhin er von Zeit zu Zeit versuchte, der Legende Glauben zu verschaffen, die aus Swanns Vater einen natürlichen Sohn dieses Fürsten machte. Bei einer solchen Hypothese, die im übrigen falsch war, blieb an Swann, dem Sohn eines Katholiken, der seinerseits Sohn eines Bourbonen und einer Katholikin wäre, nichts, was als nichtchristlich hätte bezeichnet werden können.

– Wie, Sie kennen diese Pracht hier nicht? sagte die Herzogin zu mir, als sie von dem Hause sprach, in dem wir uns befanden. Aber nachdem sie den ›Palast‹ ihrer Kusine gebührend gewürdigt hatte, beeilte sie sich hinzuzusetzen, daß ihr selbst ihre ›bescheidene Hütte‹ tausendmal lieber sei. Das hier ist wundervoll zum Besichtigen, aber ich würde vor Traurigkeit sterben, wenn ich in Zimmern schlafen müßte, in denen sich so viele historische Begebenheiten zugetragen haben. Das kommt mir so vor, als sei man im Schloß von Blois, in Fontainebleau oder selbst im Louvre nach Schluß der Führung dageblieben und vergessen worden und könne sich als einziges Mittel gegen die Traurigkeit nur sagen, daß man in dem Zimmer weilt, in dem Monaldeschi ermordet worden ist. Aber ich muß bekennen, mir wäre ein Kamillentee lieber. Da schau, da kommt Madame de Saint-Euverte. Wir haben eben bei ihr zu Abend gegessen. Da sie morgen bei sich ihren jährlichen Riesenrummel hat, hatte ich gemeint, sie würde sich gleich schlafen legen. Aber sie kann kein Fest auslassen. Wenn dies hier auf dem Lande stattfände, würde sie eher auf einen Leiterwagen steigen als überhaupt nicht erscheinen.

In Wirklichkeit war Madame de Saint-Euverte an diesem Abend weniger um des Vergnügens willen gekommen, ein Fest bei anderen unbedingt mitzuerleben, als vielmehr um den Erfolg des ihrigen absolut sicherzustellen, die letzten Anhänger zu rekrutieren und in gewisser Weise noch einmal ›in extremis‹ die Parade der Truppen abzunehmen, die morgen bei ihrer Garden-party glanzvoll aufziehen sollten. Denn seit einer ganzen Reihe von Jahren schon waren die Eingeladenen der Saint-Euverteschen Feste keineswegs mehr die gleichen wie ehedem. Die weiblichen Stars aus der Welt der Guermantes, die damals so dünn gesät waren, hatten – mit Höflichkeiten von der Hausherrin überschüttet – allmählich ihre Freundinnen mitgebracht. Gleichzeitig hatte Madame de Saint-Euverte durch ein parallel, aber in entgegengesetztem Sinne fortschreitendes Bemühen von Jahr zu Jahr die Zahl der in der eleganten Welt nicht bekannten Personen eingeschränkt. Eine nach der andern sah man dort nicht mehr. Eine Zeitlang funktionierte noch das System des gelegentlichen ›großen Aufwaschens‹, welches in Gestalt von Festen, von denen nicht weiter die Rede war, gestattete, die Abgelehnten zusammen einzuladen, damit sie sich untereinander vergnügten, was der Notwendigkeit überhob, sie etwa mit den richtigen Leuten zusammenzubringen. Worüber konnten sie sich beklagen? Hatten sie nicht (panem et circenses!) genügend kleines Backwerk und ein schönes Musikprogramm? So kam es denn auch, daß man gewissermaßen in Analogie zu zwei exilierten Herzoginnen, die man früher, beim ersten Erblühen des Salons Saint-Euverte, wie Doppelkaryatiden dessen schwankendes Dach stützen sah, in den letzten Jahren, unter die ›schöne Welt‹ gemischt, dort nur noch zwei aus dem Rahmen fallende Personen bemerkte: die alte Madame de Cambremer und die mit einer schönen Stimme begabte Gattin eines Architekten, die man oft um ein Gesangstück bitten mußte. Da sie aber niemand mehr bei Madame de Saint-Euverte kannten, den Verlust ihrer Gefährtinnen beklagten und fühlten, daß sie im Wege waren, sahen sie wie zwei im Erfrieren begriffene Schwalben aus, die nicht zur rechten Zeit nach Süden gezogen sind. Im folgenden Jahr wurden sie denn auch nicht mehr eingeladen; Madame de Franquetot unternahm noch einen Schritt zugunsten ihrer Kusine, die doch so musikfreudig sei. Aber da sie keine eindeutigere Antwort erhalten konnte als die folgende: ›Aber man kann doch immer hereinkommen und die Musik anhören, das ist doch kein Verbrechen!‹ fand Madame de Cambremer die Einladung nicht dringlich genug und verzichtete.

Bei einer solchen Veränderung, wie Madame de Saint-Euverte sie zustande gebracht hatte, als sie einen Salon von Verfemten in einen Salon der großen Damen umschuf (die letzte scheinbar ultraschicke Form, die er angenommen hatte) mußte man sich wundern, daß die Person, die am folgenden Tag das glänzendste Fest der Saison gab, es nötig hatte, am Vorabend einen letzten Truppenappell vorzunehmen. Es war aber so, daß die hervorstechende Eleganz des Salons Saint-Euverte nur für diejenigen existierte, deren gesellschaftliches Dasein darin bestand, die Berichte über Matineen und Soireen im ›Gaulois‹ und im ›Figaro‹ zu lesen, ohne jemals bei einer selbst zugegen gewesen zu sein. Für solche Freunde der großen Welt, die diese nur aus der Zeitung kennen, genügte die Aufzählung der englischen und österreichischen Botschafterinnen, der Herzoginnen von Uzès, von La Trémoïlle und so weiter, damit sie sich bereitwillig den Salon Saint-Euverte als den ersten von Paris vorstellten, während er in Wirklichkeit nur der letzte war. Nicht, daß die Berichte unwahr gewesen wären. Die Mehrzahl der aufgeführten Personen war tatsächlich da. Aber jede war nur auf Grund von flehentlichen Bitten, erwiesenen Aufmerksamkeiten und Diensten sowie mit dem Gefühl erschienen, Madame de Saint-Euverte eine ungeheure Ehre anzutun. Solche Salons, die weniger gesucht als gemieden werden und die man nur gleichsam ›abkommandiert‹ besucht, vermögen einzig die Leserinnen der Rubrik ›Aus der Gesellschaft‹ zu täuschen. Diese erfahren nichts von einem Fest, das wirklich elegant ist, zu dem aber die Hausherrin, obwohl sie alle Herzoginnen haben könnte, die förmlich darauf brennen, unter den ›Erwählten‹ zu sein, nur zwei oder drei gebeten hat. Daher sind denn auch diese Frauen, die nicht dafür sorgen, daß die Namen ihrer Gäste in der Zeitung stehen, und insofern die Macht unterschätzen oder verachten, welche heute die Reklame bedeutet, zwar elegant in den Augen der Königin von Spanien, werden aber von der Menge verkannt, denn jene weiß und diese weiß nicht, wer sie eigentlich sind.

Madame de Saint-Euverte gehörte nicht zu diesen Frauen, und als gute Honigsammlerin brachte sie für den folgenden Tag alles ein, was eingeladen war. Monsieur de Charlus war es nicht, er hatte immer abgelehnt, bei ihr zu erscheinen, aber er war mit so vielen Leuten entzweit, daß Madame de Saint-Euverte sich dabei sehr wohl auf seinen Charakter berufen konnte.

Freilich, wäre nur Oriane gewesen, so hätte Madame de Saint-Euverte sich gar nicht erst zu bemühen brauchen, da die Einladung mündlich gegeben und im übrigen mit jener bezaubernden und trügerischen Liebenswürdigkeit entgegengenommen worden war, in der die Angehörigen der Akademie exzellieren, die der Kandidat gerührt und ohne den leistesten Zweifel verläßt, daß auf ihre Stimme fest zu zählen sei. Aber es gab eben nicht nur sie. Würde der Fürst von Agrigent kommen? Und Madame de Durfort? Um keine Vorsicht außer acht zu lassen, hatte Madame de Saint-Euverte für einzig richtig gehalten, sich selber hinzubemühen. Einschmeichelnd mit den einen, gebieterisch mit den andern kündigte sie in Andeutungen unvorstellbare Unterhaltungen an, wie man sie nicht ein zweites Mal haben würde, und versprach jedem, er werde bei ihr die Person finden, die er gerne sehen wollte, oder die Persönlichkeit, mit der er unbedingt sprechen mußte. Diese Art von Funktion aber, mit der sie ähnlich gewissen Magistratspersonen der antiken Welt – in diesem Falle die Rolle einer Person, die am folgenden Tage die meistbesuchte Garden-party der Saison geben würde – einmal im Jahre ausgestattet war, verlieh ihr eine kurzlebige Autorität. Ihre Listen waren aufgestellt und abgeschlossen, so daß sie, während sie die Salons der Prinzessin langsam durchschritt, um nacheinander in jedes Ohr die Worte zu träufeln: ›Sie vergessen mich doch morgen nicht‹, die Eintagswonne genoß, die Augen wegzuwenden – während sie weiter lächelte – sobald sie irgendeiner Vogelscheuche begegnete, die sie zu schneiden gedachte, oder irgendeinem alten Krautjunker, der nur auf Grund einer alten Schulfreundschaft bei ›Gilbert‹ zugelassen war, dessen Anwesenheit aber ihrer Garden-party nicht zur Zierde gereichen würde. Sie richtete es dann lieber so ein, daß sie mit dem Betreffenden nicht sprach, um hinterher sagen zu können: ›Ich habe meine Einladungen mündlich ausgegeben, und leider sind Sie mir nicht in den Weg gekommen.‹ So vollzog sie, die simple Saint-Euverte, mit ihren Luchsaugen eine ›Siebung‹ in der Zusammensetzung der Soiree der Prinzessin. Sie selbst aber hielt sich, als sie in dieser Weise vorging, für eine regelrechte Herzogin von Guermantes.

Man muß sagen, daß auch diese nicht, wie man vielleicht hätte glauben sollen, völlig frei mit ihren Begrüßungen und ihrem Lächeln schalten konnte. Zweifellos, wenn sie sie verweigerte, geschah es immer mit Absicht. ›Sie langweilt mich fürchterlich, sagte sie. Bin ich wirklich gezwungen, eine Stunde lang mit ihr von ihrer Soiree zu sprechen?‹

Man sah eine tiefschwarze Herzogin vorübergehen, die ihre Häßlichkeit und Dummheit wie gewisse Abweichungen vom guten Verhalten zwar nicht aus der Gesellschaft, wohl aber aus gewissen eleganten Salons ausgeschlossen hatten. »Ah! murmelte Madame de Guermantes mit dem klaren und unbeirrten Blick des Kenners, dem man ein falsches Juwel vorweist, so etwas empfängt man hier!« Allein auf Grund des Anblicks der etwas bemakelten Dame, auf deren Gesicht außerdem zu viele mit schwarzen Haaren besetzte Pünktchen saßen, stellte Madame de Guermantes den mittelmäßigen Charakter dieser Abendeinladung fest. Sie war mit dieser Dame aufgewachsen, hatte aber alle Beziehungen zu ihr abgebrochen; auf ihren Gruß antwortete sie nur mit einem äußerst zurückhaltenden Kopfnicken. »Ich begreife nicht, sagte sie, als müsse sie sich entschuldigen, daß Marie-Gilbert uns mit diesem Abschaum zusammen einlädt. Man kann sagen, hier ist wirklich Krethi und Plethi vertreten. Bei Mélanie Pourtalès war das viel besser arrangiert. Sie sah die bischöfliche Synode und protestantische Oratorianerkirche bei sich, wenn es ihr gefiel, aber wenigstens ließ sie uns an solchen Tagen nicht kommen.« Großenteils aber sprach sie so aus Schüchternheit, aus Angst, eine Szene mit ihrem Mann zu haben, der nicht wollte, daß sie Künstler oder dergleichen empfing (Marie-Gilbert protegierte deren viele, man mußte sich in acht nehmen, daß man nicht von irgendeiner berühmten deutschen Sängerin angesprochen wurde) und auch mit Rücksicht auf den herrschenden Nationalismus, dem sie zwar, da sie wie Monsieur de Charlus den Esprit der Guermantes für sich in Anspruch nahm, vom gesellschaftlichen Standpunkt nur Verachtung schenkte (man ließ jetzt, um den Generalstab zu ehren, einen plebejischen General den Vortritt vor gewissen Herzögen), andererseits aber doch, da sie ihren Ruf der politischen Unzuverlässigkeit kannte, große Konzessionen machte, die sogar so weit gingen, daß sie fürchtete, sie möchte Swann in diesem antisemitischen Milieu die Hand geben müssen. In dieser Hinsicht war sie bald beruhigt, da sie erfahren hatte, der Prinz habe Swann nicht eintreten lassen, sondern mit ihm ›so etwas wie eine Auseinandersetzung‹ gehabt. So riskierte sie nicht, in aller Öffentlichkeit ein Gespräch mit diesem ›armen Charles‹ haben zu müssen, dem sie lieber nur privat ihre Zuneigung schenkte.

– Und wer ist denn das da schon wieder? rief Madame de Guermantes, als sie eine etwas seltsame kleine Dame in einem derart schlichten schwarzen Kleid bemerkte, daß man sie für eine verschämte Arme halten konnte, die aber zugleich mit ihrem Gatten sie ehrerbietig grüßte. Die Herzogin erkannte sie nicht, und wie sie denn manchmal solche Arroganz an den Tag legen konnte, reckte sie sich wie beleidigt auf und starrte, ohne zu danken, die Betreffende an. »Was ist das für eine Person, Basin?« fragte sie mit erstaunter Miene, während Monsieur de Guermantes, um Orianes Unhöflichkeit wiedergutzumachen, die Dame grüßte und die Hand ihres Gatten drückte. – »Aber das ist doch Madame de Chaussepierre, du bist sehr unhöflich gewesen.« – »Ich weiß nicht, wer Chaussepierre ist.« – »Der Neffe der alten Chanlivault.« – »Kenne ich nicht. Wer ist die Frau, warum grüßt sie mich?« – »Aber du kennst sie doch, sie ist die Tochter von Madame de Charleval, Henriette Montmorency.« – »Ach ja! Ich habe ihre Mutter sehr gut gekannt. Sie war reizend und sehr geistreich. Warum hat sie alle diese Leute geheiratet, die ich nicht kenne? Du sagst, sie heißt Madame de Chaussepierre?« fragte sie, während sie diesen Namen mit fragender Miene förmlich buchstabierte, als fürchte sie, sich zu irren. Der Herzog warf ihr einen harten Blick zu. »Es ist nicht so lächerlich, wie du zu meinen scheinst, wenn man Chaussepierre heißt. Der alte Chaussepierre war der Bruder von der bereits erwähnten Charleval, von Madame de Sennecour und der Vicomtesse de Merlerault. Das sind alles ausgezeichnete Leute.« – »Ah! Hör auf, rief die Herzogin, die wie eine Dompteuse nicht den Eindruck hervorrufen wollte, als lasse sie sich durch die blutdürstigen Blicke der Bestie einschüchtern. Basin, du bist wirklich fabelhaft. Ich weiß nicht, wo du all diese Namen auftreibst, aber jedenfalls gratuliere ich dir dazu. Wenn ich von Chaussepierre nichts wußte, so habe ich doch Balzac gelesen, da bist du nicht der einzige, und sogar Labiche. Chanlivault in Ehren, ich habe auch nichts gegen Charleval, aber ich muß gestehen, Merlerault setzt allem die Krone auf. Im übrigen wollen wir anerkennen, daß auch Chaussepierre gar nicht übel ist. Und das alles stammt aus deinen Sammlungen? Das ist ja kaum zu glauben. Sie, der Sie ein Buch schreiben wollen, sagte sie zu mir, Sie sollten sich Charleval und auch Merlerault merken. Etwas Besseres können Sie gar nicht finden.« – »Er wird sich nur einen Prozeß auf den Hals ziehen und ins Gefängnis kommen; du gibst ihm da einen sehr schlechten Rat.« – »Ich hoffe, er hat jüngere Personen zu seiner Verfügung, wenn er schlechte Ratschläge haben und vor allem, wenn er sie befolgen will. Aber wenn er nichts Ärgeres tut als ein Buch verfassen!« Ziemlich weit von uns entfernt ragte eine wundervolle, stolze junge Frau in einem weißen Kleid, ganz Diamanten und Tüll, aus der Menge hervor. Madame de Guermantes sah sie an, wie sie plaudernd in einer von ihrem Charme angezogenen Gruppe stand.

– Ihre Schwester ist überall die Schönste; sie ist bezaubernd heute abend, sagte sie, während sie einen Stuhl nahm, zu dem Prinzen von Chimay, der vorüberging. Oberst von Froberville (der General des gleichen Namens war sein Onkel) setzte sich neben uns, ebenso Monsieur de Bréauté, während Monsieur de Vaugoubert, liebenswürdig zapplig (aus einem Übermaß an Höflichkeit, das er sogar beim Tennisspielen beibehielt und mit dem er hervorragende Persönlichkeiten gleichsam vorher um Erlaubnis bat, ehe er einen Ball annahm, wodurch er unweigerlich die Partie für seine Seite verlor) sich zu Monsieur de Charlus wandte (der so lange hinter dem ungeheuer weiten Rock der Gräfin Molé, der er besondere Bewunderung zu zollen vorgab, fast verschwunden war) und zwar zufällig gerade in dem Moment, als mehrere Mitglieder einer neuen diplomatischen Mission in Paris den Baron begrüßten. Beim Anblick eines jungen Sekretärs mit besonders klugem Gesichtsausdruck wendete Monsieur de Vaugoubert sein Antlitz Monsieur de Charlus mit einem Lächeln zu, in dem ganz offenbar eine einzige Frage lag. Monsieur de Charlus hätte vielleicht gern jemanden kompromittiert, aber seinerseits durch dies Lächeln, das von einem andern ausging und nur eine ganz bestimmte Bedeutung haben konnte, kompromittiert zu werden, verdroß ihn namenlos. »Ich weiß darüber absolut nichts. Ich muß Sie bitten, die Regungen Ihrer Neugier doch für sich zu behalten. Sie lassen mich vollkommen kalt. Im übrigen begehen Sie in diesem besonderen Fall einen Fehler allererster Ordnung. Ich halte diesen jungen Mann für genau das Gegenteil.« Hier sagte Monsieur de Charlus in seinem Verdruß darüber, daß ein Dummkopf ihn bloßstellte, nicht die Wahrheit. Andernfalls hätte der Sekretär in dieser Gesandtschaft eine Ausnahme gebildet. Sie bestand tatsächlich aus höchst verschiedenen Persönlichkeiten, von denen mehrere ungewöhnlich mittelmäßig waren, so daß man, wenn man nach dem Prinzip der Auswahl suchte, kein anderes entdecken konnte, als daß es sich durchweg um Invertierte handelte. Als man an die Spitze dieses kleinen diplomatischen Sodom einen Gesandten stellte, der im Gegenteil die Frauen mit der komischen Übertreibung eines Bonvivants der Revue liebte, und dieser nun sein Bataillon von Transvestiten antreten und exerzieren ließ, schien man dem Gesetz des Gegensatzes zu huldigen. Trotz allem, was er vor Augen hatte, glaubte er nicht an die Invertiertheit. Er gab dafür auf der Stelle einen Beweis, als er seine Schwester mit einem Chargé d'affaires verheiratete, den er fälschlich für einen Schürzenjäger hielt. Von da an wurde er etwas lästig und daraufhin auch bald durch eine neue Exzellenz ersetzt, durch welche die Gleichartigkeit des Ensembles wiederhergestellt wurde. Andere Botschaften suchten mit dieser zu rivalisieren, vermochten ihr jedoch den Rang nicht abzulaufen (wie beim Concours général immer das gleiche Gymnasium gewinnt) und mehr als zehn Jahre mußten ins Land gehen, bis andersgeartete Attachés in dieses so vollkommene Ganze eine Bresche schlugen und eine fremde Legation dieser endlich die bedenkliche Palme entwand und an der Spitze marschierte.

Nachdem Madame de Guermantes ihre Furcht abgelegt hatte, daß sie womöglich mit Swann werde sprechen müssen, hegte sie auch keine Neugier mehr in bezug auf den Gegenstand der Unterhaltung, die dieser mit dem Hausherrn gehabt hatte. »Wissen Sie, worüber sie gesprochen haben?« fragte der Herzog Monsieur de Bréauté. – »Ich habe sagen hören, antwortete dieser, es sei wegen eines kleinen Einakters gewesen, den der Schriftsteller Bergotte bei den Swanns habe aufführen lassen. Es war im übrigen ein ganz entzückendes Ding. Aber es scheint, daß der Schauspieler sich eine Maske zurechtgemacht hatte, in der er wie Gilbert aussah, den im übrigen dieser Herr Bergotte tatsächlich hatte abkonterfeien wollen.« »Ach, sieh da, das hätte mich amüsiert zu sehen, wie jemand Gilbert nachmacht«, sagte die Herzogin und lächelte verträumt. – »Wegen dieser kleinen Aufführung, begann wiederum Monsieur de Bréauté, indem er sein Nagergebiß etwas vorschob, hat Gilbert von Swann Erklärungen verlangt; dieser aber hat sich begnügt, was alle Welt sehr geistreich fand, ihm zur Antwort zu geben: ›Aber gar nicht, es war Ihnen überhaupt nicht ähnlich. Sie müssen wissen, Sie selber wirken viel komischer!‹ Es scheint im übrigen, fuhr Monsieur de Bréauté fort, daß dieses kleine Stück entzückend gewesen ist. Die Gräfin Molé war da und hat sich ungemein amüsiert.« »Wie, die Gräfin Molé geht dorthin? sagte die Herzogin erstaunt. Ah! Das hat sicher Mémé arrangiert. So ist es immer mit solchen Salons. Alle Welt geht eines Tages hin, und ich, die ich mich freiwillig aus Prinzip ausgeschlossen habe, sitze dann allein in meiner Ecke und langweile mich.« Schon hatte seit der Erzählung, die soeben Monsieur de Bréauté gemacht hatte, die Herzogin von Guermantes (wenn nicht über den Salon Swann, so wenigstens über die Hypothese, im nächsten Augenblick Swann zu begegnen) wie man sieht, einen neuen Gesichtspunkt sich zu eigen gemacht. »Die Erklärung, die Sie uns geben, sagte der Oberst von Froberville zu Monsieur de Bréauté, ist völlig frei erfunden. Ich habe meine Gründe zu glauben, daß ich besser Bescheid weiß. Der Prinz hat ganz einfach Swann eine Standpauke gehalten und ihm kund und zu wissen getan, wie unsere Väter sagten, daß er sich nicht mehr bei ihm zu zeigen habe in Anbetracht der Meinungen, zu denen er sich bekennt. Meiner Ansicht nach hat mein Onkel Gilbert tausendmal recht gehabt, das einmal klarzustellen; eigentlich hätte er schon seit mehr als einem halben Jahr mit einem so eingefleischten Dreyfus-Anhänger lieber Schluß machen sollen.«

Der arme Monsieur de Vaugoubert, der aus einem allzu gefälligen Tennisspieler diesmal selbst zu einem willenlosen Spielball geworden war, der rücksichtslos umhergeworfen wurde, fand sich an die Seite der Herzogin von Guermantes geschleudert, der er seine Huldigung darzubringen versuchte. Er kam aber eher schlecht damit an, da Oriane der Überzeugung lebte, alle Diplomaten oder Politiker ihrer Gesellschaftsklasse seien ausgemachte Esel.

Monsieur de Froberville hatte zwangsläufig von der begünstigten Situation profitiert, die man jetzt den Militärpersonen in der Gesellschaft zuerkannte. Unglücklicherweise war die Frau, die er geheiratet hatte, zwar eine ganz richtige Verwandte der Guermantes, aber auch außerordentlich arm, und da er selbst sein Vermögen verloren hatte, pflegten sie kaum Verkehr und waren Leute, die man links liegen ließ außer bei großen Gelegenheiten, zum Beispiel wenn sie die Chance hatten, einen Verwandten zu verlieren oder zu vermählen. Dann hatten sie wirklich teil an der mystischen Gemeinschaft der großen Welt, ähnlich den Katholiken, die es nur dem Namen nach sind und dem heiligen Tisch nur einmal im Jahre nahen. Ihre finanzielle Situation wäre für sie höchst unangenehm gewesen, wenn nicht Madame de Saint-Euverte, getreu der Zuneigung, die sie für den verstorbenen General von Froberville gehegt hatte, auf alle Weise dem Paar beigesprungen wäre, indem sie die beiden kleinen Töchter mit hübschen Kleidern und Zerstreuungen versorgte. Aber der Oberst, der für einen guten Kerl galt, war kein dankbares Gemüt. Er war neidisch auf den Glanz einer Wohltäterin, die diesen Glanz selbst maßlos und unaufhörlich zur Schau zu stellen liebte. Die jährliche ›Garden-party‹ war für ihn, seine Frau und seine Kinder ein großartiges Vergnügen, das sie für alles Gold der Welt nicht hätten versäumen mögen, aber ein Vergnügen, das durch den Gedanken an die Freuden des Hochmuts, die Madame de Saint-Euverte daraus zog, gleichwohl vergiftet wurde. Die Ankündigung dieser ›Garden-party‹ in den Zeitungen, die nach einem detaillierten Bericht machiavellistisch hinzufügten: ›Wir kommen auf dies glanzvolle Fest noch zurück‹, die ergänzenden Einzelheiten über die Toiletten, die mehrere Tage hindurch nachgeliefert wurden, alles das bereitete den Froberville so viel Unbehagen, daß sie, die so wenig Vergnügen hatten und wenigstens auf das dieser Nachmittagsveranstaltung rechnen konnten, jedes Jahr so weit waren, daß sie beinahe wünschten, schlechtes Wetter möge ihr Zustandekommen verhindern, das Barometer befragten und mit Wonne die ersten Anzeichen eines Gewitters prognostizierten, welches die Festlichkeit zum Scheitern bringen könnte.

– Ich möchte nicht mit Ihnen über Politik diskutieren, Froberville, sagte Monsieur de Guermantes. Aber was Swann anbetrifft, kann ich ganz offen sagen, daß sein Verhalten mit Rücksicht auf uns unqualifizierbar ist. In der Gesellschaft von uns beiden, sogar vom Herzog von Chartres protegiert, soll er, wie ich jetzt höre, sich in aller Offenheit zu diesem Dreyfus bekennen. Niemals hätte ich das von einem Manne gedacht, der solch ein Kenner, ein positiver Geist, ein Sammler, ein Liebhaber alter Bücher, dazu Mitglied des ›Jockey‹ ist, einem Mann, von allgemeiner Achtung getragen, im Besitz hervorragender Adressen, der uns den besten Portwein geschickt hat, den man trinken kann, einem Freund der Künste, einem Familienvater! Ah! Ich muß sagen, ich fühle mich wirklich betrogen. Ich spreche dabei nicht von mir, es ist ja aus-

gemacht, daß ich ein Dummkopf bin, dessen Meinung nicht zählt, eine Art von Niemand, aber allein schon Orianes wegen hätte er das nicht tun dürfen, er hätte sich offen gegen die Juden und die Parteigänger des Verurteilten erklären müssen.
– Ja, nach all der Freundschaft, die meine Frau ihm bewiesen hat, setzte der Herzog von neuem an (denn offenbar war seine Meinung die, daß eine Verdammung von Dreyfus wegen verübten Hochverrats, welche Ansicht man auch in seinem Innern über deren Berechtigung hegen mochte, eine Art von Dank dafür darstellte, wie man in Faubourg Saint-Germain aufgenommen worden war), er hätte jede Verbindung zu jenen Kreisen lösen sollen. Denn, fragen Sie Oriane selbst, sie hatte wirklich freundschaftliche Gefühle für ihn.
In der Meinung, ein naiver und unbefangener Ton werde ihren Worten größere dramatische Überzeugungskraft verleihen, sagte die Herzogin mit einer Schulmädchenstimme, als ließe sie nur die schlichte Wahrheit über ihre Lippen gehen, und indem sie ihren Augen einen etwas melancholischen Ausdruck gab: »Aber ja, das ist wahr, ich habe keinen Grund zu verbergen, daß meine Zuneigung für Charles vollkommen aufrichtig war.« – »Da, Sie sehen ja, ich habe sie nicht die Spur beeinflußt. Und nach alledem treibt er die Undankbarkeit so weit, daß er sich für diesen Dreyfus erklärt!«
– A propos Dreyfus, sagte ich, es scheint, daß der Fürst ›Von‹ auf seiner Seite steht. – »Ah! Sie tun recht daran, daß Sie von ihm sprechen, rief Monsieur de Guermantes, ich hätte beinahe vergessen, daß er mich auf Donnerstag zum Abendessen eingeladen hat; ob er jedoch Dreyfus-Anhänger ist oder nicht, ist mir vollkommen gleich, da er ja Ausländer ist. Es ist mir so egal wie nur irgend etwas. Bei einem Franzosen ist das etwas anderes. Allerdings ist Swann Jude. Doch bis zu diesem Tag – verzeihen Sie, Froberville – habe ich die Schwäche gehabt zu glauben, daß ein Jude Franzose sein kann, ich meine ein anständiger Jude, der der Gesellschaft angehört.

Für Swann aber traf dies letztere in vollem Umfang zu. Nun gut! Er zwingt mich anzuerkennen, daß ich mich getäuscht habe, da er jetzt Partei für diesen Dreyfus ergreift (der, schuldig oder nicht, in keiner Weise zu seinen Kreisen gehört, dem er niemals begegnet ist) gegen eine Gesellschaft, die ihn adoptiert, ihn wie einen der ihren behandelt hat. Man kann nicht anders sagen, wir hätten uns alle zu Bürgen für Swann gemacht, ich hätte für seinen Patriotismus genau wie für den meinen die Hand ins Feuer gelegt. Ah! Er lohnt es uns schlecht. Ich gestehe, daß ich von seiner Seite niemals dergleichen erwartet hätte. Ich hatte besser von ihm gedacht. Er hatte Geist (auf seine Art, versteht sich). Ich weiß, daß er schon den Wahnsinn mit seiner ungehörigen Heirat gemacht hat. Wissen Sie, wem diese Heirat viel Kummer bereitet hat? Meiner Frau. Oriane trägt oft, ich möchte sagen, affektierte Fühllosigkeit zur Schau. Im Grunde gehen ihr alle Dinge sehr tief.« Entzückt über die Analyse ihres Charakters hörte ihn Madame de Guermantes mit bescheidener Miene an, sagte aber kein Wort, da sie Bedenken trug, in ihr Lob einzustimmen, vor allem aber, es zu unterbrechen. Monsieur de Guermantes hätte eine Stunde über diesen Gegenstand sprechen können, sie hätte sich so wenig gerührt, als ob sie Musik anhörte. »Nun also! Ich erinnere mich, als sie von Swanns Heirat gehört hat, fühlte sie sich verletzt; sie fand, es sei nicht recht gehandelt von jemandem, dem wir so viel Freundschaft bewiesen hatten. Sie hatte Swann sehr gern; die Sache hat sie richtig gegrämt. Sage ich zu viel, Oriane?« Madame de Guermantes meinte, sie müsse jetzt doch auf einen so direkten Appell betreffs einer Tatsache antworten, zumal sie dadurch unauffällig die Lobsprüche würde bestätigen können, von denen sie nunmehr spürte, daß sie beendet seien. In einem schüchternen und schlichten Tonfall und mit einer Miene, die um so einstudierter war, als sie gefühlvoll wirken sollte, sagte sie in zurückhaltender Sanftmut: »Es ist wahr, Basin täuscht sich nicht!« – »Und doch war das nicht dasselbe. Was wollen Sie, Liebe ist Liebe, obwohl meiner Meinung nach auch sie gewisse Grenzen einhalten soll. Ich würde noch einen jungen Mann, einen Springinsfeld, der nicht trokken hinter den Ohren ist, entschuldigen, wenn er auf solche Wahnideen verfällt. Aber Swann, ein kluger Mann mit erprobtem Feingefühl, der sich ausgezeichnet in Bildern auskennt, ein vertrauter Freund des Herzogs von Chartres, ja von Gilbert sogar!« Der Ton, in dem Monsieur de Guermantes das alles vorbrachte, war im übrigen durchaus sympathisch, ohne einen Schatten der Gewöhnlichkeit, die nur allzuoft an ihm zu verspüren war. Er sprach mit leicht indignierter Trauer, aber alles an ihm atmete jenen sanftmütigen Ernst, der den breiten, pastosen Charme gewisser von Rembrandt dargestellter Persönlichkeiten ausmacht, des Bürgermeisters Six zumal. Man spürte, daß die Frage nach der Immoralität des Verhaltens von Swann in der Dreyfus-Affäre sich für den Herzog überhaupt nicht stellte, so sehr schien jene ihm über allen Zweifel erhaben; er fühlte darüber den Kummer eines Vaters, der sieht, daß eines seiner Kinder, für dessen Erziehung er die größten Opfer gebracht hat, mutwillig die prachtvolle Situation, die er ihm verschafft hat, durch Dummheiten ruiniert, die den Prinzipien oder Vorurteilen der Familie zuwiderlaufen, und einen geachteten Namen entehrt. Allerdings hatte Monsieur de Guermantes früher kein ebenso großes und ebenso schmerzhaftes Erstaunen bekundet, als er erfahren hatte, daß Saint-Loup Dreyfus-Anhänger sei. Aber zunächst sah er in seinem Neffen einen jungen Mann, der sowieso auf schlechten Wegen wandelte und von dem nichts, bis er sich wieder gebessert hätte, in Erstaunen setzen konnte, während Swann das war, was Monsieur de Guermantes ›einen gesetzten Mann, einen Mann in ganz erster Position‹ nannte. Dann und vor allem war eine ziemlich lange Zeit verstrichen, während welcher zwar unter einem rein historischen Gesichtspunkt die Ereignisse die These der Dreyfusianer zum Teil bestätigt zu haben schienen, die gegen Dreyfus gerichtete

Opposition jedoch eine verdoppelte Stärke erreicht hatte und aus einer zunächst rein politischen zu einer sozialen Bewegung geworden war. Jetzt hatte sie sich zu einer Frage des Militarismus, des Patriotismus ausgeweitet, und die Wogen des Zorns in der Gesellschaft hatten Zeit gehabt, eine Macht zu bekommen, wie sie sie niemals zu Beginn eines Sturmes haben. »Sehen Sie, fing Monsieur de Guermantes wieder an, selbst unter dem Gesichtspunkt seiner teuren Juden – da er ja absolut Wert darauf legt, sich schützend vor sie zu stellen – hat Swann einen Fehler von unberechenbarer Tragweite begangen. Er liefert den Beweis, daß sie alle heimlich unter einer Decke stecken und gewissermaßen gezwungen sind, einem der ihren Unterstützung zuteil werden zu lassen, selbst wenn sie ihn gar nicht kennen. Das ist eine öffentliche Gefahr. Wir sind entschieden zu entgegenkommend gewesen, und der Taktfehler, den Swann begeht, wird um so größere Kreise ziehen, als er geachtet, überall zugelassen und fast der einzige in unseren Kreisen wirklich bekannte Jude war. Man wird sich von nun an sagen: ›Ab uno disce omnes‹.« (Die Befriedigung, im rechten Augenblick in seinem Gedächtnis ein so passendes Zitat gefunden zu haben, trug einen Lichtblick stolzen Lächelns in die Melancholie des getäuschten großen Herrn hinein.)
Ich hatte große Lust zu erfahren, was sich genau zwischen dem Prinzen und Swann zugetragen hatte, und den letzteren zu sehen, wofern er die Soiree noch nicht verlassen hätte. »Ich muß Ihnen sagen, antwortete mir die Herzogin, zu der ich von diesem Wunsche sprach, daß ich keinen übertriebenen Wert darauf lege, ihm zu begegnen, denn nach dem, was ich soeben von Madame de Saint-Euverte gehört habe, scheint es, als habe er den Wunsch, daß ich vor seinem Tode die Bekanntschaft seiner Frau und seiner Tochter mache. Mein Gott, daß er krank ist, tut mir wirklich sehr leid, aber zunächst einmal hoffe ich, es wird gar nicht so schlimm sein, und schließlich ist das doch kein Grund, dann würde ja alles gar zu einfach sein. Ein talentloser Schriftsteller brauchte nur zu

sagen: ›Wählt mich in die Akademie, meine Frau liegt im Sterben, und ich möchte ihr diese letzte Freude bereiten.‹ Es würde keine Salons mehr geben, wenn man gezwungen wäre, die Bekanntschaft aller Sterbenden zu machen. Mein Kutscher könnte mir gegenüber auftrumpfen: ›Es geht meiner Tochter sehr schlecht, sorgen Sie dafür, daß ich eine Einladung zu der Prinzessin von Parma bekomme.‹ Ich schwärme für Charles, und es würde mir großen Kummer machen, ihm etwas abzuschlagen, daher halte ich auch für besser, ich gehe ihm von vornherein aus dem Wege, damit er mich gar nicht erst darum bitten kann. Ich hoffe von ganzem Herzen, daß er nicht, wie er behauptet, sterben muß. Aber träte das wirklich ein, so wäre es ja auch nicht der richtige Moment für mich, die Bekanntschaft dieser beiden Geschöpfe zu machen, die mich fünfzehn Jahre lang des angenehmsten meiner Freunde beraubt haben und die er mir dann zurücklassen würde, wenn ich nicht einmal mehr den Nutzen davon hätte, ihn selbst dadurch zu sehen, denn er wäre ja tot!«

Monsieur de Bréauté aber hatte nicht aufgehört, über das Dementi nachzudenken, das der Oberst von Froberville ihm so zwingend vorgetragen hatte.

– Ich zweifle nicht an der Richtigkeit Ihrer Erzählung, lieber Freund, sagte er, aber ich hatte die meine aus bester Quelle. Der Prinz von La Tour d'Auvergne hat mir berichtet, was vorgefallen ist.

– Ich staune, daß ein Gelehrter wie Sie noch vom Prinzen von La Tour d'Auvergne spricht, unterbrach der Herzog von Guermantes, Sie wissen, daß er es nicht im allergeringsten ist; es gibt nur ein einziges Mitglied dieser Familie, das ist der Onkel Orianes, der Herzog von Bouillon.

– Der Bruder von Madame de Villeparisis? fragte ich, da ich mich erinnerte, daß diese eine geborene Mademoiselle de Bouillon war.

– Ganz recht. Oriane, Madame de Lambresac sagt dir guten Tag.

Tatsächlich sah man sternschnuppengleich ein schwaches Lächeln aufzucken und wieder verschwinden, das die Herzogin von Lambresac einer Person zu bestimmen schien, die sie wiedererkannte. Doch anstatt sich zu einer aktiven Bestätigung, zu einer stummen aber deutlichen Sprache zu präzisieren, zerfloß dies Lächeln sofort wieder in einer Art von rein ideeller, gänzlich wahlloser Ekstase, während das Haupt sich in einer Geste frommer Segnung beugte, die an diejenige erinnerte, mit der sich ein etwas seniler höherer Geistlicher zu der Schar der Kommunikantinnen neigt. In Combray und in Paris hatten alle Freundinnen meiner Großmutter die Gewohnheit, bei einer gesellschaftlichen Veranstaltung mit einer seraphischen Miene zu grüßen, als ob sie in der Kirche im Augenblick der Wandlung oder während einer Beerdigung eine Bekannte erblickt hätten und ihr nun einen schmelzenden Gruß zusandten, der in ein Gebet überging. Eine Bemerkung aber von Monsieur de Guermantes sollte den Vergleich, den ich anstellte, noch bekräftigen. »Aber Sie haben den Herzog von Bouillon ja gesehen, sagte er zu mir. Er kam gerade aus meiner Bibliothek heraus, als Sie eintraten, er ist schon ganz weiß und von kleiner Statur.« Es war derselbe, den ich für einen Kleinbürger aus Combray gehalten hatte, dessen Ähnlichkeit aber mit Madame de Villeparisis ich jetzt bei einiger Überlegung mir bewußt zu machen vermochte. Die Gleichheit der verschwebenden Grußformen der Herzogin von Lambresac mit denjenigen der Freundinnen meiner Großmutter hatte angefangen mich zu interessieren, da sie mir zeigte, daß in engen und geschlossenen Milieus, ob sie nun dem Kleinbürgertum oder dem hohen Adel angehören, die alten Manieren noch erhalten geblieben sind und uns auf diese Weise wie einem Altertumsforscher ein Bild davon geben, welches die Erziehung und der in ihr sich widerspiegelnde Seelenanteil zur Zeit des Vicomte d'Arlincourt und der Loïsa Puget gewesen sein mögen. Besser noch rief mir jetzt die vollkommene äußere Gleichheit zwischen einem Kleinbürger aus Combray derselben Altersklasse und dem Herzog von Bouillon (das gleiche, was mir schon so sehr aufgefallen war, als ich Saint-Loups Großvater mütterlicherseits, den Herzog von La Rochefoucauld auf einem Daguerreotyp gesehen hatte, auf dem er in Kleidung, Miene und Haltung ganz und gar meinem Großonkel glich) in die Erinnerung zurück, daß die gesellschaftlichen oder auch individuellen Unterschiede in der Uniformierung einer Epoche verschwinden. In Wahrheit ist es so, daß die Ähnlichkeit der Kleidung und auch der Widerschein des Zeitgeistes auf dem Antlitz einer Person einen viel wichtigeren Platz einnehmen als die Kaste, die einen großen Raum nur in der Eigenliebe des Betreffenden und der Einbildung der anderen beansprucht; wer also sich darüber klarwerden will, daß ein großer Herr aus der Zeit Louis-Philippes weniger verschieden von einem Bürger aus der Zeit Louis-Philippes ist als von einem großen Herrn aus der Zeit Ludwigs XV., braucht nicht erst die Galerien des Louvre zu durchmessen.

In diesem Moment brachte ein bayerischer Musiker mit ungeheurem Haarschopf, den die Prinzessin von Guermantes protegierte, Oriane seine Begrüßung dar. Sie dankte mit einer Neigung des Kopfes, aber der Herzog, der ärgerlich mitansah, daß seine Frau jemandem guten Abend sagte, den er gar nicht kannte und der noch dazu eher merkwürdig wirkte, außerdem, wie Monsieur de Guermantes zu wissen glaubte, einen sehr schlechten Ruf genoß, wendete sich mit fragender und furchterregender Miene seiner Gattin zu, als ob er sagen wolle: ›Was ist denn das für ein Urgermane?‹ Die Lage der armen Madame de Guermantes war schon schwierig genug, und wenn der Musiker ein wenig Mitleid mit dieser dem Märtyrertum ausgelieferten Ehefrau gehabt hätte, würde er sich aufs schnellste zurückgezogen haben. Aber sei es aus dem Wunsche heraus, nicht mit dem Makel der Demütigung behaftet zu bleiben, die ihm inmitten der ältesten Clubfreunde des Herzogs, deren Gegenwart vielleicht ein wenig seine stumme Verneinung motiviert hatte, öffentlich zugefügt worden war, sei es, um zu zeigen, daß er sich in vollem Recht befand und nicht, ohne sie zu kennen, Madame de Guermantes gegrüßt habe, sei es, daß die dunkle und unwiderstehliche Inspiration der Neigung zum Fauxpas ihn dazu trieb, kurz, in einem Augenblick, in dem er sich besser auf seinen Geist verlassen hätte, dem Buchstaben des Protokolls zu folgen, trat der Musiker noch näher an Madame de Guermantes heran und sagte zu ihr: »Durchlaucht, ich möchte um die Ehre bitten, dem Herzog vorgestellt zu werden.« Madame de Guermantes war sehr unglücklich. Aber schließlich mochte sie zwar eine betrogene Ehefrau sein, immerhin war sie die Herzogin von Guermantes und durfte sich nicht den Anschein geben, als habe sie nicht das Recht, ihrem Gatten Leute vorzustellen, die sie persönlich kannte. »Basin, sagte sie, gestatte, daß ich dir Herrn von Herweck vorstelle.«

– Ich frage Sie gar nicht erst, ob Sie morgen zu Madame de Saint-Euverte gehen werden, sagte der Oberst von Froberville zu Madame de Guermantes, um den peinlichen Eindruck zu verwischen, den das Ansinnen des Herrn von Herweck hervorgerufen hatte. Ganz Paris ist da.

Indessen wendete sich mit einer einzigen Bewegung und wie aus einem Stück der Herzog von Guermantes mit seiner ganzen Breitseite, monumental, stumm, zornentbrannt, einem Jupiter tonans gleich, dem unbescheidenen Musiker zu und blieb ein paar Sekunden unbeweglich mit vor Zorn und Staunen flammenden Augen in dieser Haltung stehen, während sein gekräuseltes Haar aus einem Krater hervorzuwachsen schien. Dann, als würde er einzig von einem Bewegungsimpuls bestimmt, dennoch die verlangte Höflichkeit zu erweisen, und nachdem er durch seine ablehnende Haltung gleichsam die ganze Versammlung zum Zeugen genommen hatte, daß er den bayerischen Musiker nicht kenne, kreuzte er hinter sich auf dem Rücken seine beiden weißbehandschuhten Hände, warf den Oberkörper nach vorn und versetzte dem Musiker einen so tiefen, von so viel Befremden und Wut bestimmten,

so jähen und so heftigen Gruß, daß der Künstler zitternd zurückwich und sich dabei vornüberbeugte, um nicht einen furchtbaren Stoß mit dem Kopf in den Magen zu erhalten.
– Es trifft sich leider so, daß ich gerade nicht in Paris sein werde, antwortete die Herzogin dem Oberst von Froberville. Ich muß Ihnen sagen (was ich gar nicht eingestehen sollte), daß ich so alt geworden bin, wie Sie mich hier sehen, ohne die Glasmalereien von Montfort-l'Amaury zu kennen. Es ist eine Schande, aber es ist nun einmal so. Um nun dieser sträflichen Unwissenheit abzuhelfen, habe ich mir fest vorgenommen, sie morgen endlich anzusehen.
Monsieur de Bréauté lächelte fein. Er begriff freilich, daß, wenn die Herzogin so alt geworden war, ohne die Glasmalereien von Montfort-l'Amaury zu kennen, diese Kunstreise nicht plötzlich den dringenden Charakter einer brennenden Angelegenheit annehmen konnte, vielmehr ohne Gefahr, nachdem sie fünfundzwanzig Jahre aufgeschoben worden war, auch noch vierundzwanzig Stunden hätte warten können. Der Plan der Herzogin bedeutete einfach die auf Guermantessche Art abgegebene Erklärung, daß der Salon Saint-Euverte entschieden kein wirklich sehr großes Haus sei, sondern ein Haus, in das man eingeladen wurde, um der Besitzerin zu ermöglichen, sich damit im Bericht des ›Gaulois‹ gewaltig großzutun, daß aber den Stempel höherer Eleganz diejenigen tragen würden (oder auf alle Fälle diejenige, wenn es nur eine war) die man dort nicht sah. Das feine Amüsement von Herrn von Bréauté, das noch verstärkt wurde durch das rein poetische Vergnügen aller dieser Weltleute, das darin bestand, Madame de Guermantes Dinge tun zu sehen, die ihre eigene, weniger bedeutende Stellung ihnen nicht nachzuahmen gestattete, deren bloße Vision aber auf ihren Gesichtern schon das Lächeln hervorrief, mit dem ein an seiner Scholle klebender Bauer freiere und mit Glücksgütern besser gesegnete Menschen über seinem Haupte dahinschweben sieht – dies schwer zu fassende Vergnügen hatte keine Beziehung zu dem ver-

steckten aber unermeßlichen Entzücken, das Monsieur de Froberville auf der Stelle empfand.

Durch die Bemühungen, sein Lachen nicht hören zu lassen, war Monsieur de Froberville rot wie ein Zinshahn geworden, und trotzdem war seine Rede von durch die Freude hervorgerufenen Schluckauf-Anfällen unterbrochen, als er in wehklagendem Tone ausrief: »Oh! Die arme Tante Saint-Euverte, wird die sich aber kränken! Nein so etwas! Die unglückliche Frau soll ihre Herzogin nicht haben, was ist das für ein Schlag. Sie wird sich den Tod davon holen!« setzte er hinzu, indem er sich vor Lachen krümmte. In seinem rauschhaften Zustand konnte er nicht einmal unterlassen, mit dem Fuß aufzustampfen und sich die Hände zu reiben. Mit einem Auge nur und einem Zucken des Mundwinkels Monsieur de Froberville zulächelnd, dessen Absicht sie als Liebenswürdigkeit erkannte, dessen tödliche Langeweile sie aber fürchtete, beschloß endlich Madame de Guermantes, sich von ihm zu trennen. »Hören Sie, ich muß mich jetzt von Ihnen verabschieden, sagte sie, indem sie mit einer Miene schwermütiger Resignation aufstand, als sei es ein Unglück für sie. Unter der Beschwörung ihrer blauen Augen erinnerte ihre sanfte, musikalische Stimme an die poetische Klage einer Fee. Basin will, daß ich mich ein Weilchen mit Marie unterhalte.«

In Wirklichkeit hatte sie genug davon, Froberville zuzuhören, der kein Ende fand, sie um ihren geplanten Besuch in Montfort-l'Amaury zu beneiden, während sie doch sehr wohl wußte, daß er von jenen Kirchenfenstern zum ersten Mal in seinem Leben etwas hörte und daß er andererseits um keinen Preis auf die Matinee bei Madame de Saint-Euverte verzichtet hätte. »Adieu, ich habe kaum mit Ihnen gesprochen, aber so ist es nun einmal in der Welt, man sieht sich nicht, man sagt sich nicht, was man sich sagen möchte; im übrigen ist es überall im Leben das gleiche. Wir wollen nur hoffen, daß es nach dem Tode besser eingerichtet ist. Auf alle Fälle hat man dann nicht mehr nötig, eine dekolletierte Robe anzuziehen. Aber wer weiß? Vielleicht wird man bei großen Festen seine Gebeine und seine Würmer zur Schau stellen. Warum auch nicht? Da, sehen Sie nur die alte Rampillon an, finden Sie, daß ein großer Unterschied zwischen ihr und einem Skelett in ausgeschnittenem Totenhemd besteht? Allerdings hat sie ja auch ein Recht darauf, denn sie muß allermindestens hundert Jahre alt sein. Sie war schon eines jener geheiligten Ungeheuer, vor denen ich mich zu verneigen weigerte, als ich noch Debütantin war. Ich hielt sie bereits seit langem für tot, das übrigens wäre die beste Erklärung für das Schauspiel, das sie uns hier bietet. Es hat etwas Eindrucksvolles an sich, etwas Liturgisches, Campo-Santohaftes!« Die Herzogin hatte sich von Froberville getrennt; doch er trat noch einmal zu ihr: »Ich möchte Ihnen schnell noch ein Wort sagen.« Sie schien etwas gereizt. »Ja, was gibt es denn noch?« fragte sie von oben herab. Er aber, der im letzten Moment noch fürchtete, sie möchte in bezug auf Montfort-l'Amaury anderen Sinnes werden, bemerkte rasch: »Ich hatte nicht gewagt, etwas davon vor Ihnen zu erwähnen, wegen Madame de Saint-Euverte, um ihr keinen Kummer zu machen. Aber da Sie doch nicht vorhaben hinzugehen, mache ich Sie darauf aufmerksam, daß ich wirklich froh für Sie bin, sie hat Röteln im Haus!« »Oh! Mein Gott! sagte Oriane, die sich vor Krankheiten fürchtete. Aber mir macht das nichts, ich habe sie schon gehabt. Zweimal bekommt man sie ja nicht.« »Das sagen zwar die Ärzte; ich kenne Leute, die sie bis viermal hatten. Nun jedenfalls sind Sie jetzt gewarnt.« Er selbst hätte diese angeblichen Röteln wirklich haben und fest damit zu Bett liegen müssen, um sich darein zu ergeben, ein seit so vielen Monaten erwartetes Fest bei Madame de Saint-Euverte zu versäumen. Er würde das Vergnügen haben, dort viele elegante Erscheinungen zu sehen, sowie das größere, gewisse Dinge zu bemerken, die nicht ganz geglückt waren, vor allem aber das, sich noch lange Zeit rühmen zu dürfen, mit den ersteren umgegangen zu sein, wobei er etwas übertreiben

könnte, die letzteren aber, erfindungsreich ausgestaltet, aufs tiefste zu bedauern.
Ich benutzte die Gelegenheit, da die Herzogin den Platz wechselte, um selbst aufzustehen, mich in das Rauchzimmer zu begeben und nach Swann Ausschau zu halten. »Glauben Sie kein Wort von dem, was Babal erzählt hat, sagte sie. Niemals hat die kleine Molé sich auf so etwas eingelassen, das erzählt man uns nur, um uns hinzulocken. Sie empfangen nicht und werden nicht eingeladen. Er selbst gesteht es ja ein: ›Wir sitzen bei uns allein zu Hause am Kamin.‹ Da er immer ›wir‹ sagt, nicht wie der König, sondern weil er seine Frau miteinbezieht, gehe ich nicht weiter darauf ein. Aber ich weiß genau Bescheid«, setzte die Herzogin hinzu. In diesem Augenblick begegneten wir zwei jungen Leuten, deren große, aber ganz ungleiche Schönheit sich von einer und derselben Frau herleitete. Es waren die beiden Söhne von Madame de Surgis, der neuen Geliebten des Herzogs von Guermantes. Sie strahlten von den Vollkommenheiten ihrer Mutter, aber jeder auf eine andere Art. In den einen war, weich schwellend in einem männlichen Körper, die königliche Stattlichkeit von Madame de Surgis übergegangen, und die gleiche rosig durchglühte, doch perlmuttfarbene Blässe lebte in den marmorhaften Wangen zugleich von Mutter und Sohn; sein Bruder hatte die griechische Stirn, die vollkommene Nase, den statuengleichen Hals, die ins Weite schauenden Augen geerbt; aus den verschiedenen Gaben bereitet, welche die Göttin unter sie verteilt hatte, bot ihre zwiefache Schönheit so das abstrakte Vergnügen der Feststellung, daß der Grund dieser Schönheit außerhalb von beiden lag; man hätte meinen können, daß die Hauptattribute ihrer Mutter sich in zwei verschiedenen Körpern inkarniert hätten, daß der eine ihre Statur und ihr Hautton war, der andere ihr Blick, so wie Mars und Venus die Kraft und die Schönheit Jupiters waren. Voller Hochachtung für den Herzog von Guermantes, von dem beide sagten: ›Er ist ein guter Freund unserer Eltern‹, hielt es der Ältere gleich-

wohl für klug, die Herzogin nicht zu begrüßen, von der er wußte, ohne vielleicht den Grund zu ahnen, daß sie etwas gegen seine Mutter habe, und wandte bei unserem Anblick leicht den Kopf zur Seite. Der Jüngere, der immer dasselbe tat wie sein Bruder, da er, einfältig und zudem kurzsichtig, keine eigene Meinung zu haben wagte, neigte den Kopf in ganz dem gleichen Winkel, und so glitten sie beide, der eine hinter dem anderen wie allegorische Figuren auf den Spielsaal zu.

In dem Augenblick, als wir in diesem Saal ankamen, wurde ich von der Marquise de Citri aufgehalten, die, immer noch schön, vor Wut zu beben schien. Von ziemlich hoher Geburt, hatte sie eine glänzende Heirat gesucht und auch gemacht, als sie sich mit Monsieur de Citri vermählte, dessen Urgroßmutter eine Aumale-Lorraine war. Aber kaum hatte sie diese Genugtuung gehabt, als ihr zur Verneinung geneigter Charakter bewirkte, daß sie einen Abscheu gegen alles faßte, was zur großen Welt gehörte, wodurch aber absolut nicht ihre Teilnahme am mondänen Leben berührt zu werden schien. Nicht nur mokierte sie sich auf einer Soiree über alle Anwesenden, sondern diese Ironie bekam etwas so Heftiges, daß bloßes Lachen nicht scharf genug dafür war, vielmehr ihr Heiterkeitsausbruch in kehliges Zischen ausartete. »Ah! sagte sie zu mir und zeigte dabei auf die Herzogin von Guermantes, die mich gerade verlassen und sich schon etwas weiter entfernt hatte, was über meinen Verstand geht, ist, wie sie ein solches Leben führen mag.« Kam dieses Wort von einer in edlem Zorn erglühenden Heiligen, die sich darüber wundert, daß sich die Heiden nicht von selbst zur Wahrheit drängen, oder von einer Anarchistin, die es nach einem Blutbad verlangt? Auf alle Fälle war dieser an mich gerichtete Erguß so wenig gerechtfertigt wie nur möglich. Zunächst unterschied sich das Leben, das Madame de Guermantes führte (abgesehen von der Empörung) sehr wenig von dem der Marquise de Citri selbst. Diese war äußerst erstaunt, daß die Herzogin zu einem so mörderischen Opfer fähig war, wie einer Soiree bei Marie-Gilbert beizuwohnen. Man muß dazu sagen, daß in diesem besonderen Falle Madame de Citri die Prinzessin sehr liebte, die auch in der Tat sehr gut war, und wußte, daß sie ihr durch Teilnahme an der Soiree ein großes Vergnügen machte. Daher hatte sie denn auch, um zu diesem Fest zu kommen, einer Tänzerin abgesagt, auf deren Genialität sie schwor und die sie in die Geheimnisse der russischen Choreographie hatte einweihen sollen. Ein anderer Grund, der der konzentrierten Wut, welche Madame de Citri hegte, wenn sie Oriane diesem oder jenem Gast guten Tag sagen sah, etwas von ihrem Sinn benahm, war, daß Madame de Guermantes, wenn auch in weit weniger vorgeschrittenem Stadium, die Symptome des gleichen Übels zeigte, das in Madame de Citri wütete. Man hat ja im übrigen schon gesehen, daß sie den Keim seit ihrer Geburt in sich trug. Klüger endlich als Madame de Citri, hätte Madame de Guermantes größeres Recht als jene auf solchen Nihilismus gehabt (der sich nicht nur auf das Gesellschaftsleben bezog). Aber tatsächlich helfen gewisse Vorzüge, die man selbst besitzt, eher die Fehler des Nächsten ertragen, als daß sie zu einer Qual dadurch werden; ein Mann von großem Talent gibt gewöhnlich auf die Dummheit der anderen weniger acht, als ein Dummkopf es täte. Wir haben ausführlich genug den Geist der Herzogin beschrieben, um die Überzeugung zu wecken, daß, wenn er auch nichts mit hoher Intelligenz zu tun hatte, er doch immerhin Geist war, ein Geist, geschickt dazu (wie ein Übersetzer) veschiedene syntaktische Formen zu beherrschen und anzuwenden. Nichts dergleichen aber schien Madame de Citri das Recht zu geben, in dieser Weise Vorzüge zu verachten, die den ihren glichen. Sie fand alle Menschen idiotisch, aber in ihrer Unterhaltung, ihren Briefen zeigte sie sich den Leuten, die sie mit so großer Nichtachtung behandelte, eher unterlegen. Sie hatte im übrigen in sich ein solches Zerstörungsbedürfnis, daß sie, als sie ungefähr der Welt entsagt hatte, den Vergnügungen, die sie fortan suchte, nacheinander ihre furchtbare Kraft der Auflösung angedeihen ließ. Nachdem sie die Soireen aufgegeben hatte, um statt dessen an musikalischen Veranstaltungen teilzunehmen, führte sie Reden wie die folgenden: ›Hören Sie gern Musik? O mein Gott, natürlich kommt es auf die Umstände an. Aber wie langweilig kann sie auch sein! Ach! Beethoven, alles bei dem hat ja schon so einen Bart!‹ Bei Wagner, bei Franck, bei Debussy machte sie sich nicht einmal die Mühe, etwas von ›Bart‹ zu sagen, sondern führte die Hand nur wie ein Barbier über das Gesicht. Bald war schlechterdings alles langweilig bei ihr. ›Ist das tödlich, alle diese ‹schönen Dinge›! Ach! Bilder! Das ist ja zum Verrücktwerden... Wie recht Sie haben, daß Briefeschreiben furchtbar öde ist!‹ Schließlich erklärte sie das ganze Leben für eine unsäglich fade Angelegenheit, ohne daß man recht wußte, woher sie eigentlich den vergleichenden Maßstab nahm.

Ich weiß nicht, ob es wegen der Dinge war, die die Herzogin von Guermantes am ersten Abend, als ich bei ihr dinierte, über diesen Raum gesagt hatte. Aber der Spiel- oder Rauchsalon mit seinem figurenreichen Steinfußboden, seinen Dreifüßen, seinen Götter- und Tiergestalten, die einen überall anblickten, den Sphinxen, die sich an den Sessellehnen reckten, und besonders dem ungeheuren Tisch aus Marmor oder schimmerndem Mosaik, der mit mehr oder weniger der etruskischen oder ägyptischen Kunst entnommenen symbolischen Zeichen bedeckt war, hatte auf mich die Wirkung einer Zaubergrotte. Auf einem dicht an den blinkenden und schicksalkündenden Tisch gerückten Sessel sitzend schien Monsieur de Charlus, der keine Karte anrührte – unempfänglich für alles, was sich um ihn her zutrug, außerstande zu bemerken, daß ich eingetreten war – selbst ein Magier zu sein, der die ganze Macht seines Willens und seiner Geisteskräfte darauf konzentriert, ein Horoskop zu stellen. Nicht nur traten ihm wie einer Pythia auf dem Dreifuß die Augen aus dem Kopf, sondern damit nichts ihn von einem inneren Bemühen ablenken könne, das offenbar ein Einstellen selbst der einfachsten Bewegungen erforderte, hatte er (wie ein Rechner, der nichts anderes tun will, bis er nicht seine Aufgabe gelöst hat) die Zigarre abgelegt, die er kurz zuvor noch im Munde gehabt hatte, zu deren Weiterrauchen er aber nicht mehr über die nötige Freiheit des Geistes verfügte. Bei einem Blick auf die beiden gelagerten Gottheiten, welche die Armlehnen des ihm gegenüberstehenden Fauteuils schmückten, hätte man glauben können, der Baron suche das Rätsel der Sphinx zu lösen, wäre es nicht eher das eines jungen und lebendigen Ödipus gewesen, der ausgerechnet in diesem Sessel saß, wo er sich zum Spiel niedergelassen hatte. Die Figur aber, auf welche Monsieur de Charlus mit so starker innerer Anspannung alle seine Geisteskräfte richtete und die freilich nicht eine von denen war, die man gewöhnlich ›more geometrico‹ studiert, war diejenige, die sich aus den Linien im Antlitz des jungen Marquis de Surgis ergab; es schien, so tief hatte sich Monsieur de Charlus in seinen Anblick versenkt, etwas wie ein Rebus, ein Rätsel, eine algebraische Aufgabe ihm daraus entgegenzutreten, deren Rätselwort zu erkennen oder deren Formel aufzufinden er nach Kräften bemüht war. Die sibyllinischen Zeichen und die auf dieser Tafel des Gesetzes eingezeichneten Figuren schienen das Formelbuch zu sein, aus dem der alte Zauberer in Erfahrung zu bringen versuchte, in welcher Richtung die Geschicke des jungen Mannes sich entwickeln würden. Plötzlich bemerkte er, daß ich ihn beobachtete, hob den Kopf, als erwache er aus einem Traum, und lächelte mir errötend zu. In diesem Augenblick trat der andere Sohn von Madame de Surgis zu dem Spielenden und blickte in seine Karten. Als Monsieur de Charlus von mir erfahren hatte, daß sie Brüder seien, vermochte er auf seinem Antlitz die Bewunderung nicht zu verhehlen, die ihm eine Familie einflößte, welche so herrliche und verschiedenartige Meisterwerke hervorzubringen imstande war. Was die Begeisterung des Barons noch vermehrt hätte, wäre die Kunde gewesen, daß die beiden Söhne von

Madame de Surgis-le-Duc nicht nur von derselben Mutter, sondern auch vom gleichen Vater stammten. Die Kinder Jupiters sehen sich nicht gleich, aber das kommt daher, daß er sich zunächst mit Metis vermählte, deren Bestimmung es war, weisen Kindern das Leben zu schenken, dann mit Themis, darauf mit Eurynome, mit Mnemosyne, mit Leto und erst zuletzt mit Juno. Einem einzigen Vater aber hatte Madame de Surgis beide Söhne geboren, die beide ihre Schönheit, jedoch eine Schönheit ganz verschiedener Art, ihrer Mutter verdankten.

Endlich sah ich zu meinem Vergnügen Swann in den Salon treten, der so außerordentlich groß war, daß er selbst meiner zunächst gar nicht gewahr wurde. Mein Vergnügen war freilich mit Traurigkeit gemischt, einer Traurigkeit, die vielleicht die anderen Gäste gar nicht empfanden, sondern die bei ihnen wohl durch eine Art von Faszination ersetzt wurde, welche die unerwarteten und merkwürdigen Erscheinungsformen des nahenden Todes bekommen, wenn er einem Menschen, wie man im Volke gern sagt, schon im Gesicht geschrieben steht. Mit einer fast unhöflichen Verblüfftheit, zu der sich indiskrete Neugier, Grausamkeit, eine gleichzeitig ruhevolle und beunruhigte Einkehr ins eigene Innere (eine Mischung von ›Suave mari magno‹ und ›Memento quia pulvis‹ hätte Robert gesagt) gesellte, hefteten die Blicke aller sich auf dies Gesicht, dessen Wangen die Krankheit so sehr gleich einem abnehmenden Mond gehöhlt und ausgenagt hatte, daß sie außer von einem gewissen Blickpunkt aus, zweifellos dem, unter dem Swann sie selbst betrachtete, jeder Plastik entbehrten wie eine nur flächige Dekoration, die einzig durch optische Täuschung einen Anschein von Körperlichkeit erhält. Lag es nun an diesen fliehenden Wangen, die schon nicht mehr da waren, um die Pulcinellnase Swanns kleiner erscheinen zu lassen, oder daran, daß die Arteriosklerose, die ihrerseits eine Art Vergiftung ist, sie wie von Trunksucht rötete oder so deformierte, wie das Morphium es tut, jedenfalls wirkte jetzt sie, die lange

Zeit einem angenehmen Gesicht sich zwanglos eingefügt hatte, enorm, geschwollen, karmoisinrot und eher wie die eines alten Hebräers als eines sonderbaren Valois. Vielleicht ließ in seinen letzten Tage die Rasse den für sie charakteristischen Typ bei ihm rein körperlich ebenso deutlich in Erscheinung treten wie das Gefühl moralischer Solidarität mit den anderen Juden, ein Gefühl, das Swann sein ganzes Leben lang vergessen zu haben schien und das jetzt, als eines zum andern kam – die tödliche Krankheit, die Dreyfus-Affäre und die antisemitische Propaganda – in ihm wach geworden war. Es gibt gewisse Israeliten, die gleichwohl sehr kultivierte und überfeinerte Weltleute sind, bei denen gleichsam in Reserve und in der Kulisse, um zu gegebener Zeit in ihrem Leben in Erscheinung zu treten wie in einem Theaterstück, ein Formverächter und ein Prophet ihr Heim aufgeschlagen haben. Swann war im Alter des Propheten angelangt. Freilich war er in seinem Gesicht, in dem unter der Einwirkung der Krankheit ganze Partien verschwunden waren, wie von einem schmelzenden Eisblock große Komplexe absinken, sehr verändert. Aber unwillkürlich war ich erst recht überrascht, wieviel mehr er bei mir selbst sich ›verändert‹ hatte. Es gelang mir nicht mehr zu begreifen, wie ich diesen ausgezeichneten, kultivierten Mann, dem ich alles andere als ungern begegnete, früher mit einem derart großen Geheimnis hatte begaben können, daß seine Erscheinung in den Champs-Elysées mein Herz so heftig zum Klopfen brachte, daß ich Scheu hegte, mich seiner seidengefütterten Pelerine zu nahen, daß ich an der Tür der Wohnung, in der ein solches Wesen lebte, nicht zu schellen vermochte, ohne von unendlicher Beunruhigung oder Beängstigung erfaßt zu sein; alles das war verschwunden, nicht nur aus seinem Haus, sondern auch aus seiner Person, und der Gedanke, mit ihm zu plaudern, konnte mir angenehm sein oder auch nicht, erregte jedoch in keiner Weise mehr mein Nervensystem.

Wie sehr war er aber auch zudem verändert seit diesem gleichen Nachmittag, an dem er mir – alles in allem nur wenige Stunden zuvor – im Arbeitszimmer des Herzogs von Guermantes vor Augen getreten war! Hatte er wirklich mit dem Prinzen eine Szene gehabt, welche ihm die Fassung benahm? Es war nicht einmal nötig, dergleichen zu vermuten. Die geringste Anspannung, die man von jemandem verlangt, der sehr krank ist, bedeutet schnell für ihn eine außerordentliche Überbelastung. Wenn man ihm bei schon bestehender Ermüdung auch noch die heiße Atmosphäre einer Abendgesellschaft zumutet, zersetzt und verfärbt sich bereits sein Gesicht, wie in weniger als einem Tage eine überreife Birne oder im Sauerwerden begriffene Milch es tut. Zudem war Swanns Haar an einzelnen Stellen gelichtet und hätte, wie Madame de Guermantes es nannte, der Pflege durch einen Kürschner bedurft; es sah eingemottet, und zwar schlecht eingemottet aus. Ich wollte gerade den Rauchsalon durchqueren, um mit Swann zu sprechen, als leider eine Hand sich schwer auf meine Schulter legte: »Guten Tag, mein Lieber, ich bin für achtundvierzig Stunden in Paris. Ich habe dich schon bei dir zu Hause zu erreichen versucht, da hieß es aber, du seiest hier, so daß also meine Tante dir die Ehre meiner Anwesenheit bei diesem Fest verdankt.« Es war Saint-Loup. Ich sagte zu ihm, wie schön ich dies Stadtpalais fände. »Ja, es macht sich gut als historisches Denkmal. Für mich selbst hat es allerdings etwas Bedrückendes. Wir wollen nur nicht in die Nähe von meinem Onkel Palamède kommen, sonst hält er uns gleich fest. Da die Gräfin Molé (denn es scheint, daß sie ihn jetzt am Bändel hält) aufgebrochen ist, weiß er nicht, was er mit sich anfangen soll. Es muß ein rechtes Schauspiel gewesen sein. Er ist keinen Schritt von ihrer Seite gewichen und hat sich erst von ihr getrennt, nachdem er sie bis an den Wagen begleitet hat. Ich nehme das meinem Onkel nicht übel, nur finde ich belustigend, daß mein Familienrat, der sich immer sehr streng gegen mich gezeigt hat, ausgerechnet aus Verwandten besteht, die selber am allermeisten das Leben genossen haben, allen voran der größte Lebemann unter ihnen, Onkel Charlus, mein gerichtlich eingesetzter Vormund, der so viele Frauen gehabt hat wie Don Juan und der auch in seinem Alter noch immer nicht die Waffen streckt. Einen Augenblick ist davon die Rede gewesen, daß ich unter Kuratel gestellt werden sollte. Ich denke mir, daß alle diese alten Roués, wenn sie zusammengetreten sind, um die Frage zu prüfen, und mich dann kommen ließen, um mir eine Moralpredigt zu halten und mir zu sagen, welchen Kummer ich meiner Mutter bereite, einander nicht in die Augen schauen konnten, ohne herauszuplatzen. Wenn du dir die Zusammensetzung dieses Rates ansiehst, so scheint man ausgerechnet diejenigen ausgewählt zu haben, die selbst die allergrößten Frauenhelden gewesen sind.« Sieht man von Monsieur de Charlus ab, bei welchem mir das Staunen meines Freundes ebensowenig gerechtfertigt schien, aber aus speziellen Gründen, die sich übrigens später in meinem Geiste anders darstellen sollten, hatte Robert völlig unrecht, wenn er außergewöhnlich fand, daß Lehren weiser Lebensführung einem jungen Mann von Verwandten gegeben werden, die es selbst toll getrieben haben und sogar noch treiben.

Schon wenn es sich nur um Atavismus und Familienähnlichkeit handeln würde, wäre es unvermeidlich, daß der Onkel, der die Strafpredigt hält, ungefähr die gleichen Fehler an sich hat wie der Neffe, den zu schelten er beauftragt ist. Der Onkel entfaltet dabei im übrigen gar keine Heuchelei, da er sich durch die Fähigkeit der Menschen täuschen läßt, bei jedem neuen Umstand zu glauben, es handle sich um ›etwas anderes‹, eine Fähigkeit, die ihnen erlaubt, sich selbst Irrtümer auf künstlerischen, politischen oder sonstigen Gebieten zuzulegen, ohne zu merken, daß es die gleichen sind, die sie vor zehn Jahren aus Anlaß einer anderen Schule der Malerei, die sie verdammten, oder einer anderen politischen Affäre, von der sie glaubten, sie verdiene ihren Haß, für Wahrheiten hielten, von welchen sie freilich wieder abgekommen sind und die sie sich noch einmal zu eigen machen, ohne sie in ihrer neuen

Verkleidung wiederzuerkennen. Aber sogar wenn die Fehler des Onkels von denen des Neffen verschieden sind, so kann dennoch ebensogut in gewissem Ausmaße die Kausalität in der Erblichkeit zu suchen sein, denn die Wirkung gleicht nicht immer der Ursache wie die Kopie dem Original, und selbst wenn die Fehler des Onkels schlimmer sind, kann es durchaus sein, daß er sie selbst für weniger schwerwiegend hält.

Wenn Monsieur de Charlus seinem Neffen Robert, der im übrigen die wahren Neigungen seines Onkels zu jener Zeit nicht kannte, empörte Vorhaltungen gemacht hatte – ja, wäre es sogar zu einer Zeit gewesen, in der er seinen besonderen Hang selbst verdammte – so hätte er vollkommen ehrlich vom Standpunkt des Weltmannes aus finden können, Robert sei unendlich viel schuldiger als er. War nicht Robert in dem Augenblick, in dem sein Onkel beauftragt worden war, ihn zur Vernunft zu bringen, nahe daran gewesen, sich von seiner Welt in Acht und Bann erklären zu lassen? Sah es nicht schon bedenklich danach aus, als solle er im Jockey-Club ausballotiert werden? Hatte er sich nicht durch die tollen Ausgaben, zu denen er sich für eine Frau der letzten Kategorie hinreißen ließ, durch seine Freundschaften mit Leuten wie Schriftstellern, Schauspielern, Juden, von denen keiner der Gesellschaft angehörte, durch seine Meinungen, die sich nicht von denen der Verräter unterschieden, durch den Schmerz, den er allen den Seinen bereitete, Schimpf und Spott zugezogen? Worin konnte sich diese skandalöse Lebensführung mit der von Monsieur de Charlus vergleichen, der bislang verstanden hatte, sein Ansehen als Guermantes nicht nur aufrechtzuerhalten, sondern sogar noch zu mehren, in der Gesellschaft ein absolut bevorrechtetes, gesuchtes, von den Anspruchsvollsten verwöhntes Wesen zu sein, und der mit einer Prinzessin von Bourbon, einer hervorragenden Frau vermählt, diese glücklich zu machen gewußt und ihrem Andenken einen glühenderen und unablässigeren Kult geweiht hatte, als es im allgemeinen in der Gesellschaft überhaupt üblich ist, der ein ebenso guter Gatte wie Sohn gewesen war?

– Bist du wirklich sicher, daß Monsieur de Charlus so viele Geliebte gehabt hat? fragte ich, bestimmt nicht in der teuflischen Absicht, Robert das Geheimnis zu enthüllen, das ich entdeckt hatte, aber doch etwas gereizt dadurch, daß ich ihn mit so viel Sicherheit und Süffisanz an seinem Irrtum festhalten sah. Er begnügte sich damit, als Antwort auf das, was er für übertriebene Naivität bei mir hielt, einfach die Achsel zu zucken. »Im übrigen tadle ich ihn deswegen nicht, ich finde, er hat vollkommen recht.« Und er begann, mir in den Grundzügen eine Theorie auseinanderzusetzen, vor der es ihm in Balbec (wo er sich nicht damit begnügte, die Verführer zu schmähen, sondern nur im Tod eine angemessene Sühne für ihr Verbrechen sah) sicher gegraust haben würde. Damals war er noch verliebt und eifersüchtig. Jetzt ging er so weit, vor mir das Lob des Bordells anzustimmen. »Nur dort findet man, was einem ganz wie ein Handschuh paßt, das was wir beim Regiment das richtige ›Kaliber‹ zu nennen pflegen.« Er hegte für diese Art von Stätten den Abscheu nicht mehr, der ihn in Balbec erfüllte, als ich darauf angespielt hatte; als ich ihn jetzt reden hörte, berichtete ich ihm, daß Bloch mich einmal mit ihnen bekannt gemacht habe, aber Robert antwortete mir, daß das Haus, das Bloch besuchte, höchst wahrscheinlich ›höchst kümmerlich‹, so etwas wie ein ›Paradies der Armen‹ gewesen sei. »Es kommt allerdings schließlich darauf an: wo war es denn eigentlich?« Ich drückte mich sehr unbestimmt aus, denn ich erinnerte mich, daß ja dort in der Tat für ein Goldstück jene Rahel zu haben war, die Robert so sehr geliebt hatte. »Auf alle Fälle werde ich dir weit Besseres zeigen, Häuser, in denen es ganz fabelhafte Frauen gibt.« Als ich den Wunsch aussprach, er möge mich so bald wie möglich in die ihm bekannten Etablissements führen, die gewiß demjenigen weit überlegen wären, das Bloch mir gezeigt hatte, äußerte er aufrichtiges Bedauern, daß es ihm diesmal nicht möglich sei, da er bereits am folgenden Tage wieder abreisen müsse. »Dann lassen wir es also bis zu meinem nächsten Aufenthalt hier, sagte er. Du wirst sehen, es gibt dort sogar junge Mädchen, setzte er mit geheimnisvoller Miene hinzu. Es ist da eine kleine Mademoiselle de ... ich glaube d'Orgeville, ich werde es dir noch genau sagen, die eine Tochter aus allerbestem Hause ist; die Mutter ist nichts Geringeres als eine geborene La Croix-l'Evêque, sie sind die ›Crème de la crème‹ und sogar, wenn ich mich nicht irre, mit meiner Tante Oriane irgendwie verwandt. Im übrigen brauchst du die Kleine nur zu sehen, um zu merken, daß sie das Kind überaus guter Leute ist (ich spürte, wie einen Augenblick lang über Roberts Stirn der Schatten des Guermantesschen Hausgeistes lag, aber rasch wie eine Wolke in großer Höhe und ohne zu verweilen weiterzog). Das scheint mir eine ganz fabelhafte Sache zu sein. Die Eltern sind immer krank und können sich nicht um sie kümmern. Jaja, die Kleine versteht sich die Zeit zu vertreiben, und ich rechne auf dich, daß du dies arme Kind gut unterhalten wirst.« – »Oh! Und wann bist du wieder hier?« – »Ich weiß nicht; übrigens wenn es bei dir nicht unbedingt eine Herzogin sein muß (der Titel einer Herzogin bezeichnet nämlich für die Aristokratie einen besonderen Rang, und man gebraucht ihn, so wie man im Volke von Prinzessinnen spricht) in einem andern Genre wäre da die erste Jungfer der Baronin Putbus.«

In diesem Augenblick trat Madame de Surgis in den Spielsalon, um ihre Söhne zu holen. Als Monsieur de Charlus sie bemerkte, ging er mit einer Liebenswürdigkeit auf sie zu, von der die Marquise um so angenehmer überrascht war, als sie sich auf eine große Kühle von seiner Seite gefaßt gemacht hatte, da der Baron sich immer zu Orianes Beschützer aufgeworfen und als einziger von der Familie – welche die Extratouren des Herzogs allzuoft wegen der Erbschaft und aus Eifersucht auf die Herzogin mit großer Nachsicht behandelte – unerbittlich die Geliebten seines Bruders jeweils in einer gewissen Distanz gehalten hatte. Daher hätte denn auch Madame de Surgis sehr gut die Motive der Haltung verstanden, welche sie bei dem Baron befürchtete, keineswegs aber argwöhnte sie diejenigen des ganz entgegengesetzten Empfangs, den er ihr bereitete. Er sprach zu ihr mit Bewunderung von dem Porträt, das Jacquet früher von ihr gemalt habe. Diese Bewunderung steigerte sich sogar bis zu einem wahren Enthusiasmus, der, wenn er auch zum Teil dem eigennützigen Interesse diente, die Marquise daran zu hindern, daß sie sich von ihm entfernte, sie sozusagen zu fixieren – wie Robert von den feindlichen Armeen sagte, deren Effektivkräfte man zwingen will, an einem bestimmten Punkt zu bleiben – vielleicht dennoch auch aufrichtig war, denn wenn jeder andere Freude daran hatte, in den Söhnen die königliche Haltung und die Augen von Madame de Surgis zu bewundern, so mochte der Baron ein umgekehrtes aber ebenso lebhaftes Vergnügen daran finden, diese Reize vereint bei ihrer Mutter anzutreffen wie in einem Bildnis, das nicht selbst Verlangen einflößt, aber durch die ästhetische Bewunderung, in die man bei seinem Anblick gerät, ein anderes unterhält, das durch jene neu geweckt worden ist. Dies nun gab rückblickend sogar dem Porträt von Jacquet einen sinnlichen Reiz, und in diesem Augenblick hätte der Baron es gern erworben, um an ihm die physiologische Genealogie der beiden jungen Surgis zu studieren.

– Du siehst, daß ich nicht übertrieben habe, sagte Robert zu mir. Sieh nur, wie eifrig mein Onkel sich um Madame de Surgis bemüht. In diesem Falle wundert es mich sogar. Wenn Oriane es wüßte, würde sie wütend sein. Offen gesagt, gibt es ja genügend Frauen, ohne daß man sich gerade auf diese stürzen muß, setzte er hinzu; wie alle Leute, die nicht verliebt sind, stellte er sich vor, daß man die Person, die man liebt, nach tausend Überlegungen und nach Maßgabe ihrer verschiedenen Vorzüge und Eignungen erwählt. Im übrigen sprach Robert, während er sich noch dazu über seinen Onkel

täuschte, den er für einen so großen Bewunderer der Frauen hielt, in seinem Groll von Monsieur de Charlus mit allzu großer Leichtfertigkeit. Man ist nicht immer ungestraft jemandes Neffe. Sehr oft wird durch Vermittlung des Onkels eine Erbgewohnheit früher oder später an uns weitergeleitet. Man könnte so eine ganze Porträtgalerie schaffen, für welche der Titel des deutschen Lustspiels ›Der Neffe als Onkel‹ ganz geeignet wäre und in der man den Onkel eifersüchtig, wenn auch unfreiwillig darüber wachen sähe, daß der Neffe ihm schließlich ähnlich wird.
Ich möchte noch hinzufügen, daß diese Galerie unvollständig bliebe, wenn man darin nicht auch jene Oheime figurieren ließe, die mit dem betreffenden jungen Mann nicht blutsverwandt, sondern nur jeweils der Onkel von dessen Gattin sind. Die ›Charlusse‹ sind tatsächlich derart überzeugt davon, daß sie die einzigen guten Ehemänner sind, noch dazu die einzigen, auf die eine Frau niemals eifersüchtig zu sein braucht, daß sie im allgemeinen aus Zuneigung für ihre Nichte darauf bedacht sind, diese ebenfalls einen Charlus heiraten zu lassen, was dann dies Gewirr von Ähnlichkeiten vollends durcheinanderbringt. Zu der Zuneigung für die Nichte gesellt sich oft auch bei dem Onkel die Zuneigung zu dem Verlobten. Solche Ehen sind nicht selten, und sehr oft das, was man glücklich nennt.
– Wovon sprachen wir? Ach so! Von der großen Blonden, der Kammerjungfer der Baronin Putbus. Sie macht sich auch etwas aus Frauen, aber ich denke, das wird dir gleichgültig sein; ich kann dir nur offen sagen, ich habe niemals eine so schöne Person gesehen. »Ich stelle sie mir etwa wie eine Giorgione vor?« – »Überaus giorgionenhaft, ja! Ach! wenn ich mehr Zeit für Paris hätte, könnte ich so wundervolle Dinge tun! Und dann hinterher sucht man sich eben eine andere. Denn die Liebe, weißt du, ist weiter nichts als ein Bluff, ich habe meine Meinungen da ganz gewaltig geändert.«
Ich bemerkte sehr bald mit Staunen, daß er sie nicht weniger

in bezug auf die Literatur gewandelt hatte, während er mir bei unserer letzten Begegnung nur hinsichtlich der Literaten enttäuscht vorgekommen war (›das ist fast alles nur Pack und Konsorten‹, hatte er zu mir gesagt), was sich aus seinem berechtigten Groll gegenüber gewissen Freunden von Rahel erklären mochte. Sie hatten diese ja tatsächlich überzeugt, daß sie ihr Talent niemals entwickeln würde, solange sie Robert, ›den Mann eines anderen Menschenschlages‹, auf sich Einfluß nehmen ließe, und sich mit ihr in seiner Gegenwart bei den Abendessen, die er ihnen gab, über ihn lustig gemacht. In Wirklichkeit aber war Roberts Liebe zur Literatur nie sehr tief gegangen. Sie entstammte nicht seiner wahren Natur, sondern war nur ein Derivat seiner Liebe zu Rahel und demgemäß mit dieser untergegangen, zugleich mit seinem Abscheu vor der Lebewelt und seiner religiösen Verehrung für die Tugend der Frauen.

– Wie merkwürdig die beiden jungen Leute da aussehen! Schauen Sie nur, was für eine kuriose Spielleidenschaft sie entwickeln, Marquise, sagte Monsieur de Charlus, indem er Madame de Surgis auf ihre Söhne aufmerksam machte, als wisse er absolut nicht, wer die beiden seien, ich halte sie für zwei Orientalen, sie haben da so gewisse charakteristische Züge, sie könnten Türken sein, setzte er hinzu, um gleichzeitig seine vorgebliche Ahnungslosigkeit zu unterstreichen und einen Anflug von Antipathie zu bekunden, was, wenn diese schließlich doch der Liebenswürdigkeit wiche, den Beweis erbringen würde, daß letztere den jungen Leuten nur in ihrer Eigenschaft als Söhnen von Madame de Surgis galt, da sie ja erst entstanden war, als der Baron bereits wußte, wer die Jünglinge waren. Vielleicht auch nutzte Monsieur de Charlus, bei dem die Impertinenz eine natürliche Gabe war, von der er mit Vergnügen Gebrauch machte, die Minute, in der man noch annahm, er kenne den Namen der beiden nicht, um sich auf Kosten von Madame de Surgis zu amüsieren und sich seinen gewohnten Spöttereien zu überlassen, so wie

Scapin die Verkleidung seines Herrn wahrnimmt, um ihm eine Tracht Prügel zu verabfolgen.

– Es sind meine Söhne, sagte Madame de Surgis mit einem Erröten, das sie nicht gezeigt hätte, wäre sie klüger, wenn auch nicht tugendhafter gewesen. Sie hätte dann begriffen, daß die Miene absoluter Gleichgültigkeit oder sogar des Spottes, welche Monsieur de Charlus im Hinblick auf einen jungen Mann zur Schau trug, sowenig aufrichtig war, wie etwa die ganz oberflächliche Bewunderung, die er einer Frau bezeigte, dem wahren Grund seiner Natur entsprach. Diejenige noch, der er unaufhörlich die schmeichelhaftesten Komplimente machte, hätte eifersüchtig sein müssen auf den Blick, den er, während er mit ihr plauderte, einem Mann zuwarf, den er hinterher nicht bemerkt zu haben vorgab. Denn dieser Blick war ein anderer Blick, als Monsieur de Charlus ihn für die Frauen hatte; ein ganz besonderer Blick, der aus den Tiefen kam und der selbst in einer Gesellschaft unwillkürlich ganz unbefangen auf jungen Männern ruhte wie die Blicke eines Schneiders, die seinen Beruf dadurch offenbaren, daß sie so unverhohlen an der Kleidung der anwesenden Personen haften.

– Oh! Das ist aber sonderbar, antwortete nicht ohne eine gewisse Ungezogenheit Monsieur de Charlus, der so tat, als hätten seine Gedanken einen langen Weg zurücklegen müssen, um ihn zu einer Wirklichkeit zurückzuführen, die so verschieden von allem war, was er angeblich vermutet hatte. »Aber ich kenne sie nicht«, setzte er hinzu, da er fürchtete, er sei mit dem Ausdruck seiner Antipathie etwas zu weit gegangen und habe womöglich bei der Marquise die Neigung unterdrückt, eine Bekanntschaft zwischen ihm und ihnen zu vermitteln. »Würden Sie mir gestatten, daß ich sie Ihnen vorstelle?« fragte schüchtern Madame de Surgis. »Aber mein Gott! Wie Sie wünschen, natürlich gern, nur bin ich vielleicht keine sehr unterhaltende Gesellschaft für so junge Menschen«, brachte Monsieur de Charlus in gedehntem Ton und mit einer Miene des Zögerns und der Kühle hervor wie jemand, der sich mit Mühe eine Höflichkeit abringen läßt.

– Arnulphe, Victurnien, kommt schnell her, sagte Madame de Surgis. Victurnien stand sofort mit großer Entschiedenheit auf. Arnulphe, der nicht weiter als bis zu seinem Bruder sah, ging ihm gefügig nach.

– Jetzt sind die Söhne dran, sagte Robert zu mir. Es ist einfach zum Totlachen. Selbst dem Hund des Hauses würde er zu gefallen suchen, es ist um so komischer, als mein Onkel diese Art von jungen Leuten haßt. Dabei schau nur, wie ernsthaft er ihren Worten lauscht; hätte ich sie ihm vorstellen wollen, würde er mich schön haben ablaufen lassen! Höre, ich muß jetzt Oriane guten Tag sagen gehen. Ich bin nur so kurz in Paris, daß ich versuchen will, möglichst alle Leute hier zu sehen, bei denen ich sonst meine Karte abgeben müßte.

– Wie wohlerzogen sie sind, und was für reizende Manieren sie haben, bemerkte gerade Monsieur de Charlus.

– Ja, finden Sie? antwortete Madame de Surgis entzückt.

Da Swann mich bemerkt hatte, trat er jetzt zu Saint-Loup und mir. Die jüdische Art von Humor war bei Swann nicht so ungezwungen wie der scherzende Ton, den er als Weltmann anschlug. »Guten Abend, sagte er zu uns. Mein Gott! Wie wir hier alle drei zusammenstehen, würde man meinen, daß es sich um eine Gesellschafterversammlung handelt; es fehlt nicht viel, daß man sich umsieht, wo hier die Kasse ist!« Er hatte nicht bemerkt, daß Monsieur de Beauserfeuil unmittelbar hinter ihm stand und ihn hörte. Der General runzelte unwillkürlich die Brauen. Die Stimme von Monsieur de Charlus klang dicht neben uns auf: »Wie, Sie heißen Victurnien? Das ist ja wie im ›Cabinet des Antiques‹«, sagte der Baron, um die Unterhaltung mit den beiden jungen Leuten noch etwas in die Länge zu ziehen. »Von Balzac, jawohl«, antwortete der ältere Surgis, der niemals eine Zeile von diesem Romancier gelesen, den aber sein Lehrer erst vor wenigen

Tagen auf die Übereinstimmung seines Vornamens mit demjenigen des jungen Esgrignon aufmerksam gemacht hatte. Madame de Surgis war entzückt, ihren Sohn derart glänzen zu sehen, und Monsieur de Charlus begeistert von so viel Wissenschaft.

– Es scheint, daß Loubet voll und ganz für uns ist, ich habe es aus sicherer Quelle, sagte zu Saint-Loup, diesmal mit leiserer Stimme, um von dem General nicht gehört zu werden, Swann, für den die republikanischen Bekanntschaften seiner Frau interessanter wurden, seitdem die Dreyfus-Affäre im Mittelpunkt seines Interesses stand. Ich sage Ihnen das, weil ich weiß, daß Sie im Grunde auf unserer Seite stehen.

– Eigentlich nicht so sehr; Sie täuschen sich da vollkommen, gab ihm Robert zur Antwort. Das Ganze ist eine schlechtgeführte Affäre, und ich bedaure, daß ich mich jemals darauf eingelassen habe. Die Sache ging mich gar nichts an. Wenn ich noch einmal vor der Frage stünde, würde ich mich gänzlich heraushalten. Ich bin Soldat und vor allem für die Armee. Du bleibst vielleicht einen Augenblick bei Monsieur Swann. Ich komme gleich wieder zurück. Ich will nur zu meiner Tante.

Aber ich sah, daß er sich Mademoiselle d'Ambresac zuwandte, und empfand Kummer bei dem Gedanken, er habe mir über eine mögliche Verlobung mit ihr die Unwahrheit gesagt. Meine Stimmung hellte sich erst wieder auf, als ich erfuhr, daß er ihr erst eine halbe Stunde zuvor von Madame de Marsantes vorgestellt worden war, die diese Heirat wünschte, denn die Ambresac waren sehr reich.

– Endlich, sagte Monsieur de Charlus zu Madame de Surgis, stoße ich auf einen gebildeten jungen Mann, der etwas gelesen hat, der weiß, wer Balzac ist; es macht mir um so größeres Vergnügen, dergleichen da anzutreffen, wo es am seltensten geworden ist, in den Kreisen meiner Standesgenossen, bei einem der unseren, setzte er mit nachdrücklicher Hervorhebung dieser Wörter hinzu. Die Guermantes mochten noch

so sehr tun, als seien vor ihnen alle Menschen gleich, bei großen Gelegenheiten, bei denen sie sich mit Leuten ›von Geburt‹ zusammenfanden und vor allem solchen, die weniger ›geboren‹ waren als sie und denen sie gern schmeicheln wollten und konnten, zögerten sie nicht, alte Familienerinnerungen hervorzuholen. »Früher, fing der Baron wieder an, bezeichnete das Wort Aristokratie die Besten in bezug auf Geist und Herz. Hier ist der erste der unseren, der, wie ich sehe, weiß, wer Victurnien d'Esgrignon gewesen ist. Ich habe unrecht zu sagen, der erste. Es gibt auch noch einen Polignac und einen Montesquieu, setzte Monsieur de Charlus hinzu, der wohl wußte, daß diese Zusammenstellung die Marquise nur entzücken konnte. Im übrigen wissen Ihre Söhne ja, von wem sie es haben. Ihr Großvater mütterlicherseits besaß eine berühmte Sammlung des achtzehnten Jahrhunderts. Ich werde Ihnen die meine vorführen, wenn Sie mir das Vergnügen machen wollen, eines Tages zum Dejeuner zu mir zu kommen, sagte er zu dem jungen Victurnien. Ich werde Ihnen eine merkwürdige Ausgabe des ›Cabinet des Antiques‹ zeigen, mit Korrekturen von Balzacs Hand, und entzückt sein, die beiden Victurniens einander gegenüberzustellen!«
Ich konnte mich nicht entschließen, Swann zu verlassen. Er war bei jenem Grad der Ermüdung angelangt, in dem der Körper eines Kranken nur noch eine Retorte ist, in der man chemische Reaktionen beobachten kann. Sein Gesicht hatte sich mit kleinen blauen Punkten bedeckt, die aussahen, als gehörten sie nicht der Welt des organischen Lebens an, und strömte die Art von Geruch aus, die in der Schule nach ›Experimenten‹ den Aufenthalt in einem Physikzimmer so unangenehm macht. Ich fragte ihn, ob er nicht eine lange Unterhaltung mit dem Prinzen von Guermantes gehabt habe und ob er mir nicht erzählen wolle, wie sie verlaufen sei.
– Doch, sagte er zu mir. Aber begleiten Sie nur erst einen Augenblick Monsieur de Charlus und Madame de Surgis-le-Duc, ich warte hier auf Sie.

Tatsächlich hatte Monsieur de Charlus, als er Madame de Surgis vorschlug, den zu warmen Raum zu verlassen und sich in einem andern einen Augenblick niederzulassen, die beiden Söhne nicht gebeten, ihrer Mutter zu folgen, wohl aber mich. Auf diese Weise gab er sich das Ansehen, auf die beiden jungen Leute, nachdem er ihnen einen Köder hingehalten hatte, nicht weiter Wert zu legen, außerdem erwies er mir eine bequeme Höflichkeit, da Madame de Surgis nicht sehr wohlangesehen war.

Leider saßen wir kaum in einer Nische, aus der es keinen rechten Ausgang gab, als Madame de Saint-Euverte, das Ziel der bösartigen Bemerkungen des Barons, an uns vorüberkam. Vielleicht, um in aller Öffentlichkeit über die unfreundlichen Gefühle, die sie Monsieur de Charlus einflößte, hinwegzutäuschen oder mit Nichtachtung darüber hinzugehen, vor allem aber, um zu zeigen, daß sie mit einer Dame sehr intim sei, die so vertraulich mit ihm sprach, wendete sie einen nachlässig-freundschaftlichen Gruß an die berühmte Schönheit, die ihr dankte, während sie Monsieur de Charlus von der Seite her mit einem mokanten Lächeln einen Blick zuwarf. Die Nische aber war so eng, daß Madame de Saint-Euverte, als sie hinter uns hindurchgehen und weiter ihre Gäste für den folgenden Tag auftreiben wollte, sich eingeklemmt fand und nicht so leicht sich wieder freimachen konnte, was einen kostbaren Augenblick ergab, den Monsieur de Charlus in seinem Wunsch, das Feuerwerk seiner boshaften Verve vor den Augen der Mutter der beiden jungen Leute möglichst brillant zu versprühen, sich sehr wohl hütete, nutzlos verstreichen zu lassen. Eine törichte Frage, die ich ihm ohne alle böse Absicht stellte, gab ihm Gelegenheit zu einem übermütigen Extempore, von dem die arme Saint-Euverte, die hinter uns stand und sich nicht rühren konnte, bestimmt kein Wort verlor.

– Können Sie sich vorstellen, daß dieser unverfrorene junge Mensch hier, sagte er, während er Madame de Surgis auf mich aufmerksam machte, ohne das geringste Gefühl dafür, daß man von dieser Art von Bedürfnissen nicht spricht, mich fragt, ob ich zu Madame de Saint-Euverte gehe, das heißt, wie ich annehmen muß, ob ich an Kolikanfällen leide? Ich würde in diesem Falle suchen, mich an einem bequemeren Ort zu erleichtern als bei einer Person, die, wenn mein Gedächtnis nicht trügt, ihren hundertsten Geburtstag feierte, als ich begann, in die Welt, das heißt nicht zu ihr zu gehen. Und doch, wem könnte interessanter zuzuhören sein? Wie viele historische Erinnerungen, gesehen und erlebt in der Zeit des Ersten Kaiserreichs und der Restauration, wie viele intime Geschichten auch, die gewiß nichts von Heiligkeit an sich hatten, aber wahrscheinlich sehr ›vertes‹, recht derb waren, wenn man bedenkt, wie flott auch heute diese komische Alte noch geblieben ist! Was mich daran hindern würde, sie über diese aufwühlenden Epochen zu befragen, ist die Empfindlichkeit meines Geruchsapparates. Die Nähe dieser Dame genügt, damit ich mir plötzlich sage: ›Ja, zum Kuckuck, sollte meine Abortgrube schadhaft geworden sein?‹ Statt dessen aber hat einfach die Marquise in irgendeiner gästeentbietenden Absicht ihren Mund aufgetan. Sie begreifen, daß, wenn ich das Pech hätte, bei ihr zu verkehren, diese Abortgrube sich zu einem überlebensgroßen Jauchefaß ausweiten würde. Dennoch trägt sie einen Heiligennamen, bei dessen Anhören ich immer mit Jubilieren im Herzen – obwohl sie selbst längst sämtliche Jubiläen hinter sich gebracht hat – an jenen dummen Vers einer Kunstrichtung denken muß, die sich selbst als ›déliquescent‹, als bereits moorig bezeichnet: ›Ah! verte, combien verte était mon âme ce jour-là ...‹ Mir freilich liegt eine Grünanlage mehr, wenn sie sauberer ist. Wie ich höre, gibt diese Person, die so unermüdlich umherstreicht, ›Garden-parties‹; ich selbst würde das eher als eine ›Einladung zum Kloakenkorso‹ bezeichnen. Wollen denn Sie sich etwa damit verunreinigen? fragte er Madame de Surgis, die diesmal ernstlich in Verlegenheit geriet; denn obwohl sie gern dem Baron gegenüber getan hätte, als ginge sie nicht hin, wußte sie doch recht wohl, daß sie eher Tage ihres Lebens geopfert hätte, als auf den Nachmittag bei Madame de Saint-Euverte zu verzichten, und zog sich nun durch eine Ausflucht aus der Affäre, das heißt, sie tat, als ob sie noch unentschieden sei. Diese Unentschiedenheit aber nahm eine so einfältig dilettantische und kleinlich näherinnenhafte Form an, daß Monsieur de Charlus, der sich nicht scheute, Madame de Surgis zu beleidigen, obwohl er ihr gleichzeitig gefallen wollte, zu lachen begann, um ihr zu zeigen, daß das nicht ›verfing‹.

– Ich bewundere immer die Leute, die Pläne machen, sagte sie; ich selbst sage oft in letzter Minute ab. Es ist da etwas mit meiner Sommertoilette, wodurch sich alles noch ändern kann. Ich werde der Eingebung des Augenblicks folgen.

Ich meinerseits war empört über die abscheuliche kleine Rede, die Monsieur de Charlus eben gehalten hatte, und hätte gern die Veranstalterin der Garden-parties mit Freundlichkeiten überhäuft. Leider sind in der Gesellschaft ebenso wie in der Welt der Politik die Opfer so feige, daß man den Henkern nicht lange böse sein kann. Madame de Saint-Euverte, der es gelungen war, sich aus der Nische zu befreien, deren Eingang wir versperrten, stieß unwillkürlich im Vorübergehen den Baron an, und in einer Reaktion des Snobismus, der bei ihr jeden Groll zum Verschwinden brachte, vielleicht auch in der Hoffnung auf die Herstellung eines unmittelbaren Kontaktes, deren erster Versuch dies offenbar nicht war, rief sie in einem Ton, als knie sie vor ihrem Meister nieder: »Oh! Verzeihung, Monsieur de Charlus, ich hoffe, ich habe Ihnen nicht wehgetan!« Dieser geruhte nur mit einem breiten ironischen Lachen zu antworten und ihr ein ›Guten Abend‹ zu konzedieren, in dem, da es ja so wirkte, als habe er die Gegenwart der Marquise erst bemerkt, nachdem sie ihn als erste begrüßt hatte, nur eine weitere Beleidigung lag. Schließlich trat Madame de Saint-Euverte mit einer Unterwürfigkeit, unter welcher ich um ihretwillen litt, an mich heran, zog mich etwas auf die Seite und flüsterte mir ins Ohr: »Was habe ich Monsieur de Charlus getan? Es heißt, er finde mich für seine Ansprüche nicht schick genug«, setzte sie hinzu und lachte aus vollem Hals. Ich blieb ernst. Einerseits fand ich töricht, daß sie so tat, als glaube sie oder könne glauben machen, niemand sei tatsächlich so ›schick‹ wie sie. Andererseits entheben einen die Leute, die so ausgiebig über ihre eigenen nicht einmal komischen Worte lachen, dadurch der Notwendigkeit, an einer Heiterkeit teilzunehmen, die sie ganz aus eigenen Mitteln bestreiten.

– Andere versichern mir, er sei gekränkt, weil ich ihn nicht einlade. Aber er ermutigt mich ja nicht sehr. Er scheint vielmehr mit mir zu schmollen (der Ausdruck schien mir etwas schwach). Versuchen Sie doch, es herauszubekommen und es mir morgen zu sagen. Und falls er Gewissensbisse hat und Sie begleiten will, bringen Sie ihn ruhig mit. Jede Sünde findet Vergebung. Es wäre sogar für mich ein gewisses Vergnügen wegen Madame de Surgis, die sich darüber ärgern würde. Ich lasse Ihnen ganz freie Hand. Sie haben ja größtes Feingefühl in allen diesen Dingen, und ich selber möchte mir nicht den Anschein geben, als suche ich mühsam meine Gäste zusammen. Auf alle Fälle rechne ich absolut auf Sie.

Ich dachte daran, daß Swann vielleicht vom Warten auf mich müde werden könne. Im übrigen wollte ich nicht zu spät nach Hause zurückkehren wegen Albertine, und nachdem ich mich von Madame de Surgis und Monsieur de Charlus verabschiedet hatte, machte ich mich auf, um meinen Kranken im Spielsaal wiederzufinden. Ich fragte ihn, ob das, was er bei der Unterhaltung im Garten zu dem Prinzen gesagt habe, mit dem übereinstimme, was Monsieur de Bréauté (den ich aber ihm gegenüber nicht erwähnte) uns berichtet habe und was sich auf einen kleinen Einakter von Bergotte beziehe. Er lachte frei heraus. »Kein Wort ist wahr, nicht ein einziges. Die Sache ist völlig erfunden und wäre ja außerdem furchtbar dumm. Es ist wirklich unerhört, wie solch ein Irrtum ganz aus sich selbst hat entstehen können. Ich frage Sie nicht, wer Ihnen das erzählt hat, aber es wäre interessant, in einem so beschränkten Rahmen wie diesem hier von einem zum andern zurückzugehen und festzustellen, wie das Gerücht zustande gekommen ist. Wie kann es im übrigen die Leute interessieren, was der Prinz zu mir gesagt hat? Wie neugierig doch die Menschen sind! Ich selbst bin niemals neugierig gewesen, außer wenn ich verliebt und noch dazu eifersüchtig war. Und was habe ich im Grunde dabei schon herausbekommen! Sind Sie eifersüchtig?« Ich sagte zu Swann, ich hätte niemals Eifersucht verspürt und wisse nicht einmal, was das sei. »Ausgezeichnet! Da beglückwünsche ich Sie. Wenn man es nur wenig ist, ist es unter zwei Gesichtspunkten gar nicht so unangenehm. Erstens erlaubt es den Leuten, die von Natur nicht neugierig sind, sich für das Leben anderer Personen oder wenigstens einer bestimmten Person zu interessieren, außerdem gibt es einem ein angenehmes Besitzgefühl, wenn man zu einer Frau in den Wagen steigt und sie nicht allein lassen will. Aber das trifft nur auf die allerersten Anfänge des Übels zu, oder wenn die Heilung beinahe vollendet ist. In der Zwischenzeit stellt es die furchtbarste aller Torturen dar. Im übrigen habe ich die beiden Annehmlichkeiten, die ich da erwähne, offengestanden selbst nur wenig kennengelernt; die erstere nicht durch einen Fehler meiner Natur, die zu lange weitergesponnenen Überlegungen außerstande ist; die zweite wegen der Umstände, durch die Schuld der Frau oder vielmehr der Frauen, um derentwillen ich eifersüchtig war. Doch das spielt keine Rolle. Selbst wenn man nicht mehr an den Dingen hängt, ist es nicht unbedingt gleichgültig, ob man daran gehangen hat, denn immer ist es aus Gründen gewesen, die den andern entgehen. Wir spüren, daß die Erinnerung an diese Gefühle einzig in uns selbst besteht; in uns selber müssen wir daher Einkehr halten, um sie zu betrachten. Machen Sie sich nicht allzusehr lustig über diesen Idealistenjargon; was ich sagen will, ist, daß ich das Leben sehr geliebt habe, und die Künste auch. Gut, gut. Jetzt, wo ich etwas zu müde bin, um mit anderen zu leben, scheinen mir diese alten, mir so ganz allein zugehörigen Gefühle, die ich durchlebt habe, wie es nun einmal die Manie aller Sammler ist, unerreichbar an Wert. Ich schließe mir selbst mein Herz auf, als wäre es so etwas wie eine Vitrine und betrachte eine nach der anderen alle die Arten von Liebe, welche die anderen nicht kennengelernt haben. Von dieser Sammlung aber, an der ich jetzt noch stärker hänge als an allen übrigen, sage ich mir ein wenig wie Mazarin mit Bezug auf seine Bücher – aber im übrigen ohne alle Angst –, daß es doch sehr bedauerlich sein wird, alles das zu verlassen. Doch kommen wir auf die Unterhaltung mit dem Prinzen zurück! Ich werde sie nur einer einzigen Person wiederberichten, diese Person sind Sie.« Ich wurde beim Zuhören durch die Unterhaltung gestört, die ganz in unserer Nähe Monsieur de Charlus, der in den Spielsaal zurückgekehrt war, unendlich in die Länge zog. »Und Sie lesen auch? Womit beschäftigen Sie sich?« fragte er den Grafen Arnulphe, der Balzac nicht einmal dem Namen nach kannte. Doch wirkte er infolge seiner Kurzsichtigkeit, durch die er alles sehr klein sah, als blicke er sehr weit, so daß – eine seltene Poesie bei einem statuarisch schönen Griechengott – in seiner Iris ferne und geheimnisvolle Sterne eingezeichnet schienen.

– Wie wäre es, wenn wir ein paar Schritte durch den Garten machten? fragte ich Swann, während Graf Arnulphe mit einer lispelnden Stimme, die zu beweisen schien, daß mindestens seine geistige Entwicklung noch nicht vollständig abgeschlossen war, Monsieur de Charlus mit entgegenkommender und naiver Genauigkeit Auskunft gab. »Oh! Ich interessiere mich mehr für Golf, Tennis, Fußball, Wettlauf und vor allem Polo.« So hatte einst Minerva, sich gleichsam unterteilend, in einem gewissen Stadtstaat aufgehört, die Göttin der Weisheit zu sein, und dort nur einen Teil ihrer selbst in einer rein dem Sport und den Pferden zugewandten Gottheit inkarniert, der

›Athene Hippia‹. Er ging aber auch nach St. Moritz zum Skilaufen, denn Pallas Tritogeneia suchte gleichfalls hohe Gipfel auf und holte die Reiter ein. »Ah!« antwortete Monsieur de Charlus mit dem entzückten Lächeln des Intellektuellen, der sich nicht einmal die Mühe macht, seine Ironie zu verbergen, sich aber noch dazu den anderen so überlegen fühlt und auch die Intelligenz der keineswegs Dummen derart verachtet, daß er kaum zwischen ihnen und denen einen Unterschied macht, die es hochgradig sind, in dem Augenblick, wo sie ihm auf andere Art angenehm sein könnten. Monsieur de Charlus fand, daß er den Grafen Arnulphe, indem er mit ihm sprach, mit einer Rangerhöhung bedachte, die jedermann erkennen und ihm neiden müsse. »Nein, antwortete mir Swann, ich bin zu müde, um zu gehen, wir wollen uns lieber in eine Ecke setzen, ich kann mich kaum auf den Füßen halten.« Das stimmte, und doch hatte der Beginn einer Unterhaltung ihm bereits eine gewisse Lebhaftigkeit zurückgegeben. Das kommt daher, daß selbst in der realsten Müdigkeit, besonders bei nervösen Menschen, ein Teil vorhanden ist, der von der Aufmerksamkeit abhängt und nur durch das Gedächtnis konserviert werden kann. Man ist plötzlich müde, sobald man befürchtet, man könne müde sein. Um die Müdigkeit aber zu überwinden genügt es, daß man sie vergißt. Gewiß gehörte Swann nicht durchaus zu jenen unermüdlichen Erschöpften, die bei ihrer Ankunft erledigt, zerschlagen, sich kaum noch aufrechtzuhalten vermögen, dann aber in der Unterhaltung sich von neuem beleben wie eine Blume, die man ins Wasser stellt, und stundenlang aus ihren eigenen Worten Kräfte schöpfen, die sie leider auf ihre Zuhörer nicht zu übertragen imstande sind, so daß diese in dem Maße abgespannter wirken, wie der Sprecher munterer wird. Swann aber gehörte jener starken jüdischen Rasse an, an deren Lebenskraft und Widerstandsfähigkeit gegen den Tod auch die Individuen teilzuhaben scheinen. Jedes für sich mit besonderen Krankheiten geschlagen, wie für ihr Volk die Verfolgung eine ist, wehren sie sich unendlich lange in furchtbaren Agonien, die sich über jedes glaubhafte Maß hinaus erstrecken können, bis man schon nichts mehr sieht als einen Prophetenbart und darüber eine ungeheure Nase, die sich aufbläht, um die letzten Atemzüge zu tun vor der Stunde der rituellen Gebete und jener weiteren, zu welcher der pünktliche Vorbeizug der entfernteren Verwandten beginnt, die mit automatischen Bewegungen wie auf einem assyrischen Tempelfries an ihm vorbeischreiten.

Wir gingen uns setzen, aber bevor wir uns von der Gruppe trennten, die Monsieur de Charlus mit den beiden jungen Surgis und ihrer Mutter bildete, konnte Swann sich nicht enthalten, auf deren Ausschnitt mit weitaufgerissenen und begehrlichen Augen lange Kennerblicke zu werfen. Er setzte sogar sein Monokel auf, um besser sehen zu können, und während er zu mir sprach, warf er von Zeit zu Zeit einen erneuten Blick in die Richtung der Dame.

– Ich berichte Ihnen jetzt Wort für Wort, sagte er zu mir, nachdem wir uns gesetzt hatten, meine Unterhaltung mit dem Prinzen, und wenn Sie sich erinnern, was ich Ihnen eben gesagt habe, werden Sie sehen, weshalb ich Sie zum Vertrauten erwähle. Freilich auch noch aus einem andern Grund, den Sie eines Tages erst erfahren werden. ›Mein lieber Swann, hat der Prinz von Guermantes zu mir gesagt, Sie werden mich entschuldigen, wenn es seit einiger Zeit so ausgesehen hat, als ginge ich Ihnen aus dem Wege. (Ich hatte das durchaus nicht bemerkt, da ich selbst ja krank war und völlig zurückgezogen lebte.) Erstens hatte ich sagen hören – und konnte es mir ja auch selbst sagen – daß Sie in der unglücklichen Affäre, die das ganze Land in zwei Lager teilt, den meinigen ganz entgegengesetzte Meinungen hegten. Nun wäre mir aber außerordentlich peinlich gewesen, wenn Sie sich vor mir darüber geäußert hätten. Meine Nervosität war so groß, daß die Prinzessin, als sie vor zwei Jahren ihren Schwager, den Großherzog von Hessen, sagen hörte, Dreyfus sei unschuldig, sich nicht damit begnügt hatte, dieser Meinung lebhaft entgegenzutreten, sondern sie mir auch nicht einmal wiederholte, um mir nicht weh zu tun. Fast zur gleichen Zeit war der Kronprinz von Schweden nach Paris gekommen, und da er wahrscheinlich hatte sagen hören, die Kaiserin Eugenie sei dreyfusfreundlich, hatte er sie mit der Prinzessin verwechselt (eine seltsame Konfusion, wie Sie mir zugeben werden, zwischen einer Frau vom Rang der meinigen und einer Spanierin, die sehr viel weniger gut geboren und mit einem simplen Bonaparte verheiratet gewesen ist) und hatte zu ihr gesagt: Prinzessin, ich bin doppelt glücklich, Sie zu sehen, da ich weiß, Sie haben die gleichen Ideen wie ich über die Dreyfus-Affäre, was mich im Grunde nicht weiter erstaunt, da Sie ja doch gebürtige Bayerin sind. Das hatte dem Prinzen die folgende Antwort eingetragen: Monseigneur, ich bin nurmehr eine französische Prinzessin und denke wie alle meine Landsleute. Nun aber, mein lieber Swann, habe ich vor eineinhalb Jahren mit dem General von Beauserfeuil eine Unterhaltung gehabt, die in mir den Argwohn aufkommen ließ, daß nicht nur ein Irrtum, sondern ernsthafte Rechtsfehler bei der Führung des Prozesses vorgekommen sind ...‹

Wir wurden unterbrochen (Swann wollte nicht gern, daß jemand seinen Bericht mitanhöre) durch die Stimme von Monsieur de Charlus, der (ohne im übrigen von uns Notiz zu nehmen) vorüberging, als er Madame de Surgis hinausbegleitete, und noch einmal stehenblieb bei einem letzten Versuch, sie zurückzuhalten, sei es wegen ihrer Söhne oder aus dem Bedürfnis aller Guermantes, die gegenwärtige Minute nicht enden zu sehen, was ihnen eine Art von angstvoller Unschlüssigkeit mitteilte. Von Swann erfuhr ich hierzu etwas später eine Sache, die für mich dem Namen Surgis-le-Duc die ganze Poesie benahm, die er so lange in meiner Einbildung besessen hatte. Die Marquise von Surgis-le-Duc hatte eine weit größere gesellschaftliche Stellung und viel schönere verwandtschaftliche Verbindungen als ihr Vetter, der Graf von

Surgis, der arm auf seinen Besitzungen lebte. Aber das Wort, mit dem der Name endigte, ›le Duc‹, hatte keineswegs den Ursprung, den ich ihm unterlegte und auf Grund dessen ich ihn im Geiste in die Nachbarschaft von Bourg-l'Abbé, Bois-le-Roi und ähnlichen Namen rückte. Ein Graf von Surgis hatte ganz einfach während der Restauration die Tochter eines ungeheuer reichen Industriellen geheiratet, eines Monsieur Leduc oder Le Duc, der seinerseits der Sohn eines Fabrikanten chemischer Produkte war, des reichsten Mannes seiner Zeit und außerdem Pair de France. König Karl X. hatte für den dieser Ehe entsprossenen Sohn den Titel eines Marquis von Surgis-le-Duc geschaffen, da der eines Marquis de Surgis bereits in der Familie existierte. Die Hinzufügung des bürgerlichen Namens hatte diesen Zweig nicht gehindert, sich auf Grund des enormen Vermögens mit den ersten Familien des Königreichs zu verbinden. Die gegenwärtige Marquise von Surgis-le-Duc, selbst von hoher Geburt, hätte eine Situation allerersten Ranges haben können. Ein Dämon der Perversität aber hatte sie verleitet, unter Aufgabe einer Stellung, die sie fix und fertig vorgefunden hatte, aus ihrem ehelichen Heim zu fliehen und auf die skandalöseste Art und Weise zu leben. Dann aber hatte sie die große Welt, die sie mit zwanzig Jahren, als sie ihr zu Füßen lag, verschmäht hatte, mit dreißig Jahren schmerzlich vermißt – denn seit zehn Jahren bereits grüßte niemand sie mehr außer einigen wenigen treuen Freunden – und sich darangemacht, in mühevoller Kleinarbeit wieder zurückzuerobern, was bei ihrer Geburt ihr Eigen gewesen war (eine Bewegung und Gegenbewegung, auf die man nicht selten stößt).

Was die großen Herren, ihre Verwandten, betraf, die die Marquise vordem verleugnet hatte und die dann ihrerseits auch sie verleugneten, so entschuldigte sie das Vergnügen, das sie daran fand, sie wieder zu sich zurückzuführen, mit Kindheitserinnerungen, die sie mit ihnen gemeinsam wieder heraufbeschwören könne. Als sie das sagte, um ihren Snobismus zu bemänteln, log sie vielleicht nicht einmal so sehr, wie sie selber glaubte. ›Basin ist meine ganze Jugend‹, sagte sie an dem Tage, an dem er zu ihr zurückgekehrt war. Und tatsächlich war das bis zu einem gewissen Grade wahr. Sie hatte sich nur verrechnet, als sie ihn zum Liebhaber wählte. Denn alle Freundinnen der Herzogin von Guermantes mußten für diese Partei ergreifen, und so stieg Madame de Surgis zum zweiten Mal jenen Abhang hinab, den sie mit so großer Mühe wiedererklommen hatte. »Nun dann, bemerkte soeben Monsieur de Charlus, der die Unterhaltung in die Länge ziehen wollte, werden Sie wenigstens dem schönen Porträt meine Huldigung zu Füßen legen. Was macht es? Wie geht es ihm?« »Aber Sie wissen ja, antwortete Madame de Surgis, ich habe es nicht mehr: mein Mann war nicht zufrieden damit.« »Nicht zufrieden! Mit einem der Meisterwerke unserer Epoche, das an Nattiers ›Herzogin von Chateauroux‹ heranreicht und im übrigen keine weniger majestätische und männermordende Göttin für die Nachwelt festhalten wollte! Oh, dieser kleine blaue Kragen! Niemals hat Vermeer einen Stoff mit größerer Meisterschaft wiedergegeben; wir wollen es nur nicht so laut sagen, damit nicht Swann sich empört und seinen Lieblingsmaler, den Meister von Delft, an uns rächen will.« Die Marquise kehrte sich um und wendete ein Lächeln und einen Händedruck an Swann, der sich erhoben hatte, um sie zu begrüßen. Doch fast ohne jede Verhüllung – vielleicht weil er bei seinem stark vorgeschrittenen Leben durch Gleichgültigkeit gegenüber der Meinung anderer die moralische Kraft oder durch Übersteigerung der Begehrlichkeit und ein Nachlassen der Fähigkeit, sie zu verbergen, das physische Vermögen dazu verloren hatte – ließ Swann, sobald er die Hand der Marquise ergriff und aus der Nähe, von oben herab ihres Busens ansichtig wurde, einen aufmerksamen, ernsthaft vertieften, ja beinahe besorgten Blick in ihren Taillenausschnitt hinabgleiten, und seine Nasenflügel, vom Duft der Frau berauscht, erbebten wie ein Falter, der sich auf der von weitem erspähten Blume niederzulassen gedenkt. Jäh riß er sich aus dem Schwindel zurück, der ihn erfaßt hatte, und Madame de Surgis selbst erstickte, wenn auch befangen, ein tiefes Aufatmen, so ansteckend kann zuweilen physisches Begehren sein. »Der Maler war verstimmt, sagte sie zu Monsieur de Charlus, und hat es zurückgenommen. Es hieß, es sei jetzt bei Diane de Saint-Euverte.« – »Ich werde niemals glauben, antwortete der Baron, daß ein Meisterwerk einen so schlechten Geschmack haben kann.«

– Er spricht zu ihr von ihrem Porträt. Ich könnte ebensogut mit ihr darüber reden wie Charlus, über dies Porträt, sagte Swann zu mir in einem affektiert näselnden, leicht insolenten Ton, während er mit den Blicken dem sich entfernenden Paar folgte. Sicher aber würde es mir mehr Vergnügen machen als Charlus, setzte er noch hinzu.

Ich fragte ihn, ob das, was man von Monsieur de Charlus behaupte, wahr sei, wobei ich in doppelter Weise log, denn einerseits wußte ich keineswegs, daß jemals etwas behauptet worden war, andererseits aber seit kurzem wohl, daß es mit dem, was ich meinte, seine Richtigkeit hatte. Swann zuckte die Achseln, als hätte ich etwas recht Törichtes vorgebracht.

– Das liegt nur daran, daß er ein so wundervoller Freund ist. Ich habe wohl nicht nötig hinzuzufügen, daß das rein platonisch bleibt. Er ist sentimentaler als andere, das ist die ganze Geschichte. Da er es andererseits aber mit Frauen nie sehr weit kommen läßt, hat das die unsinnigen Gerüchte begünstigt, auf die Sie anspielen wollen. Charlus liebt vielleicht seine Freunde zu sehr, aber Sie dürfen versichert sein, daß sich das niemals anderswo als in seinem Kopf und seinem Herzen abgespielt hat. So, jetzt werden wir hoffentlich endlich einmal zwei Minuten Ruhe haben. Der Prinz von Guermantes fuhr also fort: ›Ich muß Ihnen gestehen, daß diese Idee einer eventuellen Illegalität in der Führung des Prozesses mir außerordentlich schmerzlich war wegen des Kultes, den ich ja, wie Sie wissen, mit der Armee betreibe; ich sprach noch einmal darüber mit dem General und behielt nun leider in dieser Hinsicht überhaupt keinen Zweifel mehr. Ich gestehe Ihnen offen ein, daß bei alledem die Idee, ein Unschuldiger könne die entehrendste aller Strafen erleiden, mich nicht einmal streifte. Aber von der Vorstellung eines möglichen Verstoßes gegen das Recht verfolgt, begann ich zu studieren, was ich bislang nicht einmal hatte lesen wollen, und nun suchten mich Zweifel nicht nur über die Legalität des Verfahrens, sondern auch wegen der Schuld des Angeklagten heim. Ich glaubte zu der Prinzessin nicht davon sprechen zu sollen. Gott weiß, daß sie jetzt so französisch empfindet wie ich. Doch damals, als ich mich mit ihr vermählte, hatte ich ihr mit so viel Stolz in seiner ganzen Schönheit unser Frankreich und vor allem das gezeigt, was für mich das Glanzvollste daran war, nämlich seine Armee, daß es mir zu furchtbar war, ihr meinen Argwohn mitzuteilen, der sich allerdings nur auf einige Offiziere bezog. Aber ich stamme aus einer Familie von Militärs und wollte nicht glauben, daß Offiziere sich ernstlich irren könnten. Ich sprach von neuem über die Sache mit Beauserfeuil. Er gestand mir, daß schuldhafte Machenschaften angezettelt worden seien, daß das berühmte ‹Bordereau› vielleicht nicht von Dreyfus stamme, behauptete aber doch, daß der schlagende Beweis für seine Schuld bestehe. Es war die Akte Henry. Einige Tage darauf erfuhr man, daß diese eine Fälschung sei. Von da an begann ich, vor der Prinzessin verborgen, täglich Zeitungen wie ‹Le Siècle› und ‹L'Aurore› zu lesen; bald konnte ich nicht länger zweifeln und fand keine Ruhe mehr. Ich eröffnete mich über meine seelischen Leiden unserem Freund, dem Abbé Poiré, bei dem ich zu meinem Erstaunen auf die gleiche Überzeugung stieß, und ließ durch ihn Messen für Dreyfus, seine unglückliche Frau und seine Kinder lesen. Während dieser Zeit bemerkte ich eines Morgens, als ich zu der Prinzessin ging, daß ihre Jungfer irgend etwas, was sie in der Hand hielt, vor mir zu verbergen suchte. Ich fragte sie lächelnd, was es sei; sie errötete und wollte es mir nicht sagen. Ich hatte das größte Vertrauen zu meiner Frau, doch dieser Zwischenfall beunruhigte mich sehr (und offenbar auch die Prinzessin, der die Jungfer es wohl erzählt haben mußte, denn meine liebe Marie sprach während des folgenden Mittagessens kaum eine Silbe mit mir). An jenem Tag fragte ich Abbé Poiré, ob er am nächsten Tag eine Messe für Dreyfus lesen könne.‹ Hallo! Was ist denn, rief Swann sich unterbrechend mit halblauter Stimme aus.

Ich hob den Kopf und sah den Herzog von Guermantes auf uns zukommen. »Verzeiht mir, wenn ich euch störe, meine Lieben. Mein junger Freund, wendete er sich an mich, ich bin von Oriane zu Ihnen entsandt. Marie und Gilbert haben sie gebeten, zum Abendessen bei ihnen zu bleiben mit nur fünf oder sechs Personen: der Prinzessin von Hessen, Madame de Ligne, Madame de Tarente, Madame de Chevreuse, der Herzogin von Arenberg. Unglücklicherweise können wir nicht, wir wollen noch zu einer Art von kleiner Redoute gehen.« Ich hörte zu; aber jedesmal, wenn wir zu einem bestimmten Zeitpunkt etwas vorhaben, beauftragen wir in uns selbst eine gewisse, an diese Art von Verrichtungen bereits gewöhnte Person, auf die Stunde zu achten und uns rechtzeitig zu benachrichtigen. Dieser Diener im Innern rief mir ins Gedächtnis zurück, wie ich es ihm vor Stunden aufgetragen hatte, daß Albertine, die in diesem Augenblick von meinem Denken weit entfernt war, gleich nach dem Theater zu mir kommen wolle. Ich lehnte das Souper also ab. Nicht, als ob ich mich bei der Prinzessin unbehaglich gefühlt hätte. Es können aber in dieser Weise für die Menschen mehrere Arten von Vergnügen bestehen. Das wahre ist das, für das man die anderen aufzugeben bereit ist. Dies letztere aber, wenn es offen zutage tritt oder vielleicht einzig zutage tritt, kann über ein ersteres täuschen, die Eifersüchtigen beruhigen oder auf eine falsche Fährte lenken und das Urteil der Gesellschaft verwirren. Dennoch würde, damit wir es dem andern opfern, ein wenig

Glück oder Schmerz schon ausreichend sein. Manchmal besteht eine dritte Ordnung von ernsteren, aber wesentlicheren Freuden bei uns sogar nur erst in potentiellem Zustand und bekundet sich nur darin, daß es irgendein Bedauern, ein Gefühl der Entmutigung weckt. Gerade diesen aber werden wir uns später ganz überlassen. Um ein völlig zweitrangiges Beispiel zu zitieren: In Friedenszeiten wird ein Militär das gesellschaftliche Leben der Liebe zum Opfer bringen. Ist aber der Krieg erklärt (wobei man gar nicht nötig hat, die Vorstellung von vaterländischer Verpflichtung zu bemühen) wird er vor der Liebe der in ihm nunmehr stärker als jene entwickelten Leidenschaften den Vorzug geben, ins Feld zu ziehen und zu kämpfen. Swann mochte wohl behaupten, er sei glücklich, mir seine Geschichte zu erzählen. Ich spürte durchaus, daß seine Unterhaltung mit mir wegen der vorgerückten Stunde und weil er schon leidend war, jene Art von Ermüdung für ihn bedeutete, über die alle, welche wissen, daß sie sich durch langes Aufbleiben am Abend, durch Exzesse zugrunde richten, beim Nachhausekommen verzweifelte Reue empfinden, genau so wie angesichts der tollen Ausgaben, die sie sich von neuem geleistet haben, jene gewissen Verschwender, die es dennoch nicht unterlassen können, am folgenden Tage das Geld wie zuvor aus dem Fenster zu werfen. Von einem gewissen Grad der Abspannung an, ob diese nun durch Alter oder Krankheit verursacht ist, wird jedes Vergnügen, das auf Kosten des Schlafes geht oder sich auch nur außerhalb unserer Gewohnheiten abspielt, jede Regelwidrigkeit, zu schwerem Mißvergnügen. Der Plauderer fährt zwar aus Höflichkeit und Angeregtheit zu sprechen fort, aber er weiß, daß die Stunde, zu der er noch hätte einschlafen können, bereits vorüber ist, und er kennt auch im voraus die Vorwürfe, die er im Verlauf der darauffolgenden Schlaflosigkeit und Übermüdung an sich selbst richten wird. Schon hat im übrigen das momentane Vergnügen ein Ende genommen, Körper und Geist sind zu stark von ihren Kräften entblößt, um noch mit

Behagen aufzunehmen, was dem Gesprächspartner nur als eine leichte Zerstreuung erscheint. Sie gleichen einer Wohnung an Tagen der Abreise oder des Umzugs, an denen man die Besuche, die man auf den Koffern sitzend und mit auf die Uhr gehefteten Blicken empfängt, als eine Last empfindet.

– Endlich allein, sagte er zu mir. Ich weiß nicht, wo ich stehengeblieben bin. Nicht wahr, ich habe Ihnen gesagt, daß der Prinz den Abbé Poiré gefragt hatte, ob er eine Messe für Dreyfus lesen könne. ›Nein, antwortete mir der Abbé (ich sage ‹mir›, erläuterte Swann, weil der Prinz ja spricht, Sie verstehen), denn ich habe bereits Auftrag für eine andere Messe, die ebenfalls morgen für Dreyfus gelesen werden soll.‹ – ›Wie, sagte ich zu ihm, es gibt noch einen Katholiken außer mir, der von seiner Unschuld überzeugt ist?‹ – ›Offenbar.‹ – ›Aber die Überzeugung dieses Parteigängers ist gewiß weniger alt als die meinige.‹ – ›Und doch hat dieser Parteigänger schon Messen lesen lassen, als Sie Dreyfus noch für schuldig gehalten haben.‹ – ›Ah! Ich sehe, daß das niemand aus meinen Kreisen sein kann.‹ – ›Im Gegenteil!‹ – ›Wirklich? Es gibt bei uns noch mehr Dreyfus-Anhänger? Sie machen mich neugierig; ich würde mich gerne mit ihm aussprechen, wenn ich ihn kenne, diesen weißen Raben.‹ – ›Sie kennen ihn.‹ – ›Und wer ist es?‹ – ›Die Prinzessin von Guermantes.‹ Während ich befürchtete, die nationalistischen Überzeugungen, den Glauben an Frankreich in meiner lieben Frau zu verletzen, hatte sie Angst gehabt, meine religiösen und patriotischen Gefühle auf den Plan zu rufen. Doch ihrerseits dachte sie wie ich, wenn auch schon etwas länger. Was aber ihre Jungfer bei meinem Eintritt in ihr Zimmer verborgen hatte und alle Tage einkaufen ging, war ausgerechnet ›L'Aurore‹. Mein lieber Swann, von diesem Augenblick an dachte ich, welches Vergnügen ich Ihnen bereiten würde, wenn ich Ihnen sagte, wie sehr nahe verwandt meine Meinungen in diesem Punkt mit den Ihren wären. Verzeihen Sie mir bitte, daß ich es nicht früher tat. Wenn Sie an das Schweigen denken, das ich der Prinzessin gegenüber bewahrt hatte, werden Sie nicht erstaunt sein, daß gerade die Tatsache meiner Gleichgesinntheit mich noch mehr von Ihnen fernhielt, als wenn ich etwa anders gedacht hätte als Sie. Denn dies Thema war für mich äußerst schmerzlich zu berühren. Je mehr ich glaube, daß ein Irrtum, ja sogar verbrecherische Handlungen begangen worden sind, desto mehr leide ich in meiner Liebe zur Armee. Ich hätte gedacht, daß Meinungen, die den meinen glichen, bei Ihnen keineswegs denselben Schmerz wachrufen könnten, bis man mir neulich sagte, daß Sie energisch alle Beleidigungen gegen die Armee zurückgewiesen und mißbilligt hätten, daß die Dreyfus-Anhänger sich mit den Beleidigern verbänden. Das gab bei mir den Ausschlag; ich gestehe, daß es hart für mich war, Ihnen zu bekennen, was ich von gewissen Offizieren denke, die glücklicherweise nicht zahlreich sind. Aber es bedeutet eine Erleichterung für mich, daß ich mich nicht mehr von Ihnen fernzuhalten brauche, vor allem aber müssen Sie ja einsehen, daß ich zwar vielleicht andere Gefühle gehegt, aber keinen Zweifel an der Wohlbegründetheit des erlassenen Urteils hatte. Als endlich ein solcher in mir aufkam, konnte ich nur noch eines wünschen, nämlich daß dieser Irrtum eine Richtigstellung erführe.‹ Ich gestehe Ihnen, daß diese Worte des Prinzen von Guermantes mich tief beeindruckt haben. Wenn Sie ihn kennten wie ich, wenn Sie wüßten, wie weit der Weg ist, den er hat zurücklegen müssen, um so weit zu kommen, so würden Sie die Bewunderung für ihn hegen, die er tatsächlich verdient. Im übrigen überrascht mich seine Meinung nicht, er ist eine so aufrechte Natur.

Swann vergaß, daß er mir am Nachmittag im Gegenteil noch gesagt hatte, die Meinungen über die Dreyfus-Affäre würden durch Atavismus bestimmt. Allerhöchstens hatte er eine Ausnahme für die Intelligenz zugelassen, weil diese bei Saint-Loup den Atavismus zu überwinden und aus ihm einen Dreyfus-Anhänger zu machen vermocht hatte. Nun aber hatte er gesehen, daß dieser Sieg nur von kurzer Dauer und

Saint-Loup wieder in das andere Lager übergegangen war. Daraufhin erkannte er jetzt der Geradheit der Gesinnung die Rolle zu, die er bis dahin der Intelligenz zugebilligt hatte. Tatsächlich entdecken wir immer hinterher, daß unsere Gegner einen Grund hatten, der Partei anzugehören, auf deren Seite sie sich befinden, einen Grund, der keine Beziehung zu dem hat, was es vielleicht an Richtigem in der Auffassung dieser Partei geben mag, daß aber diejenigen, welche ebenso denken wie wir, es deshalb tun, weil ihre Intelligenz (falls ihre moralische Konstitution zu schwach ist, um zur Begründung herangezogen zu werden) oder ihre aufrechte Gesinnung (wenn ihr Scharfsinn nicht ausreicht) sie dazu gezwungen hat.

Swann fand jetzt alle diejenigen, die seiner Meinung waren, seinen alten Freund, den Prinzen von Guermantes, sowie meinen Kameraden Bloch, den er bis dahin von sich ferngehalten hatte, nun aber zu sich zum Mittagessen einlud, ohne Unterschied klug. Bei Bloch fand er lebhaftes Interesse, als er ihm sagte, daß der Prinz von Guermantes für Dreyfus eingenommen sei. ›Man müßte ihn bitten, unsere Liste zugunsten von Picquart zu unterzeichnen; mit einem Namen wie dem seinigen würde das fabelhaft wirken.‹ Aber Swann, der die glühende Überzeugung des Israeliten mit der diplomatischen Mäßigung des Weltmannes verband, dessen Gewohnheiten er zu sehr angenommen hatte, um sie so spät im Leben wieder abzulegen, weigerte sich, Bloch zu autorisieren, dem Prinzen auch nur so, als tue er es von sich aus, das bewußte Zirkular zur Unterschrift zuzusenden. ›Er kann das nicht tun, man darf nicht das Unmögliche verlangen, wiederholte Swann. Er ist ein reizender Mensch, der tausend Meilen zurückgelegt hat, um zu uns zu kommen, er kann uns noch sehr nützlich sein. Wenn er Ihre Liste unterschriebe, würde er sich nur ganz einfach bei seinen Leuten unmöglich machen, hätte unseretwegen Ungelegenheiten, er würde vielleicht bereuen, sich überhaupt so offen geäußert zu haben, und es nie wieder tun.‹

Ja mehr noch, Swann lehnte auch ab, seinen eigenen Namen auf die Liste zu setzen. Er fand ihn zu hebräisch, als daß er nicht einen schlechten Effekt machen würde. Wenn er außerdem alles billigte, was mit der Revision zu tun hatte, so wollte er doch in keiner Weise sich auf die antimilitaristische Kampagne einlassen. Er trug, was er bis dahin niemals getan hatte, die Auszeichnung, die er als junger Mobilgardist im Jahre siebzig erhalten hatte, und fügte seinem Testament ein Kodizill hinzu, in dem er verlangte, daß – entgegen seinen früheren Dispositionen – seinem Grad als Ritter der Ehrenlegion militärische Ehren erwiesen würden. Daraufhin versammelte sich rings um die Kirche von Combray eine Schwadron jener Reiter, über deren Zukunft früher Françoise Tränen vergossen hatte, als sie für sie die Möglichkeit eines Krieges voraussah. Kurz, Swann lehnte ab, Blochs Zirkular zu unterzeichnen, so daß, wenn er auch in den Augen von vielen als enragierter Dreyfusianer galt, mein Kamerad ihn lau, von Nationalismus infiziert und militärfromm fand.

Swann verließ mich, ohne mir die Hand zu drücken, damit er nicht in diesem Saal, in dem er so viele Freunde hatte, sich allgemein verabschieden müsse, sagte aber zu mir: »Sie sollten Ihre Freundin Gilberte besuchen, sie ist gewachsen und sehr verändert, Sie werden sie nicht wiedererkennen. Sie würde sich so sehr freuen!« Ich liebte Gilberte nicht mehr. Sie war für mich wie eine Tote, die man lange beweint hat, dann ist das Vergessen gekommen, und wenn sie jetzt wieder auflebte, würde sie sich nicht mehr in ein Leben eingliedern, das nicht länger für sie gemacht erscheint. Ich hatte keine Lust, sie zu sehen, aber auch nicht einmal mehr, ihr ausdrücklich darzutun, daß sie zu sehen mir nicht mehr wichtig sei, was ich mir doch vorgenommen hatte, als ich sie noch liebte, ihr täglich zu verstehen zu geben, sobald ich sie einmal nicht mehr lieben würde.

Da ich jetzt vor allem wünschte, mir Gilberte gegenüber das Ansehen zu geben, als habe ich von ganzem Herzen ersehnt,

sie wiederzusehen, und sei daran nur durch Umstände verhindert worden, über die ich, wie man sagt, ›nicht Herr gewesen‹ sei (die sich aber tatsächlich, wenigstens in einer bestimmten Wiederholung nur dann ergeben, wenn der Wille ihnen nicht entgegensteht), war ich weit davon entfernt, Swanns Einladung mit Zurückhaltung aufzunehmen, wich vielmehr nicht von ihm, bis er mir versprochen hatte, seiner Tochter mit allen Einzelheiten die Verhinderungen zu schildern, die mir einen Besuch bei ihr unmöglich gemacht hätten und auch im Augenblick noch weiterhin unmöglich machen würden. »Im übrigen werde ich ihr sofort, wenn ich nach Hause komme, schreiben, setzte ich hinzu. Aber sagen Sie ihr ja, es werde ein Drohbrief sein, denn in ein oder zwei Monaten bin ich vollkommen frei, und dann soll sie zittern, ich werde ebensooft wie früher bei ihr erscheinen.«
Bevor ich Swann verließ, sagte ich noch ein Wort über seine Gesundheit zu ihm. »Nein, so schlimm ist es nicht, antwortete er mir. Im übrigen bin ich, wie ich Ihnen schon sagte, einigermaßen müde und sehe mit Ergebenheit allem entgegen, was sich ereignen kann. Nur gestehe ich, daß ich es sehr ärgerlich finden würde zu sterben, bevor die Dreyfus-Affäre zu einem Ende gekommen ist. Alle diese Kanaillen haben noch irgendeinen letzten Pfeil zu verschießen. Ich zweifle nicht, daß sie endlich niedergerungen werden, aber sie sind sehr mächtig und finden überall Unterstützung. In dem Augenblick aber, wo alles zum besten steht, wird alles zusammenbrechen. Ich möchte noch lange genug leben, um Dreyfus rehabilitiert und Picquart als Obersten zu sehen.«
Als Swann gegangen war, kehrte ich in den großen Salon zurück, wo ich die Prinzessin von Guermantes fand, von der ich noch nicht wußte, wie eng ich eines Tages mit ihr verbunden sein würde. Ihre Leidenschaft für Charlus war mir damals noch unbekannt. Ich bemerkte nur, daß der Baron von einem gewissen Zeitpunkt an, ohne daß er gegen die Prinzessin von Guermantes jene feindseligen Gefühle hegte, die

bei ihm nicht in Erstaunen setzten und während er fortfuhr, für sie ebensoviel, vielleicht sogar noch mehr Zuneigung zu hegen, jedesmal unzufrieden und gereizt schien, wenn vor ihm die Rede von ihr war. Niemals gab er ihren Namen in der Liste der Personen an, mit welchen er zu speisen wünschte.
Allerdings hatte ich früher schon einmal von einem sehr boshaften Menschen aus diesen Kreisen sagen hören, die Prinzessin sei ganz verwandelt, sie sei in Monsieur de Charlus verliebt, aber diese Nachrede war mir absurd erschienen und hatte mich empört. Ich hatte wohl mit Staunen bemerkt, daß, wenn ich etwas erzählte, was mich selbst betraf, und mitten in meinem Bericht Monsieur de Charlus erwähnte, die Aufmerksamkeit der Prinzessin auf der Stelle in der Weise intensiver wurde wie die eines Kranken, der, solange wir von uns selbst sprechen, folgerichtig zerstreut und lässig zuhört, dann aber plötzlich den Namen des Übels zu vernehmen glaubt, von dem er selbst betroffen ist, was ihn dann gleichzeitig interessiert und freut. So zum Beispiel nahm die Prinzessin, sobald ich sagte: ›Monsieur de Charlus hat mir gerade erzählt...‹ die schlaffen Zügel ihrer Aufmerksamkeit von neuem in die Hand. Einmal, als ich in ihrer Gegenwart gesagt hatte, Monsieur de Charlus hege im Augenblick ein ziemlich lebhaftes Gefühl für eine bestimmte Person, sah ich mit Staunen in den Augen der Prinzessin jenen andersgearteten, kurzlebigen Zug erscheinen, der wie die Spur eines Risses durch die Iris geht und von einem Gedanken herrührt, den unsere Worte unbewußt in dem Wesen wachgerufen haben, zu dem wir sprechen, einem geheimen Gedanken, der sich nicht durch Worte ausdrücken, aber aus den durch uns aufgewühlten Tiefen zu der für einen Augenblick verwandelten Oberfläche des Blicks aufsteigen wird. Wenn aber meine Worte die Prinzessin getroffen hatten, so hatte ich doch nicht geahnt, in welcher Weise dies geschehen war.
Im übrigen begann sie kurze Zeit danach von Monsieur de Charlus zu mir zu sprechen, und zwar fast ganz ohne

Umschweife. Wenn sie auf die Gerüchte anspielte, die einige wenige Personen über den Baron in Umlauf setzten, so nur, um sie als absurd und als infame Erfindung abzutun. Andererseits äußerte sie sich wie folgt: »Ich finde, daß eine Frau, die sich in einen Mann von Palamèdes außerordentlichen Qualitäten verliebt, die Dinge von einer genügend hohen Warte ansehen und hinlängliche Ergebenheit beweisen sollte, um ihn im ganzen hinzunehmen und zu verstehen, so wie er ist, seine Freiheiten und seine Launen zu respektieren und einzig zu versuchen, alle Schwierigkeiten für ihn aus dem Wege zu räumen und ihn in seinem Kummer zu trösten.« Durch diese Reden aber, so allgemein sie waren, enthüllte die Prinzessin, was sie selbst zu glorifizieren versuchte, gerade in einer ähnlichen Weise, wie manchmal Monsieur de Charlus selbst es tat. So habe ich diesen mehrere Male zu Leuten, die bis dahin ungewiß waren, ob er verleumdet wurde oder nicht, etwa sagen hören: ›Ich, der ich alle Höhen und Tiefen des Lebens durchmessen, alle Arten von Menschen kennengelernt habe, Diebe sogut wie Könige, und sogar sagen muß, daß ich eine leise Vorliebe für die Diebe hatte, der ich die Schönheit in all ihren Formen gesucht habe‹ und so fort; durch diese Worte aber, die er für geschickt hielt und mit denen er Gerüchte dementierte, von denen die Betreffenden nicht einmal ahnten, daß sie kursierten (oder denen sie um der Wahrheit, des Geschmacks, des Maßes, der Wahrscheinlichkeit willen einen Platz einräumten, den er selbst freilich sehr klein finden mochte), benahm er den Leuten ihre letzten Zweifel über seine Person und flößte denjenigen, die sie noch nicht gehegt hatten, ihre ersten ein. Denn nirgends ist das Vergehen so schlecht aufgehoben wie im Geiste des Schuldigen selbst. Das ständige Bewußtsein, das er von seinem Fehler hat, hindert ihn, richtig zu ermessen, in wie großem Ausmaß darüber Unkenntnis herrscht, wie leicht eine kompakte Lüge Glauben finden würde, und andererseits sich darüber Rechenschaft abzulegen, an welchem Punkte der Wahrheit für die andern bei Worten, die er selbst für unverfänglich hält, das Geständnis beginnt. Im übrigen hätte er auf alle Fälle mit einem Versuch zu schweigen durchaus unrecht gehabt, denn es gibt keine Laster, denen nicht in der großen Welt bereitwillig Vorschub geleistet wird, und es ist schon vorgekommen, daß man die innere Einteilung eines Schlosses völlig geändert hat, damit ein Bruder nahe bei seiner Schwester schlafen könne, sobald man in Erfahrung gebracht hat, daß er sie nicht nur als Bruder liebt. Was mir aber plötzlich die Liebe der Prinzessin enthüllte, war eine besondere Tatsache, auf die ich hier nicht weiter eingehen will, denn sie bildet einen Teil jener ganz anderen Erzählung, wie Monsieur de Charlus lieber eine Königin sterben ließ, als daß er den Barbier versäumt hätte, der ihn mit der Brennschere für einen Omnibusschaffner herrichten sollte, welchem gegenüber er sich merkwürdig schüchtern fühlte. Um aber mit der Liebe der Prinzessin zu Ende zu kommen, möchte ich noch sagen, welche Nichtigkeit mir die Augen öffnete. Ich war an jenem Tage allein in einem Wagen mit ihr. In dem Augenblick, in dem wir an einem Postamt vorbeifuhren, ließ sie halten. Sie hatte keinen Diener bei sich. Sie zog einen Brief halb aus ihrem Muff heraus und machte eine Bewegung, als wolle sie aussteigen, um ihn selbst in den Kasten zu werfen. Ich wollte sie zurückhalten. Sie sträubte sich ganz leicht, und schon wurden wir uns beide darüber klar, daß von unseren ersten Bewegungen die ihrige dadurch kompromittierend war, daß sie ein Geheimnis hüten zu wollen schien, die meinige aber indiskret, indem ich es aus seinem Dunkel ziehen wollte. Sie gewann als erste ihre Fassung zurück. Plötzlich stark errötend gab sie mir den Brief. Ich wagte nicht mehr, ihn zurückzuweisen, doch als ich ihn in den Kasten warf, sah ich, ohne es zu wollen, daß er an Charlus gerichtet war.

Um nun aber wieder auf diese erste Soiree bei der Prinzessin von Guermantes zurückzukommen, so ging ich mich von der Dame des Hauses verabschieden, denn ihr Vetter und ihre Kusine nahmen mich im Wagen mit und hatten es sehr eilig.

Monsieur de Guermantes wollte indessen noch seinem Bruder Lebewohl sagen. Da Madame de Surgis Zeit gefunden hatte, dem Herzog im Vorübergehen zu erzählen, daß Monsieur de Charlus zu ihr und ihren Söhnen reizend gewesen sei, fühlte sich Basin durch diese Freundlichkeit seines Bruders – die erste, die er ihm in diesem Ressort erwies – aufs tiefste gerührt, und es erwachten in ihm Familiengefühle, die freilich auch sonst niemals lange ruhten. In dem Augenblick, als wir uns von der Prinzessin verabschiedeten, legte er Wert darauf, ohne Monsieur de Charlus ausdrücklich zu danken, ihn doch seiner liebevollen Zuneigung zu versichern, sei es, daß er sie wirklich kaum zu unterdrücken vermochte, sei es, damit der Baron sich erinnere, daß eine Handlungsweise wie die seinige an diesem Abend nicht unbemerkt in den Augen eines Bruders blieb, ebenso wie man in der Absicht, für die Zukunft heilsame Gedächtnisassoziationen zu schaffen, einem Hund Zukker gibt, nachdem er ›schöngemacht‹ hat. »Nun, Brüderchen, sagte der Herzog, indem er Monsieur de Charlus anhielt und ihn liebevoll unter den Arm faßte, so läuft man an seinem älteren Bruder vorbei, ohne ihm auch nur ein kleines Wort der Begrüßung zu schenken! Ich sehe dich gar nicht mehr, Mémé; du ahnst nicht, wie sehr mir das fehlt. Beim Suchen von alten Briefen habe ich gerade einige von der armen Mama wiedergefunden, die alle so voll Liebe für dich sind.« – »Danke, Basin«, antwortete Monsieur de Charlus mit bewegter Stimme, denn er konnte nie ohne Rührung von ihrer Mutter sprechen hören. – »Du solltest dich ernstlich fragen, ob ich dir nicht in Guermantes einen Pavillon einrichten soll«, fing der Herzog wieder an. »Das ist hübsch, wenn man zwei Brüder sieht, die so herzlich miteinander umgehen«, sagte die Prinzessin zu Oriane. – »O ja! Ich glaube allerdings nicht, daß es viele solche Brüder gibt. Ich werde Sie mit ihm einladen, versprach sie mir, Sie stehen sich doch nicht schlecht mit ihm? . . . Aber was mögen sie sich denn nur so lange zu sagen haben«, setzte sie in beunruhigtem Ton hinzu, denn sie konnte die Worte der beiden nur ungenau verstehen. Sie war immer in gewissem Maße eifersüchtig gewesen auf das Vergnügen, das Monsieur de Guermantes darin fand, mit seinem Bruder von einer Vergangenheit zu plaudern, aus der er seine Frau ein wenig herauszuhalten pflegte. Sie spürte, daß, wenn sie in dieser Weise zusammen glücklich waren und sie selbst, weil sie ihre Ungeduld und Neugier nicht zügeln konnte, sich ihnen anschließen wollte, ihr Hinzukommen ihnen keine Freude bereitete. An diesem Abend aber trat zu ihrer gewohnheitsmäßigen Eifersucht noch eine andere hinzu. Denn wenn Madame de Surgis Monsieur de Guermantes erzählt hatte, wie gütig sein Bruder zu ihr gewesen sei, damit er ihm dafür danke, so hatten gleichzeitig ergebene Freundinnen des Ehepaares Guermantes es für ihre Pflicht gehalten, die Herzogin davon in Kenntnis zu setzen, daß die Geliebte ihres Mannes im Tête-à-tête mit dessen Bruder gesehen worden sei. Madame de Guermantes aber ging das noch nach. »Erinnere dich nur, wie glücklich wir damals in Guermantes gewesen sind, fuhr der Herzog zu Monsieur de Charlus gewendet fort. Wenn du im Sommer manchmal hinauskämest, würden wir unser gutes Leben wieder aufnehmen können. Erinnerst du dich noch an den alten Courveau: ›Warum ist Pascal so profund? Weil er so pro . . . pro . . .‹« – »Fetisch ist«, sagte Monsieur de Charlus ganz in dem Ton, als antworte er noch seinem einstigen Lehrer. – »Und warum ist Pascal prophetisch?« »Weil er so pro . . . pro . . .« – »Pfund ist.« – »›Sehr gut, Sie sind versetzt, Sie werden sicher eine lobende Erwähnung bekommen, und die Frau Herzogin wird Ihnen ein chinesisches Wörterbuch schenken.‹ Wenn ich so zurückdenke, mein lieber Mémé! Und die große alte Vase, die Hervey de Saint-Denis dir mitgebracht hatte, ich sehe sie noch vor mir. Du drohtest uns damals, du würdest endgültig den Rest deines Lebens in China verbringen, so verliebt warst du in das Land. Du hast schon damals so gern endlose Wanderungen gemacht. Oh! Du bist immer ein Original gewesen, von dir kann man sagen, daß du in nichts die Neigungen anderer Leute teilst...« Aber kaum hatte der Herzog diese Worte gesagt, als ihm, wie man es nennt, ›ein Licht aufging‹, denn er kannte, wenn auch nicht die Sitten, so doch den Ruf seines Bruders sehr wohl. Da er davon niemals mit ihm sprach, war es ihm um so peinlicher, etwas gesagt zu haben, was sich möglicherweise darauf beziehen könnte, und noch mehr, daß es so ausgesehen hatte, als ob es ihm peinlich sei. Nach kurzem Schweigen fuhr er, um den Eindruck seiner letzten Worte zu verwischen, fort: »Wer weiß, du warst vielleicht schon in eine Chinesin verliebt, bevor du so viele Weiße angeschwärmt und ihnen gefallen hast, wenn ich nach einer gewissen Dame urteilen darf, der du heute abend großes Vergnügen gemacht hast, indem du dich mit ihr unterhieltest. Sie war ganz entzückt von dir.« Der Herzog hatte sich fest vorgenommen, Madame de Surgis nicht zu erwähnen, aber in der allgemeinen Verwirrung, welche der Schnitzer, den er gemacht hatte, in seinen Gedanken anrichtete, hatte er sich auf das nächstliegende gestürzt, das aber war gerade das, was in der Unterhaltung nicht hatte zur Sprache kommen sollen, obwohl eben dadurch das Gespräch herbeigeführt worden war. Monsieur de Charlus aber hatte das Rotwerden seines Bruders bemerkt. Und wie die Schuldigen, die nicht verlegen wirken wollen, wenn man vor ihnen von dem Verbrechen spricht, das sie, wie man annimmt, nicht begangen haben, und deshalb glauben, eine gewagte Unterhaltung fortsetzen zu sollen, antwortete er: »Ich bin entzückt darüber, aber ich möchte erst noch einmal auf deinen vorhergehenden Satz zurückkommen, der mir ungemein wahr erscheint. Du sagtest, ich hätte niemals dieselben Ideen wie andere gehabt. Wie sehr richtig das ist! Und du sagtest auch, ich hätte spezielle Neigungen.« – »Aber nicht doch«, widersprach Monsieur de Guermantes, der tatsächlich diese Worte nicht gebraucht hatte und vielleicht bei seinem Bruder nicht an die Wirklichkeit dessen glaubte, was sie bezeichneten. Sollte er sich im übrigen das Recht zuerkennen, seinen Bruder wegen irgendwelcher Eigenheiten zu plagen, die auf alle Fälle ziemlich umstritten oder verborgen genug geblieben waren, um in nichts der enormen Situation des Barons zu schaden? Mehr noch, da er sah, daß diese Situation seines Bruders seinen Geliebten nützen könnte, sagte sich der Herzog, daß das sehr wohl einiges Entgegenkommen von seiner Seite verdiene; hätte er in diesem Augenblick etwas von einer ›speziellen‹ Verbindung seines Bruders gewußt, so wäre in der Hoffnung auf Unterstützung, die dieser ihm leihen würde, einer Hoffnung, zu der außerdem noch die pietätvolle Erinnerung an die vergangenen Zeiten kam, Monsieur de Guermantes darüber hinweggegangen, er hätte ein Auge zugedrückt, zur Not sogar hilfreich Hand geboten. »Komm, Basin! – Guten Abend, Palamède, sagte die Herzogin, die von Verdruß und Neugier verzehrt nicht mehr an sich hielt. Wenn ihr entschlossen seid, hier die Nacht zu verbringen, so täten wir besser daran, zum Souper zu bleiben. Ihr haltet Marie und mich nun bereits eine halbe Stunde auf den Füßen.« Der Herzog verließ seinen Bruder nach einer verständnisvollen Umarmung, und wir stiegen alle drei die ungeheure Treppe vor dem Palais der Prinzessin hinab. Auf der obersten Stufe standen zu beiden Seiten die Paare, die darauf warteten, daß ihre Wagen vorfahren konnten. Aufrecht, allein, von ihrem Mann und mir flankiert, hielt sich die Herzogin auf der linken Seite der Treppe, bereits in ihren Tiepolomantel gehüllt, mit ihrem Rubinhalsband geschmückt, verschlungen von den Blicken aller Männer und Frauen, die das Geheimnis ihrer Eleganz und Schönheit zu enträtseln versuchten. Madame de Gallardon, die auf derselben Treppenstufe wie Madame de Guermantes, doch am anderen Ende, auf ihren Wagen wartete und seit langem jede Hoffnung aufgegeben hatte, daß ihre Kusine sie jemals besuchen werde, wendete ihr den Rücken zu, um nicht den Anschein zu erwecken, als habe sie sie bemerkt, besonders aber, um keinen Beweis dafür zu liefern, daß jene sie nicht einmal mit ihrem Gruß bedachte. Madame de Gallardon

war sehr schlechter Laune, weil gewisse Herren, die bei ihr standen, für richtig gehalten hatten, zu ihr von Oriane zu reden. »Ich lege absolut keinen Wert darauf, ihr zu begegnen, hatte sie ihnen geantwortet. Ich habe sie übrigens eben flüchtig gesehen, sie fängt an, alt zu werden. Sie findet sich offenbar schwer damit ab; Basin sagt es selbst. Freilich, ich verstehe das, denn weil sie nicht klug, weil sie boshaft wie eine Kröte und nicht eben umgänglich ist, hat sie das Gefühl, daß ihr überhaupt nichts bleibt, wenn sie nicht mehr schön ist.«
Ich hatte meinen Mantel angezogen, was Monsieur de Guermantes, der sich vor Erkältungen fürchtete, während des gemeinsamen Hinuntergehens der Hitze wegen tadelte. Die Generation von Adligen aber, die durch die Hände von Monseigneur Dupanloup gegangen ist, hat dabei einen so schlechten Sprechstil angenommen (mit Ausnahme der Angehörigen des Hauses Castellane), daß der Herzog seine Gedanken in folgende Worte kleidete: »Es ist besser, wenn man nichts überzieht, bevor man draußen ist, wenigstens als allgemeines Prinzip.« Ich sehe diesen ganzen Aufbruch vor mir. Ich sehe vor allem wieder, wenn ich ihn nicht fälschlich auf diese Treppe versetze, gleich einem aus seinem Rahmen getretenen Porträt den Prinzen von Sagan – für den dies wahrscheinlich die letzte gesellschaftliche Veranstaltung seines Lebens war – wie er den Hut abnahm, um der Herzogin seine Verehrung zu erweisen, und zwar mit einem so weiten Schwung des Zylinders in der weißbehandschuhten Hand, die mit der Gardenie in seinem Knopfloch harmonierte, daß man einen Augenblick staunte, nicht einen Federhut des Ancien Régime zu sehen, jener Zeit, aus der man mehrere Ahnengesichter genau in dem dieses großen Herrn wiedererkennen konnte. Er blieb nur kurze Zeit neben ihr. Aber seine Haltung selbst in dieser Sekunde genügte, ein lebendes Bild oder etwas wie eine historische Szene zu schaffen. Da er im übrigen bald darauf gestorben ist und ich ihn bei seinen Lebzeiten immer nur flüchtig gesehen habe, ist er für mich so sehr zu einer Persönlichkeit

der Geschichte geworden, der Gesellschaftsgeschichte wenigstens, daß ich manchmal mit Verwunderung daran denke, daß eine Frau oder ein Mann, die ich kenne, eine Schwester oder ein Neffe von ihm sind.

Während wir die Treppe hinuntergingen, erstieg sie mit einem nicht unkleidsamen Ausdruck von Müdigkeit eine Frau, die wie etwa vierzig wirkte, obwohl sie älter war. Es war die Prinzessin von Orvillers, eine natürliche Tochter, wie man sagte, des Herzogs von Parma, deren sanfte Stimme durch einen leicht österreichischen Tonfall ihre Färbung erhielt. Sie schritt dahin, groß, leicht, vorgeneigt, in einem Kleid aus weißer geblümter Seide, während ihre köstliche, nur eben zur Überreife neigende Brust unter einem Harnisch aus Diamanten und Saphiren wogte. Während sie den Kopf zurückwarf, einem königlichen Zelter gleich, dem sein Perlenhalfter von unschätzbarem Wert und lastendem Gewicht zu schaffen macht, ließ sie hier und dort ihre sanften bezaubernden Blicke von einem Blau ruhen, das in dem Maße, wie es zu verblassen begann, immer zärtlicher wurde, und nickte den meisten der Eingeladenen, die im Aufbruch waren, liebenswürdig zu. »Du kommst ja zu einer hübschen Stunde, Paulette«, sagte die Herzogin. – »Ach, es tut mir so furchtbar leid! Aber es war wirklich technisch nicht anders möglich«, antwortete die Prinzessin von Orvillers, die von der Herzogin von Guermantes diese Art von Phrasen übernommen hatte, aber sie mit ihrer natürlichen Sanftmut und einem Ausdruck der Aufrichtigkeit versetzte, den ein gewisser kraftvoller, von ferne an deutsche Provenienz gemahnender Einschlag ihrer zärtlichen Stimme gab. Sie schien auf Komplikationen anzuspielen, die zu lang wären, um sie zu schildern, und nicht nur ganz einfach auf andere Soireen, obwohl sie in diesem Augenblick von mehreren anderen Gesellschaften kam. Doch nicht diese zwangen sie, erst so spät zu erscheinen. Da der Prinz von Guermantes lange Jahre hindurch seine Frau daran gehindert hatte, Madame d'Orvillers zu empfangen, antwortete diese, nachdem

das Interdikt aufgehoben war, damit es nicht so aussähe, als lechze sie danach, auf Einladungen nur durch einfaches Abwerfen von Karten. Nachdem sie aber zwei oder drei Jahre diese Methode befolgt hatte, erschien sie selbst, wenn auch erst sehr spät, als käme sie nach dem Theater. Auf diese Weise erweckte sie den Anschein, weder auf die Soiree Wert zu legen noch auf die Tatsache, daß sie dort gesehen wurde, vielmehr als mache sie nur einfach dem Prinzen und der Prinzessin einen ausschließlich ihnen selbst zugedachten Besuch, aus purer Sympathie und in dem Augenblick, wo sie, da dreiviertel der Eingeladenen bereits gegangen waren, ›am meisten von ihnen hätte‹. »Oriane ist wirklich weit heruntergekommen, zischte Madame de Gallardon. Ich verstehe Basin nicht, daß er sie mit Madame d'Orvillers sprechen läßt. Monsieur de Gallardon hätte mir das niemals erlaubt.« Ich selbst hatte in Madame d'Orvillers die Frau wiedererkannt, die mir in der Nähe des Palais Guermantes lange schmachtende Blicke zugeworfen, sich dann umgewandt und vor den Spiegelscheiben der Läden verweilt hatte. Madame de Guermantes stellte mich vor, Madame d'Orvillers war reizend zu mir, weder zu liebenswürdig, noch irgendwie gekränkt. Sie schenkte mir wie allen anderen auch ihren sanften Blick ... Aber niemals sollte ich, wenn ich ihr begegnete, wieder eine einzige jener Avancen erleben, mit denen sie sich gleichsam angeboten hatte. Es gibt besondere Blicke, die so wirken, als werde man erkannt, Blicke, die ein junger Mensch niemals von gewissen Frauen – und gewissen Männern – länger als bis zu dem Tage erhält, an dem diese ihn kennenlernen und erfahren, daß er der Freund von Leuten ist, mit denen auch sie einen Verkehr unterhalten.
Es wurde gemeldet, daß der Wagen vorgefahren sei. Madame de Guermantes raffte ihren roten Rock, als ob sie hinuntergehen und in den Wagen steigen wolle. Aber plötzlich, vielleicht von einem Gefühl der Reue oder dem Wunsch, Vergnügen zu bereiten, gepackt, vor allem aber wohl, um den Umstand zu nutzen, daß durch die ›technische Unmöglich-

keit‹, ihn lange auszudehnen, für einen so langweiligen Vorgang nur so wenig Zeit zur Verfügung stand, sah sie Madame de Gallardon an; als habe sie sie eben erst bemerkt und handle unter einer Inspiration, durchmaß sie noch einmal, bevor sie die Stufen hinunterging, die ganze Breite der Treppe und reichte, bei ihrer entzückten Kusine angekommen, dieser ihre Hand. »Es ist so lange her!« bemerkte dabei die Herzogin, um sich dann, da sie nicht näher auf alles das eingehen wollte, was man an glaubhaften Entschuldigungen und an Bedauern aus dieser Formel hätte herleiten können, erschreckt nach dem Herzog umzusehen, der mit mir zum Wagen hinuntergegangen war und jetzt tobte, als er seine Frau auf Madame de Gallardon zuschreiten und dadurch das Vorfahren der anderen Wagen aufhalten sah. »Oriane ist doch noch immer sehr schön! sagte Madame de Gallardon, die Leute machen mir ja Spaß, wenn sie sagen, wir ständen uns nicht recht; wir mögen aus Gründen, die wir andern nicht zu erklären nötig haben, uns wohl einmal jahrelang nicht sehen; aber wir haben zu viele gemeinsame Erinnerungen, um uns jemals auseinanderzuleben, und im Grunde weiß sie sehr wohl, daß sie mich mehr liebt als so und so viele Leute, die sie alle Tage sieht und die nicht ihres Blutes sind.« Madame de Gallardon war tatsächlich wie die verschmähten Liebenden, die mit aller Macht den Glauben erwecken wollen, sie würden mehr geliebt als die, denen ihre Liebste Huldbeweise erteilt. Indirekt aber (durch die Lobreden, die sie ohne Sorge um den darin sich äußernden Widerspruch zu ihren früheren Worten verschwenderisch an die Herzogin von Guermantes wendete, wenn sie von ihr sprach) erbrachte sie den Beweis, daß diese von Grund auf die Maximen beherrschte, von denen in ihrer Laufbahn eine große Weltdame sich leiten lassen sollte, die ja in dem Augenblick, in dem ihre großartige Toilette neben Bewunderung auch Eifersucht erweckt, verstehen muß, eine ganze Treppe zu durchmessen, um den Neid zu entwaffnen. »Gib wenigstens acht, daß du deine Schuhe nicht naß machst«

(es war ein leichter Gewitterregen gefallen) sagte der Herzog, der noch immer wütend war, daß er hatte warten müssen.
Infolge der Enge des Wagens fanden sich auf der Rückfahrt die roten Schuhe notwendigerweise wenig von den meinen entfernt, und in der Befürchtung, sie habe diese berührt, sagte Madame de Guermantes zu dem Herzog: »Dieser junge Mann wird noch sagen müssen, was unter irgendeiner Witzzeichnung stand: ›Madame, sagen Sie mir lieber gleich, daß Sie mich lieben, aber treten Sie mir nicht dauernd auf die Füße‹.«
Mein Denken war übrigens weit von Madame de Guermantes entfernt. Seit Saint-Loup mir von einem jungen Mädchen von hoher Geburt, das in einem Stundenhotel verkehrte, und von der Jungfer der Baronin Putbus gesprochen hatte, verdichteten sich in diesen beiden Personen, die zu einer verschmolzen, alle Liebeswünsche, welche mir täglich so viele Schönheiten zweier verschiedener Klassen einflößten, einerseits die Gewöhnlichen, Üppigen, die majestätischen Kammerfrauen aus großen Häusern, die von Stolz geschwellt ›wir‹ sagen, wenn sie von ihren Herzoginnen sprechen; andererseits jene jungen Mädchen, bei denen es mir manchmal genügte, ohne daß ich sie auch nur hatte vorübergehen oder -fahren sehen, ihren Namen in einem Ballbericht gelesen zu haben, damit ich mich in sie verliebte und nach sorgfältigem Studium der ›Nachrichten aus der Gesellschaft‹, in denen ich feststellte, wo sie den Sommer verbrachten (oft ließ ich mich dabei durch ähnliche Namen täuschen) abwechselnd davon träumte, die Ebenen des Westens, die Dünen des Nordens, die Tannenwälder des Südens zu bewohnen. Aber wenn ich auch noch so sehr die erlesenste Materie körperlicher Reize zusammenschmolz, um nach dem Ideal, das Saint-Loup vor meinen Augen hatte erstehen lassen, das leichtfertige junge Mädchen und die Jungfer der Baronin Putbus Gestalt annehmen zu sehen, so fehlte doch meinen beiden an sich so erreichbaren Schönheiten das, was ich nicht kennen würde,

solange ich sie nicht gesehen hätte: die individuelle Eigenart. Vergebens sollte ich mich mit dem Versuch abmühen, mir während der Monate, in denen mein Verlangen sich mehr auf junge Mädchen richtete, mir die junge Person auszumalen, von der Saint-Loup gesprochen hatte, und während der Monate, wo ich eine Kammerfrau vorgezogen hätte, jene Jungfer, die in den Diensten der Baronin Putbus stand. Aber welche Ruhe bedeutete es schon – nachdem ich unaufhörlich von rastlosen Wünschen heimgesucht worden war, die sich auf so viele flüchtige Wesen bezogen, von denen ich oft noch nicht einmal den Namen wußte, die aber auf alle Fälle so schwer wiederzufinden waren, geschweige denn zu kennen, unmöglich vielleicht zu erringen –, daß ich nunmehr aus dieser ganzen weit ausgebreiteten flüchtigen anonymen Schönheit zwei erlesene Muster herausgegriffen hatte, die ein Erkennungszeichen trugen und die ich sicher war, herbeizitieren zu können, wann nur immer ich wollte! Ich schob die Stunde noch hinaus, in der ich mir dieses doppelte Vergnügen verschaffen wollte, so wie ich es mit dem Beginn der Arbeit tat, aber die Gewißheit, es mir verschaffen zu können, sobald ich irgend wollte, enthob mich fast der Notwendigkeit, es auch wirklich zu tun, wie man Schlaftabletten nur in Reichweite haben muß, damit man sie gar nicht braucht und auch so einschläft. Ich verlangte nach nichts anderem mehr in der Welt als nach zwei Frauen, deren Gesicht ich mir allerdings auf keine Weise vorzustellen vermochte, deren Namen mir aber Saint-Loup mitgeteilt und für deren Bereitwilligkeit er sich verbürgt hatte, so daß er, wenn er auch durch seine Worte von vorhin meiner Einbildungskraft eine harte Arbeit zumutete, andererseits meinem Wollen eine schätzenswerte Entspannung und dauerhafte Ruhe gewährleistete.

– Erzählen Sie! sagte die Herzogin zu mir. Was kann ich außer Ihren Balleinladungen denn sonst noch für Sie tun? Haben Sie einen Salon ausfindig gemacht, in dem Sie gern von mir vorgestellt sein möchten? Ich antwortete ihr, ich fürchtete, daß der, auf den ich Lust hätte, in ihren Augen nicht elegant genug sei. »Wer ist es denn?« fragte sie mit fast klangloser und rauher Stimme, beinahe ohne den Mund aufzutun. »Die Baronin Putbus.« Diesmal tat sie, als gerate sie wirklich in Zorn. »Aber nein, so etwas, ich glaube, Sie machen sich lustig über mich, ich weiß nicht einmal, durch welchen Zufall ich auch nur den Namen dieser Pute kenne. Aber das ist ja die Hefe der menschlichen Gesellschaft. Ebensogut könnten Sie mich bitten, daß ich Sie meiner Kurzwarenhändlerin vorstelle. Nein, nicht einmal das, denn die ist eine reizende Person. Sie sind ein bißchen verrückt, mein armer lieber Junge. Auf alle Fälle bitte ich Sie um die Freundlichkeit, zu den Personen, denen ich Sie vorgestellt habe, höflich zu sein, Ihre Karte bei ihnen abzugeben, sie zu besuchen und ihnen nichts von der Baronin Putbus zu erzählen, die ihnen allen höchstwahrscheinlich unbekannt ist.« Ich fragte, ob Madame d'Orvillers nicht ein wenig ›leicht‹ sei. »O nein! Absolut nicht, Sie müssen das verwechseln, sie ist sogar eher prüde. Nicht wahr, Basin?« – »Ja, auf alle Fälle glaube ich nicht, daß sie jemals Anlaß zu Gerede gegeben hat«, sagte der Herzog.

– Sie wollen nicht mit uns zur Redoute kommen? fragte er mich. Ich könnte Ihnen einen Domino leihen, und ich weiß jemanden, dem das ein Riesenvergnügen machen würde, zunächst einmal Oriane – doch das brauche ich ja gar nicht erst zu sagen – dann aber auch der Prinzessin von Parma. Sie singt die ganze Zeit Ihr Lob. Sie schwört geradezu auf Sie. Sie haben das Glück – da sie ja schon in reiferen Jahren steht – daß sie absolut sittenstreng ist. Sonst hätte sie Sie gewiß zum Cicisbeo genommen, wie man in meiner Jugend sagte, das ist so eine Art von Cavaliere servente.

Ich legte nicht auf die Redoute Wert, sondern auf meine Verabredung mit Albertine. Daher lehnte ich ab. Der Wagen hielt, der Diener ging, um die Einfahrt öffnen zu lassen; die Pferde stampften auf dem Pflaster, bis sich das Tor weit auftat und der Wagen in den Hof einfuhr. »A rivederci«, sagte der Herzog. – »Ich habe manchmal bedauert, daß ich so nahe von Marie wohne, sagte die Herzogin, weil ich sie zwar sehr liebe, aber noch lieber hätte, ich brauchte sie etwas weniger zu sehen. Niemals aber habe ich diese Nähe so bedauert wie heute abend, da ich dadurch so wenig mit Ihnen habe zusammensein können.« – »Komm, Oriane, halte keine Reden.« Die Herzogin hätte gern gesehen, wenn ich noch einen Augenblick mit hineingegangen wäre. Sie lachte sehr, ebenso wie auch der Herzog, als ich sagte, ich könne nicht, weil ein junges Mädchen jetzt gerade kommen und mir einen Besuch machen werde. »Sie haben ja eine komische Zeit, um Besuche zu empfangen«, sagte sie zu mir. – »Komm, Liebes, wir müssen uns beeilen, sagte Monsieur de Guermantes zu seiner Frau. Es ist dreiviertel zwölf und Zeit, daß wir uns kostümieren ...« Vor seiner Tür, die streng von ihnen bewacht wurde, stieß er auf die Damen mit den Spazierstöcken, die sich nicht gescheut hatten, nächtlich von ihren Höhen herabzusteigen, um einen Skandal zu verhindern. »Basin, wir wollten dir unbedingt Nachricht geben, damit du nicht etwa zu dieser Redoute gehst. Der arme Amanien ist vor einer Stunde gestorben.« Der Herzog war einen Augenblick starr. Er sah die berühmte Redoute für sich zu Wasser werden, nachdem er durch diese unseligen Gebirglerinnen vom Tode des Herrn von Osmond benachrichtigt worden war. Aber er faßte sich sehr schnell und schleuderte den beiden Kusinen einen Ausspruch entgegen, in dem sich neben seiner Entschlossenheit, keinesfalls auf sein Vergnügen zu verzichten, auch seine Unfähigkeit äußerte, Redewendungen richtig zu gebrauchen: »Er ist tot! Aber nein. Das ist bestimmt übertrieben!« und ohne sich weiter um die beiden Verwandten zu bekümmern, die mit ihren Alpenstöcken bewehrt sich zum steilen Rückweg in der Nacht anschickten, stürzte er sich auf seinen Kammerdiener und befragte ihn nach dem Stand der Dinge: »Ist mein Helm angekommen?« – »Ja, Durchlaucht.«

»Ist auch ein kleines Loch zum Atmen vorgesehen? Ich möchte ja nicht ersticken, parbleu.« – »Ja, Durchlaucht.« – »Ach! Zum Kuckuck, heute ist ein richtiger Unglückstag! Oriane, ich habe vergessen, Babal zu fragen, ob die Schnabelschuhe für dich bestimmt sind!« – »Aber höre, wo doch der Costumier von der Opéra-Comique da ist, kann der es uns ja sagen. Ich selbst glaube nicht, daß es sich mit den Sporen verträgt.« »Gut, dann wollen wir also nach dem Costumier sehen«, stimmte der Herzog ihr zu. »Adieu, mein lieber Junge, ich würde Sie bitten, noch mit uns hereinzukommen, während wir unsere Kostüme anprobieren. Das würde Ihnen sicher Spaß machen. Aber dann würden wir ins Schwätzen kommen, und es ist gleich Mitternacht. Wir dürfen nicht zu spät erscheinen, damit das Fest komplett ist.«

Auch ich hatte es eilig, Monsieur und Madame de Guermantes zu verlassen. ›Phädra‹ war gegen halb zwölf Uhr zu Ende. Wenn man den Weg dazurechnete, würde Albertine schon bei mir zu Hause sein. Ich begab mich geradenwegs zu Françoise. »Mademoiselle Albertine ist da?« – »Nein, es ist niemand gekommen.«

Mein Gott, sollte das heißen, daß auch niemand käme? Ich war entsetzlich beunruhigt, da mir Albertines Besuch jetzt um so wünschenswerter schien, je weniger sicher er war.

Auch Françoise war verstimmt, aber aus einem ganz anderen Grund. Sie hatte ihre Tochter am Küchentisch etabliert und ein üppiges Mahl vor ihr aufgefahren. Als sie mich nun kommen hörte und sah, daß ihr die Zeit fehlen würde, die Schüsseln abzuräumen und statt dessen Nadeln und Garn hinzulegen, als handle es sich um eine Näharbeit und nicht um ein Abendessen, sagte sie: »Sie hat nur gerade einen Löffel Suppe gegessen. Ich habe ihr so lange zugeredet, bis sie auch noch ein paar Knochen abgeknabbert hat«, damit das Abendessen ihrer Tochter zu einem Nichts zusammenschrumpfe, als wäre es – bei größerer Reichlichkeit – etwas Strafbares gewesen. Selbst beim Mittag- oder Abendessen, wenn ich den

Fehler beging, gerade dann in die Küche zu kommen, tat Françoise so, als sei sie bereits fertig, und entschuldigte sich etwa mit den Worten: ›Ich habe nur eben ein Stück Brot oder einen Happen essen wollen.‹ Man war dann aber rasch beruhigt, wenn man die Fülle der Schüsseln sah, die den Tisch bedeckten und die Françoise, durch mein plötzliches Eintreten überrascht, wie ein Übeltäter, der sie keineswegs war, nicht mehr hatte verschwinden lassen können. Sie setzte noch hinzu: »Mach zu, geh schlafen, du hast heute genug gearbeitet. (Denn sie wollte nicht nur den Anschein erwecken, als koste ihre Tochter uns nichts, als lebe sie von Entbehrungen, sondern noch dazu, als bringe sie sich mit Arbeit für uns um.) Du stehst hier nur in der Küche herum und bist vor allem Monsieur im Weg, der Besuch erwartet. Los, geh jetzt hinauf«, fuhr sie fort, als müsse sie ihre ganze Autorität aufwenden, um ihre Tochter zu Bett zu schicken, obwohl diese, sobald sich herausstellte, daß es mit dem Abendessen nichts war, nur noch um des guten Eindrucks willen einen Augenblick in der Küche blieb und, wenn ich mich noch fünf Minuten länger aufgehalten hätte, von selber aufgebrochen wäre. Zu mir gewendet bemerkte sie gleichwohl noch in der schönen Sprache des Volkes, zu der bei ihr immer noch etwas Persönliches trat: »Monsieur weiß gar nicht, daß ihm der Schlaf schon aus den Augen sieht.« Ich war entzückt darüber, daß ich mit Françoises Tochter nicht erst zu reden brauchte.

Ich habe gesagt, daß sie aus einem kleinen Dorf stammte, das dem ihrer Mutter ganz benachbart war, gleichwohl aber sehr verschieden davon durch die Art des Bodens und der Bodenkultur, des Dialektes, in erster Linie jedoch durch gewisse Eigenheiten der Bewohner. So verstanden sich die Metzgersgattin und Françoises Nichte sehr schlecht, hatten aber gemeinsam, daß sie, wenn sie eine Bestellung ausrichten sollten, stundenlang bei ›der Schwester‹ oder ›der Kusine‹ blieben, da sie von sich aus außerstande waren, ein Gespräch zu beenden, über dem sich noch dazu der Anlaß, weshalb sie ausgegangen waren, derart verflüchtigte, daß, wenn man bei ihrer Rückkehr fragte: »Nun, ist der Herr Marquis von Norpois Viertel nach sechs zu sprechen?« sie sich nicht einmal an die Stirn schlugen und sagten: ›Ach! das habe ich vergessen‹, sondern nur antworteten: »Oh! das hatte ich nicht verstanden, daß Monsieur das wissen wollte. Ich glaubte, wir sollten ihm nur guten Tag sagen gehen.« Wenn sie in dieser Weise vollkommen vergaßen, was man ihnen eine Stunde zuvor aufgetragen hatte, so war es andererseits unmöglich, ihnen wieder aus dem Kopf zu bringen, was sie von ›der Schwester‹ oder ›der Kusine‹ einmal hatten sagen hören. Wenn also die Metzgersgattin gehört hatte, die Engländer hätten uns im Jahre siebzig zugleich mit den Preußen angegriffen (ich mochte ihnen noch so oft erklären, daß das gar nicht stimmte), so wiederholte sie mir drei Wochen lang im Laufe jeder Unterhaltung: »Es ist wegen dieses Krieges, den die Engländer im Jahre siebzig zugleich mit den Preußen gegen uns geführt haben.« – »Aber ich habe Ihnen schon hundertmal gesagt, daß Sie sich da irren.« Sie gab dann eine Antwort, die einschloß, daß ihre Überzeugung in nichts erschüttert war: »Auf alle Fälle ist das kein Grund, ihnen noch böse zu sein. Seit dem Jahre siebzig ist viel Wasser die Seine hinabgeflossen«, oder etwas Ähnliches. Ein andermal, als sie für einen Krieg gegen England eintrat, den ich mißbilligte, sagte sie: »Natürlich, besser ist freilich kein Krieg; aber wenn es sein muß, dann doch lieber gleich. Die Schwester hat erst neulich gesagt, seit diesem Krieg, den die Engländer im Jahre siebzig gegen uns geführt haben, richten uns die Handelsverträge zugrunde. Wenn wir sie aber geschlagen haben, dann lassen wir keinen einzigen Engländer mehr nach Frankreich herein, ohne daß er dreihundert Francs Entree bezahlen muß, so wie sie es von uns verlangen, wenn wir nach England wollen.«

Dies war, abgesehen von viel Redlichkeit sowie, waren sie einmal am Sprechen, einer dumpfen Entschlossenheit, sich nicht unterbrechen zu lassen oder zwanzigmal wieder da anzufangen, wo sie stehengeblieben waren, falls man sie dennoch unterbrach (was schließlich ihren Reden die unerschütterliche Solidität einer Bachschen Fuge verlieh) der Charakter der Einwohner des kleinen Dorfes, das deren nur fünfhundert zählte und zwischen Kastanienbäumen, Weiden, Kartoffeläckern und Rübenfeldern gelegen war.

Die Tochter von Françoise hingegen sprach, da sie sich für eine Frau von heute hielt, die überalterte Vorurteile hinter sich gelassen hatte, den Pariser Argot und ließ sich niemals einen der dabei üblichen Späße entgehen. Als Françoise ihr gesagt hatte, ich komme von einer Prinzessin, bemerkte sie: »Aha! Sicher von einer Lumpenprinzessin!« Als sie sah, daß ich Besuch erwartete, tat sie, als glaube sie, ich heiße Léon. Ich erklärte ihr naiv, daß das nicht der Fall sei, und gab ihr dadurch Gelegenheit, die Bemerkung anzubringen: »Ah! Ich hatte es geglaubt und mir schon eben gesagt: Achtung, Leonhard (Léon harrt).« Von sehr gutem Geschmack zeugte das eben nicht. Weniger gleichgültig hingegen war mir, daß sie mich über Albertines Ausbleiben mit den Worten trösten wollte: »Ich glaube, da können Sie warten, bis Sie schwarz werden, Monsieur. Die kommt sicher nicht. Ah! Diese Mädels von heute!«

So unterschied sich ihre Redeweise von derjenigen ihrer Mutter; aber was noch merkwürdiger ist, auch die ihrer Mutter war nicht die gleiche wie die der Großmutter, die aus Bailleau-le-Pin stammte, einem Dorf, das ganz nahe bei Françoises Geburtsort lag. Trotzdem wich der Dialekt der beiden Ortschaften leicht voneinander ab, wie auch die beiden Landschaftsbilder etwas verschieden waren. Das Dorf der Mutter von Françoise, das an einem Abhang lag und sich in eine Schlucht hinein erstreckte, war von zahlreichen Weidenbäumen durchzogen. Sehr weit entfernt aber von dort gab es in Frankreich eine kleine Region, in der fast der gleiche Dialekt gesprochen wurde wie in Méséglise. Ich hatte das kaum entdeckt, als es mir auch schon Verdruß bereitete. Tatsächlich fand ich eines Tages Françoise in eine Unterhaltung mit einer Jungfer des Hauses vertieft, die aus jenem Dorfe stammte und dessen Dialekt beherrschte. Sie verständigten sich ganz gut, ich selbst verstand überhaupt nichts; sie wußten es, hörten aber deswegen doch nicht auf – entschuldigt, wie sie glaubten, durch die Freude, Landsmänninnen zu sein, wiewohl so weit entfernt voneinander geboren – weiter vor mir in dieser fremden Sprache zu sprechen, wie man es immer nur macht, wenn man nicht verstanden sein will. Diese phantasieanregenden Studien der Sprachgeographie und Jugendkameradschaft wurden jede Woche in der Küche fortgesetzt, ohne daß ich persönlich daran das geringste Vergnügen fand.

Da jedesmal, wenn die Haustür ging, die Concierge auf einen elektrischen Knopf drückte, der die Treppe erleuchtete, und da keiner von den Mietern noch außer Hause war, verließ ich sofort die Küche und setzte mich wieder in das Vorzimmer, um dort starr auf die Stelle zu sehen, an der die etwas schmale Scheibengardine die Glastür unserer Wohnung nicht völlig deckte, sondern das Halbdunkel des Treppenflurs als einen Längsstreifen von gedämpftem Licht von außen hereinfallen ließ. Wenn plötzlich dieser Streifen einen goldblonden Ton annähme, so hieße das, daß Albertine unten ins Haus getreten und in zwei Minuten bei mir wäre; niemand anders konnte zu dieser Stunde kommen. Ich blieb dort, da ich meine Augen nicht von dem Streifen lösen konnte, der beharrlich dunkel blieb. Ich neigte mich ganz vor, um sicher zu sein, auch wirklich richtig zu sehen; aber wie sehr ich auch hinschaute, der dunkle Längsstreifen schenkte mir trotz meines leidenschaftlichen Verlangens nicht die berauschende Exaltation, die ich erlebt hätte, wenn er sich durch eine plötzliche und bedeutungsvolle Verzauberung in einen schimmernden Goldton verwandelt hätte. Das war allerdings reichlich viel Unruhe wegen der gleichen Albertine, an die ich während der Soiree bei den Guermantes keine drei Minuten gedacht hatte. Aber dadurch, daß sie in mir die Gefühle der Erwartung von neuem weckte, die ich einst wegen anderer junger Mädchen, besonders um Gilbertes willen, wenn sie zu kommen zögerte, erlebt hatte, bereitete mir die mögliche Entziehung eines einfachen physischen Genusses ein grausames seelisches Leiden.

Ich mußte in mein Zimmer zurückkehren. Françoise folgte mir dorthin. Sie fand, da ich von meiner Soiree zurückgekehrt war, unnötig, daß ich die Rose im Knopfloch behielte, und trat auf mich zu, um sie daraus zu entfernen. Ihre Bewegung, die mich daran erinnerte, daß Albertine möglicherweise nicht mehr kommen würde, und mich zu dem Geständnis nötigte, daß ich für sie elegant sein wollte, rief in mir eine Gereiztheit hervor, die durch die Tatsache noch verdoppelt wurde, daß ich, als ich mich heftig freimachen wollte, die Blume zerdrückte und mir von Françoise sagen lassen mußte: »Sie hätten sie mich lieber sollen herausnehmen lassen, anstatt sie erst noch zu ruinieren.« Im übrigen hätte mich jedes ihrer Worte zur Verzweiflung gebracht. Wenn man wartet, leidet man so sehr unter der Abwesenheit dessen, was man sich herbeiwünscht, daß man keine andere Gegenwart erträgt.

Als Françoise aus dem Zimmer gegangen war, dachte ich, es sei freilich nun, wo ich doch so weit gekommen war, daß ich Albertine gegenüber Anwandlungen von Koketterie hatte, recht ärgerlich, daß ich mich so oft vor ihr schlecht rasiert, mit einem mehrere Tage alten Bart an jenen Abenden gezeigt habe, an denen ich sie kommen ließ, um von neuem mit ihr Zärtlichkeiten auszutauschen. Ich hatte das Gefühl, sie mache sich nichts aus mir und lasse mich deswegen allein. Um ein wenig mein Zimmer zu schmücken, wenn Albertine doch noch käme, legte ich, weil es eines der hübschesten Dinge war, die ich hatte, zum ersten Mal seit Jahren auf den Tisch bei meinem Bett das mit Türkisen geschmückte Portefeuille, das Gilberte mir für die kleine Schrift von Bergotte hatte machen lassen und das ich so lange Zeit neben der Achatkugel sogar im Schlaf stets bei mir hatte behalten wollen. Im übrigen weckte ebensosehr vielleicht wie die Tatsache, daß Albertine immer noch nicht gekommen war, ihre derzeitige Anwesenheit an einem andern Ort, den sie offenbar angenehmer gefunden hatte und den ich nicht kannte, in mir ein Schmerzgefühl, das trotz allem, was ich vor kaum einer Stunde noch zu Swann über meine Unfähigkeit zur Eifersucht gesagt hatte, sich sehr wohl, hätte ich meine Freundin in geringeren Abständen gesehen, in ein angstvolles Bedürfnis hätte verwandeln können, zu wissen, wo und mit wem sie ihre Zeit verbrachte. Ich wagte nicht, zu Albertine zu schicken, es war dazu zu spät; aber in der Hoffnung, daß sie vielleicht in einem Café mit Freundinnen zu Abend essen und auf die Idee kommen würde, mich anzurufen, drehte ich den Schalter und unterbrach, indem ich die Verbindung zu meinem Zimmer herstellte, diejenige zwischen der Telephonzentrale und der Hausmeisterloge, die gewöhnlich zu dieser Zeit bestand. Einen Telephonapparat in dem kleinen Gang vor dem Zimmer von Françoise zu haben wäre einfacher, weniger störend, aber nutzlos gewesen. Die Fortschritte der Zivilisation gestatten jedem, ungeahnte Vorzüge oder neue Laster zu offenbaren, durch die er seinen Freunden um so teurer oder ganz unerträglich wird. So hatte die Entdeckung Edisons Françoise erlaubt, sich einen weiteren Fehler zuzulegen, der darin bestand, sich zu weigern, wenn es auch noch so nützlich oder dringlich war, das Telephon zu bedienen. Sie fand immer ein Wie, auf und davon zu sein, wenn man es ihr beibringen wollte, so wie andere in dem Augenblick, in dem sie geimpft werden sollen. Daher hatte das Telephon seinen Platz in meinem Zimmer gefunden, und damit es meine Eltern nicht störe, war das Klingelzeichen durch ein einfaches Schnarrgeräusch ersetzt worden. Aus Furcht, es nicht zu hören, rührte ich mich nicht. Meine Unbeweglichkeit war so vollkommen, daß ich zum ersten Mal seit Monaten das Ticktack der Wanduhr wahrnahm. Françoise kam herein, um meine Sachen aufzuräumen. Sie fing ein Gespräch mit mir an, aber ich verabscheute diese Unterhaltung, unter deren gleichmäßig banalem Ablauf meine Gefühle, von Minute zu Minute wechselnd, von Furcht zu Angst und von Angst zu völliger Enttäuschung übergingen. Entgegen den obenhin von Seelenruhe zeugenden Feststellungen, die ich Françoise gegenüber glaubte machen zu müssen, wirkte, wie mir wohl bewußt war, mein Gesicht so unglücklich, daß ich behauptete, ich verspüre rheumatische Schmerzen, um das Mißverhältnis zwischen meiner angeblichen Gleichgültigkeit und meinem leidenden Ausdruck zu erklären; dann fürchtete ich auch, die von Françoise wenn auch nur halblaut (nicht wegen Albertine, denn sie glaubte, die Stunde, wo sie am Ende doch noch kommen würde, sei seit langem verstrichen) geäußerten Worte könnten die Gefahr heraufführen, daß ich womöglich den rettenden Anruf, falls er dennoch käme, schließlich überhören würde. Endlich ging Françoise zu Bett. Ich schickte sie sanft doch energisch hinaus, damit das Geräusch, das sie beim Fortgehen machte, nicht dasjenige des Telephons überdecken könne. Dann begann ich von neuem zu horchen und zu leiden. Wenn wir warten, vollzieht sich der doppelte Weg vom Ohr, das die Geräusche aufnimmt, zum Geist, der sie sondert und analysiert, und vom Geist zum Herzen, dem jener das Resultat mitteilt, so schnell, daß wir seine Dauer nicht einmal bemerken und daß es scheint, als lauschten wir unmittelbar unserm Herzen.

Ich wurde durch die unaufhörliche Wiederkehr des immer angstvolleren und niemals erfüllten Verlangens nach dem Geräusch eines Anrufs gequält; als ich auf dem Kulminationspunkt eines martervollen Anstiegs in den Spiralen meiner einsamen Angst angekommen war, hörte ich plötzlich aus der Tiefe des volkreichen nächtlichen Paris, auf einmal an mich herangetragen, mechanisch und erhaben wie im ›Tristan‹ das Wehen des Schleiers oder die Hirtenschalmei, neben meinem Bücherregal das schnarrende Geräusch des Telephons. Ich stürzte hin, es war Albertine. »Ich störe dich doch nicht, weil ich so spät noch anrufe?« – »Aber nein!...« sagte ich, meine Freude unterdrückend, denn was sie über die ungehörige Stunde sagte, war sicher geäußert, um zu entschuldigen, daß sie einen Moment darauf so spät noch kommen werde, nicht aber, um zu erklären, sie habe zu kommen nicht mehr vor. »Kommst du noch?« fragte ich in möglichst gleichgültigem Ton. »Eigentlich ... nein, wenn du mich nicht absolut noch brauchst.«

Ein Teil von mir, zu dem der andere strebte, war in Albertine. Sie mußte unbedingt kommen, aber ich sagte es ihr dennoch zunächst nicht; da wir in Verbindung standen, dachte ich bei mir, ich könne sie immer noch in der letzten Sekunde dazu zwingen, sei es zu mir zu kommen, sei es mir zu erlauben, daß ich zu ihr eilte. »Ja, ich bin sehr nahe bei meiner Wohnung, sagte sie, aber furchtbar weit weg von dir. Ich hatte deine Zeilen nicht genau gelesen, ich habe sie erst jetzt wieder gefunden, und da bekam ich Angst, du wartetest vielleicht noch auf mich.« Ich spürte, daß sie log, und jetzt in meinem Zorn wollte ich sie mehr noch aus dem Bedürfnis, ihr Ungelegenheiten zu bereiten, als dem, sie zu sehen, dazu zwingen, daß sie zu mir käme. Aber ich legte Wert darauf, zunächst einmal abzulehnen, was ich in ein paar Minuten zu erreichen dennoch versuchen würde. Wo mochte sie wohl sein? Unter ihre Worte mischten sich andere Klänge: die Klingel eines Radfahrers, die Stimme einer singenden Frau; ferne Militärmusik ertönte ebenso deutlich wie die teure Stimme, gleichsam um mir zu zeigen, daß es sich wirklich um Albertine in ihrer gegenwärtigen Umgebung handle, die in diesem Augenblick mir ganz nahe war, etwa wie man mit einem Erdklumpen auch alle daran haftenden Gräser heimbringt. Die gleichen Geräusche, die ich hörte, klangen auch an ihrem Ohr und hemmten ihre Aufmerksamkeit, Fetzen von Wahrheit, die mit dem Gegenstand unseres Interesses nichts zu tun haben und an sich unnütz sind, um so nötiger aber, um uns die Evidenz des Wunders zu enthüllen, maß- und reizvolle Details, die irgendeine Pariser Straße beschrieben, durchbohrende und grausame auch einer unbekannten Abendunternehmung, die nach dem Schluß von ›Phädra‹ Albertine gehindert hatte, noch zu mir zu kommen. »Ich möchte dir gleich zuerst sagen, ich lege keinen Wert darauf, daß du jetzt noch kommst. Denn zu dieser Stunde würde es mir nur sehr lästig sein ..., sagte ich zu ihr, ich falle um vor Müdigkeit, und dann ergäbe das auch sonst tausend Komplikationen. Ich möchte nur feststellen, daß mein Brief keine Möglichkeit eines Mißverständnisses enthielt. Du hast mir geantwortet: ›Gut, es ist abgemacht.‹ Was hast du damit gemeint, wenn du mich gar nicht verstanden hattest?« – »Ich habe gesagt, es sei abgemacht, nur wußte ich nicht, was eigentlich abgemacht war. Aber ich sehe, du bist böse, und das ärgert mich. Ich bedaure, daß ich in die ›Phädra‹ gegangen bin. Wenn ich gewußt hätte, daß du so viele Geschichten machst ...«, setzte sie hinzu wie alle Leute, die, wenn man sie einer Sache zeiht, so tun, als glaubten sie, man werfe ihnen etwas anderes vor. – »›Phädra‹ hat mit meiner Unzufriedenheit gar nichts zu tun, ich hatte ja selbst gewünscht, daß du hingehst.« – »Dann bist du mir eben sonst böse; es ist ärgerlich, daß es heute abend zu spät ist, sonst wäre ich noch zu dir gekommen, aber ich werde mich morgen oder übermorgen bei dir entschuldigen.« – »O nein, Albertine, ich bitte dich, jetzt habe ich schon diesen Abend durch dich verloren, laß mich wenigstens die nächsten Tage in Ruhe. Vor vierzehn Tagen oder drei Wochen bin ich nicht wieder frei. Höre, wenn es dir unangenehm ist, daß wir uns über einem solchen unerquicklichen Eindruck trennen – und im Grunde hast du vielleicht recht – dann ist es mir doch lieber, Müdigkeit hin, Müdigkeit her, da ich nun schon bis jetzt gewartet habe und du noch unterwegs bist, wenn du gleich zu mir kommst. Ich trinke dann eben eine Tasse Kaffee, um mich wachzuhalten.«

»Wäre es nicht möglich, daß wir es auf morgen verschieben? Die Schwierigkeit ist nämlich die . . .« Als ich diese Worte der Entschuldigung hörte, die so klangen, als werde sie nicht kommen, spürte ich, wie sich zu dem Wunsch, das samtige Antlitz wiederzusehen, das schon in Balbec alle meine Tage beherrscht hatte mit der Erwartung des Augenblicks, da ich vor dem grauvioletten Septembermeer diese rosige Blüte wiederfinden würde, ein ganz anderes Element sich schmerzvoll hinzugesellen wollte. Das furchtbare Verlangen nach einem anderen Wesen hatte ich schon in Combray, bezogen auf meine Mutter, in solcher Heftigkeit kennengelernt, daß ich am liebsten gestorben wäre, wenn sie mir durch Françoise sagen ließ, sie könne nicht mehr heraufkommen. Dies Bestreben des alten Gefühls, sich mit dem neuen zu verbinden und eins mit ihm zu werden, das heißt mit einem Gefühl, das seinerseits als Gegenstand sinnlichen Verlangens nichts als die farbige Oberfläche, den rosigen Hautton einer Blüte am Strande kannte, dies Bestreben mündet oft einzig darin, einen neuen Körper (im chemischen Sinn) zu schaffen, der nur sekundenlang zu existieren vermag. An diesem Abend wenigstens und noch auf lange hinaus blieben die beiden Elemente immer wieder getrennt. Aber schon bei den letzten Worten, die ich am Telephon vernommen hatte, begann ich zu begreifen, daß Albertines Leben (zweifellos nicht im materiellen Sinn) sich in einer solchen Entfernung von mir abspielte, daß es für mich immer ermüdenderer Forschungen bedurft hätte, um die Hand darauf zu legen, aber daß es außerdem aufgebaut war wie im Felde aufgeworfene Schanzen, um der größeren Sicherheit willen noch dazu von der Art, die man sich später gewöhnt hat als ›getarnt‹ zu bezeichnen. Im übrigen gehörte Albertine auf einer höheren gesellschaftlichen Ebene zu der Gattung von Personen, denen die Concierge den Brief, den ein Dienstmann für sie abgibt, zu überbringen verspricht, sobald sie nach Hause kommen – bis man eines Tages merkt, daß die Frau, die man irgendwo am dritten Ort getroffen und der zu schreiben man sich erlaubt hat, die Concierge selber ist. So wohnt sie allerdings (wenn auch in der Portierloge) in dem Haus, das sie angegeben hat (noch dazu einem besseren Stundenhotel, dessen Pförtnerin sie ist). Solche Existenzen verfügen über fünf oder sechs weitere Schlupfwinkel; wenn man die betreffende Frau sehen möchte oder wissen will, wo sie ist, klopft man infolgedessen immer zu weit rechts oder links, zu weit vorn oder hinten an und kann auf diese Weise Monate, Jahre hindurch ständig im Dunkel tappen. Was Albertine anging, so fühlte ich, daß ich niemals etwas über sie erfahren, daß ich zwischen der verworrenen Vielheit echter Details und lügenhafter Darstellungen mich niemals würde durchfinden können und daß es sicher immer so bliebe, außer ich würde sie bis ans Ende ihrer Tage in einen Käfig sperren; doch selbst aus dem kann man noch entweichen. An diesem Abend durchlief mich diese Gewißheit nur wie ein leiser Schauer, in dem aber schon eine Ahnung langer Leiden beschlossen lag.

– Aber nicht doch, antwortete ich, ich habe dir doch schon gesagt, ich bin erst wieder in drei Wochen frei, morgen sowenig wie an einem der nächsten Tage. »Gut, dann ... muß ich mich eben eilen ... Es ist nur ärgerlich, weil ich bei einer Freundin bin, die ...« (ich spürte, daß sie nicht geglaubt hatte, ich werde auf ihren Vorschlag, mit dem es ihr nicht ernst gewesen war, wirklich noch eingehen, und wollte sie nunmehr in die Enge treiben). »Was geht mich deine Freundin an? Komm du oder komm nicht, das ist deine Sache, nicht ich habe dich gebeten zu kommen, du selbst hast ja den Vorschlag gemacht.« – »Sei nur nicht böse, ich springe in einen Fiaker und bin in zehn Minuten da.«

So war aus diesem Paris, von dessen nächtlicher Tiefe bis in mein Zimmer, den ganzen Aktionsradius eines fernen Wesens durchmessend, die unsichtbare Botschaft gekommen war, das Wesen, das nach einer ersten Ankündigung auftauchen und zu mir kommen sollte, jene Albertine, die ich einst unter dem

Himmel von Balbec gekannt hatte, als die Kellner des Grand-Hôtels beim Tischdecken geblendet waren vom Licht des Sonnenuntergangs, als durch die geöffneten Fenster, deren Glasscheiben entfernt waren, der unmerkliche Hauch des Abends vom Strande her, wo die letzten Spaziergänger sich noch verweilten, in den riesigen Speisesaal hineinwehte, in dem die ersten Abendgäste noch nicht Platz genommen hatten, und im Spiegel hinter der Anrichte der rote Widerschein des Schiffsrumpfes vorüberzog oder das graue Abbild der Rauchfahne des letzten Dampfers von Rivebelle noch lange hängenblieb. Ich fragte mich nicht mehr, wodurch Albertine aufgehalten sein mochte, und wenn ich, als Françoise in mein Zimmer trat und zu mir sagte: »Mademoiselle Albertine ist da«, ohne auch nur den Kopf zu wenden, fragte: »Wie kommt denn Mademoiselle Albertine jetzt noch so spät ins Haus?« war es eitel Heuchelei. Aber als ich den Blick zu Françoise hob wie aus Neugier, um ihre Antwort zu erspähen, die die offensichtliche Aufrichtigkeit meiner Frage bestätigen sollte, bemerkte ich mit Bewunderung und Wut, daß sie, imstande mit der Berma selbst in der Kunst zu rivalisieren, die unbelebten Details ihrer Kleidung und ihrer Gesichtszüge zum Sprechen zu bringen, ihre Gestalt und ihre Haare vortrefflich abgerichtet hatte, denn die weißesten lagen obenauf, zur Schau gestellt wie eine Geburtsurkunde über ihrem vor Müdigkeit und Gehorsam gebeugten Nacken. Sie klagten, daß sie in ihrem Alter aus dem Schlaf und der Wärme des Bettes gezogen worden sei und daß sie mitten in der Nacht noch gezwungen werde, sich hastig anzuziehen auf die Gefahr hin, eine Lungenentzündung zu bekommen. Da ich demnach so auszusehen fürchtete, als wolle ich mich wegen des späten Kommens von Albertine entschuldigen, sagte ich nur: »Auf alle Fälle bin ich sehr zufrieden, daß sie noch gekommen ist, so ist ja alles gut«, und gab meiner tiefen Freude Ausdruck Diese blieb jedoch nicht lange ungemischt, nachdem ich die Antwort von Françoise gehört hatte. Ohne eine Klage vorzubringen, ja sogar mit einer Miene, als wolle sie nach Möglichkeit einen unwiderstehlichen Husten unterdrücken, und während sie einzig ihren Schal über die Brust kreuzte, als fröre sie, begann sie mir alles zu erzählen, was sie Albertine gesagt, wobei sie auch nicht vergessen habe, nach dem Ergehen der Tante, Madame Bontemps, zu fragen: »Gerade sagte ich, Monsieur habe fürchten müssen, daß Mademoiselle nicht mehr käme, weil es ja keine Stunde mehr ist, wo man Besuche macht, es ist ja beinahe Morgen. Aber sie muß wohl wo gewesen sein, wo sie sich gut amüsiert hat, denn sie hat mir nicht einmal geantwortet, es tue ihr leid, daß sie Monsieur habe warten lassen, sondern nur recht schnippisch bemerkt: ›Besser spät als nie!‹« Und dann fügte Françoise noch die folgenden Worte, die mir das Herz zerrissen, hinzu: »Damit, daß sie das gesagt hat, hat sie sich verraten. Sie hätte sich vielleicht gern verstellt, aber . . .«

Ich hatte keinen Grund, besonders erstaunt zu sein. Ich habe schon gesagt, daß bei Aufträgen, die man ihr gab, Françoise sich zwar gern darüber ausbreitete, was sie selbst gesagt, die erwartete Antwort aber selten mitbrachte. Wenn sie jedoch ausnahmsweise die Worte wiederholte, die unsere Freunde gebraucht hatten, so richtete sie es, auch wenn sie noch so kurz waren, im allgemeinen – notfalls durch Gesichtsausdruck oder Ton, von denen, wie sie behauptete, jene begleitet gewesen seien – so ein, daß sie irgend etwas Verletzendes durch diese Mimik bekamen. Sie nahm allenfalls hin, daß sie bei einem Lieferanten, zu dem wir sie geschickt hatten, eine – wahrscheinlich übrigens nur eingebildete– schlechte Behandlung erfahren hatte, unter der Voraussetzung, daß sie ihr nur als unserer Vertreterin gegolten habe, die in unserem Namen sprach, und daß dadurch diese schlechte Behandlung gleichsam auf uns selbst zurückfiel. Man hätte ihr natürlich antworten können, daß sie schlecht verstanden habe, an Verfolgungswahn leide und daß nicht alle Händler gegen uns eingenommen seien. Im übrigen kam es auf deren Gefühle ja auch nur wenig an. Nicht so aber ging es mir mit denen von Albertine. Als Françoise mir die ironischen Worte wiederholte: ›Besser spät als nie!‹ ließ sie sofort die Freunde vor meinen Augen erstehen, in deren Gesellschaft Albertine den Rest ihres Theaterabends verlebt hatte, da sie sich in der ihren offenbar besser als in meiner gefiel. »Sie sieht komisch aus, sie trägt einen kleinen flachen Hut, und zu ihren großen runden Augen kleidet sie das wirklich drollig, besonders zu dem Mantel, den sie besser zur Ausbesserin hätte schicken sollen, denn er sieht wie von Motten zerfressen aus. Sie amüsiert mich«, setzte, als mache sie sich über Albertine lustig, Françoise noch hinzu, die selten meine Eindrücke teilte, aber das Bedürfnis verspürte, die ihren bekanntzugeben. Ich wollte nicht einmal so tun, als verstehe ich, daß dieses Lachen spöttische Nichtachtung bedeute, aber in der Absicht, umgehend Vergeltung zu üben, antwortete ich Françoise, obwohl ich den kleinen Hut nicht kannte, von dem sie sprach: »Was Sie einen ›kleinen flachen Hut‹ nennen, ist einfach etwas Bezauberndes ...« »Ein Garnichts ist es, weniger als nichts«, sagte Françoise, die diesmal ihre wirkliche Verachtung offen ausdrückte. Da richtete ich (in sanftem und langsamem Ton, damit meine lügenhafte Antwort als ein Ausdruck nicht meines Zorns, sondern der Wahrheit erschiene, doch ohne Zeit zu verlieren, damit Albertine nicht warten müsse) die folgenden grausamen, doch mit honigsüßer Stimme vorgebrachten Worte an Françoise: »Sie sind eine ausgezeichnete Person, Sie sind sehr nett, Sie haben viele gute Eigenschaften, aber Sie sind noch immer auf dem Punkt, auf dem Sie schon waren, als Sie in Paris angekommen sind, sowohl was Toilettenfragen anbetrifft, wie auch die Aussprache der Wörter und all die Schnitzer, die Sie machen.« Dieser Vorwurf war ganz besonders dumm, denn die französischen Wörter, auf deren exakte Aussprache wir so stolz sind, sind in sich selbst nichts weiter als ›Schnitzer‹, hervorgegangen aus dem Mund von Galliern, die das Lateinische oder Germanische schlecht beherrschten,

denn tatsächlich besteht unsere Sprache nur aus fehlerhaft ausgesprochenen Wörtern einiger anderer.
Der Sprachgeist im lebendigen Zustand zwischen Zukunft und Vergangenheit, das gerade hätte mich an den Fehlern interessieren sollen, die Françoise im Französischen machte. War nicht ›estoppeuse‹ anstatt ›stoppeuse‹, wie sie die Ausbesserin nannte, ebenso merkwürdig wie überlebende Tiere aus fernen Epochen, Walfische oder Giraffen, die uns das animalische Leben in früheren Stadien vor Augen führen, die es durchmessen hat? »Und, setzte ich hinzu, da Sie es in so vielen Jahren nicht gelernt haben, lernen Sie es nun auch nicht mehr. Sie können sich aber trösten, denn das hindert Sie nicht, eine ganz brave Person zu sein und vorzüglich eine Rindfleischgalantine und tausend andere Dinge zu bereiten. Der Hut, den Sie für einfach halten, ist nach einem Hut der Prinzessin von Guermantes kopiert, der fünfhundert Francs gekostet hat. Im übrigen werde ich wohl demnächst Mademoiselle Albertine einen noch schöneren schenken.« Ich wußte, daß sich Françoise über nichts so sehr ärgerte, als wenn ich Geld für Leute ausgab, die sie nicht leiden konnte. Sie antwortete mir mit ein paar Worten, die durch plötzliche Atemnot kaum verständlich waren. Welche Gewissensbisse empfand ich, als ich später erfuhr, sie leide an einer Herzkrankheit, bei dem Gedanken, daß ich mir niemals das rohe und fruchtlose Vergnügen versagt hatte, in dieser Weise auf ihre Reden zu antworten! Françoise verabscheute Albertine im übrigen, weil sie arm und nicht das, was sie mein ›Ansehen‹ nannte, zu mehren imstande war. Sie lächelte jedesmal wohlwollend, wenn ich zu einer Einladung bei Madame de Villeparisis ging. Andererseits war sie empört, daß mir von Albertine keine Gegenleistung zuteil wurde. Es war so weit gekommen, daß ich Geschenke erfinden mußte, die sie mir angeblich gemacht hatte und deren Existenz bei Françoise niemals auch nur einen Schatten von Glauben fand. Dieser Mangel an Gegenseitigkeit schockierte sie besonders in der Bewirtungssphäre. Daß Alber-

tine Abendeinladungen von Mama annahm, wo doch Madame Bontemps (die freilich die Hälfte der Zeit nicht in Paris war, da ihr Mann Auslandsposten annahm wie früher, wenn er vom Ministerium genug hatte) uns nicht zu sich bat, schien ihr von seiten meiner Freundin ein Mangel an Zartgefühl, den sie indirekt geißelte, indem sie ein in Combray beliebtes Verschen zitierte:

Mangeons mon pain.
– Je le veux bien.
– Mangeons le tien.
– Je n'ai plus faim.

Ich tat so, als müsse ich schreiben. »An wen schreibst du denn?« sagte Albertine beim Eintreten zu mir. – »An eine hübsche Freundin, ihr Name ist Gilberte Swann. Kennst du sie nicht?« – »Nein.« Ich verzichtete darauf, Albertine nach dem Verlauf ihres Abends zu fragen. Ich wußte, ich würde ihr sonst Vorwürfe machen, und fürchtete, wir würden dann in Anbetracht der späten Stunde keine Zeit haben, uns hinlänglich auszusöhnen, um auch noch zu Küssen und Zärtlichkeiten überzugehen. Mit ihnen wollte ich daher gleich in der ersten Minute beginnen. Wenn ich im übrigen auch etwas beruhigt war, glücklich fühlte ich mich nicht. Die völlige Kompaß- und Direktionslosigkeit, welche das Warten charakterisiert, hält nach der Ankunft des erwarteten Wesens noch vor und hindert uns, da sie an die Stelle der Beruhigung tritt, um derentwillen uns im voraus das Kommen der Ersehnten als ein Vergnügen erschien, ein solches überhaupt zu empfinden. Albertine war da: meine abgespannten Nerven, die immer noch in Erregung waren, warteten auch weiter auf sie. »Ich möchte einen sehr lieben Kuß haben, Albertine.« – »So viele du willst«, sagte sie in einem Überschwang von Güte. Ich hatte sie niemals so hübsch gesehen. »Noch einen?« – »Aber du weißt doch, daß es mir sehr, sehr großes Vergnügen macht.«

»Und mir noch tausendmal mehr, antwortete sie mir. Oh! Was für ein hübsches Täschchen du da hast!« – »Nimm es, ich schenke es dir zur Erinnerung.« – »Du bist nett...« Man wäre für immer von aller Romantik geheilt, wenn man in Ansehung derjenigen, die man liebt, bereits der Mensch zu sein versuchte, der man sein wird, wenn man nicht mehr liebt. Das Täschchen, die Achatkugel von Gilberte, alles das hatte früher seine Wichtigkeit nur durch einen inneren Zustand erhalten, da sie jetzt für mich nur ein beliebiges Täschchen, eine beliebige Kugel waren.

Ich fragte Albertine, ob sie trinken wolle. »Mir scheint, ich sehe da Orangen und Wasser, sagte sie zu mir. Das wäre etwas sehr Gutes.« So konnte ich mit ihren Küssen nun auch jene Kühle trinken, die mir bei der Prinzessin von Guermantes als etwas Besseres denn Küsse erschienen war, und die in Wasser ausgedrückte Orange schien mir beim Trinken das Mysterium ihres Reifens, ihre glückliche Wirkung gegen gewisse Zustände des menschlichen Körpers, der einem so ganz anderen Reich angehört, mitzuteilen, ihre Ohnmacht zwar, ihn zum Leben zu erwecken, aber andererseits auch die erfrischende Berieselung, durch die sie ihm nützlich sein könnte – hundert durch diese Frucht meinem Empfinden, wenn auch nicht meiner Einsicht entschleierte Geheimnisse.

Als Albertine gegangen war, erinnerte ich mich, daß ich Swann versprochen hatte, an Gilberte zu schreiben, und fand netter, es gleich zu tun. Ohne innere Erregtheit, nur als setze ich den Schlußstrich unter eine langweilige Schularbeit, zog ich auf dem Umschlag die Linien des Namens Gilberte Swann, mit dem ich früher meine Hefte bedeckte, um mir die Illusion einer Korrespondenz mit ihr zu verschaffen. Während nämlich einstmals ich derjenige war, der diesen Namen schrieb, war die Aufgabe jetzt von der Gewohnheit einem der zahlreichen Sekretäre übertragen worden, welche sie sich hält. Dieser nun konnte den Namen Gilberte mit um so größerer Ruhe hinsetzen, als er, noch nicht lange von der Gewohnheit bei mir akkreditiert, erst neuerdings in meinen Dienst getreten, Gilberte nicht gekannt hatte und nur, ohne irgendeine Realität hinter diesen Worten zu erkennen, aus meinen Reden wußte, daß sie ein junges Mädchen sei, in das ich verliebt gewesen war.

Ich konnte ihn nicht unfreundlicher Gleichgültigkeit zeihen. Das Wesen, zu dem ich ihr gegenüber geworden, stellte nur den bestgewählten Zeugen für das Verständnis dessen dar, was sie selbst einst gewesen war. Das Portefeuille, die Achatkugel waren für mich mit Bezug auf Albertine nunmehr einfach das, was sie für Gilberte gewesen waren, was sie für jedes Wesen hätten sein müssen, das nicht den Widerschein eines inneren Feuers über sie hätte hinstrahlen lassen. Jetzt aber war in mir eine neue Beunruhigung, die ihrerseits die wahre Macht der Dinge und Worte veränderte, am Werk, und als Albertine, um mir noch einmal zu danken, bemerkte: »Ich habe die Türkise so gern!« antwortete ich ihr: »Laß diese hier nicht sterben«, womit ich ihnen wie kostbaren Steinen die Zukunft unserer Freundschaft anvertraute, die gleichwohl ebenso unfähig war, Albertine ein Gefühl einzuflößen, wie sie dasjenige, das mich früher mit Gilberte verband, hatte konservieren können.

Zu dieser Zeit trug sich ein Phänomen zu, das Erwähnung nur verdient, weil es sich in allen wichtigen Perioden der Weltgeschichte wiederholt. Im gleichen Moment, als ich an Gilberte schrieb, bedachte Monsieur de Guermantes, der eben erst von der Redoute zurückgekehrt war und noch seinen Helm auf dem Kopfe trug, daß er am folgenden Tag bestimmt gezwungen sein werde, offiziell zu trauern, und beschloß daraufhin, den Kuraufenthalt, den er machen sollte, um acht Tage vorzuverlegen. Als er drei Wochen später zurückkehrte (ich greife dabei vor, da ich ja eben erst meinen Brief an Gilberte beendet habe) standen die Freunde des Herzogs, die ihn zu Beginn gleichgültig, dann als enragierten Dreyfus-Gegner gekannt hatten, vor einem Rätsel, als sie ihn (ganz als habe die Kur nicht nur auf seine Blase gewirkt) bemerken hörten: »Nun, der Prozeß wird ja revidiert und Dreyfus sicherlich freigesprochen. Man kann ja nicht einen Menschen verurteilen, wenn nichts gegen ihn vorliegt. Habt ihr jemals einen Trottel wie Froberville gesehen? Ein Offizier, der die Franzosen ans Messer liefert (das heißt in den Krieg schickt)! Wir leben in einer seltsamen Welt!« In der Zwischenzeit nämlich hatte der Herzog von Guermantes in dem Badeort drei reizende Damen kennengelernt (eine italienische Prinzessin und ihre beiden Schwägerinnen). Als er sie ein paar Worte über die Bücher sagen hörte, die sie lasen, über ein Stück, das im Kasino gespielt wurde, hatte er auf der Stelle begriffen, daß er es mit Frauen von überlegenem Geist zu tun hatte, denen er, wie er sich ausdrückte, ›das Wasser nicht reichen konnte‹. Um so glücklicher war er gewesen, als er von der Prinzessin zum Bridgespiel eingeladen worden war. Aber kaum bei ihr angekommen, hatte er im Eifer seiner kompromißlosen Anti-Dreyfus-Gesinnung gesagt: »Nun, jetzt ist ja nicht mehr von der Revision zugunsten des berühmten Dreyfus die Rede«; wie groß aber war sein Staunen, als er die Prinzessin und ihre Schwägerinnen antworten hörte: »Es war noch nie so dicht daran, man kann ja nicht jemand mit Deportation bestrafen, der nichts verbrochen hat.« – »So, so«, hatte der Herzog zunächst nur gestottert, wie man es beim Entdecken eines bizarren Spitznamens tut, der in einem Hause üblich ist, um jemanden lächerlich zu machen, den man bisher für sehr gescheit gehalten hat. Aber wie man dann nach einigen Tagen aus Feigheit und aus Nachahmungstrieb, ohne zu wissen warum, einen großen Künstler mit ›Hallo, Jojotte‹ begrüßt, weil man ihn in dem betreffenden Haus so hat nennen hören, sagte der Herzog doch immerhin, durch diesen neuen Brauch befangen gemacht: »Ja natürlich, wenn nichts gegen ihn vorliegt!« Die drei reizenden Damen fanden, daß er noch zu lau sei, und setzten ihm ein wenig zu: »Aber im Grunde hat doch niemand, der einigermaßen gescheit ist, glauben können, es liege irgend etwas gegen ihn vor.« Jedesmal, wenn eine ›erdrückende‹ Tatsache gegen Dreyfus vorgebracht wurde und der Herzog in dem Glauben, er werde dadurch die drei reizenden Damen umstimmen, ihnen diese bekanntgab, lachten sie sehr und hatten keine Mühe, ihm mit großem dialektischem Scharfsinn auseinanderzusetzen, daß das Argument nichts tauge, ja völlig lächerlich sei. Der Herzog war als leidenschaftlicher Dreyfusianer nach Paris zurückgekehrt. Und gewiß behaupten wir auch nicht, daß die drei reizenden Damen in diesem Falle nicht Botinnen der Wahrheit gewesen wären. Aber tatsächlich kommt es alle zehn Jahre vor, daß, wenn man einen Mann von einer Sache ernstlich überzeugt zurückgelassen hat, ein kluges Ehepaar oder eine einzelne reizende Dame in seinen Kreis eintreten und ihn innerhalb von ein paar Monaten zur entgegengesetzten Meinung bekehren. Es gibt auch viele Länder, die sich in dieser Hinsicht wie jener in seiner Überzeugung ganz aufrichtige Mann verhalten, Länder, die man verlassen hat, als sie noch von Haß gegen ein Volk glühten, und die ein halbes Jahr darauf ihre Gefühle verändert und ihre Bündnisse neugeordnet haben.

Ich traf mich mit Albertine jetzt eine Zeitlang nicht, fuhr aber fort, anstelle von Madame de Guermantes, die meine Einbildungskraft nicht mehr beschäftigte, andere Feen und ihre Wohnstätten zu sehen, welche von ihnen so untrennbar waren, wie die Schale aus Perlmutter oder Email oder das zinnengeschmückte Türmchen seines Muschelwerks von dem Weichtier, die es sich selbst herstellt und dann bewohnt, nicht von diesem zu trennen ist. Ich hätte diese Damen nicht zu klassifizieren gewußt, weil das ein so heikles Problem war, das man unmöglich lösen und nicht einmal aufwerfen konnte. Bevor man zu der Dame vordrang, mußte man ihr feenhaftes Palais kennenlernen. Die eine nun empfing immer in den Sommermonaten nach dem Dejeuner. Schon wenn man zu ihr hinfuhr, mußte man bitten, das Verdeck des Fiakers herunterzulassen, so sehr prallte die Sonne darauf, und die Erinnerung an diesen Vorgang sollte, ohne daß ich mir darüber klar wurde, zu einem Bestandteil des Gesamteindrucks werden. Ich glaubte mich nur an den Cours-la-Reine zu begeben; in Wirklichkeit hatte ich, bevor ich den Salon betrat, über den ein Mann des praktischen Lebens sich vielleicht lustig gemacht hätte, wie auf einer Reise durch Italien einen Rausch des Lichts und ein Entzücken kennengelernt, von dem dies Haus in meiner Erinnerung nicht mehr zu trennen war. Zudem hatte wegen der durch Jahreszeit und Stunde bedingten Hitze die Dame die Fensterläden in den großen rechteckigen Salons, in denen sie zu empfangen pflegte, jeweils hermetisch abgeschlossen. Ich sah zunächst nur undeutlich die Hausherrin und ihre Besucher, selbst die Herzogin von Guermantes, die mich mit ihrer rauhen Stimme bat, mich auf einem Beauvaisfauteuil, der die Entführung der Europa darstellte, neben sie zu setzen. Dann erkannte ich an den Wänden die riesigen Gobelins aus dem achtzehnten Jahrhundert, welche Schiffe mit stockrosengeschmückten Masten darstellten, unter denen ich mich befand wie in einem Palast, nicht der Seine, sondern des Neptun, an den Gestaden des Okeanos, wo die Herzogin von Guermantes zu einer Art Wassergottheit wurde. Ich würde nicht fertig werden, wenn ich alle Salons aufzählen wollte, die wieder ganz anders waren als dieser hier. Dies Beispiel muß genügen, um zu zeigen, daß sich unter meine Beurteilung des Gesellschaftlichen poetische Impressionen mischten, die ich niemals genügend bedachte, wenn ich meinen Gesamteindruck registrierte, so daß bei einer Veranschlagung der Vorzüge eines Salons die Rechnung niemals aufging.

Gewiß war dieser Quell des Irrtums weit entfernt, der einzige zu sein, aber ich hatte nicht mehr Zeit, vor meiner Abreise nach Balbec (wo ich zu meinem Unglück einen zweiten Aufenthalt nehmen werde, der auch der letzte sein wird) mit Schilderungen der Gesellschaft zu beginnen, die an einer viel späteren Stelle ihren Platz finden sollen. Ich will nur soviel sagen, daß zu der ersten falschen Begründung (meinem verhältnismäßig oberflächlichen Dasein, das Snobismus bei mir vermuten ließ) meines Briefes und der Rückkehr zu den Swanns, auf die er hinzuweisen schien, Odette eine zweite, ebensowenig exakte, hätte hinzusetzen können. Ich habe mir bisher nämlich die verschiedenen Aspekte, welche die Gesellschaft für ein und dieselbe Person annehmen kann, nicht anders als unter der Voraussetzung vorstellen können, daß eine Dame, die vorher niemand kannte, in Gesellschaft geht, oder eine andere, die eine beherrschende Stellung einnahm, sich verlassen sieht: man ist versucht, darin einzig jenes Auf und Ab des individuellen Daseins zu sehen, das von Zeit zu Zeit in einer bestimmten Gesellschaft als Folge von Börsenspekulationen zu eklatantem Ruin oder unverhoffter Bereicherung führt. In Wirklichkeit gibt es nicht nur das. In gewissem Maße sind die Kundgebungen der Gesellschaft – die weit unter künstlerischen Bewegungen, politischen Krisen oder der Entwicklung stehen, welche den öffentlichen Geschmack für eine Ideenbühne, für impressionistische Malerei, für deutsche komplizierte, für russische einfache Musik, für soziale Ideen, Gerechtigkeit, religiöse Reaktion oder patriotischen Aufschwung geneigt machen – dennoch ein entfernter gebrochener, ungewisser, trüber, wechselnder Reflex davon. Daher können auch nicht einmal Salons in jener statischen Reglosigkeit beschrieben werden, welche bisher für das Studium der Charaktere angemessen sein mochte, die aber ihrerseits ebenfalls in einen gleichsam historischen Ablauf hineingeraten werden. Die Neigung zum Neuen, welche Gesellschaftsmenschen, die mehr oder minder aufrichtig darauf aus sind, sich über die geistige Entwicklung zu informieren, dazu bringt, Milieus zu besuchen, in denen sie jene verfolgen können, veranlaßt sie gewöhnlich, irgendeine bis dahin nicht bekannte Gastgeberin vorzuziehen, die noch in ganz unverbrauchter Form die Hoffnungen auf eine überlegene Geistesart repräsentiert, welche bei Frauen, die seit langem eine gesellschaftliche Macht ausgeübt haben, deren Stärke und Schwächen man kennt und die nicht mehr zur Einbildungskraft sprechen, schon welk und abgelebt wirkt. So findet sich jede Epoche in neuen Frauen, in einer neuen Gruppe von Frauen personifiziert, die, aufs engste mit den letztaufgetauchten Gegenständen der Neugier verknüpft, in ihren Toiletten einzig und gerade in diesem Augenblick wie eine unbekannte Gattung erscheinen, die aus der jüngsten Weltkatastrophe hervorgegangen ist, unwiderstehliche Schönheiten jedes neuen Konsulats oder Direktoriums. Sehr oft aber ist die neue Inhaberin eines solchen Salons ganz einfach wie gewisse Staatsmänner, die zwar zum ersten Mal im Amte sind, aber schon seit zwanzig Jahren an alle Türen geklopft haben, ohne daß ihnen geöffnet worden ist, nur eine von vielen Frauen, die in der Gesellschaft nicht bekannt waren, deswegen aber doch seit sehr langem schon Gäste bei sich empfingen, wenn auch in Ermangelung von Besserem nur einige wenige ›Intime‹. Gewiß ist das nicht immer der Fall, und als mit dem fabelhaften Aufblühen des russischen Balletts die Fürstin Jurbeletschew auftauchte, die, nacheinander Künderin von Bakst, von Nijinsky, von Benoist, dem Genius Strawinskys, die junge Patin aller neuen großen Leute zugleich geworden war, mit einer ungeheueren zitternden Aigrette auf dem Kopf, die den Pariserinnen neu war, die sie aber alle sofort nachzuahmen versuchten, konnte man glauben, daß dies wundervolle Geschöpf von den russischen Tänzern zugleich mit ihrem uferlosen Gepäck als ihr köstlichster Schatz miteingeführt worden sei; wenn wir aber neben ihr in einer Proszeniumsloge bei allen Darbietungen der ›Russen‹ wie eine wahrhaftige Fee, bis zu diesem Tage noch der Aristokratie unbekannt, Madame Verdurin sitzen sehen, so werden wir den Herren und Damen der großen Welt, die leicht glauben mögen, Madame Verdurin habe sich erst frisch mit der Truppe Diaghilews ausgeschifft, antworten können, daß diese Dame schon zu verschiedenen Zeiten existiert hatte und durch diverse Verwandlungen hindurchgegangen war, von denen die gegenwärtige sich nur darin unterschied, daß sie als erste endlich, doch nunmehr in gesicherter Form und mit unaufhörlich beschleunigtem Schritt, die ›Padrona‹ dem so lange und vergebens erwarteten Erfolg entgegenführen würde. Madame Swanns Neuauftreten allerdings nahm nicht ganz denselben gleichsam typischen Verlauf; ihr Salon hatte sich um einen Mann herumkristallisiert, einen Sterbenden, der fast mit einem Schlag in dem Augenblick, als sein Talent sich erschöpft hatte, aus einem obskuren Dasein zu großem Ruhm emporgeführt worden war. Die Eingenommenheit für die Werke Bergottes war ungemein groß. Den ganzen Tag verbrachte er, gewissermaßen zur Schau gestellt, bei Madame Swann, die einem einflußreichen Mann etwa zuraunte: ›Ich werde mit ihm reden, er wird Ihnen einen Artikel schreiben.‹ Er war übrigens auch durchaus imstande, es zu tun und sogar auch einen kleinen Einakter für Madame Swann zu verfassen. Dem Tode näher, fühlte er sich weniger schlecht als zu der Zeit, da er sich nach dem Befinden meiner Großmutter erkundigte. Das kam daher, daß große körperliche Schmerzen ihm eine Diät aufgezwungen hatten. Die Krankheit ist derjenige von allen Ärzten, auf den man am ehesten hört: der Güte, dem Wissen gibt man Versprechungen; man gehorcht dem Leiden.

Gewiß hatte der ›kleine Kreis‹ der Verdurins gegenwärtig ein viel lebendigeres Interesse als der leicht nationalistische, noch mehr aber literarische und vor allem dem Bergotte-Kult geweihte von Madame Swann. Der ›kleine Kreis‹ war tatsächlich der aktive Mittelpunkt einer langen politischen Krise, die auf dem Höhepunkt der Intensität angelangt war: der Dreyfus-Krise. Die Angehörigen der Gesellschaft aber waren in der Mehrzahl derart gegen eine Revision eingenommen, daß ein dreyfusfreundlicher Salon etwas ebenso Unmögliches schien wie in einer anderen Epoche ein kommunistischer. Die Prinzessin von Caprarola hatte bei einer großen von ihr organisierten Ausstellung die Bekanntschaft von Frau Verdurin gemacht und darauf dieser wohl in der Hoffnung, einige interessante Elemente des ›kleinen Kreises‹ anzulocken und ihrem eigenen Salon zu integrieren, einen langen Besuch abgestattet, in dessen Verlauf sie (die in verkleinertem Maßstab Herzogin von Guermantes spielte) einen allen herkömmlichen Meinungen entgegengesetzten Standpunkt eingenommen und die Menschen ihrer Kreise für Idioten erklärt hatte, was Madame Verdurin äußerst mutig fand. Dieser Mut aber sollte später nicht so weit gehen, daß sie etwa unter dem Kreuzfeuer der Blicke nationalistischer Damen Madame Verdurin bei den Rennen von Balbec zu grüßen gewagt hätte. Was Madame Swann anbetraf, so wußten ihr die Dreyfus-Gegner jedoch Dank, weil sie ›rechtdenkend‹ war, womit sie, da mit einem Juden verheiratet, ein doppeltes Verdienst erwarb. Nichtsdestoweniger bildeten sich die Personen, die niemals bei ihr gewesen waren, ein, daß sie nur ein paar unbekannte Israeliten und Schüler von Bergotte bei sich sehe. So weist man auch noch ganz anders qualifizierten Frauen als Madame Swann den untersten Rang auf der sozialen Stufenleiter zu, sei es wegen ihres Ursprungs, sei es weil sie nicht gern an Diners oder an Soireen teilnehmen, bei denen man sie demgemäß niemals sieht, was man fälschlich darauf zurückführt, daß sie nicht eingeladen worden sind, sei es, weil sie niemals von ihren mondänen Freundschaften, sondern nur von Literatur und Kunst sprechen, oder die Leute fast heimlich zu ihnen gehen, oder weil sie selbst, um nicht anderen gegenüber unhöflich zu sein, jene nur insgeheim empfangen, kurz, aus tausend Gründen, die schließlich die eine oder andere unter ihnen in den Augen gewisser Leute als eine Frau erscheinen lassen, die man nicht empfängt. So war es jedenfalls mit Odette. Madame d'Epinoy hatte aus Anlaß einer Sammlung für die ›Patrie française‹ Odette aufgesucht, so wie sie zu ihrer Kurzwarenhändlerin gegangen wäre, im übrigen überzeugt, daß sie dort nicht einmal verachtete, sondern einfach unbekannte Gesichter antreffen würde, war aber starr vor Staunen, als die Tür sich nicht in einen Salon, wie sie ihn vermutete, auftat, sondern in einen Feensaal, in dem sie, wie nach einer Verwandlung auf offener Bühne in einem Märchenspiel, in den glänzenden Statistinnen, welche halb auf Diwanen hingestreckt oder in Lehnsessel sitzend die Herrin des Hauses beim Vornamen nannten, Hoheiten und Herzoginnen wiedererkannte, die sie selbst, die Prinzessin d'Epinoy, nur mit großer Mühe heranzuziehen vermochte und denen in diesem Augenblick unter den wohlwollenden Blicken von Odette der Marquis du Lau, Graf Louis de Turenne, Fürst Borghese, der Herzog von Estrées Orangeaden und kleines Backwerk reichten, also gleichsam den Truchseß und Mundschenk machten. Da die Prinzessin d'Epinoy, ohne sich darüber klar zu sein, die Eigenschaften der Mondänität in das Innere der Person verlegte, war sie genötigt, Madame Swann umzuschaffen und sie in einer eleganten Frau von neuem zu reinkarnieren. Die Unkenntnis des wirklichen Lebens, wie es Frauen führen, die ihr Tun und Lassen nicht in Zeitungen zur Schau stellen, breitet so über gewisse Situationen in der Welt einen Schleier des Geheimnisses aus (und trägt dadurch zur Mannigfaltigkeit des Salonlebens bei). Zu Odette waren anfangs nur einige Herren der höchsten Gesellschaft, begierig darauf, Bergotte kennenzulernen, zum Abendessen in kleinem Kreis erschienen. Sie hatte den erst neuerdings erworbenen Takt besessen, sich dessen nicht zu rühmen; sie fanden dort – eine Erinnerung wohl an den ›kleinen Clan‹, dessen Traditionen Odette nach dem Schisma weitergeführt hatte, täglich ihr Gedeck vor. Odette führte sie mit Bergotte, dem das übrigens den Todesstoß versetzte, zu interessanten Premieren. Die Herren sprachen von ihr zu einigen Frauen ihrer Welt, die imstande waren, sich für so viel Neuheit zu interessieren. Diese Frauen waren überzeugt, daß Odette, die so intim mit Bergotte befreundet war, mehr oder weniger an seinem Werk mitgearbeitet habe, und hielten sie für tausendmal gescheiter als die bedeutendsten Damen des Faubourg aus demselben Grund, aus dem sie alle ihre politischen Hoffnungen auf gewisse waschechte Republikaner wie Monsieur Doumer und Mon-

sieur Deschanel setzten, während sie Frankreich am Rande des Abgrundes sahen, wenn es dem monarchistischen Personenkreis anvertraut bliebe, den sie zum Abendessen bei sich sahen, wie einem Charette oder Doudeauville. Diese Veränderung in der Situation Odettes vollzog sich von ihrer Seite mit einer Diskretion, durch welche sie um so sicherer und rascher zustandekam, aber keineswegs von einem Publikum vermutet wurde, das geneigt war, sich auf die Berichte des ›Gaulois‹ in bezug auf Aufstieg oder Verfall eines Salons zu verlassen, so daß es wie ein Theatercoup wirkte, als man eines Tages bei der Generalprobe eines Stückes von Bergotte an einer der elegantesten Stätten zugunsten einer Wohltätigkeitsorganisation in der Mittelloge, das heißt der des Autors, neben Madame Swann Madame de Marsantes Platz nehmen sah, sowie diejenige, die infolge des fortschreitenden Verblassens der Herzogin von Guermantes (welche, von Ehrungen gesättigt, die geringste Anstrengung bereits zu viel fand) auf dem besten Wege war, die Löwin, die Königin ihrer Epoche zu werden, nämlich die Gräfin Molé. ›Als wir noch gar nicht ahnten, daß sie ihren Aufstieg begonnen hatte, sagte man sich über Odette, in dem Augenblick, als die Gräfin Molé in die Loge trat, hatte sie bereits die letzte Sprosse erklommen.‹
So konnte Madame Swann glauben, daß ich mich aus Snobismus ihrer Tochter von neuem näherte.
Ungeachtet ihrer glanzvollen Freundinnen hörte Odette das Stück dennoch mit äußerster Aufmerksamkeit an, ganz als sei sie einzig deswegen da, so wie sie früher aus Gesundheitsrücksichten und um sich Bewegung zu machen zu Fuß quer durch den Bois gegangen war. Männer, die sich einst weniger eifrig um sie gedrängt hatten, kamen jetzt an die Brüstung ihrer Loge, wobei sie alle übrigen inkommodierten, um ihr die Hand zu küssen und dadurch dem imposanten Kreise näherzukommen, von welchem sie umgeben war. Sie aber, mit einem Lächeln mehr noch der Liebenswürdigkeit als der Ironie, antwortete geduldig auf ihre Fragen und zeigte dabei

mehr ruhige Selbstverständlichkeit, als man für möglich gehalten hätte, wenn diese noch dazu vielleicht auch ganz ehrlich war, da eine solche Zeremonie nur die späte Zurschaustellung einer gewohnten, jedoch diskret verborgenen Intimität bedeutete. Hinter diesen drei Damen zog der von dem Fürsten von Agrigent, dem Grafen Louis de Turenne und dem Marquis de Bréauté umringte Bergotte alle Augen auf sich. Es ist leicht zu begreifen, daß für Männer, die überall empfangen wurden und eine Rangerhöhung nur von ausgesuchter Originalität erwarten konnten, in dieser Demonstration ihrer Bedeutung, die sie damit nachzuweisen glaubten, daß sie sich von einer Hausherrin hinzuziehen ließen, die wegen ihrer hohen geistigen Qualitäten berühmt war und bei der sie alle derzeit auf den Schild erhobenen Bühnenschriftsteller und Romanciers anzutreffen erwarteten, etwas Anregenderes und Lebendigeres sahen als in den Soireen der Prinzessin von Guermantes, welche ohne irgendein Programm oder eine neue Attraktion seit so vielen Jahren einander folgten, mehr oder weniger derjenigen gleich, die wir ausführlich beschrieben haben. In jener großen Welt, der Welt der Guermantes, von der die Neugier sich ein wenig abwendete, setzten sich neue intellektuelle Moden nicht in ihnen gemäße Unterhaltungen um, wie in den Einaktern, die Bergotte für Madame Swann schrieb, oder jene wahrhaft dem öffentlichen Interesse geweihten Zusammenkünfte (wenn die ›Welt‹ sich für die Dreyfus-Affäre hätte interessieren können) bei denen im Hause von Madame Verdurin Picquart, Clemenceau, Zola, Reinach und Labori zusammenkamen.

Auch Gilberte besserte die Situation ihrer Mutter noch auf, denn ein Onkel Swanns hatte dem jungen Mädchen gerade achtzig Millionen hinterlassen, woraufhin der Faubourg Saint-Germain sich mit ihr zu beschäftigen begann. Die Kehrseite der Medaille war, daß der im übrigen ja im Sterben begriffene Swann dreyfusfreundliche Meinungen hegte; aber selbst das schadete seiner Frau nicht, sondern erwies ihr vielmehr geradezu einen Dienst. Es schadete ihr nichts, weil man sagte: ›Er wird schwach im Kopf, er ist ein Idiot, man nimmt von ihm weiter keine Notiz. Nur auf seine Frau kommt es an, und sie ist wirklich bezaubernd.‹ Aber die Dreyfus-Gesinnung Swanns nützte Odette sogar. Sich selbst überlassen, hätte sie sich vielleicht so weit vergessen, den eleganten Damen Avancen zu machen, was ihr zum Verhängnis hätte werden können, während an den Abenden, an denen sie ihren Mann zu irgendeinem Diner im Faubourg Saint-Germain schleppte, Swann, der ablehnend in seiner Ecke blieb, sich nicht genierte, wenn er sah, wie Odette sich irgendeiner nationalistischen Dame vorstellen ließ, mit lauter Stimme zu sagen: »Aber höre, Odette, du bist ja nicht bei Trost. Ich bitte dich, so gib doch endlich Ruhe. Es wäre ja wirklich zu abgeschmackt, wenn du dich Antisemiten vorstellen ließest. Ich verbiete es dir.« Die Weltleute aber, denen alles nachläuft, sind weder so viel Stolz noch so viel schlechte Erziehung gewöhnt. Zum ersten Mal sehen sie jemand, der sich für ›mehr‹ als sie hält. Man erzählte sich von Swanns grollender Haltung, und auf Odette ergoß sich ein Regen von Visitenkarten. Als sie bei Madame d'Arpajon erschien, ging eine lebhafte und durchaus wohlwollende Bewegung der Neugier durch die Reihen. »Es ärgert Sie doch nicht, daß ich sie Ihnen vorgestellt habe, sagte Madame d' Arpajon. Sie ist sehr nett, ich kenne sie durch Marie de Marsantes.« – »Aber nicht doch, im Gegenteil, es scheint ja, daß sie riesig gescheit ist. Und außerdem ist sie bezaubernd. Ich hatte mir ohnehin schon gewünscht, ihr einmal zu begegnen; sagen Sie mir doch, wo sie wohnt.« Madame d' Arpajon sagte zu Madame Swann, sie habe sich bei ihr zwei Tage zuvor sehr gut amüsiert und ihretwegen Madame de Saint-Euverte mit Vergnügen versetzt. Das stimmte sogar, denn wenn man Madame Swann vorzog, so bewies man damit, daß man geistige Interessen hatte, wie wenn man ins Konzert geht anstatt an einem Tee teilzunehmen. Aber als Madame de Saint-Euverte gleichzeitig mit Odette bei Madame d'Arpajon erschien, stellte diese, da Madame de Saint-Euverte sehr snobistisch war und sie, Madame d'Arpajon, obwohl sie sie ziemlich von oben herab behandelte, doch auf ihre Empfänge Wert legte, Odette nicht vor, damit Madame de Saint-Euverte nicht wisse, wer sie sei. Die Marquise bildete sich ein, sie müsse irgendeine Prinzessin sein, die wenig ausginge und die sie daher niemals gesehen hätte, dehnte ihren Besuch lange aus und antwortete indirekt auf die Bemerkungen Odettes, aber Madame d'Arpajon blieb fest. Und als Madame de Saint-Euverte schließlich die Waffen streckte und ging, sagte die Herrin des Hauses zu Odette: »Ich habe Sie nicht vorgestellt, weil man nicht gern zu ihr geht und sie sehr groß im Einladen ist. Sie hätten sich dem einfach nicht entziehen können.« – »Oh! das hätte nichts gemacht«, stellte Odette mit einem gewissen Bedauern fest. Aber sie merkte sich, daß man nicht gern zu Madame de Saint-Euverte ging, was in gewissem Maße auch zutraf, und schloß daraus, daß sie selbst über eine der von Madame de Saint-Euverte sehr überlegene Situation verfüge, obwohl jene eine sehr große und Odette noch keine besaß.

Sie war sich darüber nicht klar, und obwohl alle Freundinnen von Madame de Guermantes mit Madame d'Arpajon sehr eng liiert waren, bemerkte Madame Swann, als sie von dieser eingeladen wurde, mit bedauernder Miene: »Ich gehe zu Madame d'Arpajon, aber Sie werden mich freilich sehr rückständig finden. Es ist mir nicht angenehm wegen Madame de Guermantes« (die sie im übrigen gar nicht kannte). Distinguierte Männer glaubten, die Tatsache, daß Madame Swann wenig Leute aus der großen Welt kenne, sei darauf zurückzuführen, daß sie offenbar eine geistig hochstehende Frau sei, wahrscheinlich eine große Musikerin, und daß es einen außer- und übergesellschaftlichen Titel darstelle, wie für einen Herzog der Doktor der Naturwissenschaften, wenn man zu ihr ginge. Frauen ohne jede Bedeutung fühlten sich zu Odette aus einem entgegengesetzten Grund hingezogen; als sie erfahren hatten, daß sie zu dem ›Concert Colonne‹ gehe und sich als Wagnerianerin gebärde, schlossen sie daraus, sie müsse wohl eine ›amüsante Person‹ sein, und fühlten sich durch die Idee, sie kennenzulernen, im voraus amüsiert. Doch weniger sicher in ihrer eigenen Situation, fürchteten sie auch, sich nach außen hin zu kompromittieren, falls es so aussehe, als seien sie mit Odette eng liiert, und wenn sie bei einem Wohltätigkeitskonzert Madame Swanns ansichtig wurden, wendeten sie den Kopf zur Seite, da sie für unmöglich hielten, unter den Augen von Madame de Rochechouart eine Frau zu grüßen, die am Ende sogar nach Bayreuth gegangen war – was für sie die letzte der Extravaganzen darstellte. Jede Person, die bei einer anderen erschien, wurde selbst eine andere. Ohne von den wunderbaren Verwandlungen zu sprechen, die sich in dieser Weise bei den Feen vollzogen, sei bemerkt, daß im Salon von Madame Swann Monsieur de Bréauté, plötzlich im Wert erhöht durch das Fehlen der Leute, die ihn gewöhnlich umgaben, durch die befriedigte Miene, mit der er sich dort aufhielt – als wenn er anstatt zu einem Fest zu gehen, seine Brille aufgesetzt und sich eingeschlossen hätte, um die ›Revue des Deux Mondes‹ zu lesen – durch das geheimnisvolle Zeremoniell endlich, dem er zu folgen schien, wenn er Odette besuchte, so wirkte, als sei er ein völlig neuer Mensch geworden. Ich hätte viel darum gegeben zu sehen, welche Wandlungen die Herzogin von Montmorency-Luxembourg in diesem neuen Milieu durchgemacht hätte. Aber sie war eine der Personen, denen man Odette niemals würde vorstellen können. Madame de Montmorency, die Oriane sehr viel wohlwollender gegenüberstand als diese ihr, setzte mich sehr in Erstaunen, als sie über Madame de Guermantes zu mir bemerkte: »Sie kennt sehr viele Leute von Geist, alle lieben sie, ich glaube, wenn sie etwas konsequenter gewesen wäre, hätte sie sich schließlich einen Salon schaffen können. Die Wahrheit ist, daß sie keinen sehr großen Wert darauf legte; sie hat recht gehabt, sie ist auch glücklich so, und alles reißt sich um sie.« Wenn Madame de Guermantes keinen Salon hatte, was war dann ein Salon? Die Bestürzung, welche diese Worte in mir hervorriefen, war nicht größer als diejenige, in die ich Madame de Guermantes versetzte, als ich ihr sagte, daß ich gern zu Madame de Montmorency gehe. Oriane fand, diese sei ›eine alte Kuh‹. »Wenn ich es noch täte, sagte sie, ich bin dazu gezwungen, da sie meine Tante ist; aber Sie! Sie versteht nicht einmal angenehme Leute heranzuziehen!« Madame de Guermantes war sich nicht klar darüber, daß angenehme Leute mich kalt ließen und daß ich, wenn sie zu mir von einem ›kleinen Salon d'Arpajon‹ sprach, einen gelben Schmetterling sah, bei ›Salon Swann‹ aber (Madame Swann empfing im Winter von sechs bis sieben Uhr) einen schwarzen Schmetterling mit schneegepolsterten Flügeln. Letzteren aber, der gar kein Salon war, fand sie wenigstens noch, wenn auch indiskutabel für sich, so doch entschuldbar für mich wegen der ›geistigen Leute‹. Aber Madame de Luxembourg! Hätte ich schon irgend etwas ›produziert‹, was beachtet worden wäre, so hätte sie geschlossen, daß ein gewisses Maß von Snobismus sich mit Talent vereinigen läßt. Ihre Enttäuschung erreichte den Höhepunkt, als ich ihr gestand, ich gehe nicht zu Madame de Montmorency (wie sie glaubte) um ›Beobachtungen‹ oder ›Studien‹ zu machen! Madame de Guermantes täuschte sich im übrigen nicht mehr als die Verfasser von Gesellschaftsromanen, die in grausamer Weise von außen her das Verhalten eines wirklichen oder vermeintlichen Snobs analysieren, sich aber niemals in ihn hineinversetzen zu einer Zeit, da in der Phantasie ein ganzer Frühling gesellschaftlichen Lebens aufsprießt. Wenn ich mich fragte, weshalb ich ein so großes Vergnügen daran fände, zu Madame de Montmorency zu gehen, so war ich selbst ein wenig enttäuscht. Sie wohnte im Faubourg Saint-Germain auf einem alten Grundstück mit lauter vereinzelten Pavillons, die durch kleine Gärten getrennt waren. Eine angeblich von Falconet geschaffene Statuette unter dem Eingangsbogen stellte eine

Quelle dar, von der es übrigens unaufhörlich feucht herniederrieselte. Etwas weiter drinnen stieß man auf die Concierge, die mit – sei es aus Kummer, Neurasthenie, Migräne oder Schnupfen – immer geröteten Augen niemals Antwort gab, sondern nur durch eine unbestimmte Bewegung den Ankommenden bedeutete, daß die Herzogin da sei, und aus ihren Augenlidern dann wieder ein paar Tropfen auf einen Topf mit Vergißmeinnicht fallen ließ. Das Vergnügen, das ich beim Anblick dieser Statuette empfand, weil sie mich an einen kleinen Gärtner aus Gips erinnerte, der in einem Garten in Combray gestanden hatte, war nichts neben dem, welches ich dem großen feuchten, hallenden, echoerfüllten Treppenhaus verdankte, das dem gewisser Badeetablissements von früher glich, den mit Zinerarien gefüllten Vasen – blau in blau – im Vorzimmer, besonders aber dem Ton des Glöckchens, das genauso wie das an Eulalies Kammertür klang. Sein Scheppern setzte meinem Enthusiasmus die Krone auf, schien mir aber zu untergeordnet, als daß ich es Madame de Montmorency hätte erklären können, so daß diese Dame mich immer in einem Zustand der Verzückung sah, dessen Anlaß sie niemals erriet.

Anfälligkeiten des Herzens

Meine zweite Ankunft in Balbec war ganz anders, als die erste gewesen war. Der Direktor holte mich persönlich in Pont-à-Couleuvre ab und wiederholte mir unaufhörlich, welchen Wert er auf ›arrivierte‹ Gäste lege, was mich fürchten ließ, daß er mich überschätze, bis ich begriff, daß er in leichter Entstellung seines Hoteliersjargons meinte, daß er bei der ›Arrivée‹ von Gästen gern zugegen sei. Je mehr neue Sprachen er lernte, desto schlechter sprach er die früheren. Er kündigte mir an, er habe mich ganz oben im Hotel untergebracht. »Ich hoffe, sagte er, daß Sie darin keinen Mangel an Unhöflichkeit sehen, es war mir unangenehm, Ihnen ein

Zimmer zu geben, dessen Sie unwürdig sind, aber ich habe es wegen des Lärms getan, weil sie so niemand über sich haben und Ihre Ohrtrompete (er meinte das Trommelfell) schonen. Aber Sie können beruhigt sein, ich lasse die Fenster schließen, damit die Flügel nicht klappern, denn darin bin ich unerträglich«, welche Worte zwar nicht zum Ausdruck brachten, was er meinte, nämlich daß er es schlecht ertrüge und in diesem Punkte unerbittlich sei, wohl aber vielleicht die Ansicht der Etagendiener. Die Zimmer waren im übrigen die meines ersten Aufenthalts. Sie waren nicht niedriger geworden, doch war ich in der Achtung des Direktors gestiegen. Ich könnte mir ein Feuer machen, meinte er, wenn ich wolle (denn auf ärztliche Anordnung war ich schon zu Ostern gereist) doch er fürchte, daß die Decke vielleicht ›undefekt‹ sei. »Vor allem warten Sie immer mit dem Auflegen neuer Scheite, bis die alte Füllung verharscht ist (statt ›veruscht‹). Es ist nämlich wichtig, daß der Kamin nicht zu glühen anfängt, noch dazu wo ich, um das Zimmer freundlicher zu gestalten, eine alte chinesische Passepartoutvase (Potpourrivase) daraufgestellt habe, die entzweigehen könnte.«

Mit Traurigkeit in der Stimme teilte er mir den Tod des Vorsitzenden der Anwaltskammer aus Cherbourg mit: »Er war ein alter Routinier, sagte er (er meinte wahrscheinlich ›Roué‹) und gab mir zu verstehen, daß sein Ende vermutlich durch ›Debatten‹ beschleunigt worden sei (womit er Debauchen meinte)! Schon seit einiger Zeit habe ich bemerkt, daß er nach dem Abendessen im Salon immer eingeknickt dasaß (zweifellos eingenickt). In der letzten Zeit war er so sehr verändert, daß er für jemanden, der ihn nicht kannte, kaum noch erkenntlich (statt ›kenntlich‹) war.«

Zum Ausgleich hatte der Gerichtspräsident aus Caen die ›Korvette‹ eines Kommandeurs der Ehrenlegion erhalten. »Sicher besaß er große Fähigkeiten, aber es scheint, daß man sie ihm vor allem wegen seiner absoluten Intimität (Integrität) gegeben hat.« Im übrigen kam das ›Echo de Paris‹ von gestern auf diese Verleihung noch einmal zurück, aber der Direktor hatte davon nur den ersten Aufschnitt (statt Abschnitt) gelesen, in dem die Politik von Monsieur Caillaux heftig angegriffen wurde. »Ich finde im übrigen, sie haben ganz recht, sagte er. Er bringt uns wirklich zu sehr unter die Kutte (er meinte Knute) der Deutschen.« Da die Behandlung dieser Art von Themen im Munde eines Hoteliers mir langweilig wurde, hörte ich nicht weiter hin. Ich dachte an die Bilder, die mich zu dem Entschluß geführt hatten, nach Balbec zurückzukehren. Sie waren sehr verschieden von denen von einst, denn die Vision des Ortes, die ich jetzt wiederfinden wollte, war ebenso strahlend hell, wie die erste von Nebel durchwogt gewesen war. Sie sollte deshalb jedoch nicht weniger trügerisch sein. Die Bilder, welche die Erinnerung auswählt, sind ebenso willkürlich, ebenso enggefaßt, ebenso ungreifbar wie die, welche die Einbildungskraft gestattet und die Wirklichkeit dann zerschlagen hat. Es besteht kein Grund, weshalb ein wirklicher Ort außerhalb von uns mehr Bilder der Erinnerung als des Traums in sich enthalten soll. Zudem wird uns vielleicht auch eine neue Wirklichkeit dazu führen, die Wünsche zu vergessen, ja vielleicht sogar voll Abscheu von uns zu weisen, die uns eben noch zum Aufbruch bewogen haben.

Diejenigen, die mich veranlaßt hatten, nach Balbec zu reisen, hingen zum Teil damit zusammen, daß die Verdurins (deren Einladungen ich niemals gefolgt war und die sicherlich glücklich über meinen Besuch wären, wenn ich mich auf dem Lande bei ihnen entschuldigen würde, weil ich in Paris nie den Weg zu ihnen gefunden hatte) wohl wissend, daß mehrere ihrer ›Getreuen‹ ihre Ferien an dieser Küste verbringen würden, daraufhin für die ganze Saison eines der cambremerschen Schlösser (La Raspelière) gemietet und dorthin die Baronin Putbus eingeladen hatten. An dem Abend, als ich es (noch in Paris) erfuhr, hatte ich, völlig verrückt wie ich war, unseren jungen Diener hingeschickt, damit er sich erkundige, ob die Dame ihre Jungfer nach Balbec mitzunehmen gedenke Es war elf Uhr abends. Der Portier brauchte lange Zeit, um zu öffnen, schickte aber durch ein Wunder meinen Boten nicht ärgerlich fort, rief auch nicht nach der Polizei, sondern begnügte sich damit, ihn sehr rauh zu empfangen, erteilte ihm aber dennoch die gewünschte Auskunft. Er sagte, daß tatsächlich die erste Jungfer ihre Herrin begleiten werde, zuerst zur Kur nach Deutschland, dann nach Biarritz und endlich zu Madame Verdurin. Von da an war ich ruhig und zufrieden, dies Eisen im Feuer zu haben. Ich konnte daraufhin jene Verfolgungen auf der Straße unterlassen, bei denen mir noch dazu den Schönen gegenüber, auf die ich stieß, eine Einführung gefehlt hätte, wie es bei der ›Giorgionehaften‹ die Tatsache sein würde, daß ich am gleichen Abend mit ihrer Herrin bei den Verdurins gespeist hätte. Im übrigen würde sie vielleicht eine noch bessere Meinung von mir bekommen, wenn sie erführe, daß ich nicht nur die bürgerlichen Mieter von La Raspelière, sondern auch die Besitzer und besonders Saint-Loup kannte, der, da er mich nicht wohl ›par distance‹ der Kammerfrau empfehlen konnte (sie kannte Roberts Namen nicht einmal) zu meinen Gunsten einen enthusiastischen Brief an die Cambremer verfaßt und abgeschickt hatte. Er meinte, daß, ganz abgesehen von dem Nutzen, den diese für mich haben könnten, Madame Cambremer (die Schwiegertochter, geborene Legrandin) mich interessieren würde, wenn ich mich mit ihr unterhielte. ›Sie ist eine kluge Frau‹, hatte er mir versichert, sie wird dir keine letzten Dinge sagen (die ›letzten‹ Dinge hatten nämlich jetzt die ›enormen‹ ersetzt, denn Robert erneuerte alle fünf bis sechs Jahre einige seiner Lieblingsausdrücke, wobei er die wichtigsten jedoch beibehielt). Aber sie ist ein Temperament, eine Persönlichkeit, sie hat Intuition und findet für alles das passende Wort. Von Zeit zu Zeit fällt sie einem etwas auf die Nerven, sie gibt dann Dummheiten von sich, mit denen sie ›große Welt‹ sein will, was um so lächerlicher ist, als es nichts Uneleganteres gibt als die Cambremer; sie ist nicht immer ganz ›à la page‹, aber alles in allem gehört sie noch zu den erträglichsten Personen, mit denen man verkehren kann.«

Sobald der Empfehlungsbrief von Robert bei ihnen eingetroffen war, hatten die Cambremer, sei es aus Snobismus, der ihnen wünschenswert erscheinen ließ, indirekt liebenswürdig gegen Saint-Loup zu sein, sei es aus Dankbarkeit, weil er sich eines ihrer Neffen in Doncières angenommen hatten, wahrscheinlicher aber noch aus natürlicher Güte und einer Tradition der Gastfreundschaft, lange Briefe geschrieben, in denen sie baten, ich möge bei ihnen wohnen, oder, falls ich unabhängig sein wolle, ihre Bereitwilligkeit erklärten, mir eine Unterkunft zu besorgen. Als Saint-Loup ihnen entgegnete, ich werde in Balbec im Grand-Hôtel wohnen, antworteten sie, daß sie dann wenigstens einen Besuch gleich nach meiner Ankunft erhofften und, wenn er zu lange auf sich warten ließe, nicht verfehlen würden, mich ihrerseits ausfindig zu machen und zu einer ihrer Garden-parties einzuladen.

Zweifellos bestand keine wesensmäßige Verbindung zwischen der Jungfer der Baronin Putbus und der Region von Balbec; sie würde dort für mich nicht etwas wie das Bauernmädchen sein, das ich, einsam auf dem Wege nach Méséglise dahinwandernd, so oft mit der ganzen Kraft meines Wunsches herbeigerufen hatte. Aber ich hatte seit langem aufgehört, aus einer Frau gleichsam die Quadratwurzel ihrer Unbekannten ziehen zu wollen, welche oft nicht einmal dem einfachen Akt des Vorstellens standhielt. In Balbec, wohin ich seit langem nicht gegangen war, würde ich jedenfalls in Ermangelung einer naturgegebenen Beziehung – die in diesem Falle zwischen der Gegend und der Frau nicht bestand – den Vorteil haben, daß das Gefühl für die Wirklichkeit dort nicht für mich durch die Gewohnheit abgeschwächt sein würde wie in Paris, wo, sei es in meinem eigenen Hause, sei es in einem bekannten Zimmer, die Lust, die ich in der Gesellschaft einer

Frau fand, mir nie einen Augenblick inmitten der alltäglichen Dinge die Illusion des Zugangs zu einem neuen Leben verschaffen konnte. (Denn wenn die Gewohnheit eine zweite Natur ist, so hindert sie uns doch, die erste kennenzulernen, von der sie weder die Grausamkeit noch den Zauber besitzt.) Diese Illusion aber würde ich vielleicht in einer neuen Landschaft haben, wo die Fühlfähigkeit unter einem Sonnenstrahl erblühen und die Frau, die ich ersehnte, meine Entzückung vollenden würde: nun aber brachten, wie man sehen wird, die Umstände nicht nur mit sich, daß diese Frau gar nicht nach Balbec kam, sondern auch, daß ich nichts so sehr fürchtete, als daß sie kommen könnte, so daß dieser Hauptzweck meiner Reise weder erreicht noch überhaupt weiter von mir verfolgt worden ist.

Gewiß würde die Baronin Putbus nicht zu Beginn der Saison schon zu den Verdurins gehen; aber die Freuden, die man erwählt hat, dürfen ruhig noch in der Ferne liegen, wenn ihr Heraufkommen gesichert ist und man sich in ihrer Erwartung bis dahin noch der Trägheit, der Gefallsucht und der Ohnmacht zu lieben überlassen kann. Im übrigen ging ich nach Balbec nicht in einer so poetischen Stimmung wie das erste Mal; es liegt immer weniger Egoismus in der reinen Einbildungskraft als in der Erinnerung, und ich wußte, daß ich mich ausgerechnet an einer der Stätten befinden würde, in denen es von schönen Unbekannten wimmelte. Ein Seebad bietet deren nicht weniger als ein Ballsaal, und ich stellte mir im voraus die Spaziergänge vor dem Hotel, auf der Mole, mit jener Art von Vergnügen vor, das Madame de Guermantes mir verschafft hätte, wenn sie, anstatt mich zu glanzvollen Abendgesellschaften einzuladen, öfter meinem Namen einen Platz auf den Listen verschafft hätte, welche die Gastgeberinnen großer Häuser, bei denen Tanzereien stattfanden, für die einzuladenden jungen Herren anlegten. Damenbekanntschaften in Balbec zu machen, würde ebensoleicht für mich sein, wie es mir früher schwergefallen war, denn ich hatte dort jetzt ebenso viele Beziehungen und Stützpunkte, wie sie mir das erste Mal abgegangen waren.

Die Stimme des Direktors, dessen politischen Ergüssen ich nicht mehr gelauscht hatte, zog mich aus meiner Träumerei. Er wechselte jetzt das Thema und sagte mir, mit welcher Freude der Gerichtspräsident von meiner Ankunft gehört habe und daß er mich am gleichen Abend noch auf meinem Zimmer besuchen wolle. Der Gedanke an diese Visite erschreckte mich so sehr – denn ich begann mich ermüdet zu fühlen – daß ich ihn bat, sie zu verhindern (was er mir auch versprach) und zur größeren Sicherheit an diesem Abend seine Angestellten als Wache aufziehen zu lassen. Er liebte sie, so schien es, nicht sehr. »Ich bin die ganze Zeit genötigt, hinter ihnen herzulaufen, weil es ihnen so sehr an Energielosigkeit fehlt. Wenn ich nicht da wäre, würden sie mit offenen Füßen schlafen. Ich werde den Liftboy vom Dienst vor Ihre Türe stellen.« Ich fragte, ob dieser jetzt endlich ›Oberchasseur‹ geworden sei. »Er ist noch nicht lange genug im Hause, antwortete er mir. Er hat Kameraden, die älter sind als er, das gäbe böses Blut. Man muß da stets richtig ›dossieren‹. Ich gebe zu, daß er sich vor seinem Fahrstuhl gar nicht unübel macht. Aber er ist noch etwas jung für eine solche Position. Mit den anderen, die viel älter sind, harmonisiert das schlecht. Es fehlt ihm noch etwas an Ernst, und das ist dabei von primitiver Wichtigkeit (sicher wollte er sagen ›von primärer Wichtigkeit‹). Man muß ihm das Sitzfleisch stärken, aber dafür bin ich der rechte Mann. Ich verstehe mich darauf. Bevor ich mir die Sporen als Direktor des Grand-Hôtels verdient habe, habe ich unter Monsieur Paillard gearbeitet.« Diese Bemerkung blieb nicht ohne Wirkung auf mich, und ich dankte dem Direktor, daß er sich meinetwegen persönlich bis nach Pont-à-Couleuvre bemüht habe. »Oh, das hat gar nichts zu sagen, es kostete mich ja nur ein Maximum (statt Minimum) an Zeit.« Im übrigen waren wir da.

Ein tiefgreifender Umsturz vollzog sich nun in meiner ganzen Person. Da ich schon am ersten Abend einen Anfall von Herzschwäche hatte, versuchte ich, meinem Leiden dadurch zu begegnen, daß ich mich sehr langsam und vorsichtig bückte, um die Schuhe auszuziehen. Aber kaum hatte ich den ersten Knopf meiner Stiefeletten berührt, als die Brust mir von einer unbekannten, göttlichen Gegenwart schwoll, Schluchzen schüttelte mich, und Tränen stürzten aus meinen Augen hervor. Das Wesen, das mir zu Hilfe kam, das mich aus dieser Dürre der Seele rettete, war das gleiche, das mehrere Jahre zuvor in einem Augenblick gleicher Not und Einsamkeit, in einem Augenblick, da ich nichts mehr von mir besaß, eingetreten war und mich mir selbst wiedergegeben hatte, denn es war ich selbst und mehr als ich (wie ja das Gefäß mehr als der Inhalt ist) und brachte mir dieses mein Ich zurück. In meiner Erinnerung fand ich, in meiner Ermattung über mich geneigt, das zärtliche, das besorgte, das enttäuschte Antlitz meiner Großmutter wieder, so wie sie an jenem ersten Ankunftsabend gewesen war; das Gesicht meiner Großmutter, nicht derjenigen, die ich – wie ich mit Staunen und Reue festgestellt – so wenig betrauert hatte und die von jener nur den Namen hatte, sondern meiner wirklichen Großmutter, deren lebendige Realität sich zum ersten Mal seit jenem Tag in den Champs-Elysées, an dem der Schlag sie getroffen hatte, in einer unwillkürlichen und vollständigen Erinnerung wiederfand. Diese Realität besteht für uns nicht, solange sie nicht durch unser Denken neuerschaffen ist. (Sonst würden Menschen, die an einem gigantischen Kampf teilgenommen haben, samt und sonders große epische Dichter sein.) Und so, in einem wahnsinnigen Verlangen, mich in ihre Arme zu stürzen, erfuhr ich erst jetzt, in diesem Augenblick, mehr als ein Jahr nach ihrer Beerdigung – auf Grund jenes Anachronismus, durch den so oft der Kalender der Tatsachen mit dem Kalender der Gefühle nicht zusammenfällt –, daß sie gestorben war. Ich hatte seit jenem Augenblick oft von ihr gesprochen und auch an sie gedacht, aber hinter meinen Worten und Gedanken eines undankbaren, egoistischen, grausamen jungen Menschen hatte niemals etwas gestanden, was meiner Großmutter ähnlich sah, weil ich in meinem Leichtsinn, meiner Vergnügungssucht, meiner Gewöhnung an den Anblick ihrer Krankheit die Erinnerung an das, was sie gewesen war, nur in virtuellem Zustand noch weiterhin in mir trug. In welchem Augenblick wir sie auch betrachten, immer hat unsere seelische Ganzheit nur einen beinahe fiktiven Wert trotz der umfangreichen Bilanz ihrer Reichtümer, denn bald stehen die einen, bald die anderen nicht zu unserer Verfügung, und zwar die effektiven Schätze ebensowenig wie diejenigen der Einbildungskraft, und für mich zum Beispiel, ganz wie die des einstigen Namens Guermantes, die noch so viel schwerwiegenderen der wahren Erinnerung an meine Großmutter. Denn mit den Störungen des Gedächtnisses ist eine Intermittenz, ein Versagen auch des Herzens verbunden. Zweifellos verleitet uns die Existenz unseres Körpers, der uns wie ein Gefäß vorkommt, in dem unsere Geistigkeit eingeschlossen ruht, zu der Vermutung, daß alle Güter unseres Inneren, unsere vergangenen Freuden, unsere Schmerzen unaufhörlich sich in unserem Besitz befinden. Vielleicht ist es ebensowenig exakt zu glauben, daß sie uns entfallen oder wiederkehren. Auf alle Fälle, wenn sie uns bleiben, so die meiste Zeit in einem unbekannten Bereich, in dem sie ohne Nutzen für uns sind und wo sogar die allervertrautesten von Erinnerungen einer anderen Ordnung zurückgedrängt werden, die jede Gleichzeitigkeit mit jenen in unserem Bewußtsein ausschließen. Aber wenn wir des Rahmens der Empfindungen, in dem sie aufbewahrt sind, wieder habhaft werden, so haben diese ihrerseits ganz die gleiche Macht, alles abzustoßen, was unvereinbar mit ihnen ist, und allein in uns das Ich wiederherzustellen, das sie einstmals erlebte. Da aber derjenige, der ich soeben von neuem geworden war, seit jenem fernen Abend nicht existiert hatte, an dem mir meine Großmutter bei meiner Ankunft in Balbec beim Auskleiden geholfen hatte, hing ich ganz natürlich nicht an dem gegenwärtigen Tag, von dem dieses Ich nichts wußte, sondern – als ob es in der Zeit verschiedene und parallele Abläufe gäbe – unterbrechungslos und unmittelbar an den ersten Abend von einst anknüpfend an der Minute fest, da meine Großmutter sich über mich gebeugt hatte. Das seit so langer Zeit verschwundene Ich, das ich damals war, war von neuem so nahe bei mir, daß ich noch die Worte zu hören glaubte, die unmittelbar vorausgegangen und dennoch nicht mehr als ein Trugbild waren, so wie ein noch nicht vollerwachter Mensch ganz dicht neben sich die Geräusche seines im Schwinden begriffenen Traumes zu vernehmen meint. Ich war nur noch das Wesen, das sich in die Arme seiner Großmutter zu flüchten, die Spuren ihres Kummers durch Küsse auszulöschen suchte, jenes Wesen, das ich mir, solange ich das eine oder andere von denen war, die seit einiger Zeit in mir aufeinandergefolgt waren, unter ebenso großen Schwierigkeiten nur hätte vorstellen können, wie es für mich jetzt – übrigens ganz fruchtloser – Mühen bedurft hätte, um die Wünsche und Freuden eines von denen wiederzuempfinden, die ich wenigstens für eine gewisse Zeitspanne nicht mehr war. Ich erinnerte mich, wie ich eine Stunde vor dem Augenblick, da meine Großmutter sich so in ihrem Hauskleid zu meinen Schuhen heruntergebückt hatte, auf der von Hitze stickigen Straße vor der Konditorei umhergeirrt war und glaubte, ich könne niemals in meinem leidenschaftlichen Bedürfnis, sie zu küssen, die Stunde überstehen, die ich noch ohne sie verbringen mußte. Nun aber, wo dies gleiche Bedürfnis wieder in mir vorhanden war, wußte ich, daß ich Stunden auf Stunden warten könnte und sie doch niemals wieder bei mir haben würde. Ich entdeckte es jetzt, weil mir erst, als ich sie zum ersten Mal lebendig, wahrhaft, mein Herz bis zum Springen erfüllend endlich wiederfand, zu Bewußtsein kam, daß ich sie für immer verloren hatte. Verloren für immer; ich konnte es nicht verstehen, und mühte mich, den Schmerz dieses Widerspruchs bewußt auf mich zu nehmen: einerseits eine Existenz, eine Zärtlichkeit zu spüren, die so in mir weiterlebten, wie ich sie gekannt hatte, das heißt für mich gemacht, eine Liebe, bei der alles in mir seine Ergänzung, seinen Zweck, seine konstante Richtung bekam, so daß das Genie der großen Männer, alle Genies, die seit Anbeginn der Welt existiert haben mochten, für meine Großmutter nicht einen einzigen meiner Fehler aufgewogen hätten; daneben aber zu fühlen, wie dieses Glück in dem Augenblick schon, als ich es wie gegenwärtig wiedererlebt hatte, von der Gewißheit durchzuckt wurde, die wie ein in wiederholten Anfällen wiederkehrender physischer Schmerz aus dem Nichts hervorbrach, welches mein Bild von dieser Zärtlichkeit ausgelöscht, diese Existenz zerstört, unser wechselseitiges Vorherbestimmtsein zunichte gemacht hatte, und daß meine Großmutter in dem Augenblick, als ich sie wie in einem Spiegel wiederfand, bereits zu einer Fremden geworden war, die ein Zufall ein paar Jahre in meiner Nähe hatte verbringen lassen, wie sie es auch bei jedem anderen hätte tun können, für die ich aber vorher und hinterher nichts war und nichts sein würde.

Anstelle der Freuden, die ich seit einiger Zeit hatte, wäre mir jetzt als einzig mögliche, die ich in diesem Augenblick hätte genießen können, das Glück erschienen, die Vergangenheit verschönern und die Schmerzen mindern zu können, die meine Großmutter einst gelitten hatte. Nun aber erinnerte ich mich ihrer nicht nur in jenem Hauskleid, einem Kleidungsstück, das so sehr für die – ihr zweifellos unerträglichen, aber auch süßen – Mühen, die sie meinetwegen auf sich nahm, geeignet schien, daß es beinahe ein Symbol dafür geworden war; allmählich erinnerte ich mich vielmehr auch aller Gelegenheiten, die ich ergriffen hatte, ihr meine Leiden zu zeigen, ja sie notfalls sogar zu übertreiben, ihr einen Kummer zu bereiten, den ich hinterher durch meine Küsse ausgelöscht zu haben glaubte, als müsse meine Zärtlichkeit ebensosehr wie mein Glück imstande sein, ihr selber Glück zu verschaffen; aber schlimmer noch: ich, der ich jetzt kein Glück mehr begriff als das, ein solches in meiner Erinnerung auf Stirn und Wangen dieses von Zärtlichkeit gefurchten und gebeugten Gesichts ausgegossen zu sehen, hatte früher in sinnlosem Wüten alles darangesetzt, sogar die kleinsten Regungen des Vergnügens daraus zu vertreiben, so zum Beispiel an jenem Tage, an dem Saint-Loup eine Aufnahme von meiner Großmutter gemacht hatte und ich mich mit Mühe zurückhielt, ihr nicht die fast kindische Lächerlichkeit der Koketterie vorzuhalten, die sie daran wendete, mit ihrem breitkrempigen Hut in kleidsamem Halbdunkel die richtige Pose einzunehmen, und mich so weit vergaß, ein paar ungeduldige und verletzende Worte vor mich hinzumurmeln, die, wie ich an einem Zucken in ihrem Gesicht erriet, sie erreicht und schmerzlich getroffen hatten; jetzt war ich es, dem sie das Herz zerrissen, jetzt, wo die Tröstung durch tausend Küsse für immer unmöglich war.

Niemals mehr aber würde ich jenes Zucken in ihrem Gesicht auslöschen können und jenes Leiden ihres Herzens oder vielmehr des meinigen; denn da die Toten nur mehr in uns existieren, treffen wir unermüdlich uns selbst, wenn wir uns eigensinnig aller Schläge erinnern, die wir einst gegen sie geführt. An jene Schmerzen, so grausam sie waren, klammerte ich mich mit aller Macht, denn ich spürte, daß sie aus der Erinnerung hervorgingen, die ich von meiner Großmutter hatte, und der Beweis waren, daß diese Erinnerung wahrhaft in mir gegenwärtig sei. Ich fühlte, daß ich sie mir wirklich nur durch den Schmerz zurückrief, und hätte gewollt, daß sich die Nägel noch tiefer in mich eindrückten, die das Gedenken an sie in mir befestigten. Ich versuchte nicht, das Leiden sanfter zu machen, es zu verschönern, mir einzubilden, meine Großmutter sei nur abwesend und vorübergehend unsichtbar, indem ich an ihre Photographie (diejenige, die Saint-Loup von ihr gemacht hatte und die ich bei mir führte)

Worte und Bitten richtete wie an ein Wesen, das von uns getrennt, aber ein Individuum geblieben ist, uns kennt und uns verbunden bleibt in unauflöslicher Harmonie. Niemals tat ich es, denn ich wollte nicht nur leiden, sondern auch die Originalität meines Leidens achten, so wie ich es plötzlich und unwillkürlich erlebt hatte, ich wollte es auch weiter erleben nach den Gesetzen, die es selbst in sich trug, jedesmal, wenn dieser seltsame Widerspruch zwischen Nachleben und Nichts sich gegenseitig durchkreuzend wieder vor mein Bewußtsein trat. Ich wußte freilich nicht, ob ich aus diesem so schmerzlichen und im Augenblick unbegreiflichen Eindruck vielleicht eines Tages ein wenig Wahrheit ziehen könnte, wohl aber daß, wenn es mir jemals gelingen würde, dies Körnchen Wahrheit dennoch zu gewinnen, es jedenfalls nur aus ihm sein könne, der so ganz eigenartig war, spontan in mir entstanden, den nicht mein Verstand in mich eingezeichnet und mein Kleinmut abgeschwächt hatte, sondern den der Tod selbst, die jähe Offenbarung des Todes wie ein Blitzstrahl in übernatürlicher, übermenschlicher Graphik in mich eingegraben hatte als eine geheimnisvolle Doppelspur. (Was das Vergessen meiner Großmutter anbetraf, in dem ich bisher gelebt hatte, so konnte ich nicht einmal daran denken, aus ihm die Wahrheit entnehmen zu wollen, weil es in sich selbst nur eine Verneinung, ein Versagen des Denkens war, unfähig, einen wirklichen Augenblick des Lebens neu zu schaffen, gezwungen vielmehr, an dessen Stelle konventionsbedingte, gleichgültige Bilder zu setzen.) Vielleicht aber, da der Selbsterhaltungstrieb, der Einfallsreichtum des Verstandes, wenn es gilt, uns vor Schmerz zu bewahren, bereits begannen, auf noch rauchenden Trümmern den Grundstein ihres nützlichen und verhängnisvollen Werkes zu errichten, genoß ich allzusehr die Süße, mir diese oder jene Urteile des geliebten Wesens in die Erinnerung zu rufen. Sie mir in Erinnerung zu rufen, als könne sie sie jetzt noch aussprechen, als existiere sie selbst und ich auch weiterhin für sie. Aber sobald ich endlich einschlief zu jener Stunde von höherem Wahrheitsgehalt, in der meine Augen sich für die Dinge der äußeren Welt verschlossen, reflektierte und zerlegte die Welt des Schlafes (auf deren Schwelle mein vorübergehend gelähmter Intellekt und Wille mir die Grausamkeit meiner wahren Eindrücke nicht mehr vorenthalten konnten) die endlich wiederhergestellte schmerzliche Synthese aus Nachleben und aus Nichts in der organischen, durchscheinend gewordenen Tiefe der geheimnisvoll erhellten Räume meines Körperinneren. Die Welt des Schlafes, in der die innere Erkenntnis, unter die Abhängigkeit von den Störungen unserer Organe gestellt, den Rhythmus des Herzens oder die Atmung beschleunigt, weil eine gleiche Dosis von Grauen, von Trauer oder Reue mit hundertfacher Kraft wirkt, wenn sie derart in unsere Arterien eingeführt worden ist; sobald wir, um das Adernetz der unterirdischen Stadt zu durchmessen, uns auf den düsteren Fluten unseres eigenen Blutes wie auf einem sechsfach gewundenen inneren Lethefluß eingeschifft haben, erscheinen uns große feierliche Gestalten, sprechen uns an, entfernen sich wieder und lassen uns in Tränen zurück. Vergebens suchte ich nach der meiner Großmutter, sobald ich in die düstere Eingangshalle eingetreten war; ich wußte gleichwohl, daß sie noch existierte, aber mit einem verminderten Leben, das blaß wie das der Erinnerung war. Das Dunkel nahm zu, und auch der Wind; mein Vater kam nicht, der mich zu ihr führen sollte. Da plötzlich stockte mein Atem, ich fühlte, wie mein Herz sich in mir verhärtete, ich erinnerte mich, daß ich seit langen Wochen vergessen hatten, meiner Großmutter zu schreiben. Was mußte sie wohl denken von mir? ›Mein Gott‹, sagte ich mir, wie unglücklich muß sie sein in dem kleinen Zimmer, das man für sie gemietet hat, so klein wie für einen früheren Dienstboten, wo sie ganz allein ist mit der Pflegerin, die man ihr bestellt hat, damit sie nach ihr sieht, und indem sie sich nicht rühren kann, denn sie ist ja immer noch etwas gelähmt und hat ja noch nicht ein einziges Mal wieder aufstehen mögen! Sie muß glauben, ich vergesse sie, seitdem sie gestorben ist; wie allein und verlassen sie sich fühlen muß! Oh! Ich muß unbedingt hinlaufen und sie sehen, ich kann nicht eine Minute warten, ich kann nicht warten, bis mein Vater kommt; aber wo ist sie? Wie habe ich nur ihre Adresse vergessen können? Wenn sie mich nur noch wiedererkennt! Wie habe ich sie vergessen können diese ganzen Monate lang? Es ist schwarze Nacht, ich werde sie nicht finden, und der Wind hält mich beim Vorwärtsschreiten auf. Aber da geht ja mein Vater vor mir; ich rufe ihm zu: ›Wo ist Großmama, sage mir die Adresse. Geht es ihr auch gut? Fehlt es ihr ganz bestimmt an nichts?‹ – ›Aber nein, sagte mein Vater zu mir, du kannst ganz ruhig sein, die Pflegerin ist eine sehr tüchtige Person. Von Zeit zu Zeit schicken wir ihr eine ganz kleine Summe, damit sie ihr das Wenige kaufen kann, das sie nötig hat. Sie fragt manchmal, was aus dir geworden ist. Man hat ihr sogar gesagt, du schreibest an einem Buch. Sie schien zufrieden zu sein. Sie hat eine Träne im Auge zerdrückt.‹ Da glaubte ich mich zu erinnern, daß kurz nach ihrem Tode meine Großmutter schluchzend und mit demütiger Miene wie eine weggejagte alte Dienerin, wie eine Fremde zu mir gesagt hatte: ›Du wirst mir doch trotzdem erlauben, daß ich dich manchmal sehe, laß nicht zu viele Jahre vergehen, ohne daß du mich besuchst. Denke daran, daß du mein Enkel gewesen bist und daß Großmütter nicht vergessen.‹ Als ich ihr so unterwürfiges, so unglückliches, so sanftes Gesicht wieder vor mir sah, wollte ich auf der Stelle zu ihr laufen und ihr sagen, was ich ihr damals hätte antworten sollen: ›Aber Großmama, du wirst mich so viel sehen wie du magst, ich habe nur dich auf der Welt, und ich werde dich niemals mehr verlassen.‹ Wie sehr mag sie wegen meines Schweigens geschluchzt haben seit all den vielen Monaten, in denen ich niemals da war, wo sie liegt. Was mag sie sich gesagt haben? Selbst schluchzend sagte ich zu meinem Vater: ›Schnell, schnell, ihre Adresse, führe mich zu ihr.‹ Er aber antwortete: ›Höre... ich weiß nicht, ob du sie sehen kannst. Und dann, mußt du verstehen, ist sie auch schwach, sehr schwach, sie ist gar nicht mehr sie selbst, ich glaube, es würde eher schmerzlich für dich sein, und ich kann mich auch nicht an die genaue Hausnummer erinnern.‹ – ›Aber so sage mir doch, du mußt es doch wissen, es ist doch nicht wahr, daß die Toten nicht mehr leben. Es ist nicht wahr, trotz allem was man sagt, da ja Großmutter noch existiert.‹ Mein Vater lächelte traurig: ›O ja, aber sehr wenig, weißt du, sehr wenig. Ich glaube, du tätest besser daran, nicht hinzugehen, es fehlt ihr an nichts, es wird immer alles Notwendige für sie getan.‹ – ›Aber sie ist oft allein?‹ – ›Ja, doch ist es besser für sie. Es ist besser, daß sie nicht denkt; das könnte ihr Kummer machen! Es macht oft Kummer, wenn man denkt. Im übrigen, weißt du, ist sie sehr matt. Ich werde dir alles genau beschreiben, damit du zu ihr gehen kannst; ich sehe nur nicht, was du dort ausrichten könntest, und glaube nicht, daß die Pflegerin dich überhaupt zu ihr ließe.‹ – ›Du weißt aber doch, daß ich immer bei ihr sein werde, Hirsch, Hirsch, Francis Jammes, Gabel.‹ Aber schon hatte ich den Fluß mit den düsteren Mäanderwindungen wieder überquert, ich war an die Oberfläche gestiegen, an der sich die Welt der Lebenden auftut: und wenn ich nun wiederholte: ›Francis Jammes, Hirsch, Hirsch‹, so bot mir die Folge dieser Worte nicht mehr den durchsichtigen Sinn und die Logik dar, die sie so natürlich für mich vor einer Sekunde noch gehabt hatten, an welche ich mich aber nicht mehr zu erinnern vermochte. Ich begriff nicht mehr, weshalb das Wort ›Aias‹, das mein Vater eben zu mir gesagt hatte, ohne weiteres bedeutet hatte: ›Nimm dich in acht, daß du nicht kalt wirst‹, so daß kein Zweifel möglich war. Ich hatte vergessen, die Fensterläden zu schließen, und offenbar hatte das helle Tageslicht mich aufgeweckt. Aber ich konnte es nicht ertragen, die Meeresfluten vor mir zu sehen, die meine Großmutter früher stundenlang hatte betrachten können. Zu dem neuen Bild solcher gleichgültigen Schönheit trat jetzt sofort die Idee, daß sie sie nicht mehr sah; ich hätte meine Ohren gegen ihr Rauschen verschließen mögen, denn jetzt schuf die gleißende Vollkommenheit des Strandes in meinem Herzen einen hohlen Raum; alles schien mir zu sagen, wie jene Alleen und Rasenflächen einer öffentlichen Anlage, in der ich sie früher einmal verloren hatte, als ich noch ein Kind war: ›Wir haben sie nicht gesehen‹, und unter der blassen göttlichen Kuppel des Himmels fühlte ich mich bedrückt wie unter einer ungeheuren bläulichen Glocke, die einen Horizont abschloß, in dem meine Großmutter sich nicht mehr befand. Um nichts mehr zu sehen, wendete ich mich nach der Wand zu. Aber ach, es war jene Wand, die früher zwischen uns beiden als morgendlicher Nachrichtenüberbringer gedient hatte, jene Zwischenwand, die, anpassungsfähig wie eine Violine, um alle Nuancen eines Gefühls wiederzugeben, meiner Großmutter ganz genau gleichzeitig meine Furcht mitgeteilt hatte, sie aufzuwecken, oder wenn sie schon wach war, die, von ihr nicht gehört zu werden, oder meine Sorge, sie möge sich nicht zu rühren wagen, dann aber auch wie die Antwort eines zweiten Instruments mir ihr Kommen kündete und mich zur Ruhe mahnte. Ich wagte dieser Wand ebensowenig nahe zu kommen, wie einem Klavier, auf dem meine Großmutter gespielt hätte und dessen Tasten noch von ihrer Berührung erbebten. Ich wußte, daß ich jetzt klopfen konnte, sogar stärker als früher, daß nichts sie mehr wecken, daß ich keine Antwort vernehmen, daß meine Großmutter nicht mehr kommen würde. Und ich erbat nichts anderes von Gott, als daß, wenn ein Paradies existiert, ich dort gegen diese Wand drei kleine Schläge tun dürfte, die meine Großmutter unter tausend erkennen und auf die sie mit jenen anderen Schlägen antworten würde, die bedeuteten: ›Sei nicht unruhig, kleiner Schatz, ich verstehe, du bist ungeduldig, aber ich komme gleich‹, und daß er mich die ganze Ewigkeit mit ihr verbringen ließe, die für uns beide dann niemals zu lang sein würde.

Der Direktor kam mich fragen, ob ich nicht hinunterkommen wolle. Auf alle Fälle habe er meine ›Placierung‹ im Speisesaal überwacht. Da er mich nicht gesehen hatte, fürchtete er schon, ich könne wieder meine Erstickungsanfälle von früher haben. Er hoffte, es werde nur ein kleiner ›Halsschmerz‹ sein, und versicherte mir, er habe gehört, daß man dergleichen mit Hilfe von etwas lindere, was er ›Kalyptus‹ nannte.

Er übergab mir ein Briefchen von Albertine. Sie hatte dies Jahr nicht nach Balbec kommen wollen, dann aber ihre Pläne geändert und war nun seit drei Tagen schon zwar nicht in Balbec selbst, aber in einem benachbarten Seebad, das etwa in zehn Minuten mit der Trambahn zu erreichen war. Aus Besorgnis, ich möchte von der Reise ermüdet sein, hatte sie sich am ersten Abend zurückgehalten, ließ mich aber nun fragen, wann ich sie empfangen könne. Ich erkundigte mich, ob sie selbst gekommen sei, nicht um sie zu sehen, sondern um mich so einzurichten, daß ich sie nicht sähe. »Aber gewiß, antwortete mir der Direktor. Sie wollte, daß es so schnell wie möglich sei, wofern Sie nicht ganz dürftige (statt triftige) Gründe hätten. Sie sehen, schloß er, alle Welt verlangt bereits allegorisch (statt kategorisch) nach Ihnen.« Ich jedoch wollte niemanden sehen.

Dennoch hatte ich mich am Abend zuvor bei meiner Ankunft wieder von dem weichen Zauber des Lebens in Seebadeorten umfangen gefühlt. Derselbe Liftboy – diesmal aus Hochachtung, nicht aus Verachtung schweigend und vor Vergnügen errötend – hatte den Aufzug in Gang gesetzt. Als ich die steigende Säule hinaufglitt, hatte ich wieder durchmessen, was früher für mich das Geheimnis eines unbekannten Hotels gewesen war, in dem, wenn man als Tourist ohne Protektion und ohne Vorrechte ankommt, jeder der bereits anwesenden Gäste, der in sein Zimmer geht, jedes junge Mädchen, das zum Abendessen hinuntergeht, jeder dienstbare Geist, der die nach einem seltsamen Grundriß geführten Gänge durcheilt, die junge Person, die mit ihrer Gesellschafterin aus Amerika gekommen ist und sich zum Diner in den Speisesaal begibt, alle einem einen Blick zuwerfen, in dem man nichts von dem liest,

was man so gern darin sehen möchte. Diesmal nun hatte ich im Gegenteil das allzu ruhige Vergnügen gehabt, die Fahrt mit dem Lift in einem bekannten Hotel vorzunehmen, in welchem ich mich zu Hause fühlte, indem ich noch einmal die Operation durchführte, die man immer wieder von neuem beginnen muß, die länger und schwieriger ist als das Zurückschlagen des Augenlids und darin besteht, daß man auf die Dinge die uns vertraute Seele anstelle ihrer eigenen heftet, die uns zuerst erschreckte. Würde ich jetzt, fragte ich mich, da ich noch nichts von der jähen Seelenwandlung ahnte, die mich erwartete, in immer neue Hotels gehen müssen, in denen ich zum ersten Mal speisen würde und in denen die Gewohnheit noch nicht auf jeder Etage, vor jeder Tür den erschreckenden Drachen erlegt hätte, der vor einer verzauberten Existenz zu wachen schien, in denen ich mich jenen unbekannten Frauen würde nähern müssen, welche die Luxushotels, die Kasinos, die Seebäder nach Art eines unübersehbaren Polypenknäuels zu einem Gemeinschaftsdasein zusammenschweißen?
Ich hatte Vergnügen selbst darüber empfunden, daß der langweilige Präsident es so eilig hatte, mir seinen Besuch zu machen. Für meinen ersten Tag hatte ich heranflutende Wellen, azurne Bergketten des Meeres, seine Gletscher und seine Kaskaden, seine Erhabenheit und lässige Majestät vorausgesehen – schon in dem Augenblick, als ich zum ersten Mal nach so langer Zeit beim Händewaschen den besonderen Geruch der zu stark parfümierten Seife des Grand-Hôtels verspürte – welche, da sie gleichzeitig dem gegenwärtigen Augenblick und dem verflossenen Aufenthalt anzugehören schienen, zwischen ihnen schwebten wie der wirkliche Zauber eines ganz besonderen Lebens, bei dem man nur nach Hause kommt, um die Krawatte zu wechseln. Die zu feinen, zu leichten, zu umfangreichen Bettücher, die man unmöglich so an den Seiten feststopfen konnte, daß sie hielten, und die immer aufgebauscht in beweglichen Wellengebilden die Wolldecken umwogten, hätten mich früher traurig gestimmt. Jetzt wiegten

sie nur auf der unbequemen und sich hochwölbenden Rundung ihrer gespannten Segel die glorreiche und von Hoffnungen erfüllte Sonne des ersten Morgens. Doch blieb ja diesem keine Zeit, wirklich zu erscheinen. In der Nacht bereits war die grauenvolle, göttliche Gegenwart in mir aufgestanden. Ich bat den Direktor, zu gehen und anzuordnen, daß man niemanden in mein Zimmer lasse. Ich sagte ihm, ich werde liegenbleiben, und wies sein Angebot zurück, beim Apotheker die ausgezeichnete Droge holen zu lassen. Er war entzückt von meiner Ablehnung, denn er fürchtete, daß die Gäste durch den ›Kalyptusgeruch‹ belästigt werden könnten. Es trug mir das Kompliment ein: »Da sind Sie freilich ganz richtig«, und die Empfehlung: »Geben Sie acht, daß Sie sich an der Tür nicht beschmutzen, denn das Schloß hat eben erst die letzte Ölung bekommen; sollte ein Angestellter sich unterstehen, an Ihre Tür zu klopfen, erteile ich ihm eine Munition (statt Admonition). Sie werden es sich gesagt sein lassen, denn Duplizitäten liebe ich nicht (offenbar wollte er damit sagen, daß er nicht gern dasselbe zweimal anordnete). Aber soll ich Ihnen nicht doch zur Stärkung etwas alten Wein heraufbringen lassen? Ich beziehe ihn immer in Angebinden (Gebinden). Ich werde ihn Ihnen nicht in einer silbernen Schale wie das Haupt des Jonathan reichen lassen, und sage Ihnen auch gleich, es ist kein Château-Laffite, aber ich darf doch behaupten, daß er vollkommen gleichgültig (sollte heißen gleichwertig) ist. Und da es etwas Leichtes sein soll, könnten wir Ihnen vielleicht eine ›Sole frite‹ dazu geben.« Ich wies alles zurück, war aber erstaunt, daß der Name des Fisches (Sole) genau wie der des Weidenbaums (Saule) im Munde eines Mannes klang, der sicher unzählige Seezungen in seinem Leben hatte bestellen müssen. Trotz der Versprechungen des Direktors überbrachte man mir später die eingeknickte Karte der Marquise de Cambremer. Gekommen, um mich zu sehen, hatte die alte Dame fragen lassen, ob ich anwesend sei. Als sie aber erfahren hatte, ich sei erst am Vorabend angekommen und etwas leidend, hatte sie nicht auf einer Begrüßung bestanden, sondern war (nicht ohne zweifellos beim Apotheker oder vor dem Kurzwarengeschäft zu halten, wo dann der Diener vom Bock heruntersprang, um irgendeine Rechnung zu bezahlen oder Einkäufe zu machen) wieder nach Féterne zurückgefahren in ihrer alten Kalesche mit acht Federn, die mit zwei Pferden bespannt war. Ziemlich oft übrigens hörte man das Räderrollen und bewunderte die Aufmachung dieses Gefährts in den Straßen von Balbec und einiger anderer kleiner Küstenorte, die zwischen Balbec und Féterne lagen. Nicht daß diese Aufenthalte bei den Lieferanten der eigentliche Zweck solcher Rundfahrten gewesen wären. Er bestand im Gegenteil in irgendeinem Nachmittagstee oder einer Garden-party bei einem Landjunker oder einem Bürger, Veranstaltungen, die an sich ganz unter ihrer Würde waren. Obwohl sie aber durch ihre Geburt und ihr Vermögen sehr hoch über dem Kleinadel der Umgegend stand, scheute sie in ihrer vollkommenen Güte und Einfachheit so sehr, irgend jemanden zu enttäuschen, der sie eingeladen hatte, daß sie sich zu den belanglosesten gesellschaftlichen Veranstaltungen der Nachbarschaft begab. Gewiß wäre Madame de Cambremer, anstatt einen so weiten Weg zu machen, um in der Hitze eines stickigen kleinen Salons eine in der Mehrzahl der Fälle unbedeutende Sängerin anzuhören, die sie noch dazu in ihrer Eigenschaft als große Dame der Gegend und bekannte Musikerin hinterher überschwenglich beglückwünschen mußte, lieber in den herrlichen Gärten von Féterne, an die unten weich die Wellen einer kleinen Bucht hinter Blumen verborgen anbrandeten, spazierengegangen oder hätte in ihnen geruht. Aber sie wußte, daß ihr mutmaßliches Kommen durch den Hausherrn angekündigt worden war, ob es sich nun um einen adeligen Landbesitzer oder einen ›Franc-Bourgeois‹ von Maineville-la-Teinturière oder Chattoncourt-l'Orgueilleux handelte. Wäre aber Madame de Cambremer an einem solchen Tage ausgefahren, ohne bei dem Fest wenigstens kurz zu erscheinen, so hätte dieser oder jener der Eingeladenen, die aus kleinen längs der Küste versteckten Orten gekommen waren, die Kalesche der Marquise hören oder sehen können, was ihr die Entschuldigung unmöglich gemacht hätte, sie habe absolut in Féterne bleiben müssen. Im übrigen mochten die Gastgeber noch so oft gesehen haben, daß Madame de Cambremer sich zu Konzerten begab, die von Leuten veranstaltet wurden, bei denen, wie sie fanden, eigentlich nicht ihr Platz sei, immer entschwand die kleine Minderung, die in ihren Augen durch diese Tatsache die Stellung der allzu guten Marquise erfuhr, sofort wieder aus ihrem Bewußtsein, wenn sie selbst diejenigen waren, bei denen der Empfang stattfand, und fieberhaft fragten sie sich, ob sie sie bei ihrem Nachmittagstee haben würden oder nicht. Welche Erleichterung nach mehrtägiger Unruhe bedeutete es dann, wenn nach dem ersten Stück, das von der Tochter der Gastgeberin oder irgendeinem Amateur, der seinen Ferienaufenthalt in der Gegend genoß, dargeboten wurde, ein Gast ankündigte, er habe (ein untrügliches Zeichen, daß die Marquise zu der Matinee kommen werde) das Gespann der berühmten Kalesche vor dem Uhrmacher oder beim Drogisten halten sehen! Dann erhielt Madame de Cambremer (die in der Tat sehr bald erschien, von ihrer Schwiegertochter und irgendwelchen Hausgästen gefolgt, die in diesem Augenblick bei ihr wohnten und für die sie die mit Freuden gewährte Erlaubnis erbeten hatte, sie mitbringen zu dürfen) ihren ganzen Glanz in den Augen der Gastgeber zurück, für welche die Belohnung ihres so sehr erhofften Kommens vielleicht der entscheidende, wenn auch uneingestandene Grund des Entschlusses gewesen war, den sie vor vier Wochen gefaßt hatten, nämlich sich Mühe und Kosten einer solchen musikalischen Matinee aufzuerlegen. Wenn sie die Marquise bei ihrem Tee anwesend sahen, erinnerten sie sich nicht mehr an die Gefälligkeit, mit der sie sich auch zu den Veranstaltungen wenig qualifizierter Nachbarn begeben hatte, sondern nur an das Alter ihrer Familie, den Luxus ihres Schlosses, die Unhöflichkeit ihrer Schwiegertochter, der ge-

borenen Legrandin, die durch ihre Arroganz die etwas fade Gutmütigkeit der Schwiegermutter noch mehr hervortreten ließ. Schon glaubten sie, in der Gesellschaftsspalte des ›Gaulois‹ den kleinen Abschnitt zu sehen, den sie selbst hinter sorgfältig verschlossenen Türen im Familienkreise zusammenbrauen würden, über ›den kleinen Winkel in der Bretagne, in dem man so gut zu leben versteht ‹und› die wirklich erlesene Matinee, bei der man nicht auseinanderging, ohne den Gastgebern das Versprechen einer baldigen Wiederholung abgenommen zu haben‹. Jeden Tag warteten sie auf die Zeitung, beunruhigt, weil sie ihren musikalischen Tee noch nicht erwähnt gefunden hatten, und von Furcht bewegt, möglicherweise Madame de Cambremer nur für ihre Gäste und nicht für die Vielzahl der Leser bei sich gehabt zu haben. Endlich war der Tag der Tage da: ›Die Saison in Balbec läßt sich in diesem Jahr ganz ungewöhnlich glänzend an. In Mode sind jetzt kleine Nachmittagskonzerte‹ und so fort. Gott sei Dank, der Name von Madame de Cambremer wurde als ›beliebig herausgegriffen‹, aber doch an der Spitze des kleinen Artikels zitiert. Man brauchte jetzt nur noch mißvergnügt über die Indiskretion der Zeitungen zu tun, durch welche Verstimmungen bei den Personen entstehen könnten, die einzuladen nicht möglich gewesen war, und heuchlerisch in Gegenwart von Madame de Cambremer die Frage aufzuwerfen, wer wohl die Perfidie besessen haben mochte, dies Echo einzusenden, von dem die Marquise, ganz Wohlwollen und große Welt, nur zu sagen pflegte: ›Ich verstehe, daß es Ihnen nicht angenehm ist, ich selbst aber schätze mich glücklich, wenn man erfährt, daß ich Ihr Gast gewesen bin.‹
Auf die Karte, die man mir überbracht hatte, hatte Madame de Cambremer ein paar Worte gekritzelt. Sie schrieb mir, sie gebe am übernächsten Tag eine Matinee, und gewiß hätte mich noch vor zwei Tagen, wie ermüdet vom Gesellschaftstrubel ich auch sein mochte, die Aussicht gefreut, diesmal doch in jenen Gärten den Tee einzunehmen, in welchen dank der

begünstigten Lage von Féterne Feigen, Palmen und Hochstammrosen sich bis ans Meer vorschoben, das oft in geradezu mediterraner Ruhe und Bläue dalag und auf dem die kleine Jacht der Besitzer vor dem Beginn des Festes aus den Ortschaften auf der anderen Seite der Bucht die wichtigsten Gäste abholte; mit den zum Schutz gegen grelles Licht ausgespannten Sonnensegeln diente jene dann, wenn alles beisammen war, als Speiseraum für die Teemahlzeit und brachte am Abend diejenigen wieder zurück, die sie herbeigeführt hatte. Es war dies ein bezaubernder, aber so kostspieliger Luxus, daß, zum Teil um die daraus entstandenen Unkosten zu dekken, Madame de Cambremer nach Mitteln und Wegen gesucht hatte, auf verschiedene Weise ihre Einkünfte zu vermehren, zum Beispiel indem sie zum ersten Mal eine ihrer Besitzungen, die übrigens von Féterne sich stark unterschied, vermietet hatte: La Raspelière. Ja, wie sehr hätte ich vor zwei Tagen noch einen solchen Nachmittag unter einer Schar von unbekannten kleinen Adeligen in einem neuen Rahmen als angenehme Abwechslung gegenüber dem Pariser ›highlife‹ empfunden! Jetzt aber hatten Vergnügungen keinen Sinn mehr für mich. Ich schrieb also an Madame de Cambremer, sie möge mich entschuldigen, ebenso wie ich eine Stunde zuvor Albertine hatte wegschicken lassen; der Kummer hatte in mir die Möglichkeit des Verlangens ebenso vollkommen ertötet, wie einem ein starkes Fieber den Appetit benimmt... Meine Mutter sollte am folgenden Tage ankommen. Es schien mir, ich sei weniger unwürdig, mit ihr zusammenzuleben, werde sie besser verstehen, jetzt, wo ein ganz fremdes und herabwürdigendes Leben dem Wiederheraufkommen herzzerreißender Erinnerungen Platz gemacht hatte, die wie eine Dornenkrone meine Seele nunmehr gleich der ihren umflochten und adelten. Ich glaubte es; in Wirklichkeit ist es ein weiter Weg von dem wahrhaften Schmerz, wie es derjenige Mamas war, der einem buchstäblich auf sehr lange hinaus, manchmal sogar für immer das Leben raubt (sobald man das Wesen, das man liebt, verloren hat) zu jenem anderen, der trotz allem vorübergeht – wie es der meine tun sollte – der ebenso schnell wieder schwindet, wie er spät gekommen ist, den man erst lange nach dem betreffenden Erlebnis kennenlernt, weil man, um ihn zu fühlen, ihn erst ›verstehen‹ muß, ein Schmerz, wie so viele Menschen ihn erleben und von dem derjenige, der gegenwärtig mir Qual bereitete, sich nur durch seine Art des Eintretens auf Grund unwillkürlichen Erinnerns unterschied.

Einen Schmerz, der ebenso tief war wie der meiner Mutter, sollte ich eines Tages kennenlernen, wie man im weiteren Verlauf dieser Erzählung sehen wird. Aber das war nicht jetzt und nicht so, wie ich es mir vorgestellt hatte. Doch wie ein Vortragender, der seit langem seine Rolle kennen und an seinem Platz stehen müßte, aber, nachdem er erst in letzter Sekunde angekommen ist und nur ein einziges Mal durchgelesen hat, was er sagen soll, dies recht geschickt zu verbergen weiß, sobald der Augenblick kommt, in dem sein Stichwort ertönt, so daß niemand seine Verspätung bemerkt, erlaubte mir gleichwohl mein erst ganz neuer Schmerz, als meine Mutter ankam, so mit ihr zu sprechen, als sei er schon immer ganz der gleiche gewesen. Sie glaubte, einzig der Anblick der Stätten, an denen ich mit meiner Großmutter gewesen (im übrigen war es nicht so) habe ihn von neuem geweckt. Zum ersten Male also, weil ich einen Schmerz empfand, der nichts gegen den ihrigen war, aber mir doch die Augen öffnete, wurde ich mir mit Entsetzen darüber klar, was sie leiden mußte. Zum ersten Male begriff ich, daß der starre und tränenlose Blick (welcher bewirkte, daß Françoise für sie nur wenig Mitleid fühlte), den sie seit dem Tode meiner Großmutter an sich hatte, auf dem unbegreiflichen Widerspruch zwischen Erinnerung und grausigem Nichts haften geblieben war. Im übrigen war ich, obwohl sie immer weiter in ihrem schwarzen Trauerschleier, aber doch sonst bewußter gekleidet, an diesem neuen Ort erschien, um so betroffener über die

Verwandlung, die mit ihr vorgegangen war. Es genügt nicht zu sagen, daß sie alle Heiterkeit verloren hatte; umgeschmolzen und erstarrt zu einer Art von Bildnis einer Flehenden schien sie zu befürchten, durch eine zu jähe Bewegung oder einen zu lauten Ton in der Stimme die schmerzliche Gegenwart zu verletzen, die nicht mehr von ihr wich. Besonders aber bemerkte ich, sobald ich sie in ihrem Crêpemantel eintreten sah – was mir in Paris immer entgangen war –, daß ich nicht mehr meine Mutter vor Augen hatte, sondern die Großmama. Wie in königlichen oder herzoglichen Familien in dem Augenblick, da der Chef des Hauses stirbt, der Sohn seinen Titel annimmt und aus dem Herzog von Orléans, dem Prinzen von Tarent oder dem Prinzen des Laumes der König von Frankreich, der Herzog von La Trémoïlle, der Herzog von Guermantes werden, so wird oft durch ein Aufrücken ganz anderer Art und viel tieferen Ursprungs der Lebende für den Toten in ganz ähnlicher Gestalt der Nachfolger, der Vollender auch seines nur unterbrochenen Lebens. Vielleicht zerreißt der große Kummer, der bei einer Tochter, wie Mama es war, auf den Tod der Mutter folgt, nur um so früher die Hülle, beschleunigt die Metamorphose und das Hervortreten eines Wesens, das man in sich trägt und das ohne diese Krise, die alle Zwischenphasen ausläßt und mit einem Schlage Perioden überspringt, sich nur langsam vollzöge. Vielleicht liegt in der Trauer um diejenige, die nicht mehr ist, eine Art von Suggestion, die schließlich auf unseren Zügen Ähnlichkeiten zum Vorschein bringt, die beiläufig schon in uns vorhanden waren, und bewirkt vor allem ein Stocken unserer im speziellen Sinne individuellen Betätigung (bei meiner Mutter die ihrer gesunden Vernunft, der etwas spöttischen Heiterkeit, die sie von ihrem Vater ererbt hatte) die wir, solange die heißgeliebte Person lebt, zu üben uns nicht scheuen und wäre es selbst auf deren Kosten, und die zu dem Charakter, den wir ausschließlich von jener haben, eine Art Gegengewicht gebildet hat. Ist sie einmal gestorben, so würden wir Bedenken haben, anders als sie zu sein, wir bewundern einzig, was sie gewesen ist, also das, was wir zwar schon waren, doch mit anderen Zügen vermischt, und was wir von da an künftig nurmehr ausschließlich sind. In diesem Sinne (und nicht in dem so verschwommenen, falschen, in dem man den Ausdruck gemeinhin versteht) kann man sagen, daß der Tod nicht unnütz ist, sondern daß der Tote auch weiterhin auf uns einwirkt. Er tut es sogar mehr als ein Lebender, weil wir, da die wahre Wirklichkeit nur durch den Geist offenbar wird, das heißt Gegenstand eines geistigen Aktes ist, wahrhaft nur kennen, was wir durch das Denken wieder erschaffen müssen und was das Alltagsleben uns vielmehr verbirgt. Schließlich treiben wir in diesem Kult des schmerzlichen Erinnerns an unsere Toten eine Art von Abgötterei mit allem, was sie liebten. Nicht nur konnte meine Mutter sich nicht von der Handtasche meiner Großmutter trennen, die ihr kostbarer geworden war, als wäre sie mit Saphiren und Diamanten besetzt, von ihrem Muff, von allen den Kleidungsstücken, welche die äußere Ähnlichkeit zwischen den beiden noch unterstrichen, sondern ebensowenig sogar von den Briefbänden der Madame de Sévigné, die meine Großmutter immer bei sich getragen hatte, Exemplare, die meine Mutter nicht einmal für das Manuskript jener Briefe hergegeben hätte. Früher neckte sie meine Großmutter häufig, weil diese ihr niemals einen Brief schrieb, ohne darin einen Satz von Madame de Sévigné oder Madame de Beausergent anzuführen. In jedem der drei Briefe, die ich von Mama vor ihrer Ankunft in Balbec erhielt, zitierte sie mir Madame de Sévigné, als seien diese drei Briefe nicht von ihr an mich gerichtet, sondern als hätte die Großmama sie vielmehr ihr geschrieben. Sie wollte zur Mole hinunter und an den Strand gehen, von dem meine Großmutter ihr täglich in ihren Briefen erzählt hatte. Ich sah sie vom Fenster aus, wie sie mit dem Schirm für Sonne und Regen, dem gleichen Schirm, den schon ihre Mutter benutzt hatte, ganz schwarz gekleidet, mit scheuen, ehrfürchtigen Schritten über den Sand hinging, den

die teuren Füße vor ihr betreten hatten; sie schien auf der Suche nach einer Toten zu sein, welche die Wellen zu ihr wieder zurücktragen sollten. Um sie nicht beim Abendessen allein zu lassen, mußte ich mit ihr hinuntergehen. Der Gerichtspräsident und die Witwe des Vorsitzenden der Anwaltskammer ließen sich ihr vorstellen; alles aber, was sich auf meine Großmutter bezog, machte ihr solchen Eindruck, daß sie unendlich gerührt war und immer in dankbarer Erinnerung behielt, was der Gerichtspräsident zu ihr sagte, ebenso wie sie mit einer Art von Empörung darunter litt, daß im Gegenteil die Gattin des Vorsitzenden der Anwaltskammer kein Wort des Gedenkens für die Tote fand. In Wirklichkeit machte sich der Präsident nicht mehr Gedanken über meine Großmutter als die Frau des Anwaltskammervorsitzenden. Die bewegten Worte des einen und das Schweigen der anderen waren, obwohl meine Mutter einen so großen Unterschied dazwischen sah, nur verschiedene Formen, die Gleichgültigkeit auszudrücken, welche wir den Toten gegenüber hegen. Aber ich glaube, daß meine Mutter vor allem eine große Süße aus den Worten sog, in die ich unwillkürlich ein wenig von meinem Kummer einfließen ließ. Er mußte unter allen Umständen die Mama beglücken (trotz ihrer liebevollen Gefühle für mich) wie alles, was meiner Großmutter ein Weiterleben in den Herzen sicherte. An allen folgenden Tagen ging meine Mutter und setzte sich an den Strand, um genau das zu tun, was ihre Mutter getan hatte, und las deren Lieblingsbücher, die Memoiren von Madame de Beausergent und die Briefe von Madame de Sévigné. Sie hätte – wie auch niemand sonst von uns – nicht zu ertragen vermocht, daß man diese letztere die ›geistvolle Marquise‹ oder auch nur La Fontaine den ›guten La Fontaine‹ genannt hätte. Wenn sie jedoch in diesen Briefen die Worte ›liebe Tochter‹ fand, glaubte sie ihre Mutter zu sich sprechen zu hören.
Sie hatte das Mißgeschick, auf einer dieser Pilgerfahrten, bei denen sie nicht gestört sein wollte, am Strande einer Dame

aus Combray zu begegnen, die von ihren Töchtern gefolgt war. Ich glaube, ihr Name war Madame Poussin, aber wir nannten sie unter uns niemals anders als ›Dann-sage-es-mir-nur‹, denn mit diesem immer wiederkehrenden Satz warnte sie ihre Töchter vor Übeln, die im Anzug waren, zum Beispiel die eine von ihnen, die sich gern die Augen rieb: ›Wenn du eine tüchtige Bindehautentzündung hast, dann sage es mir nur.‹ Sie sandte meiner Mutter von weitem wehleidige Blicke zu, nicht als Zeichen des Mitgefühls, sondern aus einer spezifischen Auffassung von Wohlerzogenheit. Sie lebte ziemlich zurückgezogen in Combray in einem riesigen Garten, fand alles nicht lieblich genug und paßte sogar die Wörter und Namen ihrem Verniedlichungsbedürfnis an. Sie fand es zu unfreundlich, das Stück Silberzeug, mit dem sie ihren Sirup auftat, als Löffel zu bezeichnen, und nannte es ›Löffelchen‹; sie scheute sich auch, den zarten Sänger des ›Télémaque‹ zu verletzen, wenn sie ihn einfach Fénelon nannte – wie ich es selbst mit vollem Bewußtsein tat, da ich zum Freunde den teuersten und klügsten aller Menschen, den guten und trefflichen, allen, die ihn gekannt haben, unvergeßlichen Bertrand de Fénelon hatte – und sagte niemals anders als Fénélon, da ihrer Meinung nach der Accent aigu den Namen weicher machte. Der Schwiegersohn dieser Madame Poussin, der gar nichts Liebliches an sich hatte und dessen Namen ich nicht mehr weiß, war Notar in Combray, ging aber mit den ihm anvertrauten Geldern durch und brachte namentlich meinen Onkel um einen ziemlich großen Betrag. Aber die meisten Leute in Combray standen sich so gut mit den übrigen Mitgliedern der Familie, daß sich keine Abkühlung daraus ergab und man Madame Poussin nur bedauerte. Sie empfing keinen Besuch, aber jeder, der an ihrem Gartentor vorbeiging, blieb stehen, um die schattenspendenden Bäume dahinter zu bewundern, ohne auf irgend etwas anderes achtzugeben. Sie störte uns in Balbec nicht, wo ich ihr nur einmal begegnete gerade in dem Augenblick, als sie zu ihrer Tochter, die an den Nägeln

herumbiß, sagte: ›Wenn du erst eine Nagelbetteiterung hast, dann sage es mir nur.‹
Während Mama am Strande las, blieb ich allein in meinem Zimmer. Ich rief mir die letzte Lebenszeit meiner Großmutter und alles, was sich auf sie bezog, in die Erinnerung zurück, dachte zum Beispiel daran, daß die Tür zur Treppe aufgestanden hatte, als wir zu ihrem letzten Spaziergang aufbrachen. Im Gegensatz dazu kam mir die übrige Welt kaum wirklich vor, und mein Leiden vergiftete sie mir ganz und gar. Endlich verlangte meine Mutter, ich solle ausgehen. Aber bei jedem Schritt hinderte mich irgendein vergessener Aspekt des Kasinos, der Straße, auf der ich am ersten Abend, als ich auf sie wartete, bis zum Denkmal von Duguay-Trouin vorgegangen war, ähnlich wie ein Wind, gegen den man nicht ankämpfen kann, am Weiterschreiten. Ich schlug die Augen nieder, um das alles nicht zu sehen. Als ich wieder etwas Kraft gesammelt hatte, kehrte ich ins Hotel zurück, in das Hotel, in dem es, wie ich wußte, von nun an unmöglich sein würde, wenn ich auch noch so lange wartete, meine Großmutter wiederzufinden, wie ich sie damals an jenem Abend des Ankunftstages wiedergefunden hatte. Da ich zum ersten Mal ausging, schauten mich viele Bediente, die ich noch nicht gesehen hatte, voller Neugier an. Gleich auf der Schwelle des Hotels zog ein junger Page seine Mütze, um mich zu begrüßen, und setzte sie dann sofort wieder auf. Ich glaubte, Aimé habe ihm – nach seinem eigenen Ausdruck – ›einen Wink‹ gegeben, er möge sich mir gegenüber aufmerksam betragen. Im gleichen Augenblick aber sah ich auch schon, daß er die Mütze für eine andere Person, die nach Hause kam, wieder genauso zog. Tatsächlich verstand dieser junge Mann auf der Welt nichts weiter, als die Mütze zu ziehen und wieder aufzusetzen, dies aber in Vollkommenheit. Da er seine Unfähigkeit zu irgendeiner anderen Sache begriffen hatte, führte er wenigstens diese so gut und so häufig aus, wie er es nur irgend am Tage tun konnte, was ihm von seiten der Gäste eine diskrete aber durch-

gängige Sympathie eintrug, ebenso große aber auch von seiten des Portiers, dem die Aufgabe oblag, die Pagen zu engagieren, und der, bis er auf diesen raren Vogel gestoßen war, keinen hatte finden können, den er nicht in weniger als acht Tagen wieder hatte heimschicken müssen, zum großen Erstaunen von Aimé, der zu sagen pflegte: ›Dabei braucht man in diesem Beruf nichts weiter als höflich zu sein, das müßte doch nicht so schwerfallen.‹ Der Direktor legte auch Wert darauf, daß sie das hätten, was er eine gute ›Präsenz‹ nannte, womit er sagen wollte, daß sie sich an ihrem Platz aufzuhalten hätten, mehr aber noch, sie sollten sich dort auch ›gut präsentieren‹. Der Anblick der Rasenfläche, die sich hinter dem Hotel erstreckte, war durch die Anlage einiger Blumenbeete und die Entfernung nicht nur eines exotischen Zierstrauches, sondern auch des Pagen verändert worden, der im ersten Jahre den Eingang an der Außenseite durch den geschmeidigen Blütenschaft seiner Gestalt und die merkwürdige Färbung seines Haares schmückte. Er war einer polnischen Gräfin gefolgt, die ihn als Sekretär engagiert hatte, womit er seinen beiden älteren Brüdern und seiner maschineschreibenden Schwester nacheiferte, welche dem Hotel durch Persönlichkeiten verschiedenen Herkunftslandes und Geschlechts, die sich in ihren Zauber verliebt hatten, entrissen worden waren. Als einziger war der Jüngste zurückgeblieben, den, weil er schielte, niemand haben wollte. Er war sehr glücklich, wenn die polnische Gräfin und die Beschützer der beiden anderen einige Zeit in Balbec im Hotel verbrachten. Denn obwohl er seine Brüder beneidete, liebte er sie doch auch und konnte so ein paar Wochen hindurch Familiengefühlen frönen. Hatte nicht auch die Äbtissin von Fontevrault die Gewohnheit, ihre Nönnchen sich selbst zu überlassen, um an der Gastfreundschaft teilzuhaben, welche Ludwig XIV. jener anderen Mortemart, seiner Mätresse, der Madame de Montespan, gewährte? Für diesen Jüngsten war es das erste Jahr, das er in Balbec verbrachte; er kannte mich noch nicht, aber da er gehört hatte, wie seine älteren Kameraden, wenn sie zu mir sprachen, auf das Wort ›Monsieur‹ meinen Namen folgen ließen, tat er es ihnen auf der Stelle nach, das erste Mal mit einer Miene der Befriedigung, die entweder dem Umstand galt, daß er seine Wohlinformiertheit in bezug auf eine offenbar so bekannte Persönlichkeit an den Tag legte, oder auch seiner Fähigkeit, sich einem Brauch anzupassen, von dem er vor fünf Minuten noch nichts gewußt hatte, welchem nachzukommen er aber nun für unerläßlich hielt. Ich hatte sehr viel Verständnis für den Reiz, den dieser große Hotelpalast gewissen Personen bieten mochte. Er war eingerichtet wie ein Theater, und eine zahlreiche Komparserie belebte ihn bis unter das Dach. Obwohl der Gast nur eine Art von Zuschauer war, bewegte er sich doch unaufhörlich mitten im Schauspiel selbst, nicht einmal nur wie in jenen Theatern, in denen die Schauspieler eine Szene im Zuschauerraum spielen, sondern als rolle das Leben der Zuschauer unmittelbar in der Prachtentfaltung einer Bühne ab. Der Tennisspieler mochte in seiner weißen Flanelljacke nach Hause kommen, immer hatte der Portier seinen silberbetreßten Frack angelegt, um ihm seine Post zu reichen. Wenn dieser Tennisspieler sich nicht zu Fuß in sein Zimmer begeben wollte, so fühlte er darum nicht weniger sich unter die Schauspieler gemischt, da er, um den Aufzug in Bewegung zu setzen, den ebenso reichkostümierten Liftboy an seiner Seite hatte. Die Korridore auf den einzelnen Etagen bargen eine Schar von Zimmermädchen und privaten Jungfern, die sich schön vor dem Meer ausnahmen wie der Panathenäenzug, bis in deren kleine Kammern die Liebhaber magdlicher Frauenschönheit auf klug gewählten Umwegen zu gelangen wußten. Unten herrschte das männliche Element vor und machte aus diesem Hotel wegen der äußerst jugendlichen, beschäftigungslosen Schar von Bedienten eine Art von jüdisch-christlicher Tragödie, die hier Gestalt angenommen hatte und in Permanenz über die Bretter ging. Ich konnte es daher auch nicht lassen, mir bei ihrem Anblick zwar nicht jene

Verse von Racine vorzusprechen, die mir bei der Prinzessin von Guermantes in den Sinn gekommen waren, als Monsieur de Vaugoubert die jungen Botschaftssekretäre betrachtete, welche Monsieur de Charlus begrüßten, wohl aber andere Verse von Racine, diesmal nicht aus ›Esther‹, sondern ›Athalie‹: denn schon in der Halle, die dem entsprach, was man im siebzehnten Jahrhundert den Portikus genannt hätte, fand sich um die Teestunde ›eine Schar, unschuldig, hold und schön‹ von jungen Hotelbedienten ein, die den jungen Israeliten in den Chören von Racine glichen. Aber ich glaube nicht, daß auch nur ein einziger die Antwort hätte geben können, die Joas für Athalie bereithielt, als diese dem fürstlichen Kind die Frage stellte: ›Und welches ist dein Dienst?‹ Denn sie hatten keinen. Höchstens hätte, wenn man irgendeinen von ihnen wie die alte Königin befragt hätte:

Doch all das Volk, in diesen Mauern hier·
Was ist sein täglich Amt?

dieser antworten können:

Ich seh dem stolzen Lauf der Zeremonien zu –
Und trage dazu bei.

Manchmal trat einer der jungen Statisten auf irgendeine wichtige Persönlichkeit zu. Darauf kehrte der junge Schöne wieder in den Chor zurück, und wofern nicht ein Augenblick entspannter Kontemplation einsetzte, fuhren alle in ihrem nutzlosen, von Ehrfurcht bestimmten, dekorativen täglichen Reigen wieder fort. Denn da außer an dem Tage, an dem sie ›Ausgang‹ hatten, diese jungen Leute ›unheil'gen Augen fern‹, die Eingangshalle nicht überschritten, führten sie das gleiche Tempeldasein wie die Leviten in ›Athalie‹, das heißt, sie ergingen sich zu Füßen der mit prächtigen Teppichen bedeckten Treppenstufen, und ich konnte mich fragen, ob ich in das

Grand-Hôtel von Balbec oder in den Tempel Salomonis träte.

Ich ging sofort in mein Zimmer hinauf. Meine Gedanken waren gewöhnlich mit den letzten Tagen der Krankheit meiner Großmutter beschäftigt, mit jenen Leiden, die ich noch einmal durchlebte, indem ich sie um jenes Element vermehrte, das noch schwerer zu ertragen ist als das Leiden der anderen selbst, unser quälendes Mitleid nämlich, das jenem noch hinzugesetzt wird; wenn wir nur glauben, die Leiden eines teuren Wesens in uns nachzuschaffen, übertreibt eben jenes Mitleid sie; aber vielleicht hat doch gerade dieses recht, mehr noch als das Bewußtsein, das von dem Schmerz diejenigen haben, die ihn selbst erleiden, da ihnen jene Trauer um ihr Leben verborgen bleibt, welche das Mitleid seinerseits im voraus verzweifelnd spürt. Dennoch hätte mein Mitleid in einem neuen Ausbruch die Leiden meiner Großmutter noch übertroffen, hätte ich damals gewußt, was mir lange Zeit unbekannt war, daß nämlich meine Großmutter am Tage vor ihrem Tode in einem Augenblick klaren Bewußtseins, nachdem sie sich versichert hatte, daß ich nicht anwesend sei, die Hände meiner Mutter ergriffen und ihre fiebernden Lippen darauf drückend ihr gesagt hatte: ›Adieu, meine Tochter, adieu für immer.‹ Vielleicht war es auch diese Erinnerung, auf die meine Mutter von da an unaufhörlich ihre starren Blicke geheftet hatte. Dann kehrten mir freundlichere Vorstellungen zurück. Sie war meine Großmutter, ich ihr Enkelsohn. Der jeweilige Ausdruck ihres Gesichts schien mir in einer Sprache eingezeichnet, die nur für mich bestimmt war. Sie war alles in meinem Leben, die anderen existierten nur im Hinblick auf sie, auf das Urteil, mit dem sie sich zu mir über sie äußerte; aber nein, unsere Beziehungen sind zu flüchtig gewesen, um mehr als bloß das Korrelat eines Zufalls zu sein. Sie kennt mich nicht mehr, ich werde sie auch niemals wiedersehen. Wir waren nicht einzig füreinander geschaffen, sie war eine Fremde für mich. Diese Fremde nun betrachtete ich gerade auf der

Photographie, die Saint-Loup von ihr gemacht hatte. Mama, die Albertine begegnet war, hatte darauf bestanden, daß ich sie sähe, wegen der netten Dinge, die sie ihr über meine Großmutter und über mich gesagt hatte. Ich hatte also eine Verabredung mit ihr getroffen. Dem Direktor hatte ich Weisung gegeben, er solle sie im Salon auf mich warten lassen. Er sagte mir, er kenne sie schon lange, sie und ihre Freundinnen, lange, bevor sie das Alter der ›Probität‹ erreicht hätten, aber er war böse auf sie wegen verschiedener Äußerungen, die sie über das Hotel getan hatten. ›Sie müssen wohl nichts sehr ‹Illustriertes› sein, um sich so äußern zu können, es sei denn, man hat sie verleumdet.‹ Ich verstand leicht, daß Probität soviel wie Pubertät heißen sollte. ›Illustriertes‹ machte mir mehr Schwierigkeiten, offenbar schwebte ihm etwas wie ›Illustres‹ vor. Während ich auf den Augenblick wartete, in dem ich Albertine treffen sollte, hielt ich meine Augen starr wie auf eine Zeichnung, die man schließlich nicht mehr sieht, weil man sie zu lange angeschaut hat, auf die Photographie gerichtet, die Saint-Loup gemacht hatte, als ich plötzlich von neuem dachte: ›Das ist Großmutter, ich bin ihr Enkel‹, wie jemand nach einem krankhaften Gedächtnisverlust seinen Namen wiederfindet, wie ein Kranker zu einer neuen Persönlichkeit wird. Françoise trat ein, um mir zu sagen, Albertine sei da; beim Anblick der Photographie bemerkte sie: »Die arme Madame Amédée, das ist sie ganz und gar, sogar die kleine Warze auf der Wange kann man ganz genau sehen; an dem Tage, wo der Herr Marquis sie photographiert hat, war sie recht krank, zweimal war ihr übel geworden. ›Vor allem, Françoise, hat sie gesagt, darf mein Enkel nichts merken.‹ Sie hat es sehr gut verborgen, sie war immer vergnügt, sobald jemand anderes da war. Wenn sie allein war, fand ich, sah sie manchmal aus, als ob sie in Gedanken ganz woanders wäre. Aber das ging immer schnell vorbei; und dann sagte sie auch zu mir: ›Wenn mir jemals etwas passiert, sollte er doch ein Bild von mir haben. Ich habe nämlich niemals eines von mir machen lassen.‹

Dann schickte sie mich zum Herrn Marquis, ich mußte ihm ans Herz legen, Monsieur nicht zu erzählen, daß sie ihn selbst gebeten hatte, er möge doch eine Aufnahme von ihr machen. Als ich zurückgekommen bin, um ihr zu sagen, es sei ihm recht, wollte sie nicht mehr, weil sie fand, sie sähe zu elend aus. ›Das ist ja noch schlimmer, sagte sie zu mir, als überhaupt keine Photographie.‹ Aber da sie nicht dumm war, hat sie dann doch alles sehr gut zuwege gebracht. Sie hat ihren Hut mit der breiten Krempe aufgesetzt, so daß man es gar nicht sah, wenn es nicht zu hell war, und sie hat sich dann auch sehr über die Photographie gefreut, weil sie damals, wie sie gesagt hat, gar nicht daran glaubte, daß sie noch jemals von Balbec wieder nach Hause kommen würde. Und wenn ich auch immerfort zu ihr sagte: ›Madame, so dürfen Sie nicht reden, ich kann nicht hören, wenn Madame so spricht‹, es war nun einmal ihre Idee. Und weiß Gott, an manchen Tagen hat sie gar nichts essen können. Deswegen drängte sie Monsieur auch immer dazu, irgendwo ganz weit fort mit dem Herrn Marquis zu Abend zu essen. Statt daß sie dann zu Tisch ging, tat sie so, als lese sie in einem Buch, und gleich wenn der Wagen des Herrn Marquis fortgefahren war, ging sie auf ihr Zimmer und legte sich zu Bett. Manche Tage wollte sie Madame Nachricht geben lassen, damit sie käme, um sie noch einmal zu sehen. Dann aber hatte sie Angst, sie würde sie erschrecken, weil sie doch vorher niemals etwas davon zu ihr gesagt hatte. ›Es ist besser, sie bleibt bei ihrem Mann, wissen Sie, Françoise.‹« Als Françoise mich ansah, fragte sie plötzlich, ob ich mich auch ›indisponiert‹ fühle. Ich antwortete, nein; sie aber setzte hinzu: »Überhaupt halten Sie mich hier fest, um mit Ihnen zu plaudern. Ihr Besuch ist vielleicht schon da. Ich muß jetzt hinuntergehen. Das ist keine Person, die für hier gut genug ist. Und wo sie es immer so eilig hat, ist sie vielleicht auch schon wieder fort. Die wartet bestimmt nicht gern. Mademoiselle Albertine ist ja bei uns jetzt sehr wichtig geworden.« – »Sie irren sich, Françoise, sie ist gut genug, zu gut

sogar für hier. Aber gehen Sie jetzt und sagen Sie ihr, ich könne sie heute nicht sehen.«
Welche Mitleidäußerungen wären mir von Françoise wohl zuteil geworden, hätte sie mich weinen sehen! Sorgfältig verbarg ich mich, sonst freilich hätte ich ihre Sympathie erlangt. Doch schenkte ich ihr die meine. Wir versetzen uns nicht genug in das Herz dieser armen Dienerinnen, die nicht sehen können, wenn wir weinen, ganz als täte Weinen uns weh, denn wie oft hatte mir Françoise, als ich klein war, gesagt: ›Weine doch nicht so, ich kann dich nicht weinen sehen.‹ Wir mögen die großen Worte, die Beteuerungen nicht, aber wir haben unrecht, wir verschließen damit unser Herz dem Pathos der Landbewohner, dem Spruchbandtext, den das arme Hausmädchen, das vielleicht ungerechterweise wegen Diebstahl nach Hause geschickt wird, totenblaß und auf einmal demutvoll, als sei es bereits ein Verbrechen, angeschuldigt zu werden, aus seinem Munde abrollen läßt, wenn es die Redlichkeit des Vaters, die Grundsätze seiner Mutter, den Rat anführt, den die Ahnin ihm gegeben hat. Gewiß lassen uns die gleichen Bedienten, die unsere Tränen nicht sehen können, bedenkenlos eine Lungenentzündung bekommen, weil das Zimmermädchen von unten gern frische Luft hat und es deshalb nicht höflich wäre, die Fensterflügel zu schließen. Es muß nun einmal so sein, daß sie, die recht haben, wie Françoise, gleichzeitig unrecht haben, damit die Gerechtigkeit nur ja unmöglich bleibt. Selbst die verschiedenen Vergnügungen der Dienerinnen rufen bei den Herren entweder Ablehnung oder Spott hervor. Denn es handelt sich immer um ein Nichts, etwas albern Sentimentales und etwas, was gegen die Hygiene verstößt. So können sie denn auch sagen: ›Wie, ich, die ich das ganze Jahr überhaupt um nichts bitte, bekomme nicht einmal dies gewährt!‹ Und doch würden die Herren ihr viel mehr gewähren, Dinge, die nicht dumm und gefährlich für sie sind – vor allem nicht für die Herrschaft selbst. Gewiß kann man der Demut des Hausmädchens, das zitternd bereit

ist einzugestehen, was es nicht einmal begangen hat, und das sagt: ›Ich gehe heute abend noch, wenn es sein muß‹, nicht widerstehen. Aber man sollte auch nicht, trotz der feierlich dräuenden Banalität der Dinge, die sie vorbringt, fühllos bleiben gegen das Erbe von der Mutter her und gegen die Würde des ländlichen Elternhauses einer alten Köchin, die sich in ein Leben und eine Herkunft der Ehrenhaftigkeit einhüllt, den Besen wie ein Zepter schwingt und ihre Rolle bis zur Tragik steigert, ihre Worte mit Tränen unterbricht und sich majestätisch in die Höhe reckt. An jenem Tage rief ich mir solche Szenen in die Erinnerung zurück oder stellte sie mir vor, ich setzte sie in Beziehung zu unserer alten Dienerin; von da an liebte ich, trotz allem, was sie gegen Albertine hatte, Françoise mit einer Zärtlichkeit, die freilich manchmal versagte, aber doch der stärksten Gattung dieses Gefühls angehörte, nämlich der, die auf Erbarmen beruht.
Gewiß litt ich diesen ganzen Tag, als ich vor der Photographie meiner Großmutter saß. Sie fügte mir Qualen zu, weniger jedoch, als am Abend der Besuch des Direktors es tat. Als ich zu ihm von meiner Großmutter sprach und er seine Beileidsbezeigungen von neuem vorbrachte, sagte er außerdem (denn er verwendete gern Wörter, die er inkorrekt aussprach): »Es ist wie an dem Tage, wo Ihre Frau Großmutter die ›Sinekope‹ hatte. Ich wollte es Ihnen damals sagen, weil es wegen der anderen Gäste, nicht wahr, dem Hause vielleicht hätte schaden können. Am besten wäre sie gleich am selben Abend noch abgereist. Aber sie beschwor mich, Ihnen nichts zu erzählen, und versprach mir, sie werde gewiß keine ›Sinekope‹ mehr haben, oder gleich bei der nächsten abreisen. Der Hausdiener von der Etage hat mir jedoch gesagt, sie habe noch eine zweite gehabt. Aber mein Gott, Sie waren alte Gäste, denen man gern einen Gefallen tut, und solange sich niemand beklagt ...« So hatte meine Großmutter also Herzsynkopen gehabt und sie vor mir verborgen. Vielleicht war sie in dem Augenblick, in dem ich am wenigsten nett zu ihr war, unter

Leiden gezwungen gewesen, darauf achtzugeben, gute Laune zu zeigen, um mich nicht zu reizen und gesund zu scheinen, um im Hotel nicht vor die Tür gesetzt zu werden. ›Sinekope‹ ist ein Wort, das ich mir in dieser Verdrehung niemals vorgestellt hätte und das mir, von anderen angewendet, vielleicht lächerlich vorgekommen wäre, das aber nun mit seinem neuen seltsamen Klang wie eine erstmals gehörte Dissonanz lange Zeit imstande blieb, die schmerzlichsten Empfindungen in mir wachzurufen.

Am folgenden Tage ging ich auf den Wunsch meiner Mutter mich ein wenig im Sand ausstrecken oder vielmehr in den Dünen, da wo man in ihren Falten verborgen ist und wo ich wußte, daß Albertine und ihre Freundinnen mich nicht finden könnten. Meine gesenkten Augenlider ließen nur noch einen einzigen ganz rosigen Lichtschein durch, den der Innenwand über den Augen selbst, dann schlossen sie sich ganz. Da erschien mir, in einem Lehnstuhl sitzend, meine Großmutter. Schwach wie sie war, sah sie aus, als ob sie weniger als andere Menschen lebe. Gleichwohl hörte ich sie atmen; manchmal merkte man an einem Zeichen, das sie verstanden hatte, was wir, mein Vater und ich, zu ihr sagten. Aber wenn ich sie auch küßte, gelang es mir doch nicht, einen Blick der Zärtlichkeit in ihre Augen, ein wenig Farbe auf ihre Wangen zu rufen. Völlig abwesend, schien sie mich nicht zu lieben, mich nicht zu kennen, vielleicht sogar mich nicht einmal zu sehen. Ich konnte das Geheimnis ihrer Gleichgültigkeit, ihrer Niedergeschlagenheit, ihrer schweigenden Mißbilligung nicht ertragen und zog meinen Vater auf die Seite. ›Du siehst aber doch, sagte ich zu ihm, man muß zugeben, sie hat alles ganz genau aufgefaßt, die Illusion des Lebens ist vollkommen da. Könnten wir doch deinen Vetter kommen lassen, der immer behauptet, die Toten lebten nicht mehr! Jetzt ist es mehr als ein Jahr her, daß sie gestorben ist, und im Grunde lebt sie immer noch. Aber warum sie mich wohl nicht küssen will?‹ – ›Da sieh nur hin, ihr armer Kopf ist ganz heruntergesunken.‹ – ›Dabei möchte sie jetzt gleich in die Champs-Elysées.‹ – ›Aber das ist ja Wahnsinn!‹ – ›Wirklich, meinst du, daß ihr das schadet, daß sie noch mehr sterben könnte? Es ist doch unmöglich, daß sie mich nicht mehr liebt. Und wenn ich sie auch umarme, wird sie mir jemals wieder zulächeln?‹ – ›Was willst du, die Toten sind tot.‹

Ein paar Tage darauf war es mir tröstlich, die Photographie zu betrachten, die Saint-Loup gemacht hatte; sie weckte nicht in mir die Erinnerung an das wieder auf, was Françoise mir gesagt, weil diese Erinnerung mich nicht mehr verließ, sondern mir zur Gewohnheit geworden war. Aber im Vergleich zu der Vorstellung, die ich mir von dem Zustand meiner Großmutter machte, der an jenem Tage so ernst und schmerzhaft gewesen war, schien sie mir auf der Photographie dank jenen Listen, welche mich sogar noch täuschten, nachdem sie mir offenbar geworden waren, so elegant, so sorglos unter dem Hut, der ihr Gesicht etwas verdeckte, daß ich sie weniger unglücklich und bei besserer Gesundheit erblickte, als ich sie mir vorgestellt hatte. Da ihre Wangen, ohne daß sie es wußte, einen eigenen Ausdruck hatten, etwas Bleiernes, Hohles wie der Blick eines Tieres, welches schon in sich spürt, daß es ausgewählt und gezeichnet ist, hatte meine Großmutter bereits das Aussehen einer zum Tode Verdammten, eine unwillkürlich düstere, unbewußt tragische Miene, die mir entgangen war, jedoch Mama darin gehindert hatte, jemals diese Photographie zu betrachten, die ihr weniger eine Photographie ihrer Mutter zu sein schien, als vielmehr der Krankheit, an der diese litt, einer Beleidigung, welche die Krankheit mit einem brutalen Schlag dem Antlitz meiner Großmutter zugefügt hatte.

Dann eines Tages entschloß ich mich, Albertine ausrichten zu lassen, ich werde sie demnächst sehen können. Das kam daher, daß an einem Morgen voll verfrühter Wärme die tausend Rufe spielender Kinder, der Badenden, die sich belustigten, der Zeitungsverkäufer mir in feurigen Zügen, in verschlungenen Flammenlinien den glühenden Strand ausmalten, den kleine Wellen nacheinander mit ihrer Kühle bespülten; dann hatte das Symphoniekonzert begonnen, vermischt mit dem leichten Anschlagen der Wellen, in dem die Geigen summten wie ein aufs Meer hinaus verirrter Bienenschwarm. Sofort hatte ich den Wunsch verspürt, das Lachen Albertines wiederzuhören, ihre Freundinnen wiederzusehen, jene junge Mädchen, die sich von dem bewegten Meer abhoben und in meiner Erinnerung ein von Balbec untrennbarer Zauber und seine charakteristische Flora geblieben waren; so hatte ich beschlossen, durch Françoise ein Wort an Albertine zu schikken, um sie für die nächste Woche zu mir zu bestellen, während das sanft heranflutende Meer, bei jeder Welle, die sich am Ufer hingleitend brach, mit kristallenen Läufen die Melodie überdeckte, deren Weisen einzeln dazustehen schienen gleich lautespielenden Engeln, die sich wie auf dem First einer italienischen Kathedrale zwischen Zinnen aus blauem Porphyr und schäumendem Jaspis erhoben. Aber an dem Tage, als Albertine kam, war das Wetter von neuem schlechter und kühler geworden, und außerdem hatte ich keine Gelegenheit, ihr Lachen zu vernehmen; sie war sehr schlecht gelaunt. »Balbec ist furchtbar langweilig dieses Jahr, sagte sie zu mir, ich werde mich so einzurichten versuchen, daß ich nicht lange bleibe. Du weißt ja, ich bin schon seit Ostern hier, das ist mehr als vier Wochen. Es ist niemand da. Übermäßig amüsant ist das nicht, wie du dir denken kannst.« Trotz des jüngst gefallenen Regens und des jede Minute wechselnden Himmels unternahm ich, nachdem ich Albertine bis nach Egreville begleitet hatte (jenem Platz, an dem sich Madame Bontemps' Villa befand, so daß meine Freundin zwischen dort und Incarville, wo sie bei Rosemondes Eltern quasi in Pension war, nach ihren eigenen Worten ›hin- und herpendelte‹) einen einsamen Spaziergang auf der großen Landstraße, auf welcher der Wagen von Madame de Villeparisis entlanggefahren war, wenn wir unsere Ausflüge mit meiner Großmutter machten; Wasserlachen, welche die blitzende

Sonne nicht aufgetrocknet hatte, machten den Boden zu einem wahren Moor, und ich dachte an meine Großmutter, die damals keine zwei Schritte gehen konnte, ohne ihr Kleid zu bespritzen. Doch sobald ich auf der Landstraße angekommen war, stand ich wie geblendet. Da, wo ich mit meiner Großmutter zusammen im August nur Blätter und gleichsam den geometrischen Ort von Apfelbäumen gesehen hatte, standen sie jetzt, so weit das Auge reichte, in voller, unerhört luxuriöser Blüte, wenn auch mit den Füßen im Schmutz, jedoch in Balltoilette und ohne alle Vorsichtsmaßregel, um nicht den herrlichsten rosafarbenen Atlas zu ruinieren, den man jemals gesehen hat und der in der Sonne schimmerte; der ferne Horizont des Meeres bildete für die Apfelbäume einen Hintergrund wie auf einem japanischen Holzschnitt. Wenn ich den Kopf hob, um den Himmel zwischen den Blüten zu betrachten, die sein Blau noch satter, beinahe violett erscheinen ließen, sah es aus, als schöben sie sich leicht auseinander, um die ganze Tiefe dieses Paradieses den Blicken zu öffnen. Unter so viel Azurbläue brachte ein leichter, aber kühler Wind die sich rötenden Blütensträußchen leise zum Erschauern. Blaumeisen setzten sich auf die Zweige und hüpften zwischen den Blüten hin und her, die so nachgiebig stillhielten, als habe ein Liebhaber exotischer Dinge und Farben diese lebendige Schönheit künstlich hergestellt. Diese aber rührte gerade deshalb zu Tränen, weil sie, soweit auch die Effekte raffinierter Kunstfertigkeit gingen, dennoch spüren ließ, daß sie natürlich war, daß diese Apfelbäume dort auf freiem Feld wie Bauern auf einer großen französischen Landstraße standen. Dann folgten auf die Strahlen der Sonne plötzlich Regenstreifen; sie schraffierten den ganzen Horizont und woben die Reihe der Apfelbäume in ihr graues Netzwerk ein. Die aber trugen weiter blühende, rosige Schönheit zur Schau in dem eisig gewordenen Wind und unter dem Platzregen, der herniederrauschte; es war ein wirklicher Frühlingstag.

Zweites Kapitel

Albertines Geheimnisse. Die jungen Mädchen im Spiegel. Die unbekannte Dame. Der Liftboy. Madame de Cambremer. Die Freuden des Monsieur Nissim Bernard. Erste Skizze von Morels seltsamem Charakter. Monsieur de Charlus diniert bei den Verdurins.

In meiner Furcht, das Vergnügen, das ich an diesem einsamen Spaziergang gefunden hatte, könne in mir die Erinnerung an meine Großmutter abschwächen, suchte ich diese dadurch neu zu beleben, daß ich mir vorstellte, wie groß ihr seelisches Leiden sicherlich gewesen sei; auf meinen Anruf hin versuchte dies Leiden sich in meinem Herzen aufs neue herzustellen, es richtete seine unermeßlichen Pfeiler darin auf; aber da mein Herz ohne Zweifel zu klein dafür war, hatte ich nicht die Kraft, einen so großen Schmerz zu tragen; meine Aufmerksamkeit schwand in dem Augenblick, in dem der Schmerz sich ganz in mir nachgestaltet hatte, seine Bögen sanken in sich zusammen, bevor sie sich berührten, so wie die Wogen sich brechen, noch bevor ihre Wölbung sich vollkommen gerundet hat. Allein schon aus meinem Träumen, sobald ich eingeschlafen war, hätte ich entnehmen können, daß mein Kummer um meine Großmutter nachließ, denn sie erschien darin weniger von der Vorstellung beschwert, die ich mir selbst von ihrem Nichtmehrsein machte. Ich sah sie immer noch krank vor mir, doch auf dem Weg der Genesung; ich fand, sie sehe schon besser aus. Spielte sie aber darauf an, was sie gelitten habe, verschloß ich ihr den Mund mit meinen Küssen und versicherte ihr, sie sei jetzt für immer wiederhergestellt. Ich hätte gern in Gegenwart von Skeptikern konstatiert, daß der Tod eine Krankheit sei, von der man sich wieder erholt. Nur fand ich bei meiner Großmutter nicht mehr die reiche Unmittelbarkeit, über die sie früher verfügt hatte. Ihre Worte waren nur ein abgeschwächter, gefügiger Widerhall, fast nur ein einfaches Echo dessen, was ich selbst gesagt hatte; sie war nur noch ein Reflex meines eigenen Denkens.

Unfähig, wie ich noch zu einem erneuten physischen Verlangen war, begann Albertine mir etwas wie ein Verlangen nach Glück einzuflößen. Gewisse Träume von geteilter Zärtlichkeit, die immer in uns lebendig sind, heften sich gern durch eine Art von Affinität der Erinnerung (unter der Voraussetzung, daß diese bereits ein wenig verschwommen ist) an eine Frau, mit der wir einen Augenblick des Glücks gekostet haben. Dies Gefühl rief mir Aspekte von Albertines Antlitz, weichere, weniger heitere, recht verschieden von denjenigen, die rein körperliche Wünsche in meiner Erinnerung heraufgeführt hätten, zurück; und da auch alles weniger drängte, als diese letzteren es getan hätten, würde ich gern die Verwirklichung bis zum folgenden Winter aufgeschoben haben, ohne inzwischen einen Versuch zu machen, Albertine in Balbec vor ihrer Abreise wiederzusehen. Aber selbst inmitten eines noch lebhaft empfundenen Kummers ist doch das körperliche Verlangen wieder da. Von meinem Bett aus, in dem ich jeden Tag eine lange Weile liegen sollte, um mich auszuruhen, sehnte ich Albertine herbei, um unsere Spiele von ehedem mit ihr wieder aufzunehmen. Sieht man nicht auch in dem gleichen Zimmer, in dem sie ein Kind verloren haben, Eheleute bald wieder von neuem umschlungen dem kleinen Verstorbenen einen Bruder geben? Ich versuchte, mich von diesem Verlangen abzulenken, indem ich ans Fenster trat, um das Meer jenes Tages zu betrachten. Wie im ersten Jahr wechselten die Meere von einem Tag zum andern und sahen sich selten einmal ganz gleich. Im übrigen hatten sie aber auch wenig Ähnlichkeit mit denen des ersten Jahres, sei es, weil jetzt der Frühling mit seinen Gewittern da war, sei es, weil, selbst wenn ich zum gleichen Datum gekommen wäre wie das erste Mal, andere, wechselndere Witterungszustände, zum Beispiel ein gewisses träges, dunstüberlagertes und zerbrechliches Meer von dieser Küste fernhielten, wie ich es während der glühendheißen Tage am Strande mit unmerklich auf und nieder wogender bläulicher Brust hatte schlafen sehen, sei es vor allem, weil meine Augen, die von Elstir gelernt hatten, genau die Elemente festzuhalten, die ich mir früher gern entgehen ließ, jetzt lange betrachteten, was sie in jenem Jahr überhaupt noch nicht zu sehen verstanden. Jener Gegensatz – der mir damals so sehr zum Bewußtsein gekommen war – zwischen den Landausflügen, die ich mit Madame de Villeparisis machte, und der verfließenden, unzugänglichen, mythologischen Nachbarschaft des ewigen Weltmeers existierte für mich nicht mehr. Zu gewissen Stunden schien mir das Meer im Gegenteil jetzt beinahe in sich selbst ein Stück Land zu sein. An den verhältnismäßig seltenen wirklichen Schönwettertagen hatte die Wärme auf dem Wasser wie über Felder hinweg eine staubige, weiße Straße eingezeichnet, hinter der die feine Spitze eines Fischerbootes aufragte wie ein dörflicher Kirchturm. Ein Schleppdampfer, von dem man nur den Schornstein sah, rauchte in der Ferne wie eine weit vorgeschobene Fabrik, während einsam am Horizont ein weißes, geblähtes Viereck, das zweifellos von einem Segel dort aufgemalt war, aber kompakt wie aus Kalkmasse aussah, an die besonnte Ecke irgendeines einsam daliegenden Gebäudes, eines Hospitals oder einer Schule gemahnte. Wolken und Wind aber vollendeten an Tagen, an denen sie noch zu der Lichtwirkung hinzutraten, wenn nicht das irrige Urteil, so doch wenigstens die Illusion des ersten Eindrucks, seine suggestive Macht über die Phantasie. Denn der Wechsel von klar gegeneinander abgesetzten Farbräumen gleicht denjenigen, welche auf den Äckern durch das Aneinandertreffen verschiedener Saaten entstehen; die rauhen, gelben und wie lehmig wirkenden Ungleichheiten der Meeresoberfläche, die leichten Hügel und Böschungen, welche dem

Blick eine Barke entzogen, auf der ein Trupp geschäftiger Matrosen die Ernte einzubringen schien, alles dies machte an Gewittertagen aus der See eine ebenso vielfältige, ebenso konstante, von allerlei Zufällen belebte, volkreiche, zivilisierte Schau wie das mit Wagen befahrbare Land, auf dem ich früher Ausflüge unternommen hatte, die ich bald wiederholen würde. Einmal, als ich meinem Verlangen nicht widerstehen konnte, kleidete ich mich an, anstatt mich wieder hinzulegen, und machte mich auf, um Albertine in Incarville aufzusuchen. Ich wollte sie bitten, mich bis Douville zu begleiten, von wo aus ich dann in Féterne Madame de Cambremer und in La Raspelière Madame Verdurin einen Besuch machen könnte. Albertine sollte mich während dieser Zeit am Strand erwarten, und wir würden dann zusammen bei Dunkelheit zurückkehren. Ich machte mich auf, um die kleine Lokalbahn zu benutzen; durch Albertine und ihre Freundinnen hatte ich alle ihre in der Gegend üblichen Beinamen erlernt: man nannte sie bald ›Blindschleiche‹ oder ›Bimmelbahn‹, weil sie trotz unzähliger Schlangenbewegungen nicht recht vorwärts kam, bald ›Ozeandampfer‹ wegen einer furchtbaren Sirene, die sie betätigte, damit die Spaziergänger sich in acht nähmen, ›Drahtseilbahn‹, obwohl sie keineswegs eine war, aber weil sie die Dünen hinaufkletterte, oder B. A. G., weil sie von Balbec über Angerville nach Grallevast fuhr, ›Tram‹ oder T. S. N., weil sie zur Trambahnlinie der Süd-Normandie gehörte. Ich machte es mir in einem Abteil bequem, in dem ich ganz allein war; die Sonne strahlte hernieder, es war zum Ersticken heiß; ich senkte den blauen Vorhang, der nur noch unten einen schmalen Sonnenstreifen hindurchließ. Sogleich sah ich meine Großmutter, so wie sie mit mir bei unserer Abfahrt von Paris nach Balbec im Zug gesessen und in ihrem Kummer darüber, mich Bier trinken zu sehen, lieber nicht hingeschaut, sondern die Augen geschlossen und so getan hatte, als schlafe sie. Ich, der ich früher ihren Kummer nicht ertragen konnte, wenn mein Großvater

Kognak trank, hatte ihr den neuen zugefügt, nicht nur sehen zu müssen, wie ich auf die Aufforderung eines anderen hin ein Getränk zu mir nahm, das sie für mich verderblich glaubte, sondern sie auch gezwungen, mir die Freiheit zu lassen, nach meinem Belieben davon zu trinken; ja mehr noch, durch meinen Zorn, meine Erstickungsanfälle hatte ich sie gezwungen, mir dabei zu helfen, mir sogar dazu zu raten in einer äußersten Resignation, deren stummes, verzweifeltes Bild vor mir stand, wie sie mit geschlossenen Augen es wenigstens nicht mit ansehen wollte. Eine solche Erinnerung hatte mir wie mit einem Zauberstab die Seele wieder verliehen, die ich seit einiger Zeit zu verlieren im Begriff gewesen war; was hätte ich mit Rosemonde anfangen sollen, wo doch meine Lippen einzig und allein ein verzweifeltes Verlangen verspürten, ein Wesen zu küssen, das verstorben war? Was hätte ich zu den Cambremer und den Verdurin sagen sollen, wenn mir das Herz davon pochte, daß sich darin in jedem Augenblick der Schmerz erneuerte, den meine Großmutter damals erlitten hatte? Ich konnte im Wagen nicht bleiben. Sobald der Zug in Maineville-la-Teinturière hielt, gab ich meine Pläne auf und stieg aus. Maineville hatte seit einiger Zeit große Bedeutung und einen ganz speziellen Ruf erlangt, weil ein Direktor zahlreicher Kasinos, ein ausgesprochener Vergnügungslieferant, nicht weit von dort, mit geschmacklosem Luxus, der sehr wohl mit dem eines Palasthotels wetteifern konnte, ein Etablissement erbaut hatte, auf das wir zurückkommen werden und das, um es ganz offen zu sagen, das erste öffentliche Haus für anspruchsvolle Gäste darstellte, das an den Küsten Frankreichs zu errichten jemand auf die Idee gekommen war. Es war das einzige. Jeder Hafen hat zwar das seine, doch geeignet nur für die Seeleute und Liebhaber malerischer Eindrücke, die so etwas gern sehen, in nächster Nachbarschaft einer Kirche aus unvordenklicher Zeit und mit einer ›Patronne‹, die, ebenfalls alt, verehrungswürdig und von Verwitterung bedroht, vor der übelbeleumundeten Pforte steht und nach heimkehrenden Fischerbooten Ausschau hält.

Ich entfernte mich von dem gleißenden Vergnügungspalast, der schamlos dort aufragte trotz der von seiten der Familien vergebens an den Bürgermeister ergangenen Proteste, und begab mich wieder auf die Düne, auf der ich den gewundenen Wegen in Richtung Balbec folgte. Ohne darauf Antwort zu geben, hörte ich den Ruf der Weißdornhecken. Als weniger üppige Nachbarinnen der Apfelblüten fanden sie jene recht schwerfällig, obwohl sie der frischen Wangenfärbung dieser mit rosigen Blütenblättern geschmückten Töchter der behäbigen Apfelweinhersteller Anerkennung zollten. Sie wußten, daß sie zwar weniger reich dotiert, doch gesuchter sein würden und, um zu gefallen, nichts anderes nötig hätten als ihre weißschäumende Blütenpracht.

Als ich ins Hotel zurückkehrte, übergab mir der Portier eine gedruckte Todesanzeige, in welcher der Marquis und die Marquise de Gonneville, der Vicomte und die Vicomtesse d'Amfreville, der Graf und die Gräfin von Berneville, der Marquis und die Marquise von Graincourt, Graf d'Amenoncourt, die Gräfin Maineville, Graf und Gräfin von Franquetot, die Gräfin von Chaverny, geborene d'Aigleville von einem Trauerfall Kenntnis gaben; endlich begriff ich, weshalb sie mir geschickt worden war, als ich auf die Namen der Marquise de Cambremer, geborene du Mesnil la Guichard, sowie des Marquis und der Marquise de Cambremer stieß und feststellte, daß die Verstorbene, eine Kusine der Cambremer, Eléonore-Euphrasie-Humbertine de Cambremer, Gräfin von Criquetot war. In der ganzen Entfaltung dieser Provinzfamilie, deren Aufzählung im einzelnen kleingedruckte, enge Zeilen füllte, fand sich kein Bürgerlicher, im übrigen aber auch kein wirklich bekannter Adelsname, sondern nur der gesamte Heerbann der Edelleute jener Region, die ihre Namen – die der interessantesten Orte der Gegend – mit ihren fröhlichen Ausklängen auf -ville oder -court, doch auch klangloseren Endungen wie -tot hier ertönen ließen, mit den Ziegeln ihres Schlosses oder dem Bewurf ihrer Kirche umkleidet, das schwankende Haupt kaum über die Wölbung oder den Haupttrakt reckend, und auch dann nur, um sich mit der normannischen Laternenkuppel oder dem taubenschlagähnlichen Dachtürmchen zu krönen: sie schienen alle hübschen, zwanzig Meilen in der Runde sich aufstaffelnden oder verstreut liegenden Dörfer aufgeboten und sie in geschlossener Formation ohne Lücke oder Bresche, durch die ein Eindringling hätte schlüpfen können, auf dem soliden rechteckigen Damebrett dieser schwarzumrandeten aristokratischen Traueranzeige aufgestellt zu haben.

Meine Mutter war in ihr Zimmer zurückgekehrt im Gedenken an einen Satz aus Madame de Sévigné: ›Ich sehe niemand von denen, die mich von der Beschäftigung mit dir ablenken wollen; in versteckten Worten soll das heißen, daß sie mich daran hindern möchten, in Gedanken bei dir zu sein, und das verletzt mich eher‹, weil nämlich der Gerichtspräsident zu ihr gesagt hatte, sie solle sich zerstreuen. Mir flüsterte er zu: »Da ist die Prinzessin von Parma.« Meine Furcht schwand im Augenblick, als ich sah, daß die Frau, welche der Präsident mir zeigte, mit der Königlichen Hoheit nichts zu tun hatte. Aber da diese im Hotel ein Zimmer hatte reservieren lassen, um dort eine Nacht vor der Rückreise nach einem Besuch bei der Prinzessin von Luxemburg zu verbringen, hatte das auf viele Gäste die Wirkung, daß sie jede neuangekommene Dame für die Prinzessin von Parma hielten – auf mich jedoch die, daß ich hinaufstieg und mich in meine Dachkammer einschloß.

Ich hätte dort nicht allein bleiben mögen. Es war kaum vier Uhr. Ich bat Françoise, Albertine zu holen, damit sie den Nachmittag mit mir verbrächte.

Ich würde, glaube ich, lügen, wenn ich behauptete, damals schon habe das schmerzliche und unaufhörliche Mißtrauen eingesetzt, das ich Albertine gegenüber hegen sollte, geschweige denn, es habe bereits zu jener Zeit den ganz besonderen, von Gomorra her bestimmten Charakter angenommen, den es später bekam. Gewiß, schon an diesem Tage – aber es war nicht der erste – mischte sich unter mein Warten eine Art von Angst. Als Françoise gegangen war, blieb sie so lange aus, daß ich zu zweifeln begann. Ich hatte die Lampe nicht angezündet. Es war kaum noch hell. Im Winde klatschte die Fahne auf dem Kasinodach. Und kraftloser noch als die Stille vom Strande her, an dem das Meer emporstieg, und wie eine Stimme, welche der enervierenden Ungewißheit dieser unruhigen, falschen Stunde gewissermaßen Ausdruck gab, spielte eine Drehorgel vor dem Hotel einen Wiener Walzer nach dem anderen. Endlich erschien Françoise, jedoch allein. »Ich bin so schnell gegangen, wie ich konnte, aber sie wollte nicht mitkommen, weil sie sich nicht schön genug frisiert fand. So wahr ich hier stehe, sie hat eine geschlagene Stunde gebraucht, um sich zu pomadisieren. Das wird ja nachher hier ein wahrer Parfümladen sein. Sie kommt, sie ist nur noch zurückgeblieben, um sich vor dem Spiegel schönzumachen. Ich hatte mir schon gedacht, daß ich sie da finden würde.« Es verging noch eine ganze Weile, bis Albertine endlich kam. Aber die Heiterkeit, die Liebenswürdigkeit, die sie diesmal offenbarte, zerstreute meine Traurigkeit. Sie kündigte mir an, daß sie (entgegen dem, was sie neulich gesagt hatte) die ganze Saison hierbleiben werde, und fragte mich, ob wir uns nicht wie im ersten Jahr alle Tage sehen könnten. Ich sagte ihr, im Augenblick sei ich zu traurig, werde sie aber von Zeit zu Zeit im letzten Moment holen lassen wie vordem in Paris. »Wenn du jemals Kummer oder irgendwie Lust hast, zögere nicht, sagte sie, sondern benachrichtige mich, ich komme, so schnell ich kann. Und wenn du nicht fürchten mußt, daß das hier im Hotel Aufsehen erregt, bleibe ich auch, solange du willst.« Françoise hatte, als es ihr gelungen war, sie herbeizuholen, die glückliche Miene gezeigt, die sie jedesmal hatte, wenn sie sich für mich einer Mühe unterzog und mir mit Erfolg ein Vergnügen verschaffte. Albertine selbst aber spielte keine Rolle bei dieser Freude, denn schon am folgenden Tage sollte Françoise mir die tiefsinnigen Worte sagen: »Monsieur sollte dieses Fräulein nicht sehen. Ich kenne genau ihre Art von Charakter, sie wird Monsieur Kummer machen.« Als ich Albertine zurückgeleitete, sah ich im beleuchteten Speisesaal die Prinzessin von Parma. Ich schaute sie an, richtete mich aber so ein, daß sie mich nicht sehen konnte. Doch muß ich gestehen, daß ich jetzt eine gewisse Größe in ihrer königlichen Höflichkeitsentfaltung entdeckte, die mir bei den Guermantes nur ein Lächeln abgenötigt hatte. Ein herrschender Grundsatz will, daß Souveräne überall bei sich zu Hause sind, und das Protokoll übersetzt dieses Prinzip in tote und gehaltlose Bräuche, wie zum Beispiel denjenigen, daß der Hausherr den Hut in seiner eigenen Wohnung in der Hand behält, um zu zeigen, daß er dort nicht mehr unter dem eigenen Dach weilt, sondern als Gast des Fürsten. Diese Idee nun formulierte sich die Prinzessin von Parma vielleicht nicht in dieser Weise, doch war sie so durchdrungen davon, daß sogar alle ihre spontan für eine Gelegenheit erfundenen Handlungen davon Zeugnis ablegten. Als sie sich von der Tafel erhob, reichte sie Aimé ein großes Trinkgeld, als sei er einzig ihretwegen dagewesen und als belohne sie damit wie beim Verlassen eines Schlosses einen Butler, der speziell ihr zu ihrer Bedienung zugewiesen sei. Sie begnügte sich im übrigen nicht mit dem Trinkgeld, sondern wendete auch mit anmutigem Lächeln ein paar liebenswürdige und schmeichelhafte Worte an ihn, wie ihre Mutter sie ihr auf den Lebensweg mitgegeben hatte. Vielleicht hätte nicht viel gefehlt, und sie hätte ihm auch noch gesagt, daß, solange das Hotel so gut gehalten werde, sicher die Normandie auch weiterhin in gleicher Weise blühe und daß sie vor allen Ländern der Erde Frankreich den Vorzug gebe. Ein anderes Geldstück glitt aus den Händen der Prinzessin in die des Weinkellners, den sie hatte rufen lassen und dem sie ihre Befriedigung auszusprechen wünschte wie ein General, der eine Truppenparade abgenommen hat. Der Liftboy war in diesem Augenblick gekommen, ihr einen gewünschten Bescheid zu bringen; auch er erhielt ein freundliches Wort, ein Lächeln und ein Trinkgeld, alles das mit ermutigenden und bescheidenen Reden gemischt, die dazu bestimmt waren, zu beweisen, daß sie selbst nicht mehr als irgendeiner von ihnen sei. Da Aimé, der Weinkellner, der Liftboy und die übrigen geglaubt hätten, es sei unhöflich, nicht den Mund bis zu den Ohren zu verziehen und einer Person zuzulächeln, die ihnen zulächelte, war sie bald von einer Gruppe dienstbarer Geister umgeben, mit denen sie wohlwollend plauderte. Solche Manieren waren etwas Ungewöhnliches in solchem Strandhotel, und die Personen, die draußen auf dem Platz vorbeigingen und die Prinzessin nicht mit Namen kannten, glaubten, sie sei eine gewohnheitsmäßige Besucherin von Balbec, die, von mittelmäßiger Herkunft oder nur aus beruflichen Gründen hier (vielleicht war sie die Frau eines Aquisiteurs für eine Champagnerfirma) sich weniger von dem Bedientenstab unterschied als die wahrhaft mondänen Gäste. Ich selbst dachte an den Palast in Parma, an die halb religiösen, halb politischen Weisungen, die man dieser Prinzessin erteilt hatte, welche jetzt mit dem Volke umging, als müsse sie es für sich gewinnen, um eines Tages zu regieren, vielmehr, als regiere sie schon.

Ich ging in mein Zimmer hinauf, aber ich war dort nicht allein. Irgend jemand spielte Stücke von Schumann mit viel Gefühl. Gewiß kommt es vor, daß andere Menschen, sogar diejenigen, die wir am meisten lieben, uns mit der Trauer oder Gereiztheit getränkt erscheinen, die unserem eigenen Innern entströmt. Trotzdem gibt es etwas, was eine Macht besitzt, zur Verzweiflung zu treiben, die nie ein Mensch erreichen wird: das ist ein Klavier.

Albertine hatte mich die Daten notieren lassen, an denen sie von Balbec abwesend und für ein paar Tage bei irgendwelchen Freundinnen sein werde, und auch deren Adressen für den Fall, daß ich sie an einem dieser Abende gerne bei mir haben wolle, denn keine von ihnen wohnte sehr weit. Das bewirkte, daß bei meinen Bemühungen, sie zu finden, von einem Mädchen zum andern sich ganz natürlich rings um sie her Blumenranken flochten. Ich wage zu gestehen, daß viele von ihren Freundinnen – ich liebte Albertine noch nicht – mir in dem einen oder anderen dieser Orte am Strande Augenblicke lebhaften Vergnügens schenkten. Diese entgegenkommenden jungen Kameradinnen schienen mir damals gar nicht so sehr viele zu sein. Doch letzthin dachte ich an sie zurück, und ihre Namen fielen mir wieder ein. Ich rechnete daraufhin aus, daß in dieser einzigen Saison zwölf mir ihre schmächtigen Reize zur Verfügung gestellt hatten. Ein Name fiel mir noch nachträglich ein, es war der dreizehnte. Mit einer Art von kindlicher Grausamkeit blieb ich bei dieser Zahl stehen. Ach, ich war mir wohl bewußt, daß ich die erste vergessen hatte, Albertine, die nicht mehr am Leben und die vierzehnte war.

Ich hatte – um den Faden der Erzählung wieder aufzunehmen – mir die Namen und Adressen der jungen Mädchen aufgeschrieben, bei denen ich Albertine an diesem oder jenem Tage finden könnte, wo ich sie nicht in Incarville antreffen würde, aber eigentlich hatte ich vor, diese Tage lieber dazu zu benutzen, um Madame Verdurin einen Besuch zu machen. Im übrigen hat unsere Sehnsucht nach verschiedenen Frauen nicht immer die gleiche Kraft: an einem gewissen Abend können wir auf die eine von ihnen nicht verzichten, die hinterher vier oder acht Wochen lang uns nicht aufregen wird. Dann bewirken auch, nach großer physischer Verausgabung, Gründe eines natürlichen Wechsels, welche zu studieren hier nicht der Ort ist, daß die Frau, deren Bild uns in unserer vorübergehenden senilen Kraftlosigkeit vorschwebt, gerade eine solche ist, der wir beinahe nur einen Kuß auf die Stirn geben möchten. Albertine selbst sah ich selten und nur an den weit auseinanderliegenden Abenden, an denen ich schlechterdings auf sie nicht verzichten konnte. Erfaßte mich ein solches Verlangen, wenn sie zu weit von Balbec entfernt war, als daß Françoise noch hätte hingehen können, schickte ich den Liftboy nach Egreville, La Sogne oder nach Saint-Frichoux, nachdem ich ihn vorher gebeten hatte, seine Arbeit etwas abzukürzen. Er trat dann in mein Zimmer, ließ aber die Tür offenstehen, denn obwohl er gewissenhaft seinen ›Job‹ besorgte, der sehr hart war, da er in vielem Putzen von fünf Uhr früh an bestand, konnte er sich nicht zu der Anstrengung aufraffen, eine Tür zu schließen, und wenn man ihn darauf aufmerksam machte, daß sie offen sei, ging er nur zurück und stieß sie mit dem Höchstmaß an Mühe, das er aufzubringen vermochte, leicht an. Mit dem demokratischen Stolz, der ihm eigen war und den in liberalen Laufbahnen die Mitglieder nicht sehr zahlreicher Berufe, Advokaten, Ärzte, Schriftsteller, in Frankreich nicht erreichen, da sie andere Advokaten, Schriftsteller oder Ärzte nur als ihren ›Confrère‹ bezeichnen, gebrauchte er mit gutem Grunde einen Terminus, der dort beschränkten Körperschaften, wie den Akademien zum Beispiel, reserviert ist, und äußerte sich, sobald er von einem Pagen sprach, der jeden zweiten Tag den Liftboy spielte, folgendermaßen: »Ich will sehen, ob mein ›Kollege‹ mich vertreten kann.« Dieser Stolz hinderte ihn nicht, in der Absicht, das aufzubessern, was er als sein ›Gehalt‹ bezeichnete, für Botengänge Vergütungen anzunehmen, wodurch er Françoise vollends verhaßt wurde: »Ja, das erste Mal, wenn man ihn sieht, denkt man, er trübt kein Wässerchen, aber es gibt Tage, an denen er direkt katzenfreundlich ist. Das alles sind ja nur Trinkgeldjäger.« Es handelte sich da um eine Kategorie, in die sie häufig Eulalie eingeordnet hatte und auch – Gott sei's geklagt wegen all des Unglücks, das eines Tages daraufhin über uns kommen sollte – Albertine, weil sie bemerkt hatte, daß ich oft Mama für meine wenig bemittelte Freundin um kleine Gegenstände, hübsche Sächelchen bat, was Françoise unentschuldbar fand, weil Madame Bontemps nur ein einziges Dienstmädchen beschäftigte. Sehr schnell erschien der Liftboy wieder, nachdem er das abgelegt hatte, was ich seine Livree genannt hätte, er selbst aber als seine ›Uniform‹ bezeichnete, mit einem Strohhut, einem Spazierstock, sorgfältig abgemessenem Schritt und in guter Haltung, denn seine Mutter hatte ihm ans Herz gelegt, er dürfe niemals wie ein Arbeiter oder Hotelbedienter wirken. Ebenso wie dank den Büchern die Wissenschaft einem Arbeiter offensteht, der nicht mehr Arbeiter ist, wenn er seine Arbeit gemacht hat, wurde dank dem runden Strohhut und einem Paar Handschuhe die Eleganz in Reichweite des Liftboys gerückt, der, nachdem er für diesen Abend aufgehört hatte, die Gäste mit dem Fahrstuhl heraufzubefördern, gleich einem jungen Chirurgen, der seinen Ärztekittel ausgezogen hat, oder dem Unterwachtmeister Saint-Loup nach Ablegen seiner Uniform, sich für einen vollendeten Weltmann hielt. Es fehlte ihm im übrigen nicht an Ehrgeiz oder Talent, um seinen schwebenden Käfig zu bedienen, so daß er nicht etwa zwischen zwei Etagen stehenblieb. Doch seine Sprache war fehlerhaft. Ich glaubte an seinen Ehrgeiz, weil er von dem Portier, von welchem er abhing, als ›meinem Portier‹ in dem gleichen Ton redete, wie ein Mann, der etwa in Paris sein eigen nannte, was der Page als eine ›Privatvilla‹ bezeichnet hätte, von seinem Portier sprechen würde. Was seinen Liftboyjargon betraf, so fand ich merkwürdig, daß jemand, der fünfzigmal am Tag einen Gast nach dem Fahrstuhl rufen hört, selbst niemals anders als ›Fahrstuhl‹ sagte. Gewisse Dinge waren außerordentlich aufreizend bei diesem Liftboy. Was ich ihm auch sagen mochte, immer unterbrach er mich durch Redensarten wie ›das kann man sich denken‹, oder ›das meine ich ja‹, die entweder zu bedeuten schienen, daß meine Bemerkung so selbstverständlich sei, daß jedermann darauf gekommen wäre, oder aber ihm selbst das Verdienst zuschreiben sollten, er habe eben erst meine Aufmerksamkeit darauf gelenkt. ›Das kann man sich denken‹ oder ›das meine ich ja‹, mit größter Energie hervorgebracht, führte er alle zwei Minuten auf den Lippen mit Bezug auf Dinge, von denen er ohne mich niemals eine Ahnung gehabt hätte, was mich so sehr reizte, daß ich anfing, auf der Stelle das Gegenteil zu behaupten, nur um ihm zu beweisen, daß er gar nichts davon verstand. Bei meiner zweiten Behauptung aber, wie unvereinbar sie auch mit der ersten sein mochte, antwortete er nichtsdestoweniger wieder ›das kann man sich denken‹ oder ›das meine ich ja‹, als ob diese Redensarten einfach nicht zu vermeiden seien. Ich verzieh ihm auch nicht leicht, daß er gewisse Wendungen seines Berufs, die an ihrem Platz vollkommen zulässig gewesen wären, nur im übertragenen Sinne gebrauchte, was ihnen eine recht törichte Absicht des Geistreichseins unterlegte, zum Beispiel den Ausdruck ›aufs Pedal treten‹. Niemals verwendete er diesen Ausdruck, wenn es sich um einen Weg mit dem Fahrrad handelte. Wenn er sich aber zu Fuß beeilt hatte, um pünktlich da zu sein, bemerkte er zur Bekräftigung dessen, daß er sehr schnell gegangen sei: ›Sie können sich denken, daß ich tüchtig aufs Pedal getreten habe.‹ Der Liftboy war klein, schlecht gebaut und eher häßlich zu nennen. Das hinderte ihn aber nicht, jedesmal, wenn ihm gegenüber von einem hochgewachsenen, schlanken und eleganten jungen Mann die Rede war, zu sagen: ›Jaja, ich weiß schon, einer, der gerade meine Statur hat.‹ Als ich eines Tages einen Bescheid von ihm erwartete und jemand die Treppe heraufkommen hörte, hatte ich bei dem Geräusch der Schritte ungeduldig meine Zimmertür geöffnet und einen Pagen gesehen, der schön wie ein Adonis und dessen Antlitz unglaublich vollkommen war; er war auf dem Wege zu einer mir unbekannten Dame. Als der Liftboy endlich erschien und ich ihm sagte, mit welcher Ungeduld ich auf seine Antwort gewartet hätte, erwähnte ich auch, ich hätte schon einmal geglaubt, er käme die Treppe herauf, aber es sei ein Page aus dem Hôtel de Normandie gewesen. »Ach ja, ich weiß schon welcher, sagte er, sie haben nur einen dort, einen jungen Menschen, der genau meine Statur hat. Auch im

Gesicht ist er mir so ähnlich, daß man uns beide verwechseln könnte. Er sieht wie mein Zwillingsbruder aus.« Endlich wollte er immer den Eindruck erwecken, er habe in der ersten Sekunde schon alles verstanden, so daß er, sobald man ihm irgend etwas ans Herz legen wollte, auf der Stelle erklärte: ›Jajajajaja, ich verstehe schon‹, und zwar mit einer Sicherheit und in so vernünftigem Ton, daß ich mich eine gewisse Zeitlang dadurch täuschen ließ. Doch gleichen die Personen, je mehr man sie kennenlernt, desto mehr einem Metall, das man in eine sie verändernde Lauge hält; man kann dann beobachten, wie nach und nach ihre Vorzüge (zuweilen auch ihre Fehler) schwinden. Bevor ich ihm meinen Auftrag gab, sah ich, daß er die Tür offengelassen hatte; ich machte ihn darauf aufmerksam, denn ich fürchtete, es könne uns jemand hören; er geruhte meinem Wunsch zu entsprechen und kehrte zu mir zurück, nachdem er den Türspalt etwas verkleinert hatte. »Ich tue es Ihnen zu Gefallen, aber es ist niemand auf der Etage als wir beide.« Gleich darauf hörte ich erst eine, dann zwei, schließlich drei Personen vorübergehen. Das war mir sehr unangenehm wegen einer möglichen Indiskretion, besonders aber weil ich sah, daß er keineswegs darüber erstaunt und daß dies der normale Betrieb hier war. »Ja, das ist das Zimmermädchen von nebenan, die ihre Sachen holt. Oh! das hat nichts zu bedeuten, es ist nur der Weinkellner, der seine Schlüssel verwahrt. Nein, nein, das ist nichts, Sie können ruhig sprechen, es ist nur mein Kollege, der seinen Dienst übernimmt.« Und da die guten Gründe, welche alle diese Leute für ihr Vorbeikommen hatten, meinen Verdruß darüber nicht minderten, daß sie mich hören konnten, ging er auf meinen ausdrücklichen Befehl zwar nicht die Tür schließen, was über die Kräfte dieses Sportsmannes ging, der Rad fuhr und sich ein Motorrad wünschte, aber er drückte sie doch etwas weiter zu. »So, jetzt sind wir ganz ungestört.« Wir waren es tatsächlich so sehr, daß eine Amerikanerin eintrat und sich unter Entschuldigungen zurückzog, sie habe sich im Zimmer geirrt. »Sie werden also dies junge Mädchen zu mir herbringen«, sagte ich zu ihm, nachdem ich selbst die Tür mit aller Macht zugeschlagen hatte (woraufhin ein anderer Page erschien, um sich zu versichern, daß das Fenster nicht offenstehe). »Sie erinnern sich doch genau an Mademoiselle Albertine Simonet? Im übrigen steht der Name auf dem Briefumschlag. Sie brauchen nur zu sagen, daß es von mir ist. Sie kommt sicher sehr gern«, setzte ich hinzu, um ihm Mut zu machen und mich selbst nicht zu sehr zu demütigen. – »Das kann man sich denken!« – »Nein, im Gegenteil, es ist gar nicht natürlich, daß sie so gern kommt, es ist sehr unbequem, von Berneville hierher zu kommen.« – »Das meine ich ja!« – »Sie sagen ihr also, sie solle mit Ihnen kommen.« – »Jajajaja, ich verstehe schon«, antwortete er in dem präzisen und überzeugenden Ton, der allmählich aufgehört hatte, auf mich Eindruck zu machen, weil ich wußte, daß diese Antwort bei ihm nur ganz automatisch erfolgte und unter ihrer scheinbaren Exaktheit viel Dummheit und Unklarheit verbarg. – »Bis wann können Sie zurück sein?« – »Das dauert nicht lange, sagte der Liftboy – ›J'ai pas pour bien longtemps‹ – wobei er wohl die von Bélise in den ›Femmes savantes‹ formulierte Regel zu befolgen glaubte, man müsse die Verwendung zweier Negationen vermeiden und sich mit einer einzigen begnügen. Ich kann sehr gut hingehen. Heute ausgerechnet ist jeder Ausgang aufgehoben worden, weil wir einen Saal von zwanzig Gedecken zum Mittagessen haben, aber ich war gerade heute dran. Es ist also ganz recht, wenn ich am Abend doch ein bißchen fortgehe. Ich nehme mein Rad, auf diese Weise geht es ganz schnell.« Eine Stunde später war er zurück und sagte mir: »Monsieur hat zwar warten müssen, aber die Dame ist mitgekommen, sie ist unten.« – »Ah! danke, wird der Concierge mir auch nicht böse sein?« – »Monsieur Paul? Er weiß nicht einmal, wo ich gewesen bin. Selbst der Pförtner hat nichts einzuwenden gehabt.« Einmal aber, als ich ihm gesagt hatte: ›Sie müssen sie absolut mitbringen‹, antwortete er mir lächelnd: ›Sie müssen wissen, ich habe sie nicht gefunden. Sie ist nicht da. Länger habe ich nicht bleiben können; ich hatte Angst, sie könnten es mit mir machen wie mit meinem Kollegen, den das Hotel hat gehenlassen‹ (denn der Liftboy nannte es zwar ein Wiedereintreten, wenn er eine neue Stellung antrat, auf der anderen Seite aber, um eine Sache zu mildern, sobald es sich um ihn selbst handelte, oder sie etwas scheinheilig und perfide zu insinuieren, wenn es einen andern betraf, sagte er nur ›gehenlassen‹ statt ›entlassen‹). Nicht aus Bosheit lächelte er dabei, sondern aus Schüchternheit. Er glaubte, die Schwere seines Versagens zu vermindern, indem er es ins Scherzhafte zog. Ebenso, wenn er zu mir sagte: ›Sie müssen wissen, daß ich sie nicht gefunden habe‹, tat er es nicht, weil er etwa geglaubt hätte, ich wisse es wirklich schon. Im Gegenteil zweifelte er nicht, daß ich darüber in Unkenntnis sei, vor allem aber erschreckte es ihn. Daher brachte er denn auch sein: ›Sie müssen nämlich wissen‹ an, um sich selbst den Schreck zu ersparen, indem er die Sätze aussprach, durch die ich es erst erfahren sollte. Man sollte sich niemals gegen die erzürnen, die zu lachen anfangen, wenn wir sie bei einem Versehen ertappen. Sie tun es nicht, weil sie sich über uns lustig machen, sondern weil sie in Unruhe sind, wir könnten ärgerlich werden. Wir sollten vielmehr solchen Lachenden Mitleid und große Sanftmut bezeigen. Wie ein wirklicher Schlaganfall hatte die Unruhe, in der sich der Liftboy befand, ihm nicht nur eine apoplektische Röte ins Gesicht getrieben, sondern auch eine Veränderung in seiner Sprechweise zuwege gebracht, die plötzlich vertraulich wurde. Er erklärte mir schließlich, Albertine sei nicht in Egreville, sie solle erst um neun Uhr zurückkehren, aber wenn sie gelegentlich, was heißen sollte ›zufällig‹, früher zurückkäme, würde man ihr meine Botschaft ausrichten und sie werde dann auf alle Fälle vor ein Uhr nachts bei mir erscheinen.

Noch nicht an diesem Abend übrigens begann mein grausames Mißtrauen feste Gestalt anzunehmen. Nein, um es gleich zu sagen und obwohl die Sache selbst erst einige Wochen später stattgefunden hat: es erwuchs aus einer Bemerkung Cottards. Albertine und ihre Freundinnen hatten mich an jenem Tage veranlassen wollen, mit ihnen in das Kasino von Incarville zu gehen, und sehr zu meinem Glück hätte ich mich dort nicht zu ihnen gefunden (da ich einen Besuch bei Madame Verdurin machen wollte, die mich mehrmals eingeladen hatte) wenn ich nicht in Incarville durch eine Betriebsstörung der ›Tram‹ aufgehalten worden wäre, deren Behebung immerhin eine gewisse Zeit in Anspruch nahm. Als ich in Erwartung ihrer Beendigung auf und ab ging, stand ich plötzlich vor Doktor Cottard, der zu einem Krankenbesuch nach Incarville gekommen war. Ich zögerte beinahe, ihm guten Tag zu sagen, da er auf keinen meiner Briefe geantwortet hatte. Aber die Liebenswürdigkeit bekundet sich nicht bei allen Leuten auf die gleiche Weise. Da ihm durch Erziehung nicht die gleichen festen Regeln der Lebensart eingeimpft worden waren wie den Männern und Frauen der Gesellschaft, steckte Cottard voll guter Absichten, von denen man nichts wußte, die man sogar in Zweifel zog, bis zu dem Tage, an welchem er Gelegenheit fand, sie einem auch zu zeigen. Er entschuldigte sich, er habe meine Briefe wohl erhalten, auch meine Anwesenheit in der Gegend Madame Verdurin bekanntgegeben, die große Lust habe, mich zu sehen, und welche zu besuchen er mir anempfahl. Er schlug mir sogar vor, ihn am gleichen Abend noch zu ihr zu begleiten; denn er selbst wollte mit der kleinen Lokalbahn sich zum Abendessen soeben dorthin begeben. Da ich zögerte und er noch etwas Zeit hatte für seinen Zug – in Anbetracht der Störung, die sich in die Länge zog – bewog ich ihn, mit mir in das kleine Kasino zu gehen, eines von denen, die mir am Abend meiner ersten Ankunft so traurig vorgekommen, jetzt aber von dem Treiben der jungen Mädchen erfüllt waren, die aus Mangel an Kavalieren untereinander tanzten. Noch im Tanzschritt kam Andrée auf mich zu. Ich hatte noch vor, gleich darauf mit Cottard zu den Verdurin zu fahren, als ich dann doch endgültig sein Angebot ablehnte, von einem allzu

heftigen Verlangen erfaßt, bei Albertine zu bleiben. Es kam daher, daß ich sie gerade lachen hörte. Dies Lachen aber beschwor für mich auf der Stelle die rosigen Farben, die duftenden Wände herauf, an denen es sich zu brechen und von denen es, durchdringend, sinnlich und offenbarungsreich wie Geranienduft, ein paar fast wägbare, aufreizende und geheimnisträchtige Partikelchen bis zu mir hinzutragen schien.
Eines der jungen Mädchen, das ich nicht kannte, setzte sich ans Klavier, und Andrée bat Albertine, mit ihr Walzer zu tanzen. Ganz glücklich bei dem Gedanken, daß ich in diesem kleinen Kasino bei den Mädchen bleiben werde, machte ich Cottard darauf aufmerksam, wie gut die beiden tanzten! Er aber, der die Sache von dem speziellen Gesichtspunkt des Mediziners ansah und mit einem Erziehungsmangel behaftet war, aus dem heraus er nicht berücksichtigte, daß ich die jungen Mädchen kannte, denen ich ja doch, wie er wohl hätte sehn müssen, guten Tag gesagt hatte, gab mir zur Antwort: »Ja, aber die Eltern sind sehr unklug, daß sie ihre Töchter solche Gewohnheiten annehmen lassen. Ich würde den meinen sicherlich nicht erlauben, hier zu erscheinen. Sind sie wenigstens hübsch? Ich kann ihre Züge nicht erkennen. Da sehen Sie, passen Sie auf, setzte er hinzu, indem er auf Albertine und Andrée wies, die langsam, dicht aneinandergepreßt vorübertanzten, ich habe meinen Kneifer vergessen und sehe nicht sehr gut, aber bestimmt befinden sich die beiden jetzt auf der Höhe des Genusses. Es ist nicht genügend bekannt, daß die Empfindung bei Frauen vor allem durch die Brüste geht. Sie sehen ja, wie vollkommen beide sich mit ihren berühren.« Tatsächlich fand eine unaufhörliche leise Reibung zwischen denen Andrées und Albertines statt. Ich weiß nicht, ob sie Cottards Überlegungen hörten oder errieten, aber sie lösten sich etwas voneinander, während sie weitertanzten. Andrée sagte in diesem Augenblick etwas zu Albertine, und diese lachte ebenso voll und tief, wie ich es gerade vorher gehört hatte. Aber die Beunruhigung, welche dieses Lachen nunmehr

in mir erregte, war nur noch grausam für mich; es war, als ob Albertine damit Andrée irgendwelche lustvollen geheimen Schauer mitteilen, in ihr wecken wollte. Es schien der erste oder letzte Akkord eines unbekannten Festes zu sein. Ich fuhr mit Cottard weiter, plauderte zerstreut mit ihm und dachte nur noch augenblicksweise an die Szene, die ich mitangesehen hatte. Nicht, daß die Unterhaltung mit Cottard interessant gewesen wäre. Sie nahm sogar in diesem Augenblick eine gewisse Schärfe an, denn wir hatten Doktor du Boulbon bemerkt, der uns selbst nicht sah. Er verbrachte einige Zeit auf der anderen Seite der Bucht von Balbec, wo er viel als Arzt in Anspruch genommen wurde. Nun aber hatte Cottard, obwohl er jedesmal erklärte, er übe während des Urlaubs seinen Beruf nicht aus, gehofft, sich in diesen Seebädern eine erlesene Klientel zu schaffen, wobei jedoch du Boulbon ein Hindernis bildete. Der Doktor in Balbec selbst konnte Cottard nicht beeinträchtigen. Er war nur ein sehr gewissenhafter Arzt, der alles wußte und vor dem man nicht das leiseste Hautjucken erwähnen konnte, ohne daß er auf der Stelle in einer komplizierten Formel die Pomade, Lotion oder Salbe angab, die dagegen half. Wie Marie Gineste in ihrer netten Ausdrucksweise sagte, verstand er kleine und große Wunden einfach zu ›besprechen‹. Aber er genoß keinen Ruhm. Wohl hatte auch er Cottard einen kleinen Verdruß bereitet. Dieser, der gerne seinen Lehrstuhl gegen einen speziell der Therapie gewidmeten vertauschen wollte, hatte zu seiner Spezialität die Intoxikationen gemacht. Die Intoxikationen, eine gefahrvolle Neuerung der Medizin, führten zu einer Umgestaltung der Apothekeretiketten, auf denen jedes Produkt nunmehr als frei von Toxinen erklärt wurde im Gegensatz zu ähnlichen Drogen, als geradezu entgiftend sogar. Das ist die Art von Reklame, die jetzt Mode ist; höchstens findet man ganz unten noch in unleserlichen Lettern als eine schwache Spur der vorhergehenden Mode die Versicherung, daß das Produkt sorgfältig keimfrei gemacht worden sei. Die Intoxikationen dienen auch dazu, den Patienten zu beruhigen, der mit Vergnügen hört, seine Lähmung sei einzig toxischer Natur. Nun aber hatte ein Großfürst einige Tage in Balbec verbracht und wegen seines stark angeschwollenen Auges Cottard konsultiert, der gegen ein paar Hundertfrancscheine (für weniger bemühte der Professor sich nicht) als Ursache einen toxischen Zustand angeführt und eine Entgiftungskur vorgeschrieben hatte. Da die Schwellung des Auges nicht abnahm, hielt sich der Großfürst an den gewöhnlichen Arzt von Balbec, der in fünf Minuten aus dem Auge ein Staubkorn entfernte. Am folgenden Tage bereits war nichts mehr davon zu sehen. Ein gefährlicherer Rivale war jedoch eine Berühmtheit auf dem Gebiet der Nervenkrankheiten. Er war ein rotgesichtiger, jovialer Mann, erstens weil der häufige Umgang mit Fällen von Nervenschwäche ihn nicht daran hinderte, selbst bei recht guter Gesundheit zu sein, und zweitens, weil er seine Patienten durch sein kräftiges Lachen bei der Begrüßung und Verabschiedung beruhigen wollte, wofür er sich dadurch schadlos hielt, daß er mit seinen Athletenarmen ihnen später selbst die Zwangsjacke überziehen half. Gleichwohl hörte er, sobald man mit ihm in einer rein gesellschaftlichen Umgebung von irgend etwas sprach, ob es sich nun um Politik oder Literatur handelte, mit wohlwollender Aufmerksamkeit und einer Miene zu, als wolle er gerade sagen: ›Wo fehlt es denn?‹, ohne sich sofort dazu zu äußern, ganz als handle es sich um eine Konsultation. Aber immerhin war dieser, über welche Talente er auch verfügen mochte, doch ein Spezialist. Daher hatte sich die ganze Wut Cottards auf du Boulbon konzentriert. Übrigens verließ ich bald, um nach Hause zurückzukehren, den professoralen Freund der Verdurin, nachdem ich ihm versprochen hatte, sie bald einmal zu besuchen.

Das Übel, das seine Reden über Albertine und Andrée in mir angerichtet hatten, saß tief, aber die schlimmsten Leiden machten sich bei mir nicht auf der Stelle bemerkbar, sondern, wie gewisse Vergiftungen, erst nach einiger Zeit.

An dem Abend, als der Liftboy gegangen war, um Albertine zu holen, kam diese trotz dessen Versicherung nicht. Bestimmt sind die Reize einer Person weniger häufig ein Anlaß zur Liebe als etwa ein Satz wie der folgende: ›Nein, heute abend bin ich nicht frei.‹ Man achtet kaum auf diesen Satz, solange man unter Freunden ist; man ist den ganzen Abend guter Dinge und gibt sich mit einem bestimmten Bild nicht ab; während dieser Zeit aber badet es in der hierfür notwendigen Lösung; wenn man nach Hause kommt, zieht man das entwickelte und vollkommen deutliche Klischee heraus. Man bemerkt, daß das Leben nicht mehr jenes selbe ist, das man wegen der geringsten Kleinigkeit am Vorabend aufgegeben hätte, weil man, wenn man auch weiterhin den Tod nicht fürchtet, doch eine Trennung nicht mehr ins Auge zu fassen wagt.

Im übrigen fühlte ich mich zwar nicht von ein Uhr morgens an (der Stunde, welche der Liftboy angegeben hatte) wohl aber von drei Uhr an weniger als zuvor von dem Leiden heimgesucht, die Aussichten auf Albertines Kommen schwinden zu sehen. Die Gewißheit, daß sie nicht mehr kommen würde, brachte mir eine vollständige Ruhe, eine Erfrischung beinahe. Diese Nacht war ganz einfach eine Nacht wie so viele andere, in denen ich sie nicht sah; von dieser Vorstellung ging ich aus. Nun aber war der Gedanke, ich werde sie am folgenden oder an anderen Tagen sehen, auf dem Hintergrund dieses Nichts, mit dem ich mich abfinden mußte, voller Süßigkeit. Manchmal läßt sich an solchen Abenden der Erwartung das Angstgefühl, unter dem man leidet, auf irgendein Medikament zurückführen, das man eingenommen hat. Von dem Leidenden falsch interpretiert, wird diese Angst aus der Tatsache abgeleitet, daß die Betreffende nicht kommt. Die Liebe entwickelt sich in diesem Fall wie gewisse Erkrankungen aus einer ungenauen Deutung eines peinvollen Unbehagens, einer Deutung übrigens, die klarzustellen nichts nützt, wenigstens nicht, soweit es sich um die Liebe handelt, ein Gefühl, das (ganz gleich, was seine Ursache sein mag) immer auf Irrwegen geht.

Am folgenden Tage, als Albertine mir schrieb, sie sei eben erst nach Egreville zurückgekehrt, habe also meine Botschaft nicht zur Zeit erhalten und werde, wenn ich es erlaube, mich am folgenden Abend besuchen kommen, glaubte ich hinter den Worten ihres Briefes wie hinter denjenigen, die sie einmal am Telephon zu mir geäußert hatte, das Vorhandensein von Vergnügungen und von Wesen zu ahnen, die sie mir vorgezogen hatte. Noch einmal wurde ich ganz und gar von schmerzlicher Neugier erfaßt, zu wissen, was sie getan haben mochte, von der latenten Liebe, die man unentwegt in sich trägt. Ich konnte einen Augenblick glauben, sie werde mich ganz an Albertine binden, aber sie bewegte sich unruhig gleichsam nur auf der Stelle, und ihre letzten zuckenden Bewegungen kamen zum Erliegen, ohne daß sie sich wirklich ernstlich in Gang gesetzt hätte.

Bei meinem ersten Aufenthalt in Balbec hatte ich – und vielleicht war es Andrée ebenso ergangen – Albertines Charakter nicht richtig eingeschätzt. Ich hatte geglaubt, er sei eitel Frivolität, wußte dabei jedoch nicht, ob nicht unser vereintes Flehen den Erfolg gehabt hätte, sie zum Verzicht auf eine Garden-party, einen Spazierritt auf Eseln, ein Picknick zu bewegen. Bei meinem zweiten Aufenthalt in Balbec vermutete ich, daß diese Frivolität nur der äußere Anschein, die Garden-party aber ein Vorwand sei, vielleicht sogar reine Erfindung. In verschiedenen Formen vollzog sich das Folgende (so jedenfalls sah es von meiner Seite des keineswegs durchsichtigen Glases aus, ohne daß ich wissen konnte, was auf der anderen Seite davon sich in Wahrheit zutrug): Albertine beteuerte mir aufs leidenschaftlichste ihre Liebe. Sie schaute auf die Uhr, weil sie einen Besuch bei einer Dame machen mußte, die, wie es schien, alle Tage um fünf Uhr in Infreville Gäste empfing. Da mich ein Argwohn quälte und ich mich im übrigen wenig wohl fühlte, bat ich Albertine, bei mir zu bleiben, ja ich beschwor sie geradezu. Es war ihr ganz unmöglich (sie hatte sogar nur noch fünf Minuten Zeit) bei mir zu bleiben, weil das die Dame verstimmen würde, die wenig gastfreundlich, sehr empfindlich und, wie Albertine behauptete, tödlich langweilig sei. »Aber man kann doch sehr gut einmal einen Besuch unterlassen.« – »Nein, meine Tante hat mir beigebracht, daß man vor allem höflich sein muß.« – »Aber ich habe dich doch oft unhöflich gesehen.« »Das ist nicht dasselbe, die Dame würde böse auf mich sein und mich bei meiner Tante verpetzen. Ich stehe mich schon nicht sehr gut mit ihr. Meine Tante legt Wert darauf, daß ich ihr wenigstens einmal einen Besuch gemacht habe...« »Aber wo sie doch alle Tage empfängt.« Hier fühlte Albertine, daß sie sich ›festgefahren‹ hatte und suchte nach einem anderen Grund. »Natürlich empfängt sie alle Tage, aber heute habe ich mich bei ihr mit ein paar Freundinnen verabredet. Auf diese Weise langweilt man sich nicht so.« – »Aber Albertine, du ziehst also diese Dame und deine Freundinnen mir vor, weil du nicht einmal riskieren willst, daß dein Besuch etwas langweiliger ausfällt. Lieber läßt du mich krank und traurig allein?« – »Es wäre mir ganz egal, ob der Besuch langweilig ist oder nicht. Aber ich habe doch auch Verpflichtungen gegen die anderen Mädchen. Ich wollte sie in meinem Wagen mit nach Hause nehmen, ohne das wissen sie nicht, wie sie zurückkommen sollen.« Ich machte Albertine darauf aufmerksam, daß bis zehn Uhr abends Züge von Infreville abführen. »Das stimmt, aber weißt du, es ist möglich, daß sie uns zum Abendessen einlädt. Sie ist sehr gastfreundlich.« »Nun gut, dann lehnt ihr eben ab.« – »Meine Tante würde sehr ärgerlich sein.« – »Im übrigen könnt ihr doch zu Abend essen und dann immer noch den Zehnuhrzug nehmen.« – »Das ist etwas knapp.« – »Dann könnte ich ja niemals außerhalb essen und mit dem Zug zurückfahren. Aber weißt du was, Albertine, wir werden etwas sehr Einfaches tun: Ich habe das Gefühl, frische Luft würde mir gut bekommen. Da du deine Dame nicht aufgeben willst, werde ich dich nach Infreville begleiten. Du brauchst keine Angst zu haben, ich begleite dich nicht bis zur ›Tour Elisabeth‹ (der Villa der Dame). Ich will weder die Dame selbst noch deine Freundinnen sehen.« Das schien für Albertine ein furchtbarer Schlag zu sein. Sie stotterte nur noch. Sie sagte, die Seebäder täten ihr nicht gut. »Ist es dir unangenehm, wenn ich dich begleite?« – »Aber wie kannst du so etwas sagen, du weißt doch sehr gut, daß es das größte Vergnügen für mich ist, mit dir auszugehen.« Ein plötzlicher Stellungswechsel hatte sich in ihr vollzogen. »Wenn wir zusammen spazierengehen, sagte sie zu mir, können wir doch auch nach der anderen Seite von Balbec gehen und zusammen zu Abend essen. Das wäre furchtbar nett. Im Grunde ist die Küste auf der anderen Seite viel hübscher. Ich habe nachgerade genug von Infreville und der ganzen Gegend dort, von allen diesen kleinen spinatgrünen Winkeln.« – »Aber die Freundin deiner Tante würde doch böse sein, wenn du sie nicht besuchst.« – »Na gut, dann wird sie auch wieder aufhören, böse zu sein.« – »Nein, man darf die Leute nicht verstimmen.« – »Aber sie wird es nicht einmal merken, sie empfängt ja alle Tage; wenn ich morgen, übermorgen, in acht Tagen, in vierzehn Tagen hingehe, reicht es immer noch.« – »Und deine Freundinnen?« – »Oh! die haben mich oft genug versetzt. Diesmal bin ich an der Reihe.« »Aber auf der Seite, die du jetzt vorschlägst, geht nach neun Uhr kein Zug mehr.« – »Nun, was macht das schon! Neun Uhr ist ja spät genug. Außerdem soll man sich niemals durch die Frage aufhalten lassen, wie man wieder nach Hause kommt. Man findet immer einen Bauernwagen, ein Fahrrad, und schließlich hat man auch noch seine Beine.« – »Man findet immer ... Albertine, du bist wirklich gut! Auf der Seite von Infreville, wo alle die kleinen Ausflugsorte nebeneinanderliegen, gewiß. Aber auf der andern Seite ist es nicht ebenso.« – »Auch auf der andern Seite! Ich garantiere dir, daß wir wohlbehalten nach Hause kommen.« Ich spürte deutlich, daß Albertine um meinetwillen auf irgend etwas verzichtete, was vorbereitet war, wovon sie mir aber nichts sagen wollte, und daß es jemand gebe, der so unglücklich sein würde wie ich selbst. Seitdem ich vorhatte, sie zu begleiten, sah sie nun die Unmöglichkeit ein, das Geplante auszuführen, und verzichtete lieber ganz darauf. Sie wußte, daß es dennoch hinterher wiedergutzumachen war. Denn wie alle Frauen, in deren Leben mehrere Dinge eine Rolle spielen, besaß sie Stützen, welche niemals versagen: Zweifel und Eifersucht. Gewiß suchte sie diese Gefühle nicht zu erregen, im Gegenteil sogar. Aber Liebhaber sind so argwöhnisch, daß sie auf der Stelle eine Lüge wittern. Auf diese Weise wußte Albertine, die nicht besser war als andere Mädchen, aus Erfahrung (ohne im geringsten zu ahnen, daß sie es der Eifersucht verdankte) sie könne immer sicher sein, die Leute wiederzufinden, die sie vorher einen Abend lang sich selbst überlassen hatte. Die unbekannte Person, die sie um meinetwillen aufgab, würde leiden und sie daraufhin nur noch heftiger lieben (Albertine war sich nicht klar darüber, daß es gerade deswegen war) und, um nicht weiter zu leiden, von sich aus wieder zu ihr kommen, so wie ich es getan hätte. Aber ich wollte weder einem anderen Kummer bereiten noch mich selbst ermüden, auch nicht auf die furchtbare Bahn der Nachforschungen und einer vielfältigen, unzählige Formen annehmenden Überwachung geraten. »Nein, Albertine, ich will dir nicht dein Vergnügen verderben, gehe zu deiner Dame in Infreville oder meinetwegen auch zu der Person, für die jene nur der Vorwand ist, es ist mir vollkommen gleich. Der wahre Grund, weswegen ich nicht mit dir komme, ist, daß du es gar nicht willst, daß der Spaziergang, den du mit mir machen würdest, nicht derjenige ist, den du eigentlich vorhast. Der Beweis dafür ist, daß du dir, ohne es zu merken, mehr als fünfmal selbst widersprochen hast.« Die arme Albertine fürchtete, daß die Widersprüche, die sie nicht bemerkt hatte, noch viel schlimmer seien. Da sie nicht genau wußte, welche Lügen sie vorgebracht hatte, antwortete sie: »Es ist sehr gut möglich, daß ich mir selbst widersprochen habe. Die Luft hier bringt mich um jede vernünftige Überlegung. Ich verwechsle zum Beispiel unaufhörlich die Namen.« Ich aber (was mir bewies, daß es jetzt nicht sehr vieler sanftmütig vorgebrachter Behauptungen von ihrer Seite bedurft hätte, damit ich ihr dennoch glaubte) verspürte einen Schmerz wie von einer Wunde, als ich das Eingeständnis dessen vernahm, was ich nur schattenhaft für möglich gehalten hatte. »Gut, abgemacht, ich gehe, sagte sie in tragischem Ton, nicht ohne noch einmal auf die Uhr zu schauen und festzustellen, ob sie für jene andere Unternehmung nicht zu spät daran sei, jetzt wo ich ihr den Vorwand bot, den Abend nicht mit mir zu verbringen. Du bist wirklich zu schlimm. Ich stoße alles um, damit du einen netten Abend hast, und jetzt willst du gar nicht und beschuldigst mich, ich hätte dich angelogen. Niemals bist du vorher so grausam zu mir gewesen. Das Meer wird noch mein Grab. Ich will dich niemals wiedersehen. (Das Herz klopfte mir bei diesen Worten, obwohl ich sicher war, sie werde am folgenden Tage wiederkommen, was denn auch tatsächlich geschah.) Ich werde mich ertränken, mich ins Wasser stürzen.« – »Wie Sappho.« – »Das ist wieder so eine Gemeinheit; du zweifelst nicht nur an dem, was ich sage, sondern außerdem auch an allem, was ich tue.« – »Aber nein, mein Liebes, ich habe das ohne jede Absicht gesagt, ich schwöre es dir; du weißt doch, daß Sappho sich ins Meer gestürzt hat.« – »Doch, doch, du hast kein Vertrauen zu mir.« Sie sah, daß es auf der Wanduhr zwanzig Minuten vor voll war; sie fürchtete, für das, was sie vorhatte, zu spät zu kommen, und nach einer möglichst kurzen Verabschiedung, derentwegen sie sich im übrigen bei ihrem Besuch am folgenden Tage entschuldigte (denn wahrscheinlich war an diesem folgenden Tage die andere Person nicht frei) entfernte sie sich im Laufschritt, indem sie noch einmal mit einer wahren Jammermiene rief: »Lebe wohl für immer!« Vielleicht war sie wirklich todtraurig. Denn da sie besser als ich wußte, was sie in diesem Augenblick zu tun beabsichtigte, und gleichzeitig strenger und nachsichtiger gegen sich selber als ich ihr gegenüber war, hegte sie vielleicht gleichwohl einen gewissen Zweifel, ob ich sie nach der Art, in der sie mich verlassen hatte, auch würde wiedersehen wollen. Ich glaube aber, sie hing doch an mir, auf eine Weise sogar, daß jene andere Person gewiß eifersüchtiger war als ich.

Als wir uns einige Tage darauf im Tanzsaal des Kasinos von Balbec aufhielten, kamen Blochs Schwester und seine Kusine herein, alle beide jetzt recht hübsche Mädchen, die ich aber mit Rücksicht auf meine Freundinnen nicht grüßte, weil die Jüngere, die Kusine, wie jedermann wußte, mit der Schauspielerin zusammenlebte, deren Bekanntschaft sie während meines ersten Aufenthaltes in Balbec gemacht hatte. Auf eine halblaut vorgebrachte Bemerkung hin, die darüber fiel, sagte Andrée zu mir: »Oh, darin bin ich ganz wie Albertine, es gibt einfach nichts, was uns beiden derart zuwider ist.« Albertine selbst hatte, als sie mit mir auf dem Kanapee eine Unterhaltung begann, den beiden schlechtbeleumdeten Mädchen den Rücken zugewandt. Dennoch hatte ich bemerkt, daß, ehe sie diese Bewegung machte, der Blick meiner Freundin gleich beim Auftauchen von Mademoiselle Bloch und der Kusine die jähe und tiefe Aufmerksamkeit verriet, die manchmal dem Gesicht des schelmischen jungen Mädchens ein gesetztes, ja ernstes Aussehen gab und zur Folge hatte, daß sie hinterher eher traurig schien. Gleich darauf aber hatte Albertine ihren merkwürdig nachdenklichen, starren Blick wieder mir zugewandt. Als schließlich Mademoiselle Bloch und ihre Kusine unter heftigem Lachen und ungehörigem Geschrei den Saal wieder verlassen hatten, fragte ich Albertine, ob die kleine Blonde (die Freundin der Schauspielerin) nicht dieselbe sei, die am Tage zuvor den Preis beim Blumenkorso gewonnen habe. »So? Das weiß ich nicht, sagte Albertine, ist die eine von ihnen blond? Ich muß offen sagen, sie interessieren mich so wenig, daß ich sie mir niemals angeschaut habe. Ist eine von ihnen blond?« wendete sie sich mit fragender, aber nicht sonderlich interessierter Miene an ihre drei Freundinnen. Da diese Unkenntnis sich auf Personen bezog, denen Albertine täglich auf der Mole begegnete, kam sie mir zu übertrieben vor, um nicht geheuchelt zu sein. »Sie sahen mir auch nicht so aus, als ob sie uns sehr beachteten«, sagte ich zu Albertine, vielleicht um für den Fall – den ich gleichwohl nicht bewußt ins Auge faßte –, daß Albertine die Frauen liebte, ihr jedes Bedauern zu nehmen, indem ich sie darauf aufmerksam machte, daß sie bei jenen keinerlei Interesse erregt habe, da es ja, ganz allgemein gesehen, selbst bei den Lasterhaftesten nicht üblich ist, sich um Mädchen zu kümmern, die sie gar nicht kennen. – »Sie haben uns nicht beachtet? antwortete Albertine unbedacht. Sie haben die ganze Zeit nichts anderes getan.« – »Aber das kannst du doch gar nicht wissen, antwortete ich ihr. Du hast ihnen ja den Rücken zugekehrt.« – »Nun, und wenn?« gab sie zurück und wies dabei auf einen in die gegenüberliegende Wand eingelassenen großen Spiegel, den ich nicht bemerkt hatte, auf den aber, wie ich jetzt begriff, meine Freundin, während sie mit mir sprach, unaufhörlich ihre schönen, ganz von der Sache hingenommenen Blicke geheftet hatte.

Von dem Tage an, als Cottard mit mir zusammen in das Kasino von Incarville gegangen war, hatte ich, ohne die von ihm geäußerte Meinung zu teilen, in Albertine nicht mehr das gleiche junge Mädchen gesehen; ihr Anblick versetzte mich in Zorn. Ich selbst hatte mich in dem gleichen Maße verändert, wie meine Freundin mir verwandelt schien. Ich hegte keine guten Gefühle mehr für sie; in ihrer Gegenwart und auch wenn sie nicht dabei war, aber meine Worte ihr wiederholt werden konnten, sprach ich in der verletzendsten Weise von ihr. Doch gab es ab und zu einen Zustand der Waffenruhe. Eines Tages erfuhr ich, daß beide, Albertine und Andrée, eine Einladung Elstirs angenommen hatten. Da ich nicht zweifelte, sie hätten es im Hinblick darauf getan, daß sie sich auf dem Heimweg wie Backfische amüsieren, den schlechten Stil gewisser Mädchen nachahmen und darin ein uneingestandenes Vergnügen finden könnten, das im Grunde ihrer körperlichen Unberührtheit entsprang, mir aber das Herz zusammenschnürte, fand ich mich, um sie in Verlegenheit zu bringen und um Albertine an dem geplanten Vergnügen zu hindern, unangemeldet bei Elstir ein. Aber ich traf dort nur Andrée. Albertine hatte einen andern Tag gewählt, an dem auch ihre Tante hingehen wollte. Daraufhin sagte ich mir, Cottard täusche sich wohl; der günstige Eindruck, den auf mich die Anwesenheit Andrées ohne ihre Freundin machte, hielt auch noch weiter an und schuf in mir Albertine gegenüber ein Gefühl freundlicher Geneigtheit. Doch dauerte diese nicht länger an als die anfällige Gesundheit zarter Personen, denen es vorübergehend einmal etwas besser geht, die aber der leiseste Zufall von neuem krank werden läßt. Albertine reizte Andrée zu Spielen an, die, ohne sehr weit zu gehen, doch vielleicht nicht vollkommen unschuldig waren; da dieser Argwohn mir Leiden verursachte, schob ich ihn schließlich von mir fort. Kaum jedoch war ich davon geheilt, als er in anderer Form auch schon wiedererstand. Ich hatte gesehen, wie Andrée mit einer der anmutigen Bewegungen, die ihr eigen waren, schmeichelnd ihren Kopf an Albertines Schulter lehnte und sie mit halbgeschlossenen Augen in die Beugung des Halses küßte; oder aber sie hatten einen Blick ausgetauscht, ein Wort war von jemandes Seite gefallen, der sie allein zusammen auf dem Weg zum Baden gesehen hatte, Kleinigkeiten, wie sie stets und immer in der Luft liegen und von den meisten Menschen den ganzen Tag hindurch geschluckt werden, ohne daß ihre Gesundheit oder ihre Stimmung dadurch beeinträchtigt wird, während sie Krankheits- und Leidensträger für in dieser Hinsicht anfällige Wesen darstellen. Manchmal fand ich sogar, ohne daß ich Albertine wiedergesehen hatte und ohne daß jemand zu mir von ihr sprach, in meiner Erinnerung irgendeine Gebärde von ihr wieder, die sie Gisèle gegenüber gehabt hatte und die mir damals harmlos erschienen war; jetzt genügte so etwas, um meine eben zurückgewonnene Ruhe von neuem zu zerstören; ich hatte sogar nicht mehr nötig, anderswo gefährliche Keime in mich aufzunehmen, sondern unterzog mich, wie Cottard gesagt hätte, einer Selbstintoxikation. Ich mußte jetzt an alles zurückdenken, was ich über Swanns Liebe zu Odette und über die Art gehört hatte, wie er sein Leben lang zum besten gehalten worden war. Alles in allem war, wenn ich mich recht zurückerinnere, die Hypothese, auf Grund deren ich mir allmählich den gesamten Charakter Albertines zurechtkonstruierte und auf eine schmerzhafte Art jeden Augenblick eines Lebens deutete, das sich meiner lückenlosen Überwachung entzog, die Erinnerung, die festgewordene Vorstellung vom Charakter Madame Swanns, so wie man ihn mir beschrieben hatte. Diese Erzählungen trugen dazu bei, daß sich im weiteren Verlauf meine Einbildungskraft dem Spiel überließ, mir einmal vorzustellen, Albertine könnte, anstatt das brave junge Mädchen zu sein, das sie war, der gleichen Unmoral und Täuschungsbereitschaft huldigen wie eine ehemalige Kokotte, und ich dachte an alle Leiden, die mich in diesem Falle erwarteten, wofern ich sie jemals liebte.

Eines Tages richtete ich vor dem Grand-Hôtel, vor dem wir uns gerade befanden, an Albertine die härtesten und demütigendsten Worte, so daß Rosemonde bemerkte: »Ach, wie verändert Sie jetzt zu ihr sind, früher gab es nur sie, sie spielte die erste Geige bei Ihnen, jetzt ist sie in Ihren Augen überhaupt nichts mehr wert.« Ich war gerade gut im Zuge, meine Haltung Albertine gegenüber noch schroffer zu betonen und alle nur erdenkliche Liebenswürdigkeit an Andrée zu wenden, die, wofern sie von demselben Laster befallen wäre, mir entschuldbarer schien, weil sie kränklich und neurasthenisch war, als wir in kurzem Trab aus einer rechtwinklig auf die Uferstraße führenden Gasse, an deren Ecke wir standen, die Kalesche von Madame de Cambremer herauskommen sahen. Der Gerichtspräsident, der in diesem Augenblick auf uns zutrat, sprang rasch zur Seite, als er den Wagen erkannte, um nicht in unserer Gesellschaft gesehen zu werden, zog aber, als er meinte, die Blicke der Marquise könnten den seinigen begegnen, ehrerbietig den Hut und verneigte sich. Anstatt jedoch, wie es den Anschein hatte, am Meer entlang weiterzufahren, verschwand der Wagen hinter dem Eingang des Hotels. Zehn Minuten waren gut und gern vergangen, als der Liftboy ganz außer Atem erschien und mir eine Bestellung machte: »Die Marquise von Camembert ist da, sie hat Monsieur einen Besuch machen wollen. Ich bin zu Ihrem Zimmer hinaufgegangen, habe im Lesesaal nachgeschaut, konnte aber Monsieur nirgendwo ausfindig machen. Da bin ich glücklicherweise auf den Gedanken gekommen, hier am Strand nachzusehen.« Er hatte seine Rede kaum beendet, als, von ihrer Schwiegertochter und einem sehr förmlich auftretenden Herrn gefolgt, die Marquise auf mich zutrat, die wahrscheinlich von einer Matinee oder einem Tee in der Nachbarschaft kam, ganz gebeugt unter der Last weniger des Alters als der Menge von Luxusstücken, die sie für liebenswürdig und ihrem Rang gebührend hielt anzulegen, um dadurch in den Augen der Leute, die sie besuchen kam, so ›angezogen‹ wie möglich zu wirken. Es vollzog sich so im Hotel jene ›Landung‹ der Cambremer, die meine Großmutter früher so sehr gefürchtet hatte, als sie wünschte, wir möchten Legrandin in Unkenntnis darüber lassen, daß wir vielleicht nach Balbec gingen. Damals lachte Mama über ihre Furcht vor einem Ereignis, dessen Eintreten sie für unmöglich hielt. Jetzt nun vollzog es sich gleichwohl, aber auf anderen Wegen und ohne daß Legrandin daran beteiligt war. »Kann ich bleiben, oder störe ich? fragte mich Albertine (in deren Augen, hervorgelockt durch ein paar schonungslose Dinge, die ich ihr gesagt hatte, noch vereinzelte Tränen hingen, was ich, ohne es mir anmerken zu lassen, doch nicht ohne Vergnügen sah). Ich möchte dir nämlich noch etwas sagen.« Ein Federhut, über dem noch eine Saphirnadel schwebte, war irgendwie auf Madame de Cambremers Perücke gesetzt gleich einem Wahrzeichen, dessen Aufrichtung notwendig, doch in sich selbst genügend, dessen Platz gleichgültig, dessen Eleganz konventionell und dessen Unbeweglichkeit überflüssig ist. Ungeachtet der Hitze hatte die gute Dame eine jetverzierte Mantille, eine Art von Dolman an, über dem noch eine Hermelinstola hing, deren Anlegen keine Beziehung zur Temperatur der Jahreszeit, sondern offenbar nur zum Charakter des Unternehmens hatte. Auf der Brust von Madame de Cambremer aber hing von einem Kettchen nach Art eines Brustkreuzes der Kronreif einer französischen Baronin herab. Der sie begleitende Herr war ein berühmter Pariser Rechtsanwalt aus geadelter Familie, der auf drei Tage zu den Cambremer zu Besuch gekommen war. Er war einer von den Männern, die auf Grund ihrer vollendeten Berufserfahrung ihren Beruf selbst verachten und zum Beispiel sagen: ›Ich weiß, daß ich gut plädiere, aber es macht mir keinen Spaß mehr, vor Gericht zu sprechen‹ oder ›Das Operieren interessiert mich nicht mehr; ich weiß, daß ich gut operiere‹. Gescheit und Künstler in ihrem Fach, sehen sie sogar die fachliche Reife, zu der sie gelangt sind und die sich durch Erfolg gut rentiert, von dem Glorienschein des Könner- und Künstlertums umgeben, den ihre Fachgenossen ihnen zuerkennen und der ihnen eine Andeutung von Geschmack und Unterscheidungsvermögen verleiht. Sie fassen eine Leidenschaft für die Gemälde nicht eines großen, aber eines doch sehr distinguierten Künstlers und verwenden auf den Ankauf von dessen Bildern die bedeutenden Einkünfte, die sie ihrer Karriere verdanken. Le Sidaner war der Maler, welchen der Freund der Cambremer auserkoren hatte, der im übrigen durchaus angenehm war. Er sprach gut von Büchern, aber nicht von denen der wahren Meister, das heißt jener, die sich selbst vollkommen gemeistert haben. Der einzige peinliche Fehler, den dieser gebildete Amateur an sich hatte, bestand darin, daß er gewisse formelhafte Ausdrücke unaufhörlich verwendete, zum Beispiel ›zum größten Teil‹, wodurch alles, wovon er sprechen wollte, etwas gleichzeitig Pompöses und Unvollkommenes bekam. Madame de Cambremer hatte, so sagte sie mir, eine Matinee, welche Freunde von ihr an diesem Tage in der Nähe von Balbec bei sich veranstaltet hatten, dazu benutzt, mir einen Besuch zu machen, wie sie es Robert de Saint-Loup versprochen habe. »Sie wissen, daß er bald ein paar Tage hierher in unsere Gegend kommen wird. Sein Onkel Charlus erholt sich ein Weilchen auf dem Lande bei seiner Schwägerin, der Herzogin von Luxemburg, und Monsieur de Saint-Loup wird diese Gelegenheit benutzen, um gleichzeitig seiner Tante guten Tag zu sagen und sein altes Regiment wiederzusehen, in dem er sehr beliebt ist, sehr geschätzt. Wir sehen häufig Offiziere bei uns, die alle in den höchsten Tönen von ihm reden. Wie nett wäre es, wenn Sie uns das Vergnügen machten, alle beide zusammen nach Féterne zu kommen.« Ich stellte ihr Albertine und ihre Freundinnen vor. Die Marquise nannte daraufhin unsere Namen ihrer Schwiegertochter. Diese, die so eisig mit den kleinen Landjunkern umging, mit denen sie in der Nachbarschaft von Féterne wohl oder übel verkehren mußte, voller Vorbehalte und ängstlich darauf bedacht, sich ja nicht zu weit mit ihnen einzulassen, reichte im Gegenteil mir die Hand mit einem strahlenden Lächeln, von freudiger Sicherheit einem Freund von Robert de Saint-Loup gegenüber erfüllt, welchen dieser, da er immer noch mehr gesellschaftliche Klugheit betätigte, als er sich den Anschein geben wollte, ihr als engen Freund der Guermantes hingestellt hatte. Im Gegensatz zu ihrer Schwiegermutter verfügte die junge Madame de Cambremer über zwei unendlich verschiedene Arten von Höflichkeit. Höchstens die erste, reserviert und nur schwer zu ertragen, hätte sie mir zugebilligt, wäre die Bekanntschaft durch ihren Bruder Legrandin vermittelt worden. Aber einen

Freund der Guermantes konnte sie gar nicht genug anlächeln. Der bequemste Raum im Hotel, um jemanden zu empfangen, war der Lesesaal, jener einst so erschreckende Ort, den ich jetzt zehnmal am Tage betrat und als mein freier Herr wieder verließ, wie jene leichtkranken Irren, die schon seit langer Zeit Pensionäre eines Heimes sind und denen der Arzt den Schlüssel des Hauses anvertraut hat. So erbot ich mich denn, Madame de Cambremer dorthin zu geleiten. Und da dieser Salon mir weder Scheu einflößte noch einen besonderen Reiz für mich besaß – denn das Antlitz der Dinge verändert sich für uns genauso wie das der Personen – machte ich ihr diesen Vorschlag ohne alle Nervosität. Sie aber lehnte ab, sie bleibe lieber draußen, und so setzten wir uns im Freien auf die Terrasse des Hotels. Ich nahm einen Band Sévigné an mich, den ich dort vorfand, weil Mama nicht die Zeit gehabt hatte, ihn auf ihrer eiligen Flucht mitzunehmen, als sie erfahren hatte, es komme Besuch für mich. Ebenso wie meine Großmutter fürchtete sie einen solchen Einbruch von Fremden, und aus Besorgnis, ihnen nicht mehr entgehen zu können, wenn sie sich erst einmal von ihnen umzingeln ließe, brachte sie sich dann jedesmal mit einer Schnelligkeit in Sicherheit, die für meinen Vater und mich immer ein Gegenstand ironischer Heiterkeit war. Gleichzeitig mit dem Griff eines Sonnenschirms umklammerte Madame de Cambremer mehrere gestickte Beutel, eine größere Schatulle, eine Goldbörse, von der an Fäden aufgezogene Granaten herabhingen, sowie ein Spitzentaschentuch. Es schien mir, daß es für sie bequemer sein müsse, sie auf einem Stuhl abzulegen; aber ich spürte, daß es ungehörig und unnütz sei, sie zu bitten, auf diese schmückenden Insignien ihrer hirtenamtlichen Tournee und ihres weltlichen Priestertums zu verzichten. Wir blickten auf das ruhige Meer, auf dem vereinzelte Möwen wie weiße Blütenblätter schwammen. Da die gesellschaftliche Konversation wie auch unser Wunsch, nicht mit Hilfe uns selbst unbekannter Eigenschaften zu gefallen, sondern durch das, wovon wir annehmen, daß unsere Umgebung es schätzen wird, uns auf das Niveau eines einfachen ›Mediums‹ herabdrückt, begann ich unwillkürlich mit Madame de Cambremer, geborenen Legrandin, in der Art zu reden, wie ihr Bruder es hätte tun können. »Sie haben, sagte ich, als ich von den Möwen sprach, die Unbeweglichkeit und Weiße von Seerosen angenommen.« Tatsächlich sahen sie aus, als seien sie für die kleinen Wellen, von denen sie hin- und hergeworfen wurden, nichts als ein lebloses Objekt, so daß jene im Gegensatz dazu in ihrer Bewegung von einer Absicht beseelt und lebendig schienen. Die alte Marquise wurde nicht müde, die prächtige Meeresansicht zu rühmen, die wir in Balbec vor uns hatten, und beneidete mich darum, sie, die von La Raspelière aus (das sie im übrigen dieses Jahr ja nicht bewohnte) das Meer nur von weitem erblickte. Sie hatte zwei merkwürdige Gewohnheiten, die zugleich mit ihrer übertriebenen Liebe zu den Künsten (besonders zur Musik) und der Unzulänglichkeit ihrer Zahnapparatur zusammenhingen. Jedesmal, wenn sie von Ästhetik sprach, traten ihre Speicheldrüsen, wie diejenigen gewisser Tiere im Augenblick der Brunst, in eine Phase der Hypersekretion ein, so daß der zahnlose Mund der alten Dame im Winkel ihrer mit einem leichten Bärtchen bedeckten Lippen ein paar Tropfen durchsickern ließ, die nicht dort hingehörten. Sofort schluckte sie sie auch schon wieder mit einem tiefen Seufzer zurück wie jemand, der eben zu atmen beginnt. Schließlich aber, wenn es sich um eine allzu überwältigende musikalische Schönheit handelte, hob sie in ihrer Begeisterung die Arme und brachte einige summarische, energisch durchgekaute und im Bedarfsfalle durch die Nase filtrierte Urteile hervor. Nun aber hatte ich niemals geglaubt, daß der alltägliche Strand von Balbec tatsächlich eine ›Meeresansicht‹ darstelle, die schlichten Worte von Madame de Cambremer jedoch brachten in meinen Ideen hierüber eine Wendung zustande. Im Gegenteil, und das sagte ich ihr auch, hatte ich immer die einzigartige Aussicht von La Raspelière rühmen hören, das auf der Höhe eines Hügels lag und wo man von einem großen Saal mit zwei Kaminen durch eine ganze Fensterreihe, am Ende der Gärten zwischen den Laubmassiven, das Meer bis nach Balbec hin, durch die andere Reihe aber das Tal vor sich sah. »Wie liebenswürdig Sie sind, und wie gut das gesagt ist: Das Meer zwischen den Laubmassiven. Es ist wirklich entzückend, es klingt fast ... wie ein gemalter Fächer.« Und ich bemerkte an einem tiefen Atemzug, der die Aufgabe hatte, den Speichel zurückzuführen und das Bärtchen zu trocknen, daß das Kompliment aufrichtig gemeint war. Doch die geborene Legrandin blieb kühl, um ihre Verachtung weniger für meine Worte als für die ihrer Schwiegermutter deutlich zu bekunden. Im übrigen verachtete sie nicht nur deren Geistesart, sondern beklagte auch ihre Liebenswürdigkeit, da sie immer befürchtete, die Leute möchten eine nicht ausreichend hohe Meinung von den Cambremer haben. »Und wie hübsch der Name ist, sagte ich. Man möchte so gern den Ursprung aller dieser Namen wissen.« – »Was diesen hier betrifft, so kann ich ihn Ihnen sagen, antwortete mir mit sanfter Freundlichkeit die alte Dame. Es ist ein Familienbesitz von der Seite meiner Großmutter Arrachepel her, das ist zwar keine berühmte, aber eine gute und sehr alte Provinzfamilie.« – »Wieso nicht berühmt? fiel ihr ohne Liebenswürdigkeit ihre Schwiegertochter ins Wort. In der Kathedrale von Bayeux nehmen ihre Wappen ein ganzes Kirchenfenster ein, und die Hauptkirche von Avranches enthält ihre Grabdenkmäler. Wenn diese alten Namen Ihnen Vergnügen machen, setzte sie hinzu, so kommen Sie ein Jahr zu spät. Wir hatten für die Pfarrei von Criquetot trotz aller Schwierigkeit, die ein Wechsel der Diözese verursacht, den Dechanten eines Dorfes ernennen lassen, in dem ich persönlich Besitzungen habe, weit von hier entfernt, in Combray, wo der gute Pfarrer auf die Dauer zur Neurasthenie neigte. Leider bekam ihm die Seeluft bei seinem hohen Alter nicht gut; seine Neurasthenie nahm zu, und so ist er denn nach Combray zurückgekehrt. Aber solange er unser Nachbar war, machte es ihm Vergnügen, alle alten Pergamente durchzustudieren, und er hat eine recht bemerkenswerte kleine Broschüre über die Ortsnamen der Gegend verfaßt. Er ist dabei übrigens auf den Geschmack gekommen, denn es scheint, daß er sich auf seine alten Tage damit beschäftigt, ein großes Werk über Combray und seine Umgebung zu schreiben. Ich werde Ihnen seine Broschüre über die Umgegend von Féterne schicken. Es ist ein hochgelehrtes Werk. Sie werden darin sehr interessante Sachen über unsere alte Raspelière finden, über die meine Schwiegermutter sich viel zu bescheiden ausdrückt.« – »Auf alle Fälle, antwortete die alte Madame de Cambremer, ist in diesem Jahr La Raspelière nicht in unserm Besitz und gehört mir nicht. Aber man merkt, daß Sie eine Malernatur haben; Sie sollten zeichnen, und ich würde Ihnen auch so gern Féterne zeigen, das viel angenehmer ist als La Raspelière.« Denn seitdem die Cambremer diesen Herrensitz an die Verdurin vermietet hatten, hörte seine beherrschende Lage mit einem Male auf, ihnen als das zu erscheinen, was sie jahrelang für sie gewesen war, das heißt den in der ganzen Gegend einzigartigen Vorteil zu bieten, gleichzeitig den Blick auf das Meer und auf das Tal zu gewähren, und stand ihnen statt dessen plötzlich – freilich erst nachträglich – mit dem Nachteil behaftet vor Augen, daß man beim Kommen und Gehen stets hinauf- und hinabsteigen mußte. Kurz, man hätte glauben können, Madame de Cambremer habe La Raspelière weniger vermietet, um ihre Einkünfte zu vermehren, als um ihren Pferden etwas mehr Ruhe zu gönnen. Nun jedenfalls behauptete sie, entzückt zu sein, die ganze Zeit das Meer in Féterne so nah vor Augen zu haben, obwohl sie es so lange hindurch – denn sie vergaß die zwei Monate, die sie dort verbrachte – immer nur von oben und als Panorama gesehen hatte. »Ich entdeckte es in meinem Alter erst, sagte sie, und wie sehr genieße ich es! Es tut mir ungemein gut! Ich würde La Raspelière umsonst vermieten, nur um auf diese Weise gezwungen zu sein, in Féterne zu leben.«

– Um aber auf interessantere Dinge zurückzukommen, nahm die Schwester Legrandins, welche die alte Madame de Cambremer zwar mit ›Ma mère‹ anredete, aber im Laufe der Zeit einen ziemlich impertinenten Umgangston ihr gegenüber angenommen hatte, die Unterhaltung wieder auf: Sie sprechen da eben von Seerosen; ich denke dabei an die Ihnen wahrscheinlich bekannten, die Claude Monet gemalt hat. Welch ein Genie! Ich interessiere mich um so mehr dafür, als in der Nähe von Combray, jenem Ort, von dem ich Ihnen ja sagte, daß ich dort eine Besitzung habe . . . – Aber sie zog dann doch vor, nicht zu viel von Combray zu reden. »Das ist sicher die Serie, von der Elstir zu uns gesprochen hat, der größte Maler der Gegenwart«, fiel hier Albertine ein, die bis dahin nichts gesagt hatte. – »Oh! Man sieht, daß Mademoiselle die Künste liebt«, rief Madame de Cambremer, die mit einem tiefen Atemzug den Speichel hinunterschluckte. – »Sie werden mir gleichwohl gestatten, ihm Le Sidaner noch vorzuziehen, Mademoiselle, sagte der Advokat mit einem Kennerlächeln. Da er aber gewisse ›Kühnheiten‹ Elstirs geschätzt hatte oder hatte schätzen sehen, setzte er noch hinzu: Elstir war begabt, er hat sogar fast zur Avant-garde gehört, aber ich weiß nicht, warum er es nicht weitergebracht hat, er hat sein Leben vertan.« Madame de Cambremer gab dem Advokaten recht in dem, was er über Elstir bemerkt hatte, aber zum großen Kummer ihres Gastes stellte sie Monet neben Le Sidaner. Man kann nicht sagen, daß sie dumm war, sie besaß in hohem Maße eine Art von Gescheitheit, die, wie ich spürte, für mich selbst jedoch ganz unergiebig war. Gerade neigte sich die Sonne, die Möwen waren jetzt gelb wie die Seerosen auf einem anderen Bild aus der gleichen Serie von Monet. Ich sagte, daß ich sie kennte, und fügte (wobei ich immer noch die Redeweise des Bruders nachahmte, dessen Namen ich jedoch nicht zu erwähnen wagte) hinzu, es sei schade, daß sie nicht auf den

Gedanken gekommen sei, einen Tag eher hier zu sein, denn zur gleichen Stunde habe sie da eine Beleuchtung wie in einer Landschaft von Poussin bewundern können. Hätte ein den Guermantes unbekannter normannischer Landjunker zu ihr gesagt, sie wäre besser schon einen Tag früher gekommen, so hätte sicher Madame de Cambremer-Legrandin gekränkt die Achseln gezuckt. Aber auch wenn ich noch viel vertraulicher mit ihr umgegangen wäre, würde sie dennoch nichts als schmelzende Sanftmut mir gegenüber geblieben sein; ich konnte in der Hitze dieses schönen Spätnachmittags nach Belieben auf dem großen Honigkuchen herumnaschen, als welcher sie sich so selten nur zeigte und der jetzt an die Stelle des kleinen Gebäcks trat, mit dem ihr aufzuwarten mir nicht einmal in den Sinn kam. Doch erregte der Name Poussin, ohne die Liebenswürdigkeit der Weltdame zu verändern, lebhaften Widerspruch bei der Kunstliebhaberin. Als sie diesen Namen hörte, brachte sie sechsmal pausenlos hintereinander ein kleines Klikken der Zunge gegen die Lippen hervor wie das, mit dem man einem Kind, das eben etwas Dummes anstellen will, gleichzeitig seinen Tadel über das Begonnene zu verstehen gibt und untersagt, damit fortzufahren. »Um Himmels willen, nennen Sie nicht gleich nach einem Maler wie Monet, der ganz einfach ein Genie ist, einen alten talentlosen Akademiker wie Poussin. Ich muß Ihnen rundheraus sagen, daß ich ihn für den fadesten aller Pedanten halte. Was wollen Sie, ich kann so etwas einfach nicht als Malerei bezeichnen. Monet, Degas, Manet, ja das sind wirkliche Maler! Es ist ganz merkwürdig, setzte sie hinzu, während sie einen durchdringenden und entzückten Blick auf einen unbestimmten Punkt im Weltall heftete, wo sie offenbar ihr eigenes Denken abgezeichnet fand, es ist ganz merkwürdig, früher zog ich Manet vor. Jetzt bewundere ich Manet selbstverständlich immer noch, aber ich glaube, Monet schätze ich doch vielleicht noch mehr. Oh, diese Kathedralen!« Sie bewies ebensoviel Gewissenhaftigkeit wie Entgegenkommen darin, mich über die Entwicklung ihres

Geschmacks zu informieren. Man hatte dabei das Gefühl, daß die Phasen, durch die dieser ihr Geschmack hindurchgegangen war, ihrer Meinung nach nicht weniger wichtig waren als die verschiedenen Manieren von Monet selbst. Ich brauchte mich im übrigen nicht geschmeichelt zu fühlen, daß sie mich zum Vertrauten ihrer Bewunderung machte, denn auch der borniertesten Provinzlerin gegenüber konnte sie sich keine fünf Minuten enthalten, ihre Meinung zu bekennen. Wenn eine adelige Dame aus Avranches, die nicht imstande war, Mozart von Wagner zu unterscheiden, in Gegenwart von Madame de Cambremer sagte: ›Diesmal haben wir gar keine interessanten Neuheiten bei unserem Aufenthalt in Paris gesehen. Wir waren nur einmal in der Opéra-Comique, wo man ‹Pelleas und Melisande› gab, es war fürchterlich‹, so schäumte Madame de Cambremer nicht nur, sondern verspürte auch das Bedürfnis, lebhaft zu protestieren: ›Aber im Gegenteil, das ist ein kleines Meisterwerk‹, und die Sache eingehend zu ›diskutieren‹. Es war vielleicht eine Gewohnheit aus Combray, welche aus den Kreisen der Schwestern meiner Großmutter stammte, die so etwas ›für die gute Sache kämpfen‹ nannten und Abendessen liebten, bei denen sie, wie sie wußten, jede Woche ihre Götter gegen die Philister zu verteidigen hatten. So verschaffte Madame de Cambremer sich gern eine kleine geistige Aufregung, indem sie sich anläßlich von Kunstfragen ›raufte‹ wie andere wegen der Politik. Sie ergriff die Partei Debussys, wie sie für eine ihrer Freundinnen eingetreten wäre, deren Betragen man getadelt hätte. Dennoch mußte sie sich ja bewußt sein, daß sie mit den Worten: ›Aber nein, es ist ein kleines Meisterwerk‹ bei der Person, die sie damit zurechtwies, nicht den gesamten Ablauf einer künstlerischen Kultur improvisieren konnte, an deren Ende sie sich dann geeinigt hätten, ohne noch weiter diskutieren zu müssen. »Ich muß doch Le Sidaner fragen, was er von Poussin hält, sagte der Advokat zu mir. Er ist verschlossen, sehr schweigsam, aber ich werde ihm schon die Würmer aus der Nase ziehen.«

– Im übrigen, fuhr Madame de Cambremer fort, verabscheue ich Sonnenuntergänge, sie haben so etwas Romantisches, Opernhaftes an sich; deswegen mag ich das Haus meiner Schwiegermutter nicht mit allen seinen südlichen Pflanzen. Sie werden sehen, es hat etwas von einem Park in Monte Carlo. Aus diesem Grunde ziehe ich Ihren Strand hier vor. Er ist trauriger, aber ehrlicher; es gibt einen kleinen Weg, von dem aus man das Meer nicht sieht. An Regentagen ist er eine einzige Lehmpfütze, aber doch eine Welt für sich. Ebenso mag ich in Venedig den Canale grande nicht und kenne nichts Rührenderes als die kleinen Rios. Im übrigen kommt es ja dabei immer auf die Umgebung an.

– Aber, sagte ich, da ich wohl spürte, die einzige Art, Poussin in den Augen von Madame de Cambremer zu rehabilitieren, werde in einer Belehrung darüber bestehen, daß er wieder Mode sei, Degas versichert, er kenne nichts Schöneres als die Poussins von Chantilly. »So? Die in Chantilly kenne ich nicht, antwortete mir Madame de Cambremer, die nicht anderer Meinung als Degas sein wollte, aber ich kenne die im Louvre, und die sind einfach schauderhaft.« – »Er bewundert auch die im Louvre sehr.« – »Ich muß das alles wieder einmal ansehen. Die Dinge liegen jetzt etwas weit zurück in meiner Erinnerung«, antwortete sie nach einem Augenblick des Schweigens und ganz so, als ob das günstige Urteil, das sie bald über Poussin fällen würde, nicht von der Neuigkeit, die ich ihr mitgeteilt hatte, sondern von einer zusätzlichen und diesmal endgültigen Prüfung abhängen werde, der sie die Poussins im Louvre unterziehen wollte, um daraus die Möglichkeit zu entnehmen, ihr Urteil zu revidieren.

Ich nun begnügte mich mit diesem Beginn eines Rückzugs, da sie, wenn sie auch Poussin noch nicht bewunderte, doch eine Frist zum Zweck einer neuen Überlegung ansetzte, und um sie nicht länger auf die Folter zu spannen, sagte ich ihrer Schwiegermutter, wie oft ich von den wundervollen Blumen in Féterne habe sprechen hören. Bescheiden erzählte sie von dem kleinen ›Pfarrgärtchen‹, das hinter dem Hause gelegen sei und das sie jeden Morgen direkt durch ein Pförtchen aufsuche; sie begebe sich noch im Morgenkleid dorthin, um die Pfauen zu füttern, nach frisch gelegten Eiern zu sehen und Zinnien oder Rosen zu schneiden, um auf der Tafel nachher für die Oeufs à la crème oder den gebackenen Fisch eine Blumenbordüre zu haben, die sie an ihre Alleen erinnerte. »Es stimmt, daß wir viele Rosen haben, sagte sie, unser Rosengarten ist fast zu nahe beim Wohnhaus. Es gibt Tage, wo mir das Kopfschmerzen macht. Das ist angenehmer auf der Terrasse von La Raspelière, zu der der Wind den Rosenduft trägt, aber doch nicht mehr in so betäubender Stärke.« Ich wendete mich wieder der Schwiegertochter zu. »Das ist ganz wie in ›Pelleas‹, sagte ich, um ihrer Neigung zur ›Moderne‹ entgegenzukommen, dieser Rosenduft, der bis zu den Terrassen aufsteigt. Es kommt einem so machtvoll aus der Partitur entgegen, daß ich selbst, da ich an Heuschnupfen und an Rosenfieber leide, jedesmal niesen mußte, wenn ich diese Szene hörte.«

– Oh! Welch Meisterwerk, dieser ›Pelleas‹ rief Madame de Cambremer. Ich bin hingerissen davon. Und indem sie mit den Bewegungen einer Wilden, die etwa mit mir hätte kokettieren wollen, auf mich zutrat, benutzte sie ihre Finger, um imaginäre Noten in die Luft zu stechen, begann etwas zu summen, wovon ich vermute, daß sie es für ›Pelleas' Abschied‹ hielt, und fuhr auch lebhaft und eindringlich damit fort, als sei es sehr wichtig, daß sie mir in diesem Augenblick die bewußte Szene in die Erinnerung riefe oder vielmehr mir zeigte, daß sie selbst, Madame de Cambremer, sich noch daran zu erinnern vermöchte. »Ich glaube, es ist doch schöner als ›Parsifal‹, setzte sie hinzu. Denn im ›Parsifal‹ sind die schönsten Stellen immer noch von einem gewissen Kranz von melodischen Themen umwogt, Themen, die überholt sind, gerade weil sie noch voll von Melodien sind.« – »Ich weiß, Sie sind eine große Musikerin, Marquise, sagte ich zu der alten Dame.

Ich würde Sie sehr gern spielen hören.« Madame de Cambremer-Legrandin blickte aufs Meer hinaus, um sich an der Unterhaltung völlig desinteressiert zu zeigen. Da sie der Meinung war, was ihre Schwiegermutter liebe, sei nicht eigentlich Musik, betrachtete sie das in ihren Augen nur eingebildete, in Wirklichkeit aber ganz hervorragende Talent, das man dieser zuerkannte, als eine Virtuosität ohne alles Interesse. Tatsächlich erklärte die einzige noch lebende Schülerin Chopins mit gutem Grunde, daß die Spielweise, das ›Gefühl‹ des Meisters sich durch ihre Vermittlung einzig auf Madame de Cambremer übertragen habe. Aber wie Chopin spielen, war weit davon entfernt, in den Augen der Schwester Legrandins eine Empfehlung zu bedeuten, denn diese verachtete niemanden so sehr wie den polnischen Komponisten. »Oh, sie fliegen davon«, rief Albertine, indem sie auf die Möwen wies, die einen Augenblick ihr blumenhaftes Inkognito aufgegeben hatten und alle zugleich der Sonne entgegenzogen. – »Die Riesenflügel hindern sie am Gehen«, zitierte Madame de Cambremer, die Möwe und Albatros verwechselte. – »Ich liebe sie sehr, ich habe in Amsterdam welche gesehen, sagte Albertine. Sie riechen das Meer, sie spüren es selbst noch durch die Steine der Straße hindurch.« – »Ah! Sie sind in Holland gewesen, kennen Sie die Vermeers?« fragte Madame de Cambremer in strengem Ton, ganz wie sie gefragt haben würde: ›Kennen Sie die Guermantes?‹ Denn der Snobismus wechselt zwar seinen Gegenstand, aber nicht den Ton. Albertine verneinte: sie glaubte, es handle sich um irgendwelche lebenden Menschen. Aber es fiel nicht weiter auf. »Ich würde sehr glücklich sein, Ihnen vorzuspielen, sagte Madame de Cambremer zu mir. Aber Sie wissen ja, ich spiele nur Sachen, für die Ihre Generation sich nicht mehr interessiert. Ich bin noch in der Verehrung Chopins erzogen worden«, setzte sie mit leiserer Stimme hinzu, denn sie fürchtete ihre Schwiegertochter und wußte, daß diese Chopin nicht als Musiker ansah und daß gut oder schlecht Chopin spielen für diese ganz sinnlose, leere

Worte waren: sie erkannte nur an, daß ihre Schwiegermutter über Technik verfügte und perlende Läufe erzielte. ›Nie wird man mich dazu bringen, sie für musikalisch zu erklären‹, bemerkte Madame de Cambremer-Legrandin oft. Da sie sich für ›fortschrittlich‹ hielt und fand, man sei (nur in der Kunst) ›niemals links genug‹, stellte sie sich nicht nur vor, daß die Musik fortschreite, sondern auch, daß sie es auf einer einzigen Linie tue und daß Debussy in gewisser Weise ein Über-Wagner sei, das heißt noch etwas fortschrittlicher als Wagner selbst. Sie machte sich nicht klar, daß, wenn Debussy nicht ganz so unabhängig von Wagner war, wie sie selbst es in einigen Jahren annehmen sollte (weil man sich gleichwohl der einmal errungenen Waffen bedient, um sich von demjenigen zu befreien, den man vorübergehend besiegt hat) man dennoch nach dem Überdruß, den man angesichts von allzu vollkommenen Werken, in denen bereits alles ausgedrückt ist, zu verspüren begann, ein entgegengesetztes Bedürfnis zu befriedigen versuchte. Natürlich wurde im Augenblick diese Reaktion von Theorien gestützt gleich denen, die in der Politik die Gesetze gegen die Kongregationen oder die Kriege im Fernen Osten untermauern (Belehrung kontra Natur, ›gelbe Gefahr‹ und so fort). Man sagte, einer Epoche der Hast entspreche eine ›rasche‹ Kunst, genauso wie man gesagt haben würde, der Krieg der Zukunft werde nicht länger als vierzehn Tage dauern, oder mit den Eisenbahnen würden gewisse kleine Winkel in Vergessenheit geraten, die man mit den Postkutschen noch gern aufgesucht hatte und die gleichwohl das Auto wieder zu Ehren bringen sollte. Man empfahl, die Aufmerksamkeit des Zuhörers nicht zu ermüden, ganz als verfügten wir nicht über verschiedene Arten der Aufmerksamkeit, deren höchste zu wecken gerade die Künstler immer bemüht sein müßten. Denn es gibt Leute, die nach zehn Zeilen eines mittelmäßigen Artikels vor Müdigkeit gähnen, aber jedes Jahr die Reise nach Bayreuth gemacht haben, um den ›Ring‹ anzuhören. Im übrigen sollte der Tag kommen, wo

Debussy für ebenso dürftig wie Massenet erklärt und das Schmachten Melisandes auf den Rang desjenigen einer Manon hinuntergedrückt werden würde. Denn die Theorien und Schulen verschlingen einander wie Mikroben und kleine Zellkörperchen und suchen durch ihren Kampf die Kontinuität des Lebens sicherzustellen. Aber diese Zeit war noch nicht gekommen.

Ebenso wie von einer Haussebewegung an der Börse eine ganze Gruppe von Werten profitiert, so hatte eine gewisse Zahl von mißachteten Autoren gleichfalls Nutzen von einer solchen Reaktion, sei es, daß sie diese Nichtachtung nicht verdient hatten oder einfach – und damit brachte man etwas Neues auf, wenn man sie protegierte – weil sie ihnen überhaupt zuteil geworden war. Man holte sogar aus irgendeinem Winkel der Vergangenheit einige unabhängige Talente hervor, auf deren Ruf eigentlich, wie es schien, die gegenwärtige Bewegung keinen Einfluß haben konnte, deren Namen aber angeblich eine der neuen Größen gern im Munde führte. Oft war es, weil ein Meister überhaupt, wer auch immer er sei und wie exklusiv seine Schule sein möge, seinem spontanen Empfinden folgt und einem Talent Rechnung trägt, wo er es auch antrifft, und sogar weniger vielleicht noch als eigentlich dem Talent irgendeiner angenehmen Inspiration, die er früher gehabt hat und die mit einem beglückenden Moment seiner Jugend zusammenhängt, andere Male wiederum, weil gewisse Künstler einer anderen Epoche in irgendeinem Detail etwas verwirklicht haben, was dem ähnlich ist, was der Meister, wie er sich allmählich klargeworden ist, selbst hat erreichen wollen. Dann sieht er in diesem Älteren einen Vorläufer seiner selbst; er erkennt bei jenem unter einer ganz anderen Form ein nur in einem gewissen Augenblick und zu einem gewissen Teil dem seinen verwandtes Bemühen. Es gibt Ausschnitte von Turner in dem Werke Poussins, einen Satz von Flaubert bei Montesquieu. Manchmal aber war auch dies Gerücht über die Vorliebe des Meisters das Resultat eines

Irrtums, der irgendwo entstanden und innerhalb einer Schule verbreitet worden war. Der einmal gefallene Name profitierte dann aber von dem Ruhmestitel, unter dessen Schutz er gerade zur rechten Zeit aufgetaucht war, denn wenn eine gewisse Freiheit und echter Geschmack zwar die Wahl des Meister bestimmten, so richten sich die Schulen nurmehr nach der Theorie. So hatte der Geist, seinem gewohnten Lauf folgend, welcher sich mit allerlei Abschweifungen und unter Wellenbewegungen nach der einen oder anderen Seite vollzieht, das Licht von oben einer gewissen Zahl von Werken zuteil werden lassen, in welche der Gerechtigkeitssinn, oder ein Bedürfnis nach Erneuerung, oder der Geschmack Debussys, oder seine Laune, oder irgendein Ausspruch, den er vielleicht gar nicht getan, auch die Werke Chopins einbezogen hatte. Auf den Schild erhoben von Kritikern, in die man volles Vertrauen setzte, nahmen sie an der Bewunderung teil, die ›Pelleas‹ erlangte, und hatten einen neuen Glanz wiedergefunden; selbst Leute, die sie noch nicht wieder hatten spielen hören, verlangten so sehr danach, diese Musik zu lieben, daß sie es gleichsam gegen ihren Willen, wenn auch freilich in der Illusion freier Entschließung taten. Madame de Cambremer-Legrandin aber verbrachte einen Teil des Jahres in der Provinz, und selbst in Paris lebte sie, da sie krank war, großenteils auf ihre Gemächer beschränkt. Tatsächlich trat diese Unzuträglichkeit vor allem in der Wahl der Ausdrücke zutage, die Madame de Cambremer für modern hielt, die jedoch eher der Schriftsprache angehörten – eine Nuance, für die sie kein Unterscheidungsvermögen besaß – denn sie entnahm ihre Wendungen mehr der Lektüre als der Konversation. Diese aber ist nicht so notwendig für eine genaue Kenntnis der Meinungen als gerade der neuen Ausdrücke. Allerdings war diese Verjüngung der ›Nocturnos‹ noch nicht von der Kritik bekanntgegeben worden. Die Neuigkeit erlebte eine Verbreitung nur durch Gespräche der ›Jungen‹. So blieb sie Madame de Cambremer-Legrandin fremd. Ich machte mir ein Vergnügen daraus, sie darüber zu belehren – doch nur, indem ich mich in dieser Absicht an ihre Schwiegermutter wendete, so wie man beim Billardspiel, um eine Kugel zu treffen, über die Bande spielt – daß Chopin, weit entfernt, aus der Mode zu sein, der Lieblingskomponist Debussys sei. »Sieh da, das ist amüsant«, sagte mit einem feinen Lächeln die Schwiegertochter zu mir, als sei dies nur eine paradoxe Äußerung, die der Autor des ›Pelleas‹ sich erlaubt habe. Nichtsdestoweniger stand jetzt fest, daß sie Chopin nur noch mit Achtung und sogar mit Vergnügen anhören würde. Daher führten denn auch meine Worte, welche die Stunde der Befreiung für die alte Marquise einläuteten, auf deren Gesicht einen Ausdruck von Dankbarkeit für mich, vor allem aber von Freude herauf. Ihre Augen leuchteten wie die von Latude in dem Theaterstück ›Latude oder fünfunddreißig Jahre Gefangenschaft‹, und ihre Brust sog die Seeluft mit jenem Gefühl der Erleichterung ein, die Beethoven so gut in ›Fidelio‹ ausgedrückt hat, wenn die Gefangenen endlich die ›freie Luft‹ einatmen. Ich meinte fast, sie werde ihre bärtigen Lippen auf meine Wangen drücken. »Wie, Sie lieben Chopin? Er liebt Chopin, er liebt Chopin«, rief sie mit einem vor Erregung näselnden Ton; sie hätte in ganz der gleichen Weise sagen können: ›Wie, Sie kennen Madame de Franquetot?‹ – mit dem einzigen Unterschied, daß meine Beziehungen zu Madame de Franquetot ihr aufs tiefste gleichgültig gewesen wären, während meine Kenntnis Chopins sie in eine Art von künstlerischer Ekstase versetzte. Erhöhte Speichelabsonderung genügte jetzt nicht mehr. Da sie gar nicht versucht hatte, die Rolle Debussys in der Neuentdeckung Chopins zu erfassen, wurde ihr einzig bewußt, daß mein eigenes Urteil über ihn günstig sei. Musikalische Begeisterung überwältigte sie. »Triumph! Triumph! Er liebt Chopin!« Ihre Brüste hoben sich, und ihre Arme zuckten förmlich durch die Luft. »Ach, ich hatte gleich gemerkt, daß Sie musikalisch sind, rief sie aus. Ich verstehe, daß Sie als K-hünstler so etwas lieben müssen. Es ist so schön!«

Ihre Stimme rollte dabei, als habe sie, um mir ihre glühende Bewunderung für Chopin auszudrücken, in Nachahmung von Demosthenes ihren Mund mit allen Kieseln des Strandes ausgefüllt. Endlich brandete die Flut zurück, die nun auch den kleinen Schleier erfaßte, den sie nicht mehr zur rechten Zeit hatte in Sicherheit bringen können und der jetzt völlig durchgeweicht war; die Marquise aber trocknete mit ihrem gestickten Taschentuch die Schaumabsonderung auf, mit der die Erinnerung an Chopin ihr Schnurrbärtchen übersprühte.

– Mein Gott, sagte Madame de Cambremer-Legrandin, ich glaube, meine Schwiegermutter hält sich etwas zu lange auf, sie vergißt, daß wir bei meinem Onkel de Ch'nouville zu Abend essen, Cancan aber wartet nicht gern. ›Cancan‹ blieb unverständlich für mich, ich dachte, es handle sich vielleicht um einen Hund. Was aber die ›Vettern de Ch'nouville‹ betraf, so verhielt sich die Sache folgendermaßen. Mit den Jahren hatte sich bei der jungen Marquise das Vergnügen, das sie daran gefunden hatte, den Namen in dieser Weise auszusprechen, etwas abgestumpft. Und doch hatte sie sich seinerzeit, um es auskosten zu können, zu ihrer Heirat entschlossen. In anderen Gruppen der Gesellschaft bestand, wenn man von den Chenouville sprach, die Gewohnheit (jedenfalls immer, wenn der Partikel ein Substantiv vorausging, das mit einem Vokal endete, denn im entgegengesetzten Fall mußte man sich wohl oder übel auf das ›de‹ stützen, da die Zunge sich weigerte, eine Wortgruppe wie Madam' d'Ch'nonceaux zu artikulieren) das stumme e der Partikel zu opfern. Man sagte: ›Monsieur d'Chenouville.‹ Bei den Cambremer herrschte die umgekehrte, doch ebenso verpflichtende Tradition. In allen Fällen unterdrückte man das stumme e in Chenouville. Ging dem Namen die Bezeichnung ›mein Vetter‹ oder ›meine Kusine‹ voraus, so sagte man immer ›Ch'nouville‹, niemals Chenouville. (Der Vater dieser Chenouville wurde als ›notre oncle‹ bezeichnet, denn so hochtrabend war man in Féterne noch nicht, daß man nur ›notre onk‹ aussprach, wie die Guermantes es getan hätten, deren bewußtes Kauderwelsch, bei dem die Konsonanten unterdrückt und Fremdnamen nationalisiert wurden, ebenso schwer zu verstehen war wie Altfranzösisch oder heutige Dialekte.) Jede Person, die neu in die Familie eintrat, erhielt sofort über das Thema der Ch'nouville eine Belehrung, die Mademoiselle Legrandin-Cambremer nicht nötig gehabt hatte. Eines Tages bei einem Besuch hörte sie ein junges Mädchen sagen: ›Ma tante d'Uzai‹, ›mon onk de Rouan‹ und hatte nicht sofort darin die berühmten Namen wiedererkannt, welche sie gewohnheitsmäßig ›Uzès, Rohan‹ aussprach; sie machte das Staunen, die Verlegenheit und die Beschämung eines Menschen durch, der vor sich ein neu erfundenes Eßbesteck auf dem Tisch liegen sieht, dessen Gebrauch er nicht kennt und dessen er sich daraufhin nicht zu bedienen wagt. In der darauffolgenden Nacht und am nächsten Tage aber hatte sie mit Entzücken vor sich hingemurmelt: ›Ma tante d'Uzai‹ unter Auslassung des am Ende befindlichen s, jener Auslassung, die sie am Vortage noch so sehr überrascht hatte, welche nicht zu kennen ihr aber jetzt so vulgär erschien, daß sie, als eine ihrer Freundinnen in ihrer Gegenwart von einer Büste der Duchesse d'Uzès sprach, ihr in hochfahrendem Ton antwortete: ›Du könntest wenigstens richtig aussprechen, nämlich ‹Mame d'Uzai›.‹ Von da an hatte sie begriffen, daß auf Grund einer Umwandlung der festen Stoffe in immer höher veredelte Substanzen das bedeutende und auf so ehrenhafte Weise erworbene Vermögen, das sie von ihrem Vater ererbt hatte, die umfassende Erziehung, die sie genossen, und ihr eifriger Besuch der Vorlesungen an der Sorbonne – sowohl derer von Caro wie auch derer von Brunetière – sowie auch die Teilnahme an den Concerts Lamoureux sich verflüchtigen und ihre letzte Sublimierung in dem Vergnügen finden mußten, eines Tages zu sagen: ›Ma tante d'Uzai.‹ Das schloß in ihrem Bewußtsein nicht aus, daß sie wenigstens für die erste Zeit nach ihrer Verheiratung vorhatte, zwar nicht gewisse Freundinnen, die sie liebte, welche zu opfern sie aber entsagungsvoll entschlossen war, wohl aber gewisse andere weiterzubesuchen, die sie zwar nicht liebte, zu denen sie aber wollte sagen können (da sie sich ja deshalb verheiratet hatte): ›Ich werde euch meiner Tante d'Uzai vorstellen‹, oder, falls sie einsah, daß diese Verbindung doch zu schwierig herzustellen sei, doch immerhin: ›Ich werde euch meiner Tante Ch'nouville vorstellen‹, oder ›ich werde euch eine Einladung zu den d'Uzai verschaffen‹. Ihre Vermählung mit Monsieur de Cambremer hatte Mademoiselle Legrandin Gelegenheit verschafft, den ersten dieser Sätze auszusprechen, aber nicht den zweiten, da die Welt, in der ihre Schwiegereltern verkehrten, ihrer Erwartung entgegen nicht diejenige war, von der sie auch weiterhin träumte. Nachdem sie mir von Saint-Loup gesagt hatte (wobei sie sich eines Ausdrucks von Robert bediente, denn wenn ich, um mit ihr zu sprechen, die Ausdrücke Legrandins verwendete, so antwortete sie mir unter dem Einfluß einer umgekehrten Suggestion in der Redeweise Roberts, von welcher sie nicht wußte, daß sie ihrerseits auf Rahel zurückzuführen war) indem sie ihren Daumen dem Zeigefinger näherte und die Augen halb schloß, als erblicke sie in der Ferne etwas unendlich Zartes, das sie noch nicht zu haschen vermocht hätte: ›Er besitzt eine hübsche Art von Geist‹, pries sie ihn mit solcher Wärme, daß man meinen konnte, sie sei in ihn verliebt (früher war übrigens behauptet worden, daß Robert, als er in Doncières war, ihr Liebhaber gewesen sei) in Wirklichkeit aber einfach, damit ich es ihm wiederholte, und um auf den eigentlichen Zweck ihrer Rede zu kommen: »Sie sind ja sehr eng befreundet mit der Herzogin von Guermantes. Ich bin leidend, ich gehe wenig aus und weiß, daß sie sich immer auf einen Kreis auserwählter Freunde beschränkt, was ich ganz richtig finde; daher kenne ich sie zwar wenig, aber ich weiß natürlich, sie ist unbedingt eine geistig hochstehende Frau.« Wohl wissend, daß sie Madame de Guermantes kaum kannte, und in der Absicht, mich gleichfalls so bescheiden zu geben wie sie, glitt ich über dieses Thema hinweg und antwortete der Marquise, ich kenne vor allem ihren Bruder Legrandin. Als dieser Name fiel, nahm sie die gleiche ausweichende Miene an wie ich bei der Erwähnung von Madame de Guermantes, aber noch mit einer Nuance von Mißvergnügen versetzt, denn sie glaubte meine Worte dazu bestimmt, nicht mich, sondern sie in eine bescheidenere Kategorie zu verweisen. War sie von Verzweiflung zernagt, eine geborene Legrandin zu sein? So wenigstens behaupteten die Schwestern und Schwägerinnen ihres Mannes, adelige Damen aus der Provinz, die niemanden kannten und von nichts etwas wußten, aber Madame de Cambremer um ihre Gescheitheit, ihre Bildung, ihr Vermögen, die körperlichen Vorzüge, die sie besessen hatte, bevor sie krank wurde, beneideten. ›Sie denkt an nichts anderes, sie bringt sich damit um‹, wiederholten unaufhörlich diese boshaften Provinzlerinnen, sobald sie von Madame de Cambremer sprachen, zu wem auch immer es sei, vor allem aber einem Bürgerlichen gegenüber, entweder – wenn er eingebildet und dumm war – um durch diese Bekräftigung der Schmach, dem Bürgertum anzugehören, ihrer eigenen Liebenswürdigkeit ihm gegenüber um so größeren Wert zu verleihen, oder – wenn er schüchtern und klug war und die Bemerkung auf sich selbst bezog – das Vergnügen zu genießen, ihm indirekt, obwohl sie ihn bei sich empfingen, eine Sottise zu sagen. Wenn diese Damen aber glaubten, mit Bezug auf ihre Schwägerin das Richtige zu treffen, so täuschten sie sich sehr. Diese litt um so weniger darunter, eine geborene Legrandin zu sein, als sie die Erinnerung daran völlig verloren hatte. Sie fühlte sich dadurch verletzt, daß ich sie ihr wiedergab, und schwieg, als habe sie nicht verstanden, da sie nicht für nötig hielt, meine Worte zu bestätigen, geschweige denn sie genauer zu präzisieren.

– Unsere Verwandten sind nicht der Hauptgrund für die Abkürzung unseres Besuches, sagte zu mir die alte Madame de Cambremer, die wahrscheinlich dem Vergnügen, von den ›Ch'nouville‹ zu sprechen, blasierter gegenüberstand als ihre

Schwiegertochter. Aber um Sie nicht durch die Anwesenheit von allzu vielen Menschen zu belästigen, hat Monsieur (sie zeigte dabei auf den Advokaten) nicht gewagt, seine Frau und seinen Sohn mit hierherzubringen. Sie gehen am Strande spazieren und werden allmählich langweilig finden, daß sie so lange auf uns warten müssen. – Ich ließ mir eine genaue Beschreibung geben und eilte, um sie zu holen. Die Frau hatte ein rundes Gesicht wie gewisse Pflanzen aus der Gattung der Ranunculaceen und im Augenwinkel ein ziemlich großes gewächsartiges Mal. Da aber die menschlichen Generationen ebensosehr ihre charakteristischen Eigentümlichkeiten bewahren wie eine Pflanzenfamilie, hob sich das gleiche Mal, das zur Bestimmung einer Varietät hätte verhelfen können, wie auf dem welken Angesicht der Mutter auch unter dem Auge des Sohnes ab. Mein eifriges Bemühtsein um seine Frau und seinen Sohn rührte den Advokaten. Er interessierte sich für den Zweck meines Aufenthalts in Balbec. »Sie werden sich etwas verloren fühlen, denn hier sind ja zum größten Teil Ausländer.« Er sah mich an, während er mit mir sprach, denn da er selbst die Ausländer nicht liebte, obwohl viele von ihnen seine Klienten waren, wollte er sich versichern, ob ich seiner Xenophobie auch nicht ablehnend gegenüberstehe; in diesem Falle hätte er mit den Worten: ›Natürlich, Madame X . . . mag eine charmante Frau sein, – es handelt sich ja auch nur um das Prinzip‹ den Rückzug angetreten. Da ich zu jenem Zeitpunkt keinerlei Meinung über Ausländer hatte, ließ ich keine Mißbilligung verlauten, und so fühlte er wieder sicheren Boden unter den Füßen. Er ging so weit, mich zu bitten, ihn doch einmal in Paris zu besuchen und seine Sammlung von Le Sidaner zu betrachten, möglichst auch dabei die Cambremer mitzubringen, mit denen er mich offenbar eng befreundet glaubte. »Ich werde Sie mit Le Sidaner einladen, sagte er, völlig überzeugt, daß ich diesen beglückenden Tag kaum noch erwarten könne. Sie werden sehen, was für ein wundervoller Mensch er ist. Seine Bilder aber werden Sie entzücken. Natürlich kann ich nicht mit den großen Sammlern wetteifern, aber ich glaube, ich besitze tatsächlich die größte Zahl seiner Lieblingsbilder. Sie werden Sie um so mehr interessieren, als Sie ja dann aus Balbec kommen, denn es sind alles Seestücke, wenigstens zum größten Teil.« Die Frau und der Sohn mit dem Klassifizierungsmerkmal hörten ehrfurchtsvoll zu. Man hatte das deutliche Gefühl, daß ihr Haus in Paris so etwas wie ein Le-Sidaner-Tempel war. Tempel dieser Art erfüllen einen gewissen Zweck. Wenn der Gott seine Zweifel hegt, so stopft er die kleinen undichten Stellen in seiner Meinung über sich selbst leicht mit dem unwiderleglichen Zeugnis von Wesen aus, die seinem Schaffen ihr Leben weihen.

Auf ein Zeichen ihrer Schwiegertochter machte Madame de Cambremer Miene, sich zu erheben, und sagte zu mir: »Mögen Sie nicht, wenn Sie schon nicht in Féterne bei uns wohnen wollen, wenigstens einen Tag dieser Woche zu uns zum Dejeuner kommen, morgen zum Beispiel?« Und in ihrem Wohlwollen setzte sie, um mich vollends zu einem Entschluß zu bewegen, noch hinzu: »Sie werden dort den Grafen von Crisenoy wiederfinden«, den ich keineswegs verloren hatte aus dem einfachen Grunde, weil ich ihn gar nicht kannte. Sie begann vor meinen Augen noch andere Verlockungen auffunkeln zu lassen, hielt aber plötzlich inne. Der Gerichtspräsident, der bei seiner Rückkehr erfahren hatte, daß sie im Hotel sei, hatte sie insgeheim überall gesucht, dann etwas gewartet und kam nun ganz so, als begegne er ihr zufällig, um sie zu begrüßen. Ich begriff, daß Madame de Cambremer keinen Wert darauf legte, die Einladung zum Mittagessen, die sie an mich ergehen ließ, auch auf ihn auszudehnen. Er kannte sie dabei schon sehr viel länger als ich, da er seit Jahren einer der Gäste bei den musikalischen Nachmittagen in Féterne war, von denen ich so neidvoll während meines ersten Aufenthalts in Balbec hatte reden hören. Aber Anciennität bedeutet nicht alles bei den Leuten von Welt. Sie sparen sich Einladungen zum Essen lieber für neue Bekannte auf, die ihre

Neugier anregen, besonders wenn diesen eine so märchenhaft warme Empfehlung vorausgegangen ist wie in meinem Fall die von Saint-Loup. Da Madame de Cambremer unterstellte, der Gerichtspräsident habe nicht gehört, was sie zu mir sagte, unterhielt sie sich, um gleichwohl ihr Gewissen zu beruhigen, aufs liebenswürdigste mit ihm. In dem Sonnenschein, von dem am Horizont die gewöhnlich unsichtbare Küste von Rivebelle mit Gold überflutet wurde, unterschieden wir, kaum abgegrenzt gegen das leuchtende Himmelsblau, aus dem Wasser aufsteigend, rosig, silbern, unmerklich, die kleinen Angelusglocken, die rings um Féterne her läuteten. »Auch das ist noch ganz ›Pelleas‹, bemerkte ich zu Madame de Cambremer-Legrandin. Sie wissen, welche Szene ich meine?« »Natürlich weiß ich«, antwortete sie, aber ›ich weiß es ganz und gar nicht‹ war deutlich auf ihren Zügen und in ihrem Antlitz zu lesen, auf denen sich keine Erinnerung abzeichnete, sowie in ihrem haltlos in der Luft schwebenden Lächeln. Die alte Marquise de Cambremer konnte sich gar nicht darüber beruhigen, daß die Glocken bis hierher zu hören waren, und stand auf, weil ihr die späte Stunde dabei zum Bewußtsein kam. »Tatsächlich, sagte ich, sieht man sie gewöhnlich von Balbec her nicht und hört sie noch weniger. Offenbar hat das Wetter gewechselt und den Horizont tiefer ausgeweitet, es sei denn, daß sie Sie geradezu holen wollen, denn ich sehe ja, daß Sie sich von ihnen zum Aufbruch treiben lassen; offenbar sind sie für Sie die Glocke, die zum Abendessen ruft.« Der Präsident, der für Glocken weniger empfänglich war, ließ seine Blicke heimlich über die Mole gleiten, die er zu seinem Bedauern an diesem Abend völlig verlassen sah. »Sie sind wirklich ein Dichter, sagte Madame de Cambremer zu mir. Man spürt, wie lebendig, wie künstlerisch Sie empfinden. Kommen Sie, und ich werde Ihnen Chopin vorspielen«, setzte sie hinzu und hob ekstatisch die Arme in die Luft, während sie die Worte so rauh und rollend hervorbrachte, daß sie wieder Kieselsteine in ihrem Munde zu bewegen schien. Dann kam das Zurückschlucken des Speichels und das instinktive Abwischen des kleinen – gemeinhin als amerikanisch bezeichneten – Schnurrbärtchens mit dem Taschentuch. Der Gerichtspräsident erwies mir, ohne es zu wollen, einen sehr großen Dienst, indem er die Marquise am Arm faßte, um sie zu ihrem Wagen zu führen, wobei sein Verhalten durch eine gewisse Dosis an Vulgarität, an Kühnheit und an Neigung zu ostentativem Gebaren bestimmt wurde, welche andere Menschen vielleicht nur zögernd aufgebracht hätten, die aber sehr entfernt davon ist, in der Welt zu mißfallen. Er hatte übrigens nach so vielen Jahren weit mehr Erfahrung darin als ich. Während ich sein Verhalten im Innern aufs höchste willkommen hieß, wagte ich doch nicht, dasselbe wie er zu tun, sondern schritt neben Madame de Cambremer-Legrandin her, welche sehen wollte, was für ein Buch ich da bei mir trüge. Der Name ›Sévigné‹ führte einen Zug von Mißachtung auf ihre Lippen, und unter Benutzung eines Ausdrucks, den sie aus gewissen avantgardistischen Zeitungen hatte und der auf eine Autorin des siebzehnten Jahrhunderts angewendet einigermaßen absonderlich klang, fragte sie mich: »Finden Sie sie wirklich talentiert?« Die Marquise gab dem Diener die Adresse eines Konditors an, zu dem sie sich noch begeben wollte, bevor sie auf der vom abendlichen Staube rosig gefärbten Straße, neben der sich die blauen, wie Tierrücken geformten Klippen hintereinander aufstaffelten, wieder nach Hause fuhr. Sie fragte ihren alten Kutscher, ob das eine der Pferde, das leicht fror, auch warm genug zugedeckt gewesen sei und ob das andere auch nicht etwa vom Hufeisen gedrückt werde. »Ich schreibe Ihnen lieber wegen unserer Verabredung, raunte sie mir halblaut zu. Wie ich merke, haben Sie mit meiner Schwiegertochter von Literatur gesprochen. Sie ist ein wundervolles Geschöpf«, fuhr sie fort, wiewohl sie es nicht dachte, aber sie hatte seinerzeit die – aus Freundlichkeit beibehaltene – Gewohnheit angenommen, es zu sagen, damit es nicht so aussehe, als habe ihr Sohn eine Geldheirat gemacht. »Und dann, brachte sie mit einer letzten enthusiastischen Kaubewegung hervor, hat sie auch so viel k-hünstlerischen Sinn!« Darauf stieg sie, den Kopf wiegend und den Schirmgriff schwenkend, in den Wagen und fuhr durch die Straßen von Balbec, beladen mit den Zeichen ihres geweihten Amtes wie ein alter Bischof auf der Firmungstournee.

– Sie hat Sie zum Essen eingeladen, bemerkte streng der Gerichtspräsident, nachdem der Wagen davongerollt und ich mit meinen Freundinnen ins Haus zurückgekehrt war. Unsere Beziehungen haben sich etwas abgekühlt. Sie findet, ich vernachlässige sie. Mein Gott, dabei bin ich der umgänglichste Mensch von der Welt. Wenn man mich braucht, bin ich immer zur Stelle und melde mich mit einem ›Hier‹. Aber sie haben mich vollkommen mit Beschlag belegen wollen. Das jedoch, sagte er mit listiger Miene und erhobenem Zeigefinger wie jemand, der genau zu unterscheiden und zu argumentieren weiß, erlaube ich nun einmal nicht. Ich betrachte es als ein Attentat auf meine Ferienfreiheit. Es bleibt mir nichts anderes übrig, als in solchem Fall einfach Halt zu gebieten. Sie scheinen ja sehr gut mit ihr zu stehen. Wenn Sie einmal so alt sind wie ich, werden Sie sehen, wie wenig an der ›Welt‹ gelegen ist, und bedauern, so viel Zeit auf Nichtigkeiten verwendet zu haben. So, jetzt werde ich vor dem Abendessen noch einen kleinen Spaziergang machen. Adieu, liebe Kinder, rief er mit Stentorstimme, als sei er von uns fünfzig Schritte weit entfernt.

Als ich mich von Rosemonde und Gisèle verabschiedet hatte, blickten sie staunend auf Albertine, die stehenblieb und sich ihnen nicht anschloß. »Nun, Albertine, was machst du noch, du weißt doch, wie spät es ist?« – »Geht ihr nur nach Hause, antwortete sie in bestimmtem Ton. Ich habe noch mit ihm zu reden«, setzte sie hinzu, indem sie mit unterwürfiger Miene auf mich wies. Rosemonde und Gisèle sahen mich an, von neuer Achtung für mich erfüllt. Ich genoß das Gefühl, daß ich für einen Augenblick wenigstens in den Augen von Rosemonde und Gisèle für Albertine etwas Wichtigeres war als die Stunde der Heimkehr, als ihre Freundinnen, und daß es so aussah, als habe ich vielleicht schwerwiegende Geheimnisse mit ihr, in die man die anderen unmöglich miteinbeziehen könne. »Sehen wir dich heute abend noch?« – »Ich weiß nicht, das hängt von ihm ab. Auf alle Fälle morgen.« – »Gehen wir doch in mein Zimmer hinauf«, sagte ich zu ihr, als ihre Freundinnen sich entfernt hatten. Wir benutzten den Lift; sie bewahrte Schweigen in Gegenwart des Liftboys. Immer gewöhnt und gezwungen, sich an persönliche Beobachtungen und Schlußfolgerungen zu halten, um die Privatangelegenheiten der Hotelgäste zu erraten, dieser seltsamen Menschen, die untereinander sprechen und mit ihnen nicht reden, entwickelt sich bei den ›Angestellten‹ (wie der Liftboy die Hotelbedienten nannte) eine größere Divinationsgabe, als sie den ›Herrschaften‹ eigen ist. Die Organe verkümmern oder entwickeln sich zu größerer Kraft und Feinheit, je nachdem, wie groß das Bedürfnis nach ihnen ist. Seitdem es Eisenbahnen gibt, hat uns die Notwendigkeit, den Zug nicht zu versäumen, gelehrt, mit Minuten zu rechnen, während bei den alten Römern, bei denen nicht nur die Astronomie summarischer, sondern auch das Leben weit geruhsamer war, eine Vorstellung von festen Stunden, geschweige denn von Minuten, noch kaum überhaupt existierte. Der Liftboy hatte denn auch begriffen – und beschlossen, seinen Kameraden zu erzählen – daß wir irgendwelche Schwierigkeiten hätten, Albertine und ich. Doch da er keinen Takt besaß, redete er pausenlos auf uns ein. Indessen konstatierte ich auf seinem Antlitz anstelle des gewohnten Ausdrucks von Freundlichkeit und Freude darüber, daß er mich in seinem Lift befördern durfte, eine Miene von Niedergeschlagenheit und äußerster Beunruhigung. Da ich die Ursache hiervon nicht kannte, versuchte ich ihn abzulenken, und obwohl eigentlich ganz mit Albertine beschäftigt, sagte ich ihm, daß die Dame, die soeben davongefahren sei, Marquise von Cambremer und nicht Camembert heiße. Auf dem Stockwerk, an dem wir gerade vorbeifuhren, bemerkte ich in diesem Augenblick, ein Keilkissen schleppend, ein grauenhaft häßliches Zimmermädchen, das mich respektvoll grüßte, da es auf ein Trinkgeld bei meiner Abreise hoffte. Ich hätte gern gewußt, ob es dieselbe Person sei, nach der ich am Abend meiner Ankunft in Balbec so sehr verlangt hatte, doch konnte ich zu keiner Gewißheit kommen. Der Liftboy schwur mir mit der Aufrichtigkeit der meisten falschen Zeugen, doch ohne seine Grabesmiene abzulegen, die Dame habe bestimmt verlangt, unter dem Namen Camembert angemeldet zu werden. Tatsächlich war es ja auch ganz natürlich, daß er einen Namen zu hören geglaubt hatte, der ihm bereits bekannt war. Außerdem, da er über den Adel und die Natur der Namen, die zu Adelstiteln hinzutreten, sehr vage Begriffe hatte wie die meisten Leute, auch wenn sie nicht Liftboys sind, war ihm der Name Camembert um so wahrscheinlicher vorgekommen, als man sich ja in Anbetracht des allgemein großen Rufes, den dieser Käse genoß, nicht wundern durfte, daß ein Marquistitel aus einem so glorreichen Renommee hervorgegangen war, wofern nicht sogar dasjenige dieses Marquistitels erst dem Käse seine Berühmtheit verschafft hatte. Nichtsdestoweniger, da er sah, daß ich eine Täuschung nicht eingestehen wollte, und er selber wußte, daß die Gäste sogar ihre flüchtigsten Launen befolgt und ihre augenscheinlichsten Lügen akzeptiert sehen wollen, versprach er mir als guter Untergebener, er werde künftighin immer Cambremer sagen! Tatsächlich hätte kein Ladenbesitzer der Stadt noch irgendein Bauer der Umgegend, bei denen Name und Person der Cambremer vollauf bekannt waren, den Irrtum des Liftboys begehen können. Aber das Personal des ›Grand-Hôtel de Balbec‹ war keineswegs bodenständig; es traf in direkter Linie mit allem Material aus Biarritz, Nizza und Monte Carlo ein, wobei ein Teil nach Deauville, ein anderer nach Dinard gelenkt wurde und ein dritter Balbec vorbehalten blieb.

Doch die Verängstigung und Betrübnis des Liftboys nahm

nur noch ständig zu. Damit er so sehr vergessen konnte, mir seine Ergebenheit durch das gewohnte Lächeln zu bezeigen, mußte ihm irgendein Unglück zugestoßen sein. Vielleicht ›ließ man ihn gehen‹. Ich nahm mir in diesem Falle vor, möglichst zu erreichen, daß er dennoch bliebe, denn der Hoteldirektor hatte mir versprochen, alles durchzuführen, was ich im Hinblick auf sein Personal für wünschenswert halten würde. ›Sie können immer tun, was Sie wollen, ich gestehe es im voraus ein.‹ Plötzlich, als ich eben den Aufzug verlassen hatte, begriff ich den Kummer und das niedergeschlagene Aussehen des Liftboys. Wegen Albertines Gegenwart hatte ich ihm nicht das Francstück gegeben, das er gewöhnlich von mir gleich beim Einsteigen in den Lift erhielt. Dieser Dummkopf aber hatte, anstatt zu begreifen, daß ich nicht vor Dritten ostentativ Trinkgelder geben wollte, gleich zu zittern begonnen, da er vermutete, es sei nun ein für allemal aus damit, und ich würde ihm niemals mehr etwas geben. Er bildete sich sicher ein, ich sei ›stier‹ (wie der Herzog von Guermantes gesagt hätte). Diese Vermutung aber flößte ihm keinerlei Mitleid für mich ein, sondern bereitete ihm nur eine furchtbare Enttäuschung. Ich sagte mir, daß ich weniger unvernünftig sei, als meine Mutter fand, wenn ich nicht wagte, eines Tages die übertriebene aber fieberhaft erwartete Summe nicht zu geben, die ich am Vortage ausgeteilt hatte. Aber auch die Bedeutung, die ich bis dahin, ohne den geringsten Zweifel daran zu hegen, der gewohnten Miene der Freude bei ihm unterlegt hatte, in der ich nicht zögerte, ein Zeichen der Anhänglichkeit zu erkennen, schien mir jetzt weniger gesichert zu sein. Als ich den Liftboy bereit sah, sich in seiner Verzweiflung fünf Stockwerke hinunterzustürzen, fragte ich mich, ob nicht nach einer entsprechenden Veränderung unserer beiderseitigen sozialen Lage, zum Beispiel infolge einer Revolution, der Liftboy, nunmehr zum Bourgeois geworden, anstelle sanft und freundlich den Aufzug für mich zu bedienen, mich in den Abgrund schleudern würde, und ob nicht in gewissen Klassen

des Volkes größere Doppelzüngigkeit herrscht als in der guten Gesellschaft, in der man sich zweifellos die unfreundlichen Reden für den Zeitpunkt unserer Abwesenheit aufspart, wo aber die Haltung uns gegenüber weniger beleidigend wäre, wenn wir ins Unglück geraten sind.
Man kann gleichwohl nicht sagen, daß in dem Hotel von Balbec der Liftboy der am meisten auf seinen Vorteil Bedachte gewesen wäre. Unter diesem Gesichtspunkt teilte sich das Personal in zwei Kategorien: auf der einen Seite standen diejenigen, die Unterschiede zwischen den Gästen machten und empfänglicher waren für das angemessene Trinkgeld eines alten Edelmannes (der im übrigen in der Lage war, sie von ihrer militärischen Übung zu befreien, indem er sie dem General Beautreillis empfahl) als für die planlose Freigebigkeit eines Emporkömmlings, der gerade dadurch einen Mangel an Savoir-vivre offenbarte, den man nur, solange er da war, als Güte bezeichnete. Auf der andern Seite befanden sich die, für welche Adel, Intelligenz, Berühmtheit, Stellung, Manieren leere Worte waren, vor denen bedeutungsvoll einzig eine Ziffer stand. Für diese Gruppe gab es nur eine Hierarchie, nämlich die des Geldes, das man hat, oder besser noch, auszugeben willens ist. Vielleicht gehörte sogar Aimé, obwohl er wegen der zahlreichen Hotels, in denen er gearbeitet hatte, Anspruch auf große Welterfahrung erhob, zu dieser letzteren Gruppe. Höchstens fand sich eine Rücksicht auf gesellschaftliche Verhältnisse und eine bedingte Kenntnis der Familien bei ihm in einer gewissen Form der Einschätzung wieder, wenn er zum Beispiel von der Prinzessin von Luxemburg sagte: ›Da steckt gewiß viel Geld?‹ (wobei er ein Fragezeichen setzte, um sich zu informieren oder die bereits empfangenen Informationen endgültig zu überprüfen, bevor er einem Gast einen Küchenchef für Paris oder in Balbec einen Tisch links vom Eingang mit Ausblick auf das Meer verschaffte). Trotzdem hätte er seine Bedachtheit auf persönlichen Vorteil, ohne davon frei zu sein, doch nicht mit der dummen Verzweif-

lungsmiene des Liftboys zur Schau getragen. Im übrigen vereinfachte die Naivität dieses letzteren die Dinge nur um so mehr. Die Bequemlichkeit eines großen Hotels wie auch der Art von Häusern, wie früher Rahel eines bewohnte, besteht darin, daß ohne alle Umwege der Anblick eines Hundertfrankenscheins, erst recht aber der eines Tausenders, selbst wenn er zunächst einmal einem andern überreicht wird, auf dem bis dahin eisigen Antlitz eines Angestellten oder einer Frau ein Lächeln oder eine Bereitschaft sichtbar werden läßt. In der Politik hingegen, in den Beziehungen zwischen einem Liebhaber und seiner Geliebten stehen zu viele Dinge zwischen dem Geld und der Gefügigkeit, so viele, daß selbst die Individuen, bei denen das Geld schließlich ein Lächeln hervorruft, oft unfähig sind, dem inneren Prozeß nachzuspüren, der die beiden verbindet, da sie sich für zu zartfühlend dafür halten oder es vielleicht sogar sind. Da tauchen auch in der Konversation unter Weltleuten keine solche Wendungen auf wie: ›Ich weiß, was mir einzig zu tun übrigbleibt, morgen wird man mich in der Morgue finden.‹ Daher begegnet man in der guten Gesellschaft wenig Romanschriftstellern oder Dichtern, überhaupt kaum allen jenen erhabenen Naturen, die gerade von dem zu sprechen wagen, was man nicht sagen darf.

Kaum waren wir allein und in den Korridor eingetreten, als Albertine zu mir sagte: »Was hast du eigentlich gegen mich?« War meine Härte ihr gegenüber mir selber zur Qual geworden? War sie von meiner Seite nur eine unbewußte List, die darauf abzielte, meine Freundin zu mir in eine Situation von Furcht und demütigem Flehen zu bringen, die mir gestatten würde, sie auszufragen und vielleicht in Erfahrung zu bringen, welche der beiden Hypothesen, die ich seit langem über sie hatte, wohl der Wahrheit entsprach? Auf alle Fälle fühlte ich mich, als ich die Frage hörte, mit einem Male glücklich wie jemand, der ein lang erstrebtes Ziel erreicht. Bevor ich ihr antwortete, führte ich sie bis zu meiner Tür. Als diese sich öffnete, strömte das rosige Licht uns entgegen, das den Raum erfüllte und den weißen Musselin der vor dem Abendhimmel ausgespannten Vorhänge in morgenrotfarbene Chiné-Seide verwandelte. Ich ging bis an das Fenster. Die Möwen hatten sich von neuem auf den Wellen niedergelassen, doch jetzt sahen sie rosig aus. Ich machte Albertine auf sie aufmerksam. »Schweife nicht vom Thema ab, wendete sie ein, sondern sage lieber, was du zu sagen hast.« Ich log. Ich erklärte ihr, sie müsse zuvor ein Geständnis anhören, nämlich das einer großen Leidenschaft, die ich seit einiger Zeit für Andrée hegte; ich machte ihr dies Geständnis mit einer schlichten Offenheit, die der Bühne würdig gewesen wäre, die man aber im Leben höchstens für eine Liebe aufbringt, welche man nicht wirklich verspürt. Indem ich wieder zu der Lüge – wenn auch in variierter Form – meine Zuflucht nahm, die ich schon Gilberte gegenüber vor meinem ersten Aufenthalt in Balbec angewendet hatte, ging ich, um eher bei ihr Glauben zu finden, wenn ich ihr sagte, daß ich sie nicht liebte, so weit, offen einzugestehen, ich sei früher nahe daran gewesen, mich in sie zu verlieben, doch sei dann so viel Zeit verstrichen, daß ich jetzt in ihr nur noch eine gute Kameradin sehen könne und daß es mir beim besten Willen unmöglich wäre, von neuem leidenschaftlichere Gefühle für sie aufzubringen. Als ich im übrigen Albertine gegenüber so sehr bei meiner Behauptung blieb, daß ich ihr mit Kühle gegenüberstände, betonte ich – wegen einer spezielleren Gegebenheit und zu einem spezielleren Zweck – nur stärker den Zweitaktrhythmus, den die Liebe bei allen denjenigen annimmt, die zu sehr an sich selber zweifeln, um zu glauben, eine Frau könne sie jemals lieben, sowie auch daran, daß sie selbst jemals wirklich zu lieben in der Lage sind. Sie kennen sich und wissen zu gut, daß sie in Gegenwart der verschiedensten Frauen dieselben Hoffnungen, dieselben Ängste erleben, dieselben Romane ersinnen, dieselben Worte aussprechen könnten, als daß sie sich nicht darüber klargeworden wären, daß ihre Gefühle, ihre Handlungen in keinem nahen und notwendigen Zusammenhang mit der geliebten Frau stehen, sondern neben ihr herlaufen, sie zuweilen mit kleinem Wellenschlag berühren, oder sie rings umfluten wie die Woge, die sich an den Felsen bricht; das Gefühl ihrer eigenen Wandelbarkeit aber vermehrt bei ihnen noch die mißtrauische Befürchtung, daß diese bestimmte Frau, von der sie so gern geliebt sein würden, sie gewiß nicht liebt. Warum sollte der Zufall mit sich gebracht haben, da sie selbst nur ein einfaches beliebiges Objekt für das Anbranden unserer Wünsche ist, daß wir das Endziel der ihrigen sind? Während wir das Bedürfnis verspüren, diese von den einfach menschlichen, die unser Nachbar uns einflößt, so ganz verschiedenen, ganz besonderen Gefühle, wie es die eines Liebenden sind, an sie zu verströmen, und nachdem wir, einen Schritt weitergehend, der geliebten Frau unsere Zärtlichkeit, unsere Hoffnungen eingestanden haben – wobei wir gleich darauf ihr zu mißfallen fürchten und auch zu unserer Verwirrung bemerken, daß die Sprache, die wir ihr gegenüber verwendet haben, nicht eigens für sie erschaffen ist, sondern uns schon für andere gedient hat und wieder dienen wird, daß sie, wenn sie uns nicht liebt, uns nicht verstehen kann und daß wir dann in der geschmacklosen, schamlosen Art eines Pedanten gesprochen haben, der an Unwissende feingeschliffene Reden richtet, die nicht für sie geeignet sind – führen diese Furcht und Scham den Gegenrhythmus, die Ebbe, das Bedürfnis herbei, notfalls selbst durch eine Fluchtbewegung und rasches Zurücknehmen der eben noch offen bekannten Sympathie von neuem das Heft in die Hand zu bekommen und Ansehen und Übergewicht wieder zurückzugewinnen; der Doppelrhythmus ist spürbar in den verschiedenen Perioden einer gleichen Liebe und in den einander entsprechenden Perioden von untereinander ähnlichen Erlebnissen dieser Art bei allen Wesen, die sich analysieren, ohne von sich selbst sehr überzeugt zu sein. Wenn er dennoch in der Rede, die ich Albertine zu halten gerade im Begriff stand, etwas schärfer hervortrat, so einfach deshalb, weil ich dadurch die Möglichkeit bekam, schneller und zielbewußter zu der Gegenbewegung überzugehen, bei der meine zärtliche Liebe zu ihr den Takt angeben würde.

Als ob Albertine hätte Mühe haben müssen zu glauben, was ich ihr über meine Unfähigkeit sagte, sie – in Anbetracht der langen Zwischenzeit – von neuem lieben zu können, unterbaute ich das, was ich eine Bizarrerie meines Wesens nannte, mit Beispielen, die ich von Personen hernahm, mit denen ich durch ihre oder meine Schuld die Stunde, da ich sie hätte lieben können, hatte vorbeigehen lassen, ohne nunmehr die Macht zu haben, wie groß auch mein Verlangen danach sei, sie nochmals wiederzufinden; ich erweckte auf diese Weise gleichzeitig den Eindruck, mich bei ihr wie für eine Unhöflichkeit wegen meiner Unfähigkeit, meine Liebesgefühle neu erstehen zu lassen, zu entschuldigen und mich zu bemühen, ihr die psychologischen Gründe verständlich zu machen, als seien sie etwas ganz und gar durch mich selbst Bedingtes. Aber während ich in dieser Weise mich erklärte und über den Fall Gilbertes verbreitete, der gegenüber tatsächlich im striktesten Sinne stimmte, was auf Albertine angewendet so wenig der Wahrheit entsprach, machte ich meine Behauptungen um ebensoviel plausibler, wie ich zu glauben vorgab, daß sie es gar nicht seien. Da ich bemerkte, wie sehr Albertine anerkannte, was sie für meinen Freimut hielt, und da sie meine Ausführungen sonnenklar zu finden schien, entschuldigte ich mich wegen des ersteren, indem ich ihr sagte, ich wisse wohl, daß man immer mißfalle, wenn man die Wahrheit sage, und daß diese ja zudem ihr unverständlich scheinen müsse. Sie dankte mir im Gegenteil für meine Offenheit und setzte zum Überfluß noch hinzu, sie verstehe ausgezeichnet einen so häufig vorkommenden und so natürlichen Gemütszustand.

Nachdem ich Albertine dieses Geständnis einer fingierten Neigung zu Andrée und der Gleichgültigkeit gegen sie selbst gemacht hatte, versicherte ich ihr, um vollkommen aufrichtig und gleichmütig zu scheinen, ganz beiläufig wie aus bloßer Höflichkeit, man dürfe dies nicht allzu wörtlich nehmen, und so konnte ich nun endlich ohne jede Befürchtung, daß Albertine darin Liebe argwöhnen möchte, mit einer sanften Freundlichkeit zu ihr sprechen, die ich mir seit so langer Zeit versagt hatte und die mir nunmehr köstlich schien. Ich teilte meiner Vertrauten nahezu Liebkosungen aus; als ich von ihrer Freundin sprach, die ich liebte, traten mir Tränen in die Augen. Aber um zur Hauptsache zu kommen, sagte ich ihr endlich, sie wisse ja, was es mit der Liebe, ihren argwöhnischen Empfindlichkeiten, ihren Leiden auf sich habe, und vielleicht werde ihr als einer nun für mich schon so alten Freundin am Herzen liegen, meinen großen Kümmernissen ein Ende zu bereiten, deren Urheberin sie zwar nicht unmittelbar, da ich ja nicht sie liebte – wenn ich das noch einmal aussprechen dürfe, ohne sie zu verletzen – sondern mittelbar sei, weil sie mich damit in meiner Liebe zu Andrée getroffen habe. Ich unterbrach mich, um einen großen einsam und eilig dahinziehenden Vogel zu betrachten – und Albertine zu zeigen – der weit von uns entfernt die Luft mit regelmäßigem Flügelschlag durchschnitt, als sei er in großer Eile, über den Strand dahinzog, auf dem hier und da kleine Reflexe erschienen, die wie rote Papierfetzen aussahen, und ihn in ganzer Länge überschiffte, ohne das Tempo zu verringern und unbeirrt seine Bahn verfolgend, einem geheimen Sendling gleich, der eine dringende, äußerst wichtige Botschaft in weite Ferne zu tragen hat. »Der wenigstens geht gerade auf sein Ziel los«, sagte Albertine zu mir mit vorwurfsvoller Miene. – »Du sagst das, weil du nicht weißt, was ich dir sagen möchte. Aber es ist so schwer, daß ich lieber darauf verzichten will; ich bin gewiß, du würdest mir böse deswegen sein; dann aber kommt das Ganze nur darauf hinaus, daß ich mit der, die ich wirklich liebe, in nichts glücklicher sein werde und außerdem noch eine gute Kameradin verloren habe.« – »Aber wo ich dir doch schwöre, daß ich bestimmt nicht böse bin.« Sie sah so sanft, so traurig-gefügig aus und schien so sehr von mir alles Glück zu erwarten, daß ich Mühe hatte, mich zurückzuhalten und nicht – mit derselben Art von Vergnügen, wie ich meine Mutter geküßt hätte – dies neue Antlitz zu küssen, das nicht mehr die wache, lebensfrische Miene einer widerspenstigen, verderbten Katze mit kleiner rosa Stupsnase zeigte, sondern in der Fülle der Trauer und Niedergeschlagenheit gleichsam geschmolzen in breiten Lagen von Güte sich offen vor mir entfaltete. Indem ich von meiner Liebe absah wie von einem chronischen Wahn, ohne Beziehung zu ihrer Person, versetzte ich mich an ihre Stelle und fühlte mich gerührt beim Anblick dieses braven Mädchens, das, an liebenswürdige und loyale Behandlung gewöhnt, nun von dem guten Kameraden, den sie in mir hatte sehen müssen, seit Wochen schon mit Verfolgungen gequält wurde, die jetzt auf ihrem Höhepunkt angekommen waren. Gerade weil ich einen rein menschlichen Standpunkt einnahm, der nichts mit uns beiden zu tun hatte und bei dem meine eifersüchtige Liebe vollkommen ausgeschaltet blieb, empfand ich so tiefes Mitleid für Albertine; es wäre weniger tief gewesen, hätte ich sie nicht geliebt. Wozu übrigens noch in diesem rhythmischen Schwanken zwischen Liebeserklärung und Bruch (dem sichersten, dem so außerordentlich wirksamen und gefährlichen Mittel, um durch aufeinanderfolgende, entgegengesetzte Bewegungen einen Knoten zu schürzen, der sich nicht mehr lösen läßt und uns fest an eine Person bindet) inmitten des Rückzugs, der die eine Bewegung in diesem Rhythmus darstellt, das Rückfluten des menschlichen Mitleids konstatieren, das, der Liebe entgegengesetzt, wiewohl unbewußt vielleicht derselben Quelle entstammend, auf alle Fälle die gleiche Wirkung erzielt? Wenn man später die Gesamtheit dessen sich in Erinnerung ruft, was man für eine Frau getan hat, wird man sich oft darüber klar, daß die Handlungen, die von dem Wunsch inspiriert waren, die eigene Liebe zu zeigen, oder von dem, geliebt und mit Gunstbeweisen beschenkt zu werden, weniger Raum einnehmen als diejenigen, die auf das menschliche Bedürfnis zurückzuführen sind, unser Unrecht dem geliebten Wesen gegenüber aus einfacher moralischer Verpflichtung wiedergutzumachen, genauso als liebte man es nicht. »Aber was soll ich denn nur getan haben?« fragte mich Albertine. Es klopfte; der Liftboy war an der Tür; Albertines Tante, die im Wagen am Hotel vorbeikam, hatte auf alle Fälle halten lassen, um zu sehen, ob ihre Nichte da sei, und sie mitzunehmen. Albertine ließ antworten, sie könne jetzt nicht kommen. Man möge sie nicht zum Abendessen erwarten, sie wisse noch nicht, zu welcher Stunde sie wieder heimkommen werde. »Wird deine Tante nicht böse sein?« – »Aber was denkst du! Sie versteht das sehr gut.« So war nunmehr – in diesem Augenblick wenigstens, der nicht wiederkommen würde – in Albertines Augen ein Gespräch mit mir durch die Umstände zu einer Sache von so eindeutiger Wichtigkeit geworden, daß sie allem anderen vorgehen mußte, und daß man ihr, wie offenbar meine Freundin fand (wobei sie sich zweifellos instinktiv auf die in der Familie herrschenden Rechtsgrundsätze bezog, das heißt an diese oder jene Konstellation dachte, bei der man, wenn es sich um die Karriere von Monsieur Bontemps handelte, auch eine Reise nicht gescheut hatte) ebenfalls nach Ansicht ihrer Tante, ganz naturgemäß die Stunde des Abendessens zum Opfer bringen mußte. Diese ferne Stunde, die sie ohne mich bei den Ihren verlebte und die Albertine nun gleichsam in meine nächste Nähe gleiten ließ, schenkte sie mir ganz; ich konnte damit vornehmen, was ich wollte. Ich wagte ihr schließlich zu sagen, was ich über ihre Sitten gehört, und daß ungeachtet des tiefen Abscheus, den mir vom gleichen Laster befallene Frauen einflößten, ich mich nicht darum gekümmert hätte, bis man mir ihre Komplizin genannt, daß sie ja aber leicht werde begreifen können, welchen Schmerz mir dies in Ansehung des Ausmaßes meiner Liebe zu Andrée bereite. Es wäre vielleicht geschickter gewesen, ihr zu sagen, man habe in diesem Zusammenhang vor mir auch andere Frauen erwähnt, die mir jedoch gleichgültig seien. Doch die jähe, furchtbare Enthüllung, die Cottard mir gemacht hatte, war herzzerreißend in mich eingedrungen, so wie sie sich mir im Augenblick darstellte, aber auch nur so. Ebenso wie ich zuvor niemals aus mir selbst auf den Gedanken gekommen wäre, daß Albertine Andrée liebe oder zumindest Zärtlichkeiten mit ihr austauschen könne, hätte Cottard mich nicht auf die Haltung der beiden beim Walzertanzen aufmerksam gemacht, so hätte ich auch nicht den Übergang von dieser Vorstellung zu der gefunden, daß Albertine zu anderen Frauen als Andrée Beziehungen unterhalten könne, die nicht allein durch freundschaftliche Zuneigung gerechtfertigt seien. Bevor Albertine mir schwur, daß nichts dergleichen wahr sei, legte sie wie jede Person, der man sagt, daß man in dieser Weise über sie habe reden hören, Zorn, Kummer und im Hinblick auf den unbekannten Verleumder eine mit Wut gemischte Neugier an den Tag, in Erfahrung zu bringen, wer er eigentlich sei, und äußerte den Wunsch, ihm gegenübergestellt zu werden, um ihm die Meinung zu sagen. Doch versicherte sie mir, daß sie jedenfalls mir deswegen nicht böse sei. »Wäre es wahr, so hätte ich es dir gestanden. Aber Andrée und ich haben beide den gleichen Abscheu vor solchen Dingen. Wir sind natürlich auch nicht so alt geworden, wie wir sind, ohne Frauen mit kurzgeschnittenen Haaren begegnet zu sein, die sich wie Männer benehmen und dies gewisse Genre haben; nichts aber empört uns so sehr wie gerade das.« Albertine gab mir nur ihr Wort darauf, mit aller Bestimmtheit, aber doch ohne Beweise zu erbringen. Gerade dies aber vermochte mich am wirksamsten zu beruhigen, da die Eifersucht zu jener Familie krankhafter Zweifel gehört, die eher durch die Nachdrücklichkeit einer Behauptung als durch ihre Wahrscheinlichkeit entkräftet werden. Es liegt übrigens im Charakter der Liebe, daß sie uns gleichzeitig mißtrauischer und leichtgläubiger macht, uns dazu bringt, leichter als jede andere die Geliebte zu beargwöhnen, ihren Beteuerungen aber auch desto bereitwilliger Glauben zu schenken. Man muß lieben, um sich Sorge darum zu machen, daß nicht alle Frauen anständig sind, das heißt, um es zu wissen, und ebenfalls muß man lieben, um zu wünschen, das heißt sich zu versichern, daß es solche gibt, die doch anständig sind. Es ist menschlich, den Schmerz zu suchen, menschlich aber auch, sich davon zu befreien. Die Reden, die imstande sind, uns dazu zu verhelfen, überzeugen uns leicht, und man setzt nicht erst viel an einem Beruhigungsmittel aus, wofern es seinen Zweck erfüllt. Dann aber kann auch das Wesen, das wir lieben, in so vielfältiger Gestalt es uns erscheinen mag, auf alle Fälle zwei wesentliche Persönlichkeiten für uns darstellen, je nachdem, ob es uns als ein uns zugehöriges erscheint oder als eines, das seine Wünsche auf jemand anderen richtet als auf uns. Die erste dieser Persönlichkeiten besitzt das besondere Vermögen, das uns daran hindert, an die Wirklichkeit jener zweiten zu glauben, das spezifische Geheimnis, unsere Leiden zu beschwichtigen, soweit dieses letztere sie verursacht hat. Das geliebte Wesen ist nacheinander das Übel und das Heilmittel, welches das Übel hintanhält und vermehrt. Zweifellos war ich seit langem schon durch die Macht, welche über meine Einbildungskraft und meine Empfindungsfähigkeit das Beispiel Swanns besaß, innerlich dafür bereit, als wahr anzusehen, was ich fürchtete, und nicht, was ich mir selber wünschte. Daher wäre denn auch der beschwichtigte Zustand, in den mich Albertines Beteuerungen versetzten, um ein Haar einen Augenblick lang ins Wanken geraten, weil ich mich an die Geschichte mit Odette erinnerte. Aber ich sagte mir, daß, wenn es richtig ist, sich mit dem Ärgsten abzufinden, ich nicht nur, wenn ich versuchte, mich an Swanns Stelle zu versetzen, um dessen Leiden zu verstehen, sondern auch jetzt, da es sich um mich selbst handelte, bei der Erforschung der Wahrheit, ganz als beträfe das alles einen anderen, keinesfalls aus Grausamkeit gegen mich selbst – gleich einem Soldaten, der nicht den Posten wählt, an dem er am nützlichsten sein kann, sondern denjenigen, an dem er am meisten exponiert ist – schließlich bei dem Irrtum enden dürfe, eine Vermutung eher als die andere für wahr zu halten nur deshalb, weil sie die schmerzlichere für mich sei. Trennte nicht eine tiefe Kluft Albertine, das junge Mädchen aus gutbürgerlicher Familie, von Odette, einer Kokotte, die von ihrer Mutter von Kindheit an zur käuflichen Liebe angehalten worden war? Das Wort der einen konnte nicht mit dem der anderen verglichen werden. Im übrigen hatte Albertine keineswegs das gleiche Interesse daran, mir die Unwahrheit zu sagen, wie Odette es Swann gegenüber verspürt hatte. Und noch dazu hatte Odette diesem eingestanden, was Albertine soeben abgeleugnet hatte. Ich hätte also einen ebenso schweren Irrtum der logischen Beweisführung begangen – wiewohl im umgekehrten Sinne – als hätte ich zu einer Hypothese einzig deswegen geneigt, weil sie weniger schmerzlich für mich war als die anderen, wenn ich nicht den tatsächlichen Verschiedenheiten der Situation Rechnung getragen, vielmehr statt dessen das wahre Dasein meiner Freundin ausschließlich nach dem beurteilt hätte, was ich über Odette in Erfahrung gebracht hatte. Vor mir stand eine neue Albertine, von der ich allerdings schon gegen Ende meines ersten Aufenthaltes in Balbec einen flüchtigen Eindruck gehabt hatte, eine freimütige, eine gute Albertine, die mir aus Zuneigung meinen Argwohn verzieh und ihn zu zerstreuen versuchte. Sie hieß mich neben sich auf meinem Bett niedersitzen. Ich dankte ihr für das, was sie mir gesagt hatte, und versicherte ihr, daß unsere Versöhnung nunmehr vollzogen sei und ich niemals wieder zu ihr hart sein werde. Ich sagte Albertine, sie solle jetzt doch lieber zum Abendessen nach Hause zurückkehren. Sie fragte, ob es mir denn so nicht gefiele. Und indem sie meinen Kopf für eine Zärtlichkeit an sich heranzog, die sie mir noch niemals erwiesen hatte und die ich vielleicht nur dem Ende unseres Zerwürfnisses verdankte, fuhr sie leicht mit der Zunge über meine Lippen, die sie dabei ein wenig zu öffnen versuchte. Am Anfang hielt ich sie fest zusammengepreßt. »Sei doch nicht so böse«, sagte sie zu mir.

Ich hätte an jenem Abend abreisen sollen, um sie nie mehr wiederzusehen. Damals schon fühlte ich voraus, daß man in einer nicht erwiderten Liebe – man kann ebensogut sagen, in der Liebe überhaupt, denn für manche Wesen gibt es keine erwiderte Liebe – vom Glück nur dies Trugbild erleben kann, wie es mir in einem jener einzigartigen Augenblicke zuteil wurde, bei dem die Güte einer Frau, oder ihre Laune, oder der Zufall unseren Wünschen in vollkommener Harmonie mit den gleichen Worten und Handlungen entgegenkommt, als würden wir wirklich geliebt. Es wäre weise gewesen, dies kleine Partikelchen Glück mit Neugier zu betrachten, mit Wonne zu besitzen, da ich sonst gestorben wäre, ohne geahnt zu haben, was eben dies Glück für weniger schwierige und vom Schicksal begünstigtere Herzen sein kann, und mich der Vermutung hinzugeben, daß es ein Teil eines umfassenden und dauerhaften Glückes sei, das mir nur an diesem einen Punkte sichtbar werde, dann aber, damit der folgende Tag diese Täuschung nicht Lügen strafe, nicht den Versuch zu machen, eine weitere Gunst zu erbitten, nachdem diese nur dem einzigartigen Meistertrick einer exzeptionellen Minute zu verdanken war. Ich hätte Balbec verlassen, mich in die Einsamkeit zurückziehen und dort in Einklang mit den letzten Schwingungen der Stimme bleiben sollen, der ich einen Augenblick die Färbung der Liebe zu geben vermocht hatte und von der ich dann nichts weiter mehr hätte verlangen dürfen, als daß sie sich nicht wieder an mich richte, aus Furcht, sie möchte durch ein neues Wort, das jetzt immer nur von jenem andern hätte verschieden sein können, mit einer Dissonanz die Stille der Empfindung verletzen, in der, wie mit einem Pedal ausgehalten, in mir der Nachhall des Glücks noch lange weiterschwang.

Beruhigt durch meine Aussprache mit Albertine begann ich wieder mehr mit meiner Mutter zu leben. Sie redete jetzt gern in sanfter, beschwichtigter Weise von der Zeit, da meine Großmutter noch jünger war. Weil sie fürchtete, ich könne mir Vorwürfe wegen irgendwelcher Trübungen machen, mit denen ich etwa das Ende dieses Lebens überschattet hätte, kam sie gern auf die Jahre zurück, in denen meine ersten Lernversuche meiner Großmutter eine Befriedigung bereitet hatten, von der bislang niemals die Rede gewesen war. Wir sprachen wieder von Combray. Meine Mutter sagte mir, daß ich damals doch wenigstens gelesen habe, ich solle das doch auch in Balbec tun, wenn ich schon nicht arbeitete. Ich antwortete, daß ich eben um die Erinnerungen an Combray und die hübschen gemalten Teller von neuem vor mir erstehen zu lassen, gern die Märchen aus ›Tausendundeiner Nacht‹ wieder lesen möchte. Wie einst in Combray, als sie mir meine Geburtstagsbücher gab, ließ Mama jetzt heimlich, um mich zu überraschen, gleichzeitig die Gallandsche Übersetzung von ›Tausendundeiner Nacht‹ und die von Mardrus kommen. Aber nachdem sie einen Blick auf die beiden Übersetzungen geworfen hatte, hätte meine Mutter gern gesehen, daß ich mich an die von Galland hielte, während sie sich doch gleichzeitig aus Achtung vor der intellektuellen Freiheit, aus Furcht auch, in ungeschickter Weise in das Leben meines Denkens einzugreifen, und aus dem Gefühl heraus, daß sie als Frau, wie sie meinte, einerseits nicht die nötige Kompetenz in literarischen Dingen besäße, andererseits nach dem, was sie selbst schockiere, nicht die Lektüre eines jungen Mannes beurteilen dürfe, mich zu beeinflussen scheute. Als sie auf gewisse Erzählungen stieß, hatte sie sich durch die Immoralität des Gegenstandes und die Roheit des Ausdrucks in ihren Gefühlen verletzt gefühlt. Vor allem aber, da sie pietätvoll wie Reliquien nicht nur die Brosche, den Regenschirm, den Mantel, den Sévignéband, sondern auch die Denk- und Sprachgewohnheiten ihrer Mutter bewahrte und sich bei jeder Gelegenheit fragte, welche Meinung diese geäußert haben würde, konnte Mama nicht an der ablehnenden Haltung zweifeln, die meine Großmutter der Übertragung von Mardrus gegenüber eingenommen hätte. Sie erinnerte sich, daß in Combray, wenn ich vor unserem Aufbruch nach Méséglise Augustin Thierry las, meine Großmutter, die sowohl mit meiner Lektüre wie mit meinem Spaziergang höchst einverstanden war, sich gleichwohl unangenehm dadurch berührt fühlte, daß derjenige, dessen Namen für sie mit dem Halbvers verknüpft blieb: ›Puis règne Mérovée‹ dort Merovig genannt wurde, und auch ihrerseits ablehnte, ›Carolinger‹ anstelle von ›Carlovinger‹ zu sagen, eine Form, der sie treu blieb. Endlich hatte ich ihr erzählt, was meine Großmutter von den griechischen Namen gedacht hatte, welche Bloch nach dem Beispiel von Leconte de Lisle den homerischen Göttern gab, wobei er sich selbst den einfachsten Dingen gegenüber eine religiöse Pflicht daraus machte – von der er annahm, daß darin das literarische Talent bestehe – die griechische Orthographie zu verwenden. Wollte er zum Beispiel in einem Brief ausdrücken, daß der Wein, den er bei sich zu Hause trinke, ein wahrer Göttertrunk sei, so schrieb er Nektar mit einem k, was ihm gestattete, auf den Namen Lamartine mit Hohnlachen zu reagieren. Wenn nun aber eine Odyssee, in der die Namen Ulysses und Minerva nicht vorkamen, für sie gar keine Odyssee mehr war, was hätte sie wohl gesagt, wenn sie auf dem Umschlag bereits den Titel ›Tausendundeine Nacht‹ entstellt gesehen und, nicht mehr genauso geschrieben, wie sie es von alters her gewohnt war, die in alle Ewigkeit vertrauten Namen von Scheherezade und Dinarzade angetroffen hätte, und wenn sogar der charmante Kalif und die mächtigen Geister – soweit man dieses Wort bei islamischen Erzählungen gebrauchen darf – ›umgetauft‹ worden waren, so daß man sie kaum mehr erkannte, da der eine jetzt der ›Khalifat‹, die anderen ›Dschinn‹ hießen? Dennoch händigte meine Mutter mir die beiden Bände aus, und ich sagte ihr, ich wolle darin an all den Tagen lesen, an denen ich mich zum Spazierengehen zu müde fühlen werde.

Diese Tage waren im übrigen nicht sehr zahlreich. Wie früher gingen wir als ›kleine Schar‹ zusammen irgendwo Tee trinken, Albertine, ihre Freundinnen und ich, oben auf der Klippe oder in der Meierei Marie-Antoinette. Aber manchmal machte mir Albertine ein besonders großes Vergnügen. Sie sagte dann nämlich zu mir: »Heute möchte ich mit dir allein sein, es wäre doch netter, wenn nur wir beide uns träfen.« Sie erklärte dann, sie habe zu tun, sei ja auch im übrigen niemandem Rechenschaft schuldig, und damit die anderen, wenn sie gleichwohl ohne uns spazierengingen und irgendwo einkehrten, uns nicht finden könnten, begaben wir uns wie zwei Liebende allein nach Bagatelle oder zur Croix d'Heulan, während die ›kleine Schar‹, die niemals auf den Gedanken gekommen wäre, uns dort zu suchen, möglichst lange in der Hoffnung, wir kämen doch noch nach, in der Meierei Marie-Antoinette verweilte. Ich erinnere mich noch an die damaligen heißen Tage, an denen von der Stirn der auf dem Hof arbeitenden Knechte in der Sonnenhitze ein Tropfen Schweiß ganz senkrecht regelmäßig in gewissen Abständen niederfiel wie der Wassertropfen aus einem Reservoir, abwechselnd mit einer reifen Frucht, die sich von einem Baum auf den benachbarten Obstwiesen löste. Auch heute noch sind solche Tage gleichzeitig mit dem Geheimnis einer Frau, die sich vor anderen verbirgt, der beständigste Teil jeder Liebe geblieben, die mir über den Weg kommt. Eine Frau, von der man mir gesprochen hat und an die ich nicht einen Augenblick denken würde, veranlaßt mich doch, alle Verabredungen der Woche umzustoßen, um ihre Bekanntschaft zu machen, wofern es gerade eine Woche solcher heißen Tage ist und wenn ich sie in einer einsam liegenden Meierei treffen soll. Selbst wenn ich weiß, daß diese Art des Wetters und des Treffpunkts mit ihr eigentlich gar nichts zu tun haben, so stellen sie doch den Köder dar, der mir zwar wohlbekannt ist, von dem ich mich aber gleichwohl anlocken lasse und der genügt, mich zu fangen. Ich weiß, daß ich die gleiche

Frau bei kaltem Wetter und in der Stadt vielleicht zum Gegenstand meiner Wünsche machen könnte, doch ohne daß diese von einem romantischen Gefühl begleitet wären oder daß ich mich wirklich verlieben würde; die Liebe ist dann trotzdem gleich stark, wenn sie mich dank den Umständen dennoch erfaßt – sie bleibt nur melancholischer, wie es im Laufe unseres Lebens unsere Gefühle für Personen in dem Maße werden, wie wir mehr und mehr einsehen müssen, welche geringe Rolle sie selbst darin spielen, und daß die neue Liebe, die wir uns so dauerhaft wünschen, zugleich mit unserer Lebenszeit schwindend unsere letzte sein wird.

Es waren erst wenige Leute in Balbec, wenig junge Mädchen. Manchmal jedoch sah ich die eine oder andere am Strande stehen, ohne besondere Reize, und dennoch schienen alle Einzelheiten dafür zu sprechen, daß gerade um ihretwillen ich früher in eine Art von Verzweiflung geraten war, weil ich mich ihr in dem Augenblick nicht hatte nähern können, in dem sie mit ihren Freundinnen die Reitbahn oder die Gymnastikstunde verließ. Wenn es dieselbe war (ich hütete mich freilich, zu Albertine etwas davon zu sagen), so existierte das junge Mädchen, das ich für berauschend gehalten hatte, nicht mehr. Aber ich konnte zu keiner Gewißheit gelangen, denn das Gesicht dieser Mädchen nahm am Strande keinen großen Platz ein und besaß für mich keine dauerhafte Gestalt, da es zusammengezogen, ausgeweitet, in der Form verwandelt wurde durch meine eigene Erwartung, die Unruhe meines Verlangens oder auch ein Wohlgefühl, das sich selber genügt, die verschiedenen Toiletten, die die Betreffende trug, das Tempo ihres Ganges oder ihre Unbeweglichkeit. Ganz aus der Nähe gesehen jedoch schienen mir zwei oder drei von ihnen ganz herrliche Geschöpfe zu sein. Jedesmal, wenn ich eines von diesen sah, hatte ich Lust, sie in die Tamariskenallee oder in die Dünen, besser noch auf die Klippen zu führen. Aber obwohl das Verlangen im Vergleich zur Indifferenz bereits etwas von jener Kühnheit enthält, die einen wenn auch einseitigen Beginn der Verwirklichung darstellt, so befand sich doch zwischen meinen Wünschen und dem Handeln, das in diesem Falle in der Bitte, sie küssen zu dürfen, bestanden hätte, ein undefinierbarer weißer Fleck aus Zögern und Schüchternheit. Ich ging dann zu dem Konditor, der gleichzeitig Erfrischungen feilbot, und nahm dort hintereinander sieben bis acht Glas Portwein zu mir. Sofort stellte dann da, wo zuvor ein unüberbrückbarer Zwischenraum zwischen meinem Wünschen und Handeln bestanden hatte, der Alkohol eine Linie her, welche die beiden verband. Es gab nun keinen Platz mehr für Zögern oder Furcht. Es schien mir, daß das junge Mädchen mir einfach zufliegen müsse. Ich ging im Geiste zu ihr, und wie von selbst flossen mir die Worte von den Lippen: ›Ich würde gern mit Ihnen spazierengehen, wollen wir uns nicht auf die Klippe begeben? Es stört uns dort niemand hinter dem kleinen Wald, der das zur Zeit unbewohnte Holzhaus vor jedem Luftzug schützt.‹ Alle Schwierigkeiten des Lebens waren geebnet, es gab kein Hindernis mehr für die Vereinigung unserer beiden Körper. Kein Hindernis wenigstens mehr für mich. Denn für sie, die ja keinen Portwein getrunken hatte, hatten die Hindernisse sich ja keineswegs zu einem Nichts verflüchtigt. Hätten sie es zudem getan und das Weltall etwas von seiner Realität in den Augen jenes Mädchens verloren, so hätte ihr seit langem gehegter Traum, dessen Verwirklichung ihr nun auf einmal möglich erschien, vielleicht nicht darin bestanden, gerade mir in die Arme zu sinken.

Nicht nur waren die jungen Mädchen wenig zahlreich, sondern in dieser Jahreszeit, die noch nicht die ›Saison‹ war, blieben sie auch nicht lange da. Ich erinnere mich an eine mit rötlichem Teint von der Farbe gewisser Lippenblütler, mit grünen Augen, rosigen Wangen, deren vollkommen symmetrisches und wie gewichtloses Antlitz dem geflügelten Samen bestimmter Bäume glich. Ich weiß nicht, welcher Wind sie nach Balbec getragen hatte und welcher sie wieder entführte.

Es geschah so plötzlich, daß ich während mehrerer Tage einen Kummer verspürte, den ich Albertine erst einzugestehen wagte, nachdem ich sicher war, die andere sei für immer abgereist.
Man muß dabei sagen, daß mehrere von ihnen entweder junge Mädchen waren, die ich gar nicht kannte oder die ich seit Jahren nicht wiedergesehen hatte. Oft schrieb ich an sie, bevor ich ihnen begegnet war. Ließ ihre Antwort mich an die Möglichkeit einer Liebesbeziehung glauben, so bedeutete das eine große Freude für mich. Man kann sich zu Beginn einer Freundschaft mit einer Frau, oder sogar wenn sie auf die Dauer zu etwas führen sollte, nicht von den ersten Briefen trennen, die man erhalten hat. Man möchte sie unaufhörlich bei sich haben wie Blumen, die man noch ganz frisch als Geschenk erhalten hat und die man unaufhörlich betrachten und deren Duft man aus immer größerer Nähe genießen möchte. Der Satz, den man schon auswendig weiß, ist angenehm noch einmal nachzulesen, und bei denen, die man weniger wörtlich in Erinnerung hat, möchte man von neuem feststellen, in welchem Maße der eine oder andere Ausdruck von geheimer Zärtlichkeit zeugt. Hat sie geschrieben: ›Ihr lieber Brief?‹ Es bedeutet dann eine kleine Enttäuschung bei allen süßen Gefühlen, in denen man sich wiegt und die vielleicht dadurch entstanden sind, daß man zu schnell gelesen hat und daß die Schrift der Briefpartnerin nicht allzu deutlich ist, wenn man feststellen muß, sie hat nicht ›Ihr lieber Brief‹ geschrieben, sondern ›Als ich Ihren Brief erhielt‹. Aber der Rest ist so liebevoll. Oh! Möchte einem der morgige Tag doch gleiche Blüten schenken! Dann aber genügt das auf einmal nicht mehr, man möchte den geschriebenen Worten auch die Blicke, die Stimme gegenüberstellen. Man verabredet sich und findet, ohne daß jene sich vielleicht verändert hat, da wo man nach der Beschreibung, die einem gemacht wurde, oder nach der persönlichen Erinnerung die Fee Viviane zu finden glaubte, nur einen gestiefelten Kater vor. Man verabredet sich gleich-

wohl mit ihr noch einmal für den folgenden Tag, denn immerhin ist sie es doch, und was man sich wünschte, war eben sie. Das Verlangen aber, das man nach einer Frau trägt, von der man geträumt hat, erfordert nicht unbedingt die Schönheit irgendeines ganz bestimmten Zuges. Diese Wünsche sind das Verlangen nach einem bestimmten Wesen, schwebend und unbeschreiblich wie Düfte, dem Styrax gleich, der das Verlangen der Prothyraia war wie der Safran das des Äthers, die Gewürze das Verlangen der Hera, die Myrrhe der Duft der Wolken, das Manna die Sehnsucht der Nike, der Weihrauch der Hauch, der dem Okeanos gefällt. Aber jene Düfte, welche in den orphischen Hymnen gefeiert werden, sind weit weniger zahlreich als die Gottheiten, denen sie zugeordnet sind. Die Myrrhe ist der Duft der Wolken, aber auch des Protogonos, des Poseidon, des Nereus und der Leto; der Weihrauch ist der Duft des Okeanos, doch auch der schönen Dike, der Themis, der Kirke, der neun Musen, der Eos, der Mnemosyne, des Tages, der Dikaiosyne. Was Styrax, Manna und die Gewürze betrifft, so würde man nicht damit zu Ende kommen, die Gottheiten aufzuzählen, die ihren Hauch an sich tragen, so zahlreich sind diese letzteren. Amphietes vereinigt in sich alle Düfte mit Ausnahme des Weihrauchs, und Gaia lehnt einzig Bohnen und Gewürze ab. So war es auch mit dem Verlangen, das ich nach jenen Mädchen trug. Weniger zahlreich als ihre Objekte, verwandelten meine Wünsche sich in Enttäuschungen und in Traurigkeiten, die große Ähnlichkeit untereinander hatten. Niemals habe ich nach der Myrrhe verlangt. Ich überlasse sie Jupien und der Prinzessin von Guermantes, denn sie ist das Verlangen des Protogonos, des Zweigeborenen, ›der mit der Stimme des Stieres brüllt‹, des Vielgefeierten, Unsagbaren, Heimlichen, der freudig bei den Opfern der Orgiophanten erscheint.

Bald aber war die Saison auf ihrem Höhepunkt angelangt. Alle Tage kamen neue Gäste an, und für die plötzliche Zunahme meiner Spaziergänge, die an die Stelle der reizvollen

Lektüre von ›Tausendundeiner Nacht‹ traten, ergab sich eine Ursache, die mit Vergnügungen nichts zu tun hatte, vielmehr nur alle vergiftete: der Strand war jetzt bevölkert von jungen Mädchen, und wenn auch die Idee, die mir Cottard nahegelegt hatte, mir keinen neuen Argwohn einflößte, so hatte sie mich doch in dieser Richtung empfänglich und empfindlich gemacht, und bei allem vorsichtigen Bemühen, kein neues Mißtrauen in mir aufkommen zu lassen, fühlte ich mich gleichwohl, sobald eine junge Person in Balbec ankam, unbehaglich und schlug Albertine die ausgedehntesten Ausflüge vor, damit sie nicht deren Bekanntschaft machen, ja möglichst die Neuangekommene nicht einmal bemerken möchte. Ich fürchtete natürlich mehr noch diejenigen, deren schlechtes Genre man auf den ersten Blick erkannte oder deren übler Ruf bereits notorisch war; ich versuchte meine Freundin zu überzeugen, daß dieser schlechte Ruf unbegründet sei und auf Verleumdung beruhe, vielleicht in der uneingestandenen, mir selbst noch unbewußten Furcht, sie werde versuchen, sich gerade mit der Verderbten näher anzufreunden, oder bedauern, meinetwegen den Umgang mit ihr sich versagen zu müssen; oder sie glaube vielleicht angesichts der großen Zahl von Beispielen, ein so weit verbreitetes Laster könne nicht verdammenswert sein. Indem ich es bei jeder Schuldigen abstritt, versuchte ich nichts Geringeres als vorzugeben, die sapphische Liebe bestehe überhaupt nicht. Albertine machte sich meine Ungläubigkeit mit Bezug auf die Lasterhaftigkeit der einen oder anderen zu eigen: »Nein, ich glaube, das ist so ein Stil, den sie sich zu geben versucht, sie will nur apart damit wirken.« Dann aber bedauerte ich fast, auf Unschuld plädiert zu haben, denn es mißfiel mir, daß Albertine, die früher so streng war, glauben konnte, dieser ›Stil‹ schmeichle seiner Trägerin und wirke derart empfehlend, daß ein weibliches Wesen, das von diesen Neigungen frei war, danach trachten müsse, sich den Anschein zu geben, als huldige sie ihnen gleichwohl. Ich hätte am liebsten gesehen, es wäre keine Frau mehr nach

Balbec gekommen; da jetzt ungefähr der Zeitpunkt nahte, zu dem die Baronin Putbus bei den Verdurin erscheinen sollte, zitterte ich bei dem Gedanken, daß ihre Jungfer, deren Liebhabereien mir Saint-Loup nicht verhehlt hatte, ihre Ausflüge bis nach Balbec ausdehnen und, wenn dies gerade an einem Tag geschähe, wo ich Albertine nicht begleitete, diese verführen könne. Ich ging sogar so weit, mich zu fragen – da Cottard mir nicht verborgen hatte, daß die Verdurin großen Wert auf mich legten, obwohl sie, wie er mir sagte, nicht den Anschein erwecken wollten, mir geradezu nachzulaufen, aber viel darum gäben, daß ich sie besuchte – ob ich nicht mit Hilfe von Versprechungen, in Paris alle Guermantes der Welt ihnen zuzuführen, bei Madame Verdurin zu erreichen vermöchte, daß sie unter irgendeinem Vorwand der Baronin Putbus erklärte, es sei ihr ganz unmöglich, sie weiter bei sich zu haben, und sie zu schleunigem Aufbruch zu bewegen versuchte.

Trotz solcher Gedanken wirkte, da eigentlich nur Andrées Anwesenheit mich beunruhigte, die Beschwichtigung, welche mir die Worte Albertines verschafft hatten, noch ein wenig in mir nach; ich wußte übrigens, daß ich dieser Beruhigung jetzt viel weniger bedurfte, da Andrée mit Rosemonde und Gisèle fast zum gleichen Zeitpunkt abreisen wollte, zu dem die meisten übrigen Leute erst kamen, und demnach nur noch ein paar Wochen mit Albertine zusammenbleiben würde. Während dieser letzten Zeit übrigens schien Albertine alles, was sie tat und was sie sagte, ausdrücklich darauf abzustimmen, meine etwa verbleibenden Argwohnsregungen zu zerstreuen oder ihr Wiederentstehen zu verhindern. Sie richtete sich so ein, daß sie niemals mit Andrée allein war, und bestand darauf, wenn wir nach Hause zurückkehrten, daß ich sie noch bis an ihre Tür begleitete und sie dort abholte, wenn wir zusammen ausgingen. Andrée hingegen zeigte ihrerseits ein gleiches Bemühen und schien ein Zusammentreffen mit Albertine bewußt zu vermeiden. Dieses offenbare Einverständnis zwischen den beiden war für mich nicht der einzige Hinweis, daß Albertine ihre Freundin von unserem Gespräch unterrichtet und sie um den Gefallen gebeten hatte, sie möge gleichfalls meinen absurden Argwohn zu beschwichtigen suchen.

Ungefähr zu dieser Zeit trug sich im ›Grand-Hôtel de Balbec‹ ein Skandal zu, der nicht geeignet war, die Richtung meiner quälenden Gedanken zu ändern. Blochs Schwester unterhielt seit einiger Zeit mit einer ehemaligen Schauspielerin geheime Beziehungen, die den beiden bald nicht mehr genügten. Zusammen gesehen zu werden, fügte zu ihren perversen Vergnügungen noch einen besonderen Reiz hinzu; sie hatten das Bedürfnis, ihre bedenklichen Sitten vor aller Augen offen zur Schau zu stellen. Es begann mit dem Austausch von Zärtlichkeiten, die man alles in allem noch einer freundschaftlichen Intimität zugute halten konnte, im Speisesaal und am Baccarattisch. Dann aber wurden sie kühner. Eines Abends endlich genierten sie sich in einer nicht einmal dunklen Ecke des großen Tanzsaals auf einem Sofa so wenig, als seien sie zu Hause in ihrem Bett. Zwei Offiziere, die nicht weit davon entfernt mit ihren Frauen saßen, beschwerten sich beim Direktor. Einen Augenblick glaubte man, ihr Protest werde wirksam sein. Aber sie hatten gegen sich, daß sie nur für einen Abend aus Netteholme, wo sie wohnten, nach Balbec gekommen waren und dem Direktor in gar nichts nützen konnten, während wohl über Mademoiselle Bloch, welche Einwände der Direktor auch gegen sie erhob, ohne Wissen Monsieur Nissim Bernards dessen Hand schützend schweben möchte. Es bedarf gewiß einer Erklärung, weshalb. Nissim Bernard betätigte in höchstem Maße die Tugend des Familiensinns. Alle Jahre mietete er in Balbec eine prächtige Villa für seinen Neffen, und keine Einladung konnte ihn davon abbringen, in sein Heim zurückzukehren, das in Wirklichkeit das Heim seines Neffen war. Niemals jedoch nahm er das Mittagessen bei sich zu Hause ein. Jeden Tag erschien er vielmehr pünktlich um zwölf Uhr im Grand-Hôtel. Das kam daher, daß er dort, wie andere eine Ballettratte, einen Pikkolo aushielt, der jenen jungen Hotelbedienten ganz ähnlich war, von denen wir schon gesprochen haben und die uns an die jungen Israeliten in ›Esther‹ und ›Athalie‹ erinnerten. Tatsächlich hätten die vierzig Jahre, welche Monsieur Nissim Bernard von dem jungen Burschen trennten, diesen vor einem so wenig wünschenswerten Kontakt bewahren müssen. Aber wie schon Racine so weise in jenen gleichen Chören bemerkt:

Mein Gott, wie muß die zarte Jugend,
Von viel Gefahr bedroht, unsichre Wege gehn,
Die Seele, die dich sucht und ringt nach deiner Tugend,
So manches Hindernis bestehn!

Der angehende Kellner mochte noch so sehr ›unheil'gen Augen fern‹ in den Tempelhallen des Hotelpalastes von Balbec leben, er hatte den Rat des Joad nicht befolgt:

Begründe nicht auf Gold und Reichtum deine Macht.

Er hatte vielleicht eine Rechtfertigung für sich darin gesucht, daß er sich sagte: ›Les pécheurs couvrent la terre.‹ Wie dem auch sei, und obwohl Monsieur Nissim Bernard nicht auf eine nur so kurze Wartezeit gehofft hatte, am ersten Tage schon war es geschehen:

Und was es immer sei, Furcht oder Zärtlichkeit,
Er fühlt, es tasteten die Finger ihm am Kleid.

Schon am zweiten aber führte Nissim Bernard den jungen Hotelbediensteten aus, und dieser Kontakt genügte, ihn zu verderben: ›l'abord contagieux altérait son innocence.‹ Von da an war das Leben des jungen Menschen verwandelt. Er mochte wohl noch Brot und Salz herbeibringen, wie der ihm vorgesetzte Ober es verlangte, sein ganzes Antlitz aber jubilierte nur noch:

Brecht, was das blühn will, kränzet Stirn und Brust,
Frönt jeder Erdenlust ...
Wie lang sein Leben währt, hat niemand je gewußt.
Heut ist ein Tag, den gilt es auszukaufen ...
Der Ehren und der Ämter Flor
Winkt feiler Folgsamkeit und ihrem blinden Werke.
Wer, der der Unschuld Gram bemerke
Und neige, Schwestern, ihr das Ohr?

Seit jenem Tage hatte Monsieur Nissim Bernard niemals versäumt, seinen Platz beim Essen im Hotel einzunehmen (so wie jemand regelmäßig auf seinem Orchesterfauteuil zu finden ist, der eine Choristin unterhält, wobei in diesem Falle die Choristin einer sehr charakteristischen Gattung angehörte, die ihres Degas noch harrt). Es bedeutete für Monsieur Nissim Bernard das größte Vergnügen, bis in den Speisesaal hinein und jene in weiterer Ferne sich öffnenden Perspektiven, an deren Ende unter Palmen die Kassiererin thronte, den Bewegungen des Jünglings zu folgen, der so eifrig war im Dienst, das heißt in der Bedienung aller übrigen, weniger freilich in der von Monsieur Nissim selbst, seitdem dieser ihn aushielt, da der junge Chorknabe es offenbar nicht für nötig hielt, jemanden gegenüber die gleiche Liebenswürdigkeit zu zeigen, von dem er sich bereits hinlänglich geliebt glaubte, sei es, daß diese Liebe ihn verdroß, sei es, daß er fürchtete, sie möge entdeckt werden und ihn dadurch an der Wahrnehmung anderer Gelegenheiten hindern. Doch diese Kälte selbst gefiel Monsieur Nissim Bernard um dessentwillen, was sich dahinter verbarg. Mochte es nun aus hebräischem Atavismus sein oder aus einem Bedürfnis nach Profanierung des christlichen Empfindens, er gefiel sich ganz merkwürdig, ob jüdisch, ob katholisch, in der racinischen Zeremonie. Hätte es sich um eine wirkliche Aufführung von ›Esther‹ oder von ›Athalie‹ gehandelt, so würde Monsieur Bernard bedauert haben, daß die Ferne der Jahrhunderte ihm nicht erlaubt hätte, den Verfasser Jean Racine kennenzulernen, um bei ihm für seinen Schützling eine bedeutendere Rolle durchzusetzen. Da aber die Mittagessenszeremonie nicht von einem Schriftsteller gelenkt wurde, begnügte er sich damit, gute Beziehungen zu dem Direktor und zu Aimé zu unterhalten, damit der ›junge Israelit‹ allmählich zu ersehnteren Funktionen, sei es des ›Chef de rang‹ oder sogar ›Maître d'hôtel‹ aufrücke. Diejenige eines Weinkellners war ihm bereits angeboten worden. Doch Monsieur Bernard zwang ihn dazu, diesen Ruf abzulehnen, denn er selbst hätte dann nicht mehr jeden Tag in dem grünen Speisesaal sich von ihm wie von einem Fremden bedienen lassen können. Dieses Vergnügen aber war so groß, daß Monsieur Bernard alle Jahre nach Balbec zurückkehrte und dort sein Mittagessen außer dem Hause einnahm, Gewohnheiten, in denen Monsieur Bloch freilich etwas anderes sah, in der ersteren nämlich eine poetische Neigung zu der schönen Beleuchtung und dem Abendsonnenschein an der Küste, die Monsieur Bernard eben allen anderen vorziehe, in der zweiten die eingewurzelte Manie des alten Junggesellen.

In Wirklichkeit stellte dieser Irrtum der Verwandten von Monsieur Nissim Bernard, welche den wahren Grund seiner jährlichen Rückkehr nach Balbec und dessen, was die pedantische Madame Bloch als seine kulinarischen Seitensprünge bezeichnete, nicht kannten, eine tiefere Wahrheit auf einer anderen Ebene dar. Denn Monsieur Nissim Bernard wußte selbst nicht, welche Rolle die Liebe zum Strand von Balbec, zu dem Ausblick, den man vom Restaurant auf das Meer hatte, und seine eigenen an Manie grenzenden Gewohnheiten bei seiner Neigung spielten, gleich einer Ballettratte einer anderen Art, die ihren Degas noch nicht gefunden hatte, einen jener Bedienten auszuhalten, die zugleich so etwas wie Freudenmädchen sind. Monsieur Nissim Bernard pflegte denn auch mit dem Direktor dieses Theaters, welches das Hotel in Balbec war, sowie mit dem Regisseur und Inspizienten Aimé – deren beider Rolle in dieser ganzen Angelegenheit nicht vollkommen durchsichtig war – ausgezeichnete Beziehungen. Eines Tages würde er alle Hebel in Bewegung setzen, um für ihn einen größeren Part, vielleicht die Stelle eines Oberkellner zu erlangen. Inzwischen hatte das Vergnügen von Monsieur Nissim Bernard, so poetisch und ruhig kontemplativ es auch war, ein wenig den Charakter desjenigen von ganz und gar auf Frauen bezogenen Männern, die immer sicher sein können – wie zum Beispiel früher Swann – wenn sie sich in Gesellschaft begeben, ihrer Geliebten daselbst zu begegnen. Kaum würde sich Monsieur Bernard gesetzt haben, so würde er auch schon darauf rechnen können, das Objekt seiner Wünsche auf offener Szene mit einer Obstschale oder Zigarren auf einem Tablett heranschreiten zu sehen. Daher hatte er auch jeden Vormittag, nachdem er seine Nichte umarmt und Interesse für die Arbeiten meines Freundes Bloch an den Tag gelegt, ferner auch seinen Pferden Zuckerstücke aus der flachen Hand gereicht hatte, fieberhafte Eile, zum Dejeuner im Grand-Hôtel zu erscheinen. Es hätte bei ihm brennen, die Nichte hätte einen Schlaganfall haben können, er wäre zweifellos dennoch davongeeilt. Er fürchtete denn auch wie die Pest eine Erkältung, um derentwillen er hätte im Bett bleiben müssen – denn er war hypochondrisch – und die es nötig gemacht hätte, daß er Aimé ersuchte, seinen jungen Freund vor der Stunde des Nachmittagstees zu ihm ins Haus zu schicken.

Im übrigen liebte er das gesamte Labyrinth der Korridore, der kleinen Kabinette, der Salons, der Garderoben, der Vor-

ratsräume und Durchgänge, aus denen das Hotel in Balbec bestand. Als Orientale hatte er viel übrig für den Serail, und wenn er am Abend ausging, sah man, wie er insgeheim dessen ›détours‹ (wie Racine es nennt) zu erforschen suchte.
Während Monsieur Nissim Bernard, sobald er sich in das Souterrain hinunterwagte, trotz allem bemüht, nicht gesehen zu werden und Skandal zu vermeiden, auf seiner Suche nach den jungen Leviten an die Verse aus der ›Jüdin‹ erinnerte:

Kehr', o Gott unsrer Väter,
Heute bei uns ein!
Laß kein Auge der Verräter
Die Feier entweihn!

stieg ich dagegen hinauf in das Zimmer zweier Schwestern, die als private Bedienung einer alten ausländischen Dame nach Balbec gekommen waren. Sie waren das, was man in der Hotelsprache als ›courrières‹ bezeichnete und was Françoise in der ihren, da sie sich vorstellte, daß männliche und weibliche ›Kuriere‹ dazu da seien, Gänge zu besorgen, ›coursières‹ nannte. Die Hotels sind ihrerseits in vornehm konservativer Weise bei der Zeit stehengeblieben, in der man allgemein sang: ›C'est un courrier de cabinet!‹
Trotz der Schwierigkeiten, die für einen Gast bestanden, sich in die Zimmer dieser sogenannten ›Kurierinnen‹ zu begeben und umgekehrt, hatte ich mich sehr rasch und eng, wenn auch in völlig unschuldiger Form mit den beiden jungen Personen angefreundet, Mademoiselle Marie Gineste und Madame Céleste Albaret. Geboren am Fuße der hohen Bergmassive in der Mitte Frankreichs, am Ufer von Bächen und Gebirgsflüssen (das Wasser strömte sogar unter ihrem elterlichen Haus durch, an dem sich ein Mühlrad drehte und das mehrmals durch Überschwemmung zerstört worden war) schienen sie die Natur dieser Landschaft bewahrt zu haben. Marie

Gineste bewegte sich in rhythmisch hüpfendem Tempo einher, Céleste Albaret war weicher, schmachtender, hingegossen wie ein See, aber von furchtbaren Sturmausbrüchen heimgesucht, bei denen ihr Temperament an die Gefahren des Hochwassers und flutender Wirbel erinnerte, die alles mit sich reißen und verwüsten können. Oft besuchten sie mich am Morgen, wenn ich noch nicht aufgestanden war. Ich habe niemals Personen gekannt, die so freimütig unwissend gewesen wären und absolut nichts in der Schule gelernt hatten, deren Sprache aber gleichwohl so literarisch wirkte, daß man ohne die fast ungebärdige Natürlichkeit ihres Tones ihre Worte für affektiert hätte halten können. Mit einer Vertraulichkeit, die ich unverändert wiedergebe trotz der Lobsprüche (die ich nicht hinzusetze, um mich selbst zu loben, sondern um die seltsame Art von Genie, die Céleste besaß, hervorzuheben) und der ebenso falschen aber sehr aufrichtigen kritischen Bemerkungen, welche diese Reden im Hinblick auf mich enthielten, während ich mein Hörnchen in die Morgenmilch tauchte, sagte Céleste zu mir: »Oh, dieser kleine dunkle Teufel, mit Haaren wie pechschwarze Häherfedern, wie schlau und wie boshaft er ist! Ich weiß nicht, woran Ihre Mutter gedacht hat, als sie Sie unter dem Herzen trug, denn Sie haben alles von einem Vogel an sich. Schau nur, Marie, sieht er nicht genauso aus, als ob er sich die Federn glatt streicht? Und wie flink er den Hals wenden kann! Er sieht so leicht aus, daß man meint, er lerne gerade fliegen. Ach! Sie haben Glück, daß Sie sich Ihre Eltern unter den Reichen haben aussuchen dürfen; was wäre sonst aus Ihnen geworden, wo Sie doch so verschwenderisch sind? Da wirft er jetzt sein Hörnchen fort, weil es das Bett berührt hat. Hoppla, jetzt vergießt er auch noch seine Milch, warten Sie nur, damit ich Ihnen eine Serviette umbinde, Sie wissen ja doch nicht, wie man das macht; niemals habe ich jemand gesehen, der so dumm und so ungeschickt ist wie Sie.« Darauf brach das eher gleichmäßige Gießbachgeräusch aus Marie Gineste hervor, die ihrer Schwester wütende Vorwürfe machte: »Aber Céleste, bist du wohl still? Hast du den Verstand verloren, daß du mit Monsieur in dieser Weise sprichst?« Céleste aber lächelte nur dazu, und da ich nicht leiden konnte, wenn man mir eine Serviette umband, fuhr sie gleich darauf fort: »Aber nein, Marie, sieh ihn dir nur an! Jetzt richtet er sich gerade auf, genau wie eine Schlange. Eine richtige Schlange, was habe ich dir gesagt.« Im übrigen ging sie verschwenderisch mit Vergleichen aus dem Tierreich um, denn ihrer Meinung nach wußte man nicht, wann ich eigentlich schlief, ich flatterte, bchauptete sie, die ganze Nacht umher wie ein Schmetterling, und am Tage sei ich so flink wie ein Eichhörnchen, »du erinnerst dich, Marie, wie man sie bei uns sieht, so beweglich, daß man ihnen nicht mit den Augen folgen kann.« – »Aber Céleste, du weißt doch, daß er nicht gern eine Serviette um den Hals hat, wenn er ißt.« – »Es ist nicht so, daß er das nicht liebt, aber man kann eben nichts an seinem Willen ändern. Er ist ein Herr und will uns zeigen, daß wir einen Herrn vor uns haben. Man kann ihm zehnmal die Bettücher wechseln, wenn es nötig ist, aber er gibt nicht nach. Die von gestern waren wenigstens sowieso hin, aber heute sind sie gerade erst frisch aufgezogen, und sicher müssen sie jetzt gleich für ihn wieder gewechselt werden. Ach! Ich hatte recht, als ich sagte, er sei nicht dafür gemacht, als Armer geboren zu sein. Sieh nur, wie seine Haare sich sträuben. Er plustert sich auf, wenn er zornig ist, genau wie die Vögel es tun. Ach, du armer, kleiner Federbalg!« Hier erhob nicht nur Marie Einspruch, sondern auch ich, denn ich fühlte mich keineswegs als Herr. Aber Céleste glaubte niemals an die Aufrichtigkeit meiner Bescheidenheit und fiel mir sofort ins Wort: »Ach! Papperlapapp! Das tut wie eitel Sanftmut und ist dabei nichts wie lauter Perfidie! Schlauer als die Schlausten, und frech dazu, aber frech! Ach! So ein Molière!« (Dies war der einzige Schriftstellername, den sie kannte; diesen nun wendete sie auf mich an, da sie darunter jemand verstand, der gleichzeitig in der Lage war,

Stücke zu verfassen und sie auch zu spielen.) »Céleste!« rief energisch Marie, welche den Namen Molière nicht kannte und fürchtete, es könnte eine neue Beleidigung sein. Céleste aber lächelte wieder: »Hast du nicht in seiner Schublade die Photographie gesehen, auf der er als Kind abgebildet ist? Er hat uns immer einreden wollen, er sei ganz einfach angezogen gewesen. Da aber sieht man ihn mit seinem kleinen Spazierstock, und alles ist nur Spitzen und Plüsch, wie kein Prinz es gehabt hat. Aber das ist noch gar nichts neben seiner Majestät und seiner noch viel tieferen Güte.« – »Ja, höre, tobte der Gießbach Marie, jetzt kramst du wohl schon in seinen Schubladen herum.« Um Maries Befürchtungen zu beschwichtigen, fragte ich sie, wie sie über das Verhalten von Monsieur Nissim Bernard dächte. »Oh! Monsieur, das sind Dinge, von denen ich gar nicht geglaubt hätte, daß es sie überhaupt gibt. Dazu habe ich erst hierher kommen müssen.« Und noch einmal Céleste mit einem tiefsinnigen Ausspruch mattsetzend, fügte sie hinzu: »Sehen Sie, Monsieur, man kann niemals wissen, was es alles in einem Leben gibt.« Um das Thema zu wechseln, erzählte ich von der Existenz meines Vaters, der Tag und Nacht arbeitete. »Oh! Monsieur, das ist eines der Leben, bei dem man nichts für sich selber behält, keine Minute und kein einziges Vergnügen; alles ist nur für die andern da, das sind geopferte Leben ... Sieh nur, Céleste, wenn er nur die Hände auf die Bettdecke legt und nach seinem Hörnchen greift, wie vornehm das bei ihm wirkt! Er kann die unbedeutendsten Dinge tun, man meint immer, man sieht den gesamten Adel Frankreichs bis zu den Pyrenäen in jeder seiner Bewegungen.«

Überwältigt von diesem so wenig der Wahrheit entsprechenden Porträt schwieg ich still. Céleste glaubte darin nur eine neue List zu erkennen: »Ach! diese Stirn, die so rein aussieht und doch so viele Dinge verbirgt, diese Wangen, die so freundlich und frisch sind wie das Innere einer Mandel, die kleinen samtweichen Hände, die dabei doch Nägel haben wie Krallen ... Sieh nur, Marie, jetzt trinkt er seine Milch mit einer Andacht, die mir Lust macht, ein Gebet zu sprechen. Wie ernst seine Miene dabei ist! Man sollte ein Bild von ihm machen in diesem Augenblick. Er hat alles und alles von einem Kind. Kommt das vom Milchtrinken, daß Sie einen so klaren Teint behalten haben? Ach! diese Jugend, diese hübsche Haut! Sie altern sicher nie. Sie haben Glück, Sie brauchen nie die Hand gegen jemanden zu erheben, denn mit Ihren Augen erreichen Sie bestimmt immer, was Sie wollen. Aber da gerät er jetzt in Zorn, sieh nur, er richtet sich pfeilgerade wie ein Signalmast auf.«

Françoise hatte es gar nicht gern, wenn sich die beiden, die sie als ›Schwindlerinnen‹ bezeichnete, mit mir unterhielten. Der Direktor, der durch seine Angestellten alle Vorgänge im Hotel beobachten ließ, machte mir sogar ernste Vorhaltungen, daß es eines Gastes nicht würdig sei, mit solchen von anderen Gästen mitgeführten Dienerinnen ins Gespräch zu kommen. Ich, der ich die ›Schwindlerinnen‹ sämtlichen weiblichen Gästen des Grand-Hôtels überlegen fand, begnügte mich damit, ihm hell ins Gesicht zu lachen, fest davon überzeugt, daß er meine Erklärungen doch nicht verstehen würde. Die beiden Schwestern aber kamen immer wieder zu mir. »Sieh nur, Marie, was für feine Züge er hat. Wie eine vollkommene Miniatur, schöner als die kostbarste, die man irgendwo unter Glas sehen kann, denn er hat Bewegungen und Worte, die man Tag und Nacht anschauen und anhören möchte.«

Es war ein Wunder, daß eine Ausländerin sie mitgebracht hatte, denn ohne irgend etwas von Geschichte oder von Geographie zu wissen, verabscheuten sie von Herzen die Engländer, die Deutschen, die Russen, die Italiener, das ganze ›Ausländerpack‹ und liebten – mit Ausnahmen – einzig die Franzosen. Ihr Gesicht hatte so viel von der feuchten Formbarkeit des Tons auf dem Grunde ihrer Flüsse behalten, daß Céleste und Marie, sobald man von einem Fremden sprach, der das Hotel besuchte, und sie wiederholen wollten, was er gesagt hatte, ihr Gesicht zu dem seinen umgestalteten: ihr Mund wurde dann sein Mund, ihre Augen wurden zu seinen Augen, so daß man gern diese bewunderungswürdigen Theatermasken aufbewahrt haben würde. Céleste schob sogar, wenn sie scheinbar nur wiederberichtete, was der Direktor oder einer meiner Freunde gesagt hatte, in ihre kleinen Erzählungen erfundene Bemerkungen ein, in denen auf boshaft treffende Art alle Fehler Blochs oder des Gerichtspräsidenten oder von wem es auch sei vorkamen, ohne daß sie selbst so tat, als sei sie sich dessen bewußt. Sie schuf durch die Form der Wiedergabe einer einfachen Bestellung, die sie freundlicherweise übernommen hatte, ein unnachahmliches Porträt. Niemals lasen sie etwas, nicht einmal die Zeitung. Eines Tages jedoch fanden sie auf meinem Bett ein Buch. Es waren die wundervollen aber dunklen Gedichte von Saint-Léger Léger. Céleste las ein paar Seiten und sagte dann zu mir: »Sind Sie ganz sicher, daß das Verse sind, sind es nicht vielleicht Rätsel?« Für eine Person, die in ihrer Kindheit ein einziges Gedicht von Sully-Prudhomme gelernt hatte: ›Icibas tous les lilas meurent‹ bestand hier keine Beziehung. Ich glaube, daß ihr Eigensinn, nichts zu lernen, mit ihrer ungesunden Heimatregion zusammenhing. Sie waren gleichwohl begabt wie ein Dichter, aber sehr viel bescheidener, als diese im allgemeinen sind. Denn wenn Céleste etwas Ausgezeichnetes gesagt hatte und ich mich nicht gut mehr daran erinnerte, so daß ich sie bat, es mir zu wiederholen, versicherte sie, sie wisse es nicht mehr. Sie wird niemals Bücher lesen, auch niemals welche verfassen.

Es machte auf Françoise beträchtlichen Eindruck, als sie erfuhr, daß von den beiden Brüdern dieser so einfachen Frauen der eine die Nichte des Erzbischofs von Tours, der andere eine Verwandte des Bischofs von Rodez geheiratet hatte. Dem Hoteldirektor hätte das nichts gesagt. Céleste warf manchmal ihrem Mann vor, er verstehe sie nicht, und ich selbst war erstaunt, daß er sie ertragen konnte. Denn in gewissen Momenten, wenn sie vor Wut bebte und alles zerschlug, war sie unausstehlich. Man behauptet, die Salzflüssigkeit unseres Blutes sei nur das Fortleben des Urelementes Meer in unserem Inneren. Ebenso glaube ich, daß Céleste nicht nur in ihren Wutanfällen, sondern auch in Stunden der Depression etwas von dem Rhythmus der Flüsse ihrer Heimat bewahrte. War sie erschöpft, so auf deren Art. Sie wirkte dann tatsächlich wie ausgetrocknet. Nichts konnte sie wieder beleben. Dann plötzlich setzte der Kreislauf in ihrem prachtvollen und beweglichen großen Körper wieder ein. Das Wasser floß mit opalener Durchsichtigkeit unter ihrer bläulichen Haut. Sie lächelte der Sonne zu und schien dann wie mit noch tieferer Bläue getränkt. In diesen Augenblicken war sie wirklich ›céleste‹, nämlich dem Himmel verwandt.

Die Familie Bloch mochte wohl niemals den Grund, weshalb der Onkel durchaus nicht zu Hause zu Mittag speiste, geargwöhnt, sondern diese Tatsache von Anfang an als die Manie eines alten Junggesellen, vielleicht auch als ein Erfordernis einer Liaison mit irgendeiner Schauspielerin akzeptiert haben, für den Hoteldirektor jedoch war alles, was Monsieur Nissim Bernard betraf, ›tabu‹. Deswegen hatte er auch, ohne sich jemals an den Onkel zu wenden, schließlich nicht gewagt, der Nichte unrecht zu geben, obwohl er ihr größere Umsicht empfahl. Das junge Mädchen und ihre Freundin aber, die sich einige Tage hindurch vorgestellt hatten, sie würden aus dem Kasino und dem Grand-Hôtel ausgeschlossen werden, dann aber sahen, daß alles sich wieder zurechtbog, waren nun hocherfreut, denjenigen unter den Familienvätern, die ihre Entfernung verlangten, zu zeigen, daß sie sich ungestraft alles erlauben könnten. Zweifellos gingen sie nicht so weit, die öffentliche Darbietung zu wiederholen, die alle Welt so stark empört hatte. Doch allmählich nahmen sie ihre Gewohnheiten unmerklich wieder auf. Eines Abends, als ich das bereits halb verdunkelte Kasino mit Albertine und Bloch verließ, den wir dort getroffen hatten, gingen sie eng umschlungen und Küsse austauschend an uns vorbei; als sie auf unserer Höhe angekommen waren, gaben sie glucksende Laute, Gekicher und ungehörige Schreie von sich. Bloch senkte die Lider, damit es den Anschein habe, als sehe er seine Schwester nicht, und ich selbst stand Qualen bei dem Gedanken aus, daß diese eigenartige und grausige Sprache sich vielleicht an Albertine wenden möchte.

Ein anderer Zufall befestigte meine sorgenvolle Voreingenommenheit in Richtung Gomorra noch mehr. Ich hatte am Strand eine schöne, schlanke, bleiche junge Frau gesehen, von deren Augen kreisförmig Strahlen in geometrischer Anordnung auszugehen schienen, so leuchtend, daß man bei ihrem Blick an irgendein Sternbild dachte. Ich stellte mir vor, wieviel schöner sie eigentlich sei als Albertine und wieviel vernünftiger es doch wäre, auf diese zu verzichten. Das Gesicht der schönen jungen Frau war höchstens dadurch beeinträchtigt, daß wie ein unsichtbarer Hobel große Demütigungen im Leben und die unaufhörliche Anwendung sehr vulgärer Gegenmittel darüber hinweggegangen waren, so daß ihre Augen, die gleichwohl edler wirkten als die übrigen Teile ihres Antlitzes, offenbar nur vor Gier und Liebesverlangen strahlten. Am folgenden Tage nun, als diese junge Person nicht weit entfernt von uns im Kasino saß, bemerkte ich, daß sie unaufhörlich auf Albertine das Wechsel- und Rundfeuer ihrer Blicke heftete. Man hätte meinen können, sie gebe Signale wie ein Leuchtturmwärter. Ich litt darunter, daß meine Freundin diese an sie gerichteten Aufmerksamkeiten bemerkte, und fürchtete, die unaufhörlich aufleuchtenden Blicke könnten die zuvor abgekartete Bedeutung eines verliebten Rendezvous für den folgenden Tag enthalten. Wer weiß, vielleicht mochte dies Rendezvous nicht einmal das erste sein? Die Frau mit den strahlenden Augen konnte ja schon in früheren Jahren Balbec besucht haben. Vielleicht erlaubte sie sich, weil Albertine schon einmal ihren eigenen Wünschen oder denen einer Freundin nachgegeben hatte, ihr solche Lichtsignale zuzusenden. Sie schienen mehr zu tun, als nur etwas für den gegenwärtigen Augenblick zu verlangen, vielmehr die Berechtigung dazu aus bereits in der Vergangenheit erlebten schönen Stunden zu entnehmen.

38/1/9.93

Marcel Proust
im Suhrkamp Verlag und im Insel Verlag

Freuden und Tage. Übertragen und herausgegeben von Luzius Keller. st 2172

Der Gleichgültige. Erzählung in zwei Sprachen. Mit einem Vorwort von Philip Kolb. In der Übersetzung von Elisabeth Borchers. st 1004

Jean Santeuil. 2 Bde. Deutsch von Eva Rechel-Mertens. Leinen und st 1084

Eine Liebe von Swann. Deutsch von Eva Rechel-Mertens. BS 267

Tage des Lesens. Drei Essays. Deutsch von Helmut Scheffel. BS 400

Zu Marcel Proust

Marcel Proust. Leben und Werk in Texten und Bildern. Von Renate Wiggershaus. it 1348

Philippe Michel-Thiriet: Das Marcel–Proust–Lexikon. Aus dem Französischen von Rolf Wintermeyer. Leinen

Prousts Figuren und ihre Vorbilder. Photos von Paul Nad ar. Text von William Howard Adams. Aus dem Amerikanischen von Christoph Groffy. Leinen

Marthe Princesse Bibesco: Begegnung mit Marcel Proust. Aus dem Französischen von Eva Rechel-Mertens. it 1349

Hanno Helbling: Erinnertes Leben. Marcel Prousts »Auf der Suche nach der verlorenen Zeit«. st 1547

Hans Robert Jauß: Zeit und Erinnerung in Marcel Prousts ›A la recherche du temps perdu‹. Ein Beitrag zur Theorie des Romans. stw 587

Luzius Keller: Proust lesen. Erstausgabe. st 1839

George D. Painter: Marcel Proust. Eine Biographie. 2 Bde. Deutsch von Christian Enzensberger und Ilse Wodtke. st 561

Jean-Yves Tadié: Marcel Proust. Aus dem Französischen von Henriette Beese. Mit einer Auswahl-Bibliographie deutschsprachiger Proust-Literatur von Angelika Corbineau- Hoffmann. Leinen

Veröffentlichungen der Marcel Proust Gesellschaft

Marcel Proust. Lesen und Schreiben. Zweite Publikation der »Marcel Proust Gesellschaft«. Herausgegeben von Edgar Mass und Volker Roloff. Engl. Broschur und Leder

Marcel Proust. Werk und Lektüre. Zur Literarästhetik von Marcel Proust. Von Volker Roloff. Dritte Publikation der »Marcel Proust Gesellschaft«. Engl. Broschur und Leder

Marcel Proust. Bezüge und Strukturen. Studien zu ›Les plaisirs et les jours‹. Fünfte Publikation der »Marcel Proust Gesellschaft«. Herausgegeben von Luzius Keller. Leder und broschiert

38/2/9.93

Marcel Proust
im Suhrkamp Verlag und im Insel Verlag

Marcel Proust. Sprache und Sprachen. Sechste Publikation der »Marcel Proust Gesellschaft«. Herausgegeben von Karl Hölz. Engl. Broschur und Leder

Marcel Proust. Schreiben ohne Ende. Prousts *Recherche* im Spiegel ihrer textkritischen Aufarbeitung. Siebente Publikation der »Marcel Proust Gesellschaft«. Herausgegeben von Rainer Warning. Engl. Broschur und Leder

Proustiana I. Mitteilungsblatt der Marcel Proust Gesellschaft. Redaktion: Reiner Speck und Edgar Mass

Proustiana II/III. Mitteilungsblatt der Marcel Proust Gesellschaft

Proustiana IV/V. Mitteilungsblatt der Marcel Proust Gesellschaft. Marcel Proust – Kunst und Psyche. Symposium der Marcel Proust Gesellschaft Berlin 1985. Geheftet

Proustiana VI/VII. Mitteilungsblatt der Marcel Proust Gesellschaft. Les plaisirs et les jours. Symposium der Marcel Proust Gesellschaft Zürich 1987. Broschiert

Proustiana VIII/IX. Mitteilungsblatt der Marcel Proust Gesellschaft. Geschmack bei Proust. Geheftet

Proustiana X. Mitteilungsblatt der Marcel Proust Gesellschaft

Proustiana XII. Mitteilungsblatt der Marcel Proust Gesellschaft

38/3/9.93